Julia Whelan ist Drehbuchautorin, Schauspielerin und preisgekrönte Hörbuchsprecherin. Ihr Roman *Mein Jahr mit Dir* spielt in Oxford, der Stadt, in die sie sich während ihres Studiums verliebt hat. Sie hat sogar das Drehbuch selbst geschrieben und kann es kaum erwarten, ihr Buch auf der Kinoleinwand zu sehen. In Deutschland war *Mein Jahr mit Dir* ein riesiger Erfolg und stand monatelang auf der Bestsellerliste. Auch ihr neuer großer Roman *Nur ein Wort von Dir* begeisterte die Leser*innen weltweit. Julia Whelan lebt in Kalifornien.

Mein Jahr mit Dir in der Presse:

»Eine originelle Liebesgeschichte vor einer wunderbaren Kulisse – und eine Achterbahn der Gefühle.«
Für Sie

»Richtig spannend bis zur letzten Seite.«
emotion

»Ein Debüt, das zu Herzen geht.«
rtv

Außerdem von Julia Whelan lieferbar:
Nur ein Wort von Dir. Roman

Julia Whelan

Mein Jahr mit Dir

Roman

Aus dem Amerikanischen
von Veronika Dünninger

PENGUIN VERLAG

Die Originalausgabe erschien 2018
unter dem Titel *My Oxford Year*
bei William Morrow, New York.

MIX
Papier | Fördert gute Waldnutzung
FSC® C014496

Penguin Random House Verlagsgruppe FSC® N001967

2. Auflage

Redaktion: Susann Rehlein
Umschlaggestaltung: Bürosüd nach einem Entwurf von Favoritbüro
Umschlagabbildung: © Trevillion Images/Sandra Cunningham;
Getty Images/John Alexander; Shutterstock/Sveta Lagutina;
Shutterstock/Julianka
Satz: Buch-Werkstatt GmbH, Bad Aibling
Druck und Bindung: GGP Media GmbH, Pößneck
Printed in Germany
ISBN 978-3-328-10583-1

www.penguin-verlag.de

Für jene, die wir verloren haben.
Vor allem Väter.
Vor allem meinen.

Ich beneide Sie darum, nach Oxford zu gehen: Es ist die blütenreichste Zeit des Lebens. Man sieht den Schatten von Dingen in silbernen Spiegeln. Später sieht man das Gorgonenhaupt, und man leidet, da man von ihm nicht in Stein verwandelt wird.

Oscar Wilde, Brief an Louis Wilkinson,
28. Dezember 1898

Während der Buchfink singt
auf dem Obstgarten-Zweig
in England – jetzt!

Robert Browning,
»Heimat-Gedanken, aus der Fremde«, 1845

Kapitel 1

»Nächster!«

Der Zollbeamte gibt der Person vor mir ein Zeichen, und ich nähere mich der großen roten Linie, berühre mit der Zehe geistesabwesend das gekräuselte Klebeband, lege die Hand auf das glänzende Geländer. Keine verstellbaren Seile in Heathrow; diese Schlangen müssen immer lang sein, wenn sie eine dauerhafte Absperrung erfordern.

Mein Telefon, mit dem ich die ganze Zeit gegen mein Bein geklopft habe, klingelt. Ich werfe einen Blick auf das Display. Ich kenne die Nummer nicht.

»Hallo?«, sage ich.

»Ist dort Eleanor Durran?«

»Ja?«

»Hier ist Gavin Brookdale.«

Mein erster Gedanke ist, das muss ein Telefonstreich sein. Gavin Brookdale ist eben erst als Stabschef des Weißen Hauses zurückgetreten. Er hat jeden größeren politischen Wahlkampf der letzten zwanzig Jahre geleitet. Er ist eine Legende. Er ist mein Idol. Er ruft mich an?

»Hallo?«

»Entschuldigung, ich … ich bin hier«, stammele ich. »Ich bin nur …«

»Haben Sie von Janet Wilkes gehört?«

Habe ich von … Janet Wilkes gehört? Janet Wilkes ist die dienstjüngere Senatorin von Florida und eine Außenseiter-Präsidentschaftskandidatin. Sie ist fünfundvierzig, hat vor zwölf Jahren ihren Mann in Afghanistan verloren, drei Kinder mit einem Lehrerinnengehalt großgezogen, während sie es gleichzeitig irgendwie geschafft hat, ein Jurastudium durchzuziehen, und dann den beeindruckendsten Senatoren-Basiswahlkampf geführt, den ich je gesehen habe. Sie hat außerdem einen ziemlich heißen Freund – einen Menschenrechtsanwalt, aber das ist nebensächlich. Sie ist Soldatenwitwe, eine progressive Vorkämpferin zu sozialen Fragen. Noch nie zuvor haben wir jemanden wie sie auf der nationalen Bühne gesehen. Die erste Debatte ist erst in zwei Wochen, am dreizehnten Oktober, aber die Wähler scheinen sie zu lieben. Ihr mächtigster Gegenkandidat ist zufällig der gegenwärtige Vizepräsident, George Hillerson.

»Natürlich habe ich von ihr gehört.«

»Sie hat Ihren Artikel in *The Atlantic* gelesen. Ich übrigens auch. ›Die Kunst der Bildung und der Tod der denkenden amerikanischen Wählerschaft.‹ Wir waren beeindruckt.«

»Danke«, erwidere ich begeistert. »Ich fand, das war etwas, das im Diskurs fehlte …«

»Was Sie geschrieben haben, war Philosophie. Es war keine Politik.«

Das macht mich stutzig. »Ich verstehe, warum Sie das denken, aber ich …«

»Keine Sorge, ich weiß, dass Sie das Zeug zur Politik haben. Sic sind begabt, Eleanor.«

»Mr. Brookdale ...«

»Nennen Sie mich Gavin.«

»Dann nennen Sie mich Ella. Niemand nennt mich Eleanor.«

»Na schön, Ella, möchten Sie gern der Bildungsconsultant für Wilkes' Wahlkampf sein?«

Schweigen.

»Hallo?«

»Ja!«, platze ich heraus. »Ja, natürlich! Sie ist unglaublich ...«

»Sehr schön. Kommen Sie heute in mein Büro, und dann gehen wir alles gemeinsam durch.«

Alle Luft entweicht aus meinem Körper. Offenbar kann ich sie nicht wieder einatmen. »Also ... die Sache ist die. Ich ... ich bin in England.«

»Na schön, dann, wenn Sie zurück sind.«

»Ich komme erst im Juni wieder.«

»Haben Sie dort drüben einen Consulting-Job?«

»Nein, ich habe ein ... ich habe ein Rhodes-Stipendium bekommen, und ich mache ein ...«

Gavin kichert. »Ich war selbst ein Rhodie.«

»Ich weiß, Sir.«

»Gavin.«

»Gavin.«

»Was studieren Sie?«

»Englische Sprache und Literatur von 1830 bis 1914.«

»Warum?«

»Weil ich will?« Warum klingt das wie eine Frage?

»Das brauchen Sie nicht. Das Rhodes zu *kriegen,* ist das Entscheidende. Es zu machen, ist bedeutungslos, vor allem in Literatur von 1830 bis 19-was-auch-immer. Der einzige Grund, weshalb Sie es wollten, war doch, um diesen lebensverändernden Politikjob an Land zu ziehen, oder? Na ja, den gebe ich Ihnen. Also kommen Sie nach Hause, und dann packen wir's an.«

»Nächster!«

Ein Zollbeamter – mit versteinerter Miene, einem Turban und einem eindrucksvollen Bart – winkt mich zu sich. Ich trete einen Schritt über die Linie, hebe aber vor ihm einen Finger. Er sieht mich nicht einmal an. »Gavin, kann ich Sie ...«

»Sie wird die Kandidatin sein, Ella. Es wird der Kampf meines Lebens sein, und ich brauche alle Mann – Sie eingeschlossen – an Bord, aber wir werden das durchboxen.«

Er leidet unter Wahnvorstellungen. Aber, mein Gott, was, wenn er recht hat? Ein aufgeregtes Kribbeln durchzuckt mich. »Gavin ...«

»Hören Sie, ich habe immer den siegreichen Kandidaten unterstützt, aber ich habe noch nie jemanden unterstützt, von dem ich persönlich so unbedingt wollte, dass er gewinnt.«

»Miss?« Jetzt sieht mich der Zollbeamte an.

Gavin kichert über mein Schweigen. »Ich will Sie nicht überzeugen müssen, wenn Sie nicht das Gefühl haben, dass ...«

»Ich kann von hier aus arbeiten.« Bevor er etwas

einwenden kann, fahre ich fort: »Ich werde mich rund um die Uhr zur Verfügung halten. Ich werde Wilkes zu meiner Priorität machen.« Hinter mir macht ein aufgedunsener, rotgesichtiger Geschäftsmann, der nach Gin riecht, Anstalten, sich an mir vorbeizudrängeln. Ich komme ihm zuvor, umklammere das Geländer, während ich ins Telefon spreche. »Ich hatte auf dem College zwei Jobs, während ich ehrenamtlich mehrere Stadtratswahlkämpfe koordiniert habe. Ich kann mit Sicherheit für Sie als Consultant tätig sein, während ich hin und wieder Bücher lese und darüber schreibe.«

»Miss!«, bellt der Zollbeamte. »Beenden Sie Ihr Gespräch, oder treten Sie zur Seite.« Ich hebe den Finger noch höher (als ob Sichtbarkeit das Problem wäre) und baue mich etwas breiter über der Linie auf.

»Was ist Ihr fester Rückreisetermin?«, fragt Gavin.

»Elfter Juni. Ich habe schon ein Ticket. Platz 32A.«

»Miss!« Sowohl der Zollbeamte als auch der Mann hinter mir bellen mich an.

Ich sehe hinunter auf die rote Linie zwischen meinen Füßen. »Gavin, ich überspanne in diesem Augenblick den Atlantik. Ich stehe buchstäblich mit einem Bein in England und einem in Amerika, und wenn ich jetzt nicht auflege, wird man ...«

»Ich rufe Sie zurück.« Er legt auf.

Was hat das zu bedeuten? Was soll ich jetzt tun? Benommen stürze ich an den Einreiseschalter, sehe mich dem mürrischen Beamten gegenüber. Ich setze mein bestes Schönheitswettbewerb-Lächeln auf und schlage den bekümmerten Ach-du-großer-Gott-Ton an, den er, wie ich weiß, erwartet. »Es tut mir so leid, Sir, ich bitte aufrichtig um Entschuldigung. Meine Mom ist …«

»Pass.« Er sieht mich natürlich nicht mehr an. Jetzt bekomme ich die passiv-aggressive Behandlung. Ich reiche ihm meinen brandneuen Pass mit den frischen, ungestempelten Seiten. »Grund Ihres Aufenthalts?«

»Studium.«

»Wie lange werden Sie im Land sein?«

Ich halte einen Augenblick inne. Ich sehe hinunter auf das schwarze, wenig hilfreiche Display meines Handys. »Ich … ich weiß nicht.«

Jetzt sieht er zu mir hoch.

»Ein Jahr«, sage ich. Scheiß drauf. »Ein akademisches Jahr.«

»Wo?«

»Oxford.« Das Wort, laut ausgesprochen, lässt alles andere verblassen. Mein Lächeln wird aufrichtig. Er stellt mir mehr Fragen, und ich nehme an, ich beantworte sie, aber alles, was ich denken kann, ist: *Ich bin hier. Das hier passiert tatsächlich. Alles ist nach Plan verlaufen.*

Er stempelt meinen Pass, gibt ihn mir wieder und hebt die Hand zu der Schlange.

»Nächster!«

Als ich dreizehn war, las ich einen Artikel in der Zeitschrift *Seventeen* mit dem Titel »Meine Einmal-im-Leben-Erfahrung«. Es war der persönliche Bericht eines amerikanischen Mädchens über ihr Auslandsjahr in Oxford. Die

Kurse, die Studenten, die Parks, die Pubs, selbst der Imbiss (»unten links abgebildet«) erschienen mir wie eine andere Welt. Als würde ich durch ein Wurmloch in ein Universum kriechen, in dem die Dinge geordnet und die Leute würdevoll und die Gebäude älter als mein ganzes Land waren. Ich nehme an, dreizehn ist im Leben jedes Mädchens ein wichtiges Alter, aber noch tausendmal mehr war es das für mich, die mitten im Nirgendwo aufwuchs, in einer Familie, die zerbrochen war. Ich brauchte etwas, das mir Halt gab. Ich brauchte Inspiration. Ich brauchte Hoffnung. Das Mädchen, das den Artikel geschrieben hatte, war verwandelt worden. Oxford hatte das Leben für sie aufgeschlossen, und ich war überzeugt, dass es auch der Schlüssel zu meinem Leben sein würde.

Damals fasste ich einen Plan: nach Oxford gehen.

Nachdem ich noch mehr Zollkontrollpunkte durchlaufen habe, folge ich der Ausschilderung zum zentralen Busterminal und finde einen Ticketautomaten. Das £ vor dem Geldbetrag sieht so viel besser aus, zivilisierter, historischer als das amerikanische Dollarzeichen, das mir immer irgendwie anzüglich vorkommt. Als sollte es in blinkenden Neonlichtern über einem Stripclub leuchten. $-$-$. MÄDCHEN! MÄDCHEN! MÄDCHEN!

Das Display des Automaten fragt mich, ob ich ein ermäßigtes Retourbillett will, und ich zögere. Mein Rückflug nach Washington ist am elften Juni, kaum sechzehn Stunden nach dem offiziellen Ende des Sommersemesters. Ich habe keine Pläne, vorher in die Staaten zurückzukehren, sondern will stattdessen in den beiden langen Ferien (im

Dezember und im März) hier bleiben und reisen. Tatsächlich habe ich meine Dezember-Reiseroute bereits vollständig geplant. Ich kaufe das Retourbillett, dann gehe ich hinüber zu einer Bank, um auf den Bus zu warten.

Mein Telefon piepst, und ich werfe einen Blick darauf. Eine E-Mail von der Rhodes Foundation, um mich an die Orientierungsveranstaltung morgen früh zu erinnern.

Das Rhodes ist nicht das einzige renommierte Stipendium, das man kriegen kann, aber es ist das eine, das ich wollte. Jedes Jahr schickt Amerika zweiunddreißig seiner allererfolgreichsten, ehrgeizigsten, ambitioniertesten Streber nach Oxford. Und dementsprechend wird Oxford hauptsächlich mit Genies, Machthungrigen, globalen Führungskräften in Verbindung gebracht. Lassen Sie mich das entmystifizieren: Um ein Rhodes-Stipendium zu kriegen, muss man nur ein klein wenig abgehoben sein. Man muss einen herausragenden Notendurchschnitt haben, sich in mehreren Studienfächern auszeichnen, sozialunternehmerisch eingestellt, fürs Gemeinwohl engagiert und in guter sportlicher Verfassung sein (auch wenn meine letzte annähernd sportliche Leistung darin bestand, Jimmy Brighton mit einem Foulball den Schneidezahn auszuschlagen, daher ist dieses Kriterium unter Vorbehalt zu betrachten). Ich hätte mich für andere Stipendien bewerben können. Es gibt das Marshall, das Fulbright, das Watson, aber die Rhodies sind meine Leute. Sie sind die Planer.

Der andere Finalist, der aus meinem Bezirk ausgewählt wurde (ein Typ mit drei Hauptfächern – Mathe, Wirtschaft, alte Sprachen –, außerdem Olympia-Bogenschütze, der herausgefunden hatte, dass die Anwendung der Spieltheorie auf Verhandlungen mit bekannten Terroristen die Geheimdienstarbeit um 147 Prozent zuverlässiger macht), sagte mir: »Ich arbeite seit meinem ersten Jahr darauf hin, ein Rhodes zu kriegen.« Woraufhin ich erwiderte: »Ich auch.« Er stellte klar: »Meinem ersten Highschooljahr.« Woraufhin ich erwiderte: »Ich auch.«

Ja, das Rhodes ist ein goldenes Ticket nach Oxford, aber es ist auch ein integriertes Netzwerk und ebnet mir meinen politischen Weg. Es stellt sicher, dass Leute, die mich – dieses Mädchen von den Sojafeldern Ohios – andernfalls links liegen gelassen hätten, einen zweiten, ernsten Blick auf mich werfen werden. Leute wie Gavin Brookdale.

Meine Ziele so zu verfolgen, wie ich es tue, die zu sein, die ich bin, das hat mich von meiner Heimatstadt und dem Großteil meiner erweiterten Familie entfremdet. Meine Mom ist nicht aufs College gegangen, und mein Dad hat es nach zwei Jahren abgebrochen, da er der Ansicht war, es sei wichtiger, die Welt zu verändern, als etwas darüber zu lernen. Und hier war ich nun, diese Hochleistungsmaschine, in deren Nähe sich jeder ein wenig unbehaglich fühlte. *Sie glaubt, sie ist etwas Besseres.*

Ehrlich gesagt, glaube ich das nicht. Aber ich glaube, ich bin etwas Besseres als das, was alle, abgesehen von meinem Dad, in mir gesehen haben.

Ich wache in einem Moment der Panik auf, als der Bus, in den ich vor einer Weile in Heathrow gestiegen bin, mit einem Ruck zum Stehen kommt, sodass das Buch auf meinem Schoß auf den Boden fällt. Ich hebe es hastig auf und zwinge meine verschlafenen Augen, die Aussicht von dem bodentiefen Fenster vor mir zu betrachten. Ich habe mich auf dem Oberdeck ganz nach vorn gesetzt, da ich auf dem Weg nach Oxford jedes bisschen englischer Landschaft in mich aufsaugen wollte. Und dann habe ich es verschlafen.

Ich kämpfe mich durch den Nebel in meinem Kopf und äuge hinaus. Eine schmuddelige Bushaltestelle vor einem Nullachtfünfzehn-Handyladen. Ich halte nach einem Straßenschild Ausschau, versuche, mich zu orientieren. In meinem Infopaket vom College stand, dass ich an der Haltestelle Queens Lane in der High Street aussteigen soll. Das hier kann es nicht sein. Ich werfe einen Blick hinter mich, und niemand im Bus macht Anstalten, auszusteigen, also lehne ich mich wieder auf meinem Platz zurück.

Der Bus fährt weiter, und ich atme tief durch, versuche, wach zu werden. Ich stopfe das Buch in meinen Rucksack. Ich wollte es eigentlich vor meinem ersten Kurs morgen zu Ende lesen, aber im Flugzeug war ich zu aufgeregt, um zu lesen, zu essen oder zu schlafen. Mein leerer Magen und der Übernachtflug machen mir jetzt zu schaffen. Der Zeitunterschied auch. Nicht zu vergessen die Tatsache, dass ich die letzten zwölf Jahre meines Lebens auf diesen Moment hingearbeitet habe.

In meiner Jackentasche vibriert mein Handy. Ich hole es heraus und sehe die Nummer von vorhin. Ich hole tief Luft und sage: »Gavin, lassen Sie uns eine Probezeit von, sagen wir, einem Monat vereinbaren, und wenn Sie das Gefühl haben, dass ich vor Ort sein muss ...«

»Nicht nötig.«

Meine Kehle ist wie zugeschnürt. »Bitte, geben Sie mir nur dreißig Tage, um zu beweisen, dass ...«

»Schon gut. Ich habe das gedeichselt. Vergessen Sie nur nicht, wer an erster Stelle kommt.«

Ein Hochgefühl durchdringt mich. Meine Faust ballt sich triumphierend, und ein Lächeln breitet sich auf meinem Gesicht aus. »Auf jeden Fall«, sage ich in meinem professionellsten Ton. »Haben Sie vielen Dank für diese Chance. Sie werden nicht enttäuscht sein.«

»Das weiß ich. Deswegen habe ich Sie ja angeheuert. Was ist Ihr Honorar? Zu Ihrer Information: Es gibt kein Geld.«

Es gibt nie Geld. Ich nenne ihm mein Honorar trotzdem, und wir einigen uns. Das Rhodes bezahlt meine Studiengebühren und meine Unterkunft, und darüber hinaus bekomme ich ein kleines Stipendium für meinen Lebensunterhalt. Ich entscheide spontan, dass das, was Gavin mir zahlen wird, direkt in mein Reisebudget fließen wird.

»Und jetzt los«, sagt er. »Viel Spaß. Den haben Sie sich eindeutig verdient. Im Stadtzentrum gibt es einen Pub, den Sie besuchen sollten. Den Turf. Sehen Sie sich den Laden an, wo einer Ihrer Rhodes-Mitstipendiaten – ein junger William Jefferson Clinton – ›nicht inhaliert‹ hat.«

»Ha, verstanden. Werde ich machen.«

»Aber nehmen Sie Ihr Handy mit. Ihr Handy ist von jetzt an ein Körperteil, kein Accessoire. Okay?«

Ich nicke, obwohl er mich nicht sehen kann. »Okay. Abgemacht.« In dem Augenblick, in dem ich es sage, biegt der Bus um eine Kurve, und da ist es: Oxford.

Hinter einer malerischen Brücke geht die schmale,

zweispurige Straße in eine belebte Hauptstraße über, zu beiden Seiten gesäumt von Gebäuden in einem Mischmasch unterschiedlicher Architekturstile. Wie die Menschenmenge an der Ziellinie eines Marathons jubeln diese Gebäude mir zu, begrüßen mich in ihrer Stadt. Ein paar haben schräge Schieferdächer, andere Zinnen obenauf. Einige der größeren Gebäude haben riesige hölzerne Pforten, eine Verschmelzung von zeitlosem Holz und Stein, die mir den Atem raubt. Vielleicht führen solche Türen zu den achtunddreißig Oxford-Colleges? Es mir vorzustellen, all diese Jahre davon geträumt zu haben, war nicht dasselbe, wie es jetzt vor mir zu sehen.

Ich hebe den Blick. Am Horizont verstreut sehe ich die Spitzen anderer alter Gebäude, die die Stadt säumen.

»Die Stadt der träumenden Türme«, murmele ich vor mich hin.

»Das ist es allerdings«, sagt Gavin in mein Ohr. Ich hatte ganz vergessen, dass er noch immer in der Leitung ist.

So nennt man Oxford. Ein wohlverdienter Titel. Denn bevor es mein Traum oder der Traum jenes Mädchens in der *Seventeen*-Zeitschrift war, war es auch der Traum von irgendjemand anderem.

Licht, das die Augen nicht stört;
Erinnerung ohne Hass;
Liebe, vom andern erhört.
Was ist das Beste hienieden?
Vielleicht ist es all das.

Elizabeth Barrett Browning,
»Das Beste auf der Welt«, 1862

Kapitel 2

Ich wünschte, ich könnte sagen, dass Oxford nach Pergament und Zimt oder irgendetwas Poetischem riecht, aber im Augenblick riecht es einfach nur nach Stadt: Busdiesel, feuchtkalter Asphalt und der Duft von französischer Röstung, der aus dem Café auf der anderen Straßenseite weht.

Die Gehsteige der High Street sind schmal, gesäumt von Häusern auf einer Seite und flachen, ausgetretenen Bordsteinen auf der anderen. Die Beengtheit verstärkt das Gedränge. Studenten eilen vorüber, Touristen schlendern vor sich hin, Erstere entnervt von Letzteren. Jene, die Englisch sprechen, verstehe ich fast ebenso schlecht wie jene, die es nicht tun. Mein Ohr hat sich noch nicht an den Akzent gewöhnt, und den Dialogen der Passanten kann ich nicht folgen.

Es ist ein ganz gewöhnlicher Tag in Oxford, aber für mich ist er magisch.

Als der Bus anfährt, nehme ich mein Gepäck und versuche, eine große Familie zu umrunden, die über einen Stadtplan gebeugt dasteht und mit erregten Stimmen diskutiert. Nach einem Moment hebt der Vater den Kopf, hält den

Stadtplan hoch, außer Reichweite der anderen, mit seiner Geduld am Ende. »Okay, okay, Ende der Diskussion. Wir gehen in diese Richtung!«

Bevor ich der Familie ausweichen kann, schießt eine Schar Fahrräder an uns vorbei, streift mein Gepäck und peitscht mit ihrem Fahrtwind meine Haare. Die Fahrer tragen alle irgendeine Art Sportbekleidung (Rugby vielleicht?), und sie riechen nach Jungsschweiß und frisch gemähtem Gras, während sie klingelnd und johlend vorbeifahren. Jungs sind offenbar in jedem Land Jungs. Der letzte Fahrer reißt dem Vater den Stadtplan aus der Hand und hält ihn triumphierend hoch, während er ruft: *»Et in Arcadia ego!«*

Oxford: wo selbst die Sportskanonen Latein sprechen.

Es gibt nichts, was ich für das Rhodes tun muss. Es ist kein Abschluss oder Titel. Was ich in Oxford tue – oder nicht tue –, ist eine Sache zwischen meinem College und mir.

Das College, dem ich angehören werde, ist das Magdalen, das seltsamerweise »Maudlin« ausgesprochen wird. Gegründet im Jahr 1458, hat es einen großen Speisesaal, einen Wildpark, einen Glockenturm, mittelalterliche Kreuzgänge und ungefähr sechshundert Studenten aufzuweisen. Ich habe mich für das Magdalen nicht aus irgendeinem wohlüberlegten akademischen Grund beworben; ich habe mich für das Magdalen beworben, da es das College von Oscar Wilde war.

Ich nähere mich der Pforte, schlängele mich vorsichtig zwischen den Leuten hindurch, die dort hinein- und herausströmen, und schleppe mein Gepäck in einen Säulengang. Vor mir, hinter einer offenen Tür im gotischen Stil, erhasche ich einen Blick auf einen kopfsteingepflasterten Innenhof und ein entzückendes dreistöckiges, sandfarbenes, mit Dachgauben ausgestattetes Gebäude. Auf den Steinplatten des Eingangs verkünden Tafeln die Zeiten, zu denen das College für Besucher geöffnet ist, und machen Werbung für eine Tour durch die Küchen aus dem fünfzehnten Jahrhundert. Zu meiner Linken befinden sich Schaukästen mit Mitteilungen und Erinnerungen: »Haben Sie Ihr Haushaltsentgelt schon entrichtet?« – »Besorgen Sie sich alles, was Sie für die Uni brauchen, bei uns! Neuer Studentendiscount bei Summer Eights in der Broad, zeigen Sie Ihren Bod-Ausweis.« – »Lust auf einen Schluck vor dem ersten OKB-Bop im FS? Fr 8 vor Vorlesungsbeginn, JCR.« Während ich die Worte geschrieben vor mir sehe, ohne sie zu verstehen, wird mir bewusst, dass der Akzent nicht das einzige Hindernis sein wird. Zu meiner Rechten trennen eine Holzverkleidung und zwei Rundbogenfenster eine Art Büro ab, wie eine Wild-West-Bank, die förmlich danach schreit, überfallen zu werden.

Als ich um die Ecke biege, entdecke ich hinter dem Glas einen älteren Mann in einem fusseligen roten Pullover, darunter ein weißes Hemd und eine Krawatte. Mit gekrümmten Schultern steht er vor einem altertümlichen Kopiergerät, das ungefähr so groß wie ein SUV ist. Mit seinem langen Hals und dem fast kahlen Kopf erinnert er an eine Galapagos-Schildkröte. Er murmelt etwas vor sich hin, während er gegen den unteren Teil des Geräts tritt. Daraufhin surrt es los wie eine Propellerturbine und spuckt langsam grüne Seiten aus.

»Hi!«, trällere ich.

»Brauchen Sie Hilfe?«, fragt er, ohne aufzusehen, während er den nächsten Stapel Papiere durchschiebt und dazwischen immer wieder seinen Finger anleckt.

»Ich möchte …« Ich zögere. »Einchecken? Nehme ich an?«

»Studentin?«, fragt er.

»Yeah. Ja.«

»Frischling?«

Ich habe keine Ahnung, was er eben gesagt hat. »Was?«

»Frischling?«

Ich antworte nicht. Ich habe Angst, etwas Falsches zu sagen.

Schließlich sieht er entnervt auf, und mir wird bewusst, dass er die Seiten gezählt hat und dass ich ihn gestört habe. »Erstes Jahr. Sind Sie im ersten Jahr?«

»Ich bin im Aufbaustudium. Aber ich fühle mich geschmeichelt, Sir.«

Er seufzt. »Amerikanerin. Name?« Er zählt wieder weiter.

»Eleanor Durran. Aber bitte nennen Sie mich Ella.«

Er tut nichts dergleichen. Er tritt an einen langen hölzernen Schreibtisch und reicht mir ein Blatt Papier und einen Stift. Ich werfe einen Blick darauf. Es ist ein Vertrag, in dem steht, dass ich mein Zimmer nicht abfackeln darf. Ich unterschreibe. Er schiebt mir über den Tresen einen Umschlag zu, so groß wie eine Spielkarte, mit meinen

Initialen darauf. Er geht um den langen Schreibtisch herum, kommt durch eine Seitentür heraus und tritt an eine Wand mit kleinen Fächern, ähnlich wie im Kindergarten. Während er spricht, steckt er jeweils ein grünes Blatt Papier in jedes Fach.

»Das hier ist Ihr Fach. Sehen Sie dort täglich nach Post. Sie haben Zimmer dreizehn, Aufgang vier. Das ist der Swithuns-Aufgang. Für gewöhnlich bringen wir die Aufbaustudenten nicht innerhalb der Gemäuer unter, aber in diesem Jahr sind die Unterkünfte knapp. Außerdem habe ich festgestellt, dass es den Amerikanern durchaus gefällt, ›hinter den Pforten‹ zu wohnen. Hat das irgendwas mit diesem Zauberjungen zu tun?«

»Harry Pott...«

»Mahlzeiten nach Ihrem Belieben. Sonntags, mittwochs und freitags halten wir ein förmliches Essen im Speisesaal ab. Talarzwang. In einem Laden in der Turl kriegen Sie einen. Der Boiler geht erst am fünfzehnten Oktober an, bis dahin keine Heizung, also fragen Sie gar nicht erst. In dem Umschlag finden Sie zwei Schlüssel; mit der elektronischen Karte kommen Sie nach der Schließzeit durch die Pforten und zu jedem der öffentlichen Räume, der andere ist ein richtiger Schlüssel für Ihr Zimmer. Er ist unersetzlich. Verlieren Sie ihn nicht.«

Ich verstehe vielleicht die Hälfte von dem, was er gesagt hat. »Danke. Wie ist Ihr Name?«, frage ich.

Sein Schildkrötenhals weicht zurück. »Hugh«, knurrt er, während er sich wieder zu den Postfächern umwendet.

»Ich bin Ella.«

»Das haben wir bereits festgestellt, Miss Durran.«

»Na ja«, sage ich, während ich den Griff meines Koffers in die Hand nehme, »ich glaube, das ist der Beginn einer wunderbaren Freundschaft, Hugh.«

»Von allen Kaschemmen der ganzen Welt kommt sie ausgerechnet in meine«, murmelt er. Aber ich kann den Anflug eines Lächelns sehen. Sicher, es ist widerstrebend und macht zudem einen eingerosteten, ungenutzten Eindruck, wie eine alte Fahrradpumpe, aber es ist zweifellos da. »Sie finden Aufgang vier gleich hinter der Loge ...« Ich mache den Mund auf, um etwas zu sagen, aber er redet einfach weiter. »Das hier ist die Loge, und Sie verlassen sie durch die Tür dort drüben, überqueren den St.-John's-Kolleghof, biegen bei Swithuns links ab, und dann kommen Sie zu Ihrer Linken an Aufgang eins vorbei, und dann kommen Sie, ebenfalls zu Ihrer Linken, an Aufgang zwei vorbei, und wenn Sie nicht aufgeben, werden Sie zwangsläufig irgendwann zu Aufgang vier gelangen.« Ich versuche es noch einmal, mache den Mund auf, um etwas zu sagen, aber er fährt unbeirrt fort: »Und dort wird Ihr Zimmer auf der linken Seite des letzten Treppenabsatzes sein, ganz am oberen Ende.«

Die Worte »ganz am oberen Ende« stimmen mich nachdenklich. Wieder einmal wird mir in Erinnerung gerufen, dass ich nichts mehr gegessen habe, seit ich die Staaten verlassen habe.

»Hugh, würde es Ihnen etwas ausmachen, wenn ich mein Gepäck hier lasse und mir erst einmal etwas zu essen besorge?«

»Wie Sie wünschen, Miss Durran.«

»Ich werde mich beeilen«, versichere ich ihm, aber Hugh hat sich bereits wieder zu seinem Kopierer umgewandt. »Irgendwelche Empfehlungen?«

»Große Auswahl auf der High.«

Die High. Klingt so viel cooler als High Street.

Ich rolle meinen Koffer neben den Kopierer, ziehe mein Buch aus meinem Rucksack, wende mich zum Gehen … und bleibe abrupt stehen. Ein Junge steckt den Kopf durch den Eingang zur Loge und tritt zögernd vor. Er bewegt sich wie eine Maus. Er ist pummelig um die Hüften, und seine Haare sind auf dem Kopf zu zwei spitz zulaufenden Fächern hochfrisiert, ähnlich wie Ohren. Er sieht aus wie Gus Gus aus *Cinderella*.

»Ja«, faucht Hugh den Jungen an.

Der Junge sieht aus, als ob er am liebsten abhauen wollte, aber er sagt: »Ja, ähm, Entschuldigung, Sir, ich gehe zu, ähm, hm, Sebastian Melmoths Zimmer?«

»Nicht schon wieder«, murmelt Hugh. »Dieser schwachköpfige Schnösel.« Ich muss unwillkürlich lächeln. Jemand hat tatsächlich »dieser schwachköpfige Schnösel« gesagt, im echten Leben, in Echtzeit, genau vor mir. Dann bellt Hugh den Jungen an. »Steh hier nicht rum, komm herein, komm herein.« Gus Gus huscht an uns vorbei. Während Hugh den Kopf schüttelt, gehe ich wieder hinaus, auf die High.

Ich wende mich nach rechts, zurück in die Richtung, aus der ich gekommen bin, und sehe auf meine Armbanduhr. Wie aufs Stichwort beginnt irgendwo eine Glocke, fünfmal klangvoll zu läuten. Eine Gänsehaut läuft mir die Arme hoch. Wenn ich nicht so erschöpft wäre, würde ich vermutlich vor Rührung anfangen zu weinen. Ich blicke über die Straße und bleibe stehen. Ich kann nicht glauben, was ich sehe. Das Schild sieht noch immer genauso aus wie in der Zeitschrift.

IMBISS ZUM FRÖHLICHEN FISCH.

Ich schaue nach links und setze einen Fuß von der Bordsteinkante, als das plötzliche Plärren einer Hupe dafür sorgt, dass ich mit einem Satz auf den Gehsteig zurückspringe. Ich presse mir mein Buch an die Brust, damit mein Herz nicht herauspurzelt. Ein silbernes Oldtimer-Cabrio, wie etwas aus einem Bond-Film, schießt vorbei, fährt mich fast über den Haufen. Ich erhasche einen Blick auf den achtlosen Fahrer, seine langen braunen Haare, die im Wind wehen, während er davonbraust. Auf dem Beifahrersitz wendet sich eine ebenso windgepeitschte Blondine um, um mich anzustarren, den Mund weit aufgerissen zu einem schockierten, aber ungenierten Lachen.

»Das ist nicht witzig!«, will ich ihnen hinterherbrüllen, aber sie sind längst außer Rufweite. Während mein Herzschlag sich allmählich beruhigt, hole ich tief Luft und trete wieder von der Bordsteinkante. Diesmal stelle ich sicher, dass ich nach rechts schaue.

Eine kleine Glocke bimmelt, als ich den Fröhlichen Fisch betrete. Der Besitzer, ein stämmiger Mann mit einer roten Nase und einem weißen Geschirrtuch über der Schulter, sieht mich vergnügt an. »Hallo!«

In dem kleinen, entzückenden Raum gibt es eine Reihe mit hölzernen Sitznischen auf einer Seite und eine Bar mit Hockern auf der anderen. Der Mann steht hinten, hinter einem kleinen Servicetresen. Dort gibt es auch einen Hocker. Er klopft zur Begrüßung auf den Tresen. »Was darf es sein?«

»Fish and Chips!«

»Kommt sofort.« Er wendet sich zu seiner Fritteuse um, und ich mache es mir bequem, fahre mit den Händen über das abgegriffene Holz, während ich auf dem schwarzen, gepolsterten Sitz herumrutsche. Alles fühlt sich genau so an, wie ich es mir vorgestellt habe. Riecht genau so, wie ich es mir vorgestellt habe. Selbst der Besitzer ist genau so, wie ich ihn mir vorgestellt habe.

»Ich bin Ella.«

Er wendet sich zu mir um, wischt sich feierlich die Hand an seinem Geschirrtuch ab und streckt sie mir hin. »Simon.« Ich nehme die Hand, erwidere seinen festen Griff. Er grinst. »Woher bist du, Ella?«

»Ohio, ursprünglich. Aber jetzt lebe ich in D.C.« Simon nickt und stützt sich mit den Ellenbogen auf den Tresen, sieht auf das Buch hinunter, das ich dort abgelegt habe.

Es ist ein schmales Hardcover, in diesem Leinenstoff, in den nur akademische Bücher gebunden sind. Es hat mich auf eBay achtzig Dollar gekostet; der Preis dieser Bücher verhält sich umgekehrt proportional zur Größe ihrer Leserschaft. Simon liest den Titel vor, betont genüsslich jedes Wort: *»Das viktorianische Rätsel: wie die zeitgenössische Lyrik die Genderpolitik und Sexualität von 1837 bis 1898* *geprägt hat,* von Roberta Styan.« Er blickt zweifelnd zu mir hoch.

»Das ist ein echter Knüller«, sage ich, und er lacht schallend los. »Nein, ich mache ein Masterstudium.« Ich klopfe auf den Namen der Autorin auf dem Umschlag. »Hauptsächlich bei Professor Styan. Kennen Sie sie?« Simon schüttelt den Kopf. Ein Piepsen kommt von der Fritteuse, und er geht hinüber. »Sie ist, na ja, eine Gottheit in der Welt der Literaturkritik. Sie forscht zu Tennyson, nicht unbedingt mein Spezialgebiet. Überhaupt nicht, um genau zu sein. Ich arbeite in der Politik. Amerikanische Politik. Aber in diesem ganzen Jahr geht es für mich darum, über Grenzen hinauszugehen, neue Dinge zu erkunden und im Grunde, na ja, mich einfach auf ein höheres Niveau zu schrauben. Als Mensch?« Warum schwafele ich hier rum? Warum fühle ich mich, als ob in meinem Kopf Nebel heranrollte? Oh. Jetlag.

Simon wickelt meine ganze Mahlzeit in eine Tüte aus braunem Fleischpapier, packt sie in Zeitung und hält sie mir hin wie ein Rosenbouquet. »Tradition«, erklärt er stolz. »Ein paar andere Fish-and-Chips-Läden verwenden diese Takeaway-Container aus Plastik. Ist mir ein Rätsel.« Er reicht mir einen Pappteller mit den Worten: »Für Soße«, und zeigt auf einen Tresen mit Würzmitteln am Eingang des Lokals. »Das ist meine eigene Abwandlung der Tradition. Früher kam man hier rein und kriegte Curry- oder Erbsen- oder Tartarsoße, und das war's. Probiere sie alle aus. Ich verspreche dir, du wirst nicht enttäuscht sein.« Er zwinkert mir zu.

Bevor ich etwas erwidern kann, bimmelt die Glocke, und Simon richtet sein Augenmerk zur Tür. »JD!«, ruft er mit einem breiten Lächeln, öffnet die Tresenklappe und geht auf den Eingang zu.

»Simon, mein guter Mann«, erwidert eine männliche Stimme.

Ich konzentriere mich auf die kulinarische Köstlichkeit vor mir. Gott, dieser Geruch. Ich nehme einen Bissen. Himmlisch. Ich muss mich zusammenreißen, um nicht laut aufzustöhnen.

Ich höre den Mann sagen: »Zweimal Fish and Chips und zwei Limos. Danke, Kumpel.« Seine Stimme ist so melodisch, so leise und sanft, dass sie von Chormusik begleitet werden sollte.

Dann sagt eine weibliche Stimme: »Keine Chips für mich. Und eine Diätlimo.«

Am Rande meines Blickfelds sehe ich, wie sie in einer Nische nahe der Tür Platz nehmen, während Simon wieder zu mir kommt und hinter seinen Tresen geht. Ich nehme noch einen Bissen von dem perfekt zubereiteten Fisch, und diesmal gelingt es mir nicht so gut, ein Stöhnen zu unterdrücken. Simon, mit der Fritteuse beschäftigt, schenkt mir über die Schulter ein Grinsen.

Ich höre die Frau hinter mir murmeln: »Ich dachte, du wolltest mich in das beste Lokal in Oxford einladen.«

»Das habe ich«, entgegnet der Mann.

Ich ziehe noch eine Pommes aus meiner Tüte, vertiefe mich in die Zeitung, die vor mir auf dem Tresen liegt, aber der Nebel verdichtet sich, ich kann praktisch nichts entziffern. Ein paar Minuten später hebt Simon die Tresenklappe wieder hoch, schlurft hinüber zu dem Paar und stellt ihnen ihr Essen hin. »Danke«, sagt der Mann, und dann, als Simon durch den Tresen zurückkommt: »Ehret die Kartoffel! Himmlische Knolle. Speise der Götter. Was beten wir dich an!«

»Davon kriegt man einen dicken Hintern«, entgegnet die Frau.

»Nein, nein«, widerspricht der Mann. »Den kriegt man von dem Öl. Dem Öl! Und doch wird der Kartoffel die Schuld gegeben. Das ist verdammt empörend, das sage ich dir.« Er lacht. Sie nicht.

Simon fängt meinen Blick auf und verdreht die Augen. Ich verdrehe meine, und wir lächeln, zwei Kampfgenossen. Er weist mit einem Nicken zu dem Tresen mit den Soßen. »Wirklich, du musst sie probieren.«

»Ach ja, richtig! Hätte ich fast vergessen.« Ich nehme meinen Teller und gehe hinüber zu dem Tresen, um die reiche Auswahl zu betrachten.

Der Mann fährt fort. »Die Iren zum Beispiel! Sie wussten um den Wert der Kartoffel. Wusstest du, dass eine Million Menschen starben, als die Iren nur für ein paar Jahre die Kartoffel entbehren mussten?«

Eine Pause tritt ein. »Warum haben sie nicht einfach etwas anderes gegessen?«

Ich drücke auf die Pumpe für die Tartarsoße, und die dicke Paste schießt über meinen Teller hinaus und spritzt auf den Tresen.

»Wie, du meinst Kuchen?«, fragt der Mann ironisch.

»Na klar«, antwortet sie, immun gegen Sarkasmus.

Ich nehme eine Flasche mit der Aufschrift *Brown Sauce* (nicht sehr aufschlussreich) und gieße sie ebenfalls über meinen Teller. Dann drücke ich etwas Senf daneben, dazu einen Klacks Mayonnaise und etwas, das wie Chutney aussieht, aber sicher bin ich mir nicht. Ich fühle mich verpflichtet, ein klein wenig von allem zu nehmen, da ich Simon nicht enttäuschen will. Der Teller sieht aus wie eine Malerpalette.

Ich höre, wie der Typ mit der tollen Stimme die Nische verlässt. »Warum haben sie nicht einfach etwas anderes gegessen? Ausgezeichnete Frage! Sollen sie doch Kuchen essen! Aber, weißt du, der war ihnen ausgegangen. Nicht ein Stück Kuchen im ganzen Land. Verdammt übel. Was war nur aus dem Empire geworden!« Trockener britischer Humor, offen zur Schau getragen. Immer unterhaltsam und doch irgendwie durch und durch unausstehlich. »Nun«, fährt er fort, »für dich ist eine selbst gekochte Mahlzeit drin, wenn du ...«

Sie schneidet ihm das Wort ab, in einem leisen, lockenden Ton. »Ich hätte lieber diese Ohrringe, die wir vorhin gesehen haben.«

»Für Diamanten wirst du ein bisschen mehr als nur Banalitäten liefern müssen, Süße«, sagt er beiläufig. Was für ein Idiot. »Eine selbst gekochte Mahlzeit, wenn du mir das Jahr sagen kannst, in dem sich die Große Hungersnot ereignete. Du hast zehn Sekunden. Zehn. Neun. Acht ...«

Mir wird bewusst, dass ich in meinem Nebel einfach nur dastehe, während ich dieses lächerliche Gespräch belausche und meine Fish and Chips kalt werden lasse. Ich komme wieder zu mir, wende mich um, um zu meinem Platz zurückzukehren, und krache mit voller Wucht mit dem Typen mit der tollen Stimme zusammen. Zwei Planeten, die kollidieren. Der Teller mit den ganzen Soßen klatscht gegen meine Brust, und ich taumele, im Begriff, zu Boden zu gehen. Eine ritterliche Hand schnellt vor und packt meinen Unterarm, hält mich aufrecht. Meine andere Hand umklammert seine Schulter.

Vielleicht ist er doch kein Idiot.

Während ich mich aufrichte, erhasche ich einen Blick auf die Frau, mit der er geredet hat. Lange blonde Haare. Windgepeitscht. Den Mund weit aufgerissen zu einem schockierten Lachen.

Mein Blick huscht zurück zu ihm, in genau dem Moment, in dem sein Kopf hochkommt, die braunen Haare zerzaust.

Unsere Blicke treffen sich.

Der Nebel lichtet sich, und ich platze heraus: »Sie!«

Er bewohnt ein prächtiges Zimmer
Mit hunderten Büchern rundum.
Er trinkt Marsala immer,
Doch wird nicht betrunken darum.

Edward Lear,
»Wie nett, Herrn Lear zu kennen«, 1871

Kapitel 3

»Ich?«, fragt er und schaut mich an wie das Kaninchen die Schlange.

»Sie!«, wiederhole ich.

Wir starren uns noch immer an. Er hält noch immer meinen Unterarm, ich umklammere noch immer seine Schulter. Wir stehen uns genau gegenüber, von Angesicht zu Angesicht, Auge in Auge, an meiner Brust klebt der Pappteller.

Dann erwacht er zum Leben. »Okay, also wir gehen wie folgt vor. Simon?«, ruft er, aber Simon wirft ihm bereits das Geschirrtuch von seiner Schulter zu, und er fängt es geschickt aus der Luft auf. »Lehnen Sie sich vor«, fordert er mich auf. Ich beuge mich aus der Taille vor, und er löst den Teller von mir ab. Ich sehe zu, wie die Unmengen von Soßen von meiner Brust auf den Linoleumboden tropfen, ein Jackson Pollock für Arme.

Die Blondine lacht.

Ich richte mich auf, während der Mann den Teller auf dem Tresen abstellt, und dann steuert er mit dem Geschirrtuch auf mich zu, peilt meine Brust an.

Meine Hand schnellt vor. »Nicht. Ich mache das schon.«

Mit bloßen Händen reibe ich an meiner Bluse herum wie ein Kleinkind, das mit Fingerfarben malt, und mache alles noch zehnmal schlimmer. Die Feuchtigkeit beginnt, durch den Stoff auf meine Haut zu dringen. Ich spüre, dass er mich anstarrt. »Was denn?«, frage ich, die Ruhe selbst.

»Kennen wir uns?«

»Sie hätten mich fast mit Ihrem Wagen angefahren!«

»Das waren Sie?«

Ich sage nichts.

»Darf ich ... Ihnen behilflich sein?«, trällert der Mann in einem Ton, der immer nur eines bedeutet.

Ich erstarre. Es kann nicht sein, dass er das tut. Ich sehe zu ihm hoch.

Er tut es. Er flirtet mit mir. Er hält das Geschirrtuch in der Luft bereit, mit einem verwegenen Lächeln und funkelnden Augen.

»Machen Sie Witze?«

»Nie würde ich es wagen«, gibt er charmant zurück.

»Sie flirten? Sie sollten sich entschuldigen!«

»Fürs Flirten?«

»Dafür, dass Sie mich fast überfahren hätten!«

»Sie wollen sagen, ich sollte mich für etwas entschuldigen, was ich nicht absichtlich getan habe? Ich würde mich lieber für das Flirten entschuldigen.« Er lächelt.

»S-Sie ... Sie schwachköpfiger Schnösel!«

»Ooh. Schwachköpfiger Schnösel. Was für eine ausgesucht hübsche, alliterierende Anrede.« Er lächelt noch immer. »Sie sind also Amerikanerin. Okay, ich sage Ihnen, was ich über Amerikaner weiß: Sie neigen dazu, sich in diesem Land überfahren zu lassen, indem sie genau in den entgegenkommenden Verkehr treten.«

»Jetzt ist es also meine Schuld?!«, sage ich wütend.

»Und noch etwas, was ich über Amerikaner weiß: Sie neigen dazu, laut zu werden. Hier.« Er greift in seine Hosentasche, zückt ein buntes Bündel Geldscheine. Er zieht einen Schein ab, hält ihn mir hin.

»Was ist das?« Ich koche innerlich.

»Das ist ein Fünfzigpfundschein.«

»Ich will Ihr Geld nicht! Ich will … ich will …« Was will ich eigentlich? Der Nebel verdichtet sich wieder.

»Oh, nun blicken Sie nicht so empört. Nehmen Sie es. Sie haben es selbst gesagt. Ich bin der schwachköpfige Schnösel.« Er hält mir das Geld wieder hin. »Der emotionslose Flegel, der sich in Ermangelung irgendwelcher aufrichtiger Gefühle die Aufmerksamkeit anderer nur erkaufen kann.«

Ich nicke in Richtung der Blondine. »Das sehe ich.«

Das trifft ihn. Seine Miene verändert sich. Das offene, lässige, draufgängerische Lächeln schwindet, und ein Vorhang fällt hinter seinen Augen. Die Show ist vorbei. Er blickt tatsächlich verletzt. Gut. »Behalten Sie Ihr Geld.« Ich schlage Kapital aus diesem Moment der Klarheit, der Tatsache, dass sich das Blatt gewendet hat, feuere eine letzte Bemerkung ab. »Kaufen Sie der Historikerin ein paar Kohlehydrate.«

Ich marschiere zurück zum Tresen, schnappe mir mein Buch und meine Jacke und wühle in meiner Hosentasche nach Geld. Ich lege zwanzig Pfund hin, nehme den Rest von meinem Fischbouquet, während ich Simons Lächeln auffange, und wende mich zur Tür. »Bis später, Simon!«

»Ich freue mich darauf, Ella aus Ohio!« Er kichert.

»*Bonne chance*«, ruft der Mann ironisch, eindeutig wieder zu sich gekommen. Dann, mit einem noch hochnäsigeren, klischeehafteren britischen Akzent, fügt er hinzu: »Bewahren Sie Ruhe, und blicken Sie stets nach rechts!«

Ich ignoriere ihn und öffne die Tür. Die Glocke bimmelt, und auf der Schwelle halte ich inne. Ich kann es mir nicht verkneifen. Ich wende mich noch einmal um. »Die Große Hungersnot war 1845. Arschloch.«

Das ist ja großartig gelaufen. Benebelt, bekleckert und auf einmal tief erschöpft trotte ich zurück zum Magdalen. Im Gehen stopfe ich mir frittierten Fisch in den Mund. Dass die Leute einen weiten Bogen um mich machen, bilde ich mir nicht nur ein.

Jetzt, wo ich draußen an der frischen Luft bin, spüre ich einen ersten Anflug von Verlegenheit. Musste ich ihn so abkanzeln? Ja, ich bin im Jetlag, außerhalb meiner Komfortzone, aber trotzdem …

Ich hasse solche Typen. Ich bin mit solchen Typen aufs College gegangen. Ich habe mit solchen Typen am Capitol Hill ein Praktikum gemacht. Typen, die glauben, sie können sich mit Daddys Geld Respekt erkaufen, und dann mit einem Augenzwinkern und einem Lächeln den Deal besiegeln. Typen, die ein Spiel spielen, die ihre Falle aufstellen, als wäre sie das genialste Meisterwerk der Ingenieurskunst, das je entwickelt wurde.

Wissen Sie, ich bin keine strahlende Schönheit oder so, aber mit der richtigen Beleuchtung, den richtigen Frisur- und Make-up-Bemühungen meinerseits habe ich bekanntermaßen schon ein paar Köpfe verdreht. Ich habe diese wilde irische Mähne, die überall gut ankommt, einen breiten Julia-Roberts-Mund und große runde Augen, mit denen ich unschuldiger aussehe, als ich tatsächlich bin. Das Mädchen von nebenan. So ein Mädchen, das geschmeichelt zu sein hat, wenn man mit ihm flirtet, nachdem man es fast überfahren und ihm dann die Bluse ruiniert hat.

Aber der Schein trügt.

Ich stolpere durch die Magdalen-Pforte und in die Loge. Kein Hugh in Sicht. Ich trete in den Innenhof. Die Sonne versinkt am Himmel, und die Sandsteingebäude sind in einen rosigen Schimmer getaucht. Müde taumele ich über das Kopfsteinpflaster, während ich versuche, mich an Hughs Wegbeschreibung zu erinnern.

Ein großes L-förmiges Gebäude taucht vor mir auf, säumt einen riesigen Rasen, der so perfekt gepflegt ist, dass er einen Golfplatz in den Schatten stellen würde. Etwa alle zehn Meter führen kleine Treppen, gesäumt von Koppelfenstern, hinauf. Ich finde Nummer vier und mache mich an den Aufstieg, mit der zielstrebigen Entschlossenheit des sprichwörtlichen Pferdes, das den Stall riecht.

Die ersten paar Stufen sind aus Granit, aber schon bald weichen sie alten Steinplatten, jede Stufe von den Schuhen mehrerer Jahrhunderte schief getreten. Die Treppe schraubt sich höher, verschmälert sich bald zu wackeligen Holzbrettern. Sie ist so steil, dass ich sie hochklettere wie eine Leiter, bis ich schließlich auf allen vieren einen kleinen Treppenabsatz erreiche, mit je einer Tür zu beiden Seiten.

Ich will eben aufstehen und in meiner Hosentasche nach dem Schlüssel wühlen, den Hugh mir gegeben hat, als mir einfällt, dass mein Gepäck noch immer unten in der Loge steht. Mit einem lauten Stöhnen kippe ich auf die Seite. Ich könnte hier an Ort und Stelle einschlafen. Vielleicht werde ich genau das tun.

Die Tür zu meiner Rechten geht auf, und Gus Gus schlüpft rasch heraus, steigt beiläufig über mich hinweg, als wäre ich schon genauso lange hier wie die Treppe selbst, und verschwindet die Stufen hinunter. Eine Stimme von der offenen Tür ruft ihm nach: »Deine Schönheit wird vergehen, genau wie mein Interesse. Geh mir aus den Augen!«

Ein Wesen taucht im Türrahmen auf, zuckt bei meinem Anblick zurück. Es trägt einen roten Morgenmantel und hält einen Tumbler mit bernsteinfarbener Flüssigkeit in der Hand. Seine freie Hand findet den Spalt in dem Morgenmantel und hält ihn zu, wie eine alternde Tennessee-Williams-Heldin.

»Hallo!«, krächze ich.

»Hal-lo«, antwortet es stockend, ein kleines, gertenschlankes, männliches Wesen mit gewelltem, kinnlangem, kastanienbraunem Haar. Er beäugt mich, dann murmelt er, fast zu sich selbst: »Ist es verloren?«

Hey. Wenn ich für einen Menschen ein sächliches Pronomen verwende, dann höchstens in Gedanken. Keinesfalls sage ich es dem Pronomen ins Gesicht. Ich rappele mich hoch. »Ich wohne hier.« Ich zeige auf die Tür hinter mir.

»Ich bin Ella.« Er mustert mich, rümpft die Nase entweder über mein Erscheinungsbild oder meinen Geruch, ich kann nicht sagen, was von beidem. Beide stehen im Moment auf einer Stufe mit einer Mülltonne auf einem Jahrmarkt. Ich kämpfe mich weiter, erinnere mich, zu wem Gus Gus vorhin wollte. »Und du bist Sebastian Melmoth, richtig?«

Jetzt beäugt er mich misstrauisch von der Seite. »Das ist richtig. Es ist ein Familienname. Aber wie …«

»Ach ja?«

»Ach ja«, erwidert er gedehnt, macht sich über meinen Akzent lustig. »Reicht Jahrhunderte zurück. Aber wie hast du …«

»Ich wusste nicht, dass das möglich ist.«

»Was?«

»Von jemandem abzustammen, der gar nicht existiert hat. Korrigiere mich, wenn ich mich irre, es ist eine Weile her, seit ich dieses Zeug gelesen habe, und ich bin müde, im Jetlag und, du weißt schon, Amerikanerin, aber Sebastian Melmoth war Oscar Wildes Pseudonym. Richtig?« Zugegeben, das hier bereitet mir ein gewisses perverses Vergnügen.

Aufgeflogen, funkelt der Typ mich einfach nur an, dann stößt er einen herablassenden Seufzer aus, dreht sich auf dem Absatz um und geht zurück in sein Zimmer, wobei er zur Betonung die Tür hinter sich zuknallt.

Ich hole einmal tief Luft, um mein Gleichgewicht wiederzufinden, ziehe den uralt aussehenden Schlüssel aus meiner Hosentasche und schätze das antike Schloss ab. Ich stecke den Schlüssel hinein und drehe ihn. Es klingt, als ob ich eine Gruft aufschließen würde. Ich drücke die quietschende Tür auf und betrete das Zimmer. Mein Zimmer.

Die Sonne ist fast untergegangen, daher ist es düster. So düster, dass ich mein Gepäck in der Mitte nicht sehe und prompt darüber stolpere. Trotzdem, Hugh ist jetzt mein Held. Ich taste nach dem Lichtschalter und finde ihn rechts neben der Tür.

Das Zimmer ist entzückend, mit schrägen Decken und nackten Holzbalken. Zwischen den Balken ist die Decke weiß gestrichen, und die Wände sind mit Putz aus der viktorianischen Zeit versehen, der an manchen Stellen sogar romantisch abblättert. Ganz hinten an der Wand steht ein Einzelbett, genau am Scheitelpunkt der Dachlinie. Außerdem gibt es eine funktionale Kommode mit einem niedrigen Einbau-Bücherregal daneben. Auf der linken Seite befindet sich ein kleines Bad mit einer winzigen Dusche und einem Barbiepuppen-Waschbecken, und rechts ist ein einzelnes, doppelt verglastes Dachfenster. Ich gehe darauf zu.

Das Licht schwindet bereits, aber ich erhasche einen ungefähren Blick auf eine atemberaubende Aussicht. Von hier kann ich den Magdalen Tower sehen und schiefergedeckte Dächer dazwischen und dahinter. Die Krone einer der Eichen im Kolleghof säumt den unteren Rand des Fensters.

Daran könnte ich mich gewöhnen.

Ich dusche mich rasch ab, werfe meine Bluse widerstrebend weg und schlüpfe in Joggingsachen, dann logge ich mich ins College-WLAN ein und sehe nach meinen E-Mails.

Vier aufeinanderfolgende Nachrichten von meiner Mutter begrüßen mich.

Wollte mich nur kurz melden. Gib mir Bescheid, wenn Du landest.

Gib mir Bescheid, wenn Du Dich einrichtest.

Hast Du Dich schon eingerichtet? Ist irgendetwas passiert? Irgendetwas ist passiert, stimmt's?

Ella, bitte antworte. Ich würde ja das College anrufen, aber ich weiß nicht, wie man im Ausland anruft, und dieses Skype-Dings, das Du mir eingerichtet hast, sagt, dass ich Geld brauche, um anzurufen. Ich dachte, der Sinn davon ist, dass es kostenlos ist??? Jedenfalls, gib mir einfach Bescheid, dass es Dir gut geht, denn ich spüre es in meinen Knochen, dass irgendetwas passiert sein könnte.

Ich stoße einen Seufzer aus. Offenbar weiß sie nicht, dass jetzt nicht der richtige Zeitpunkt ist, mich wie ein Kleinkind zu behandeln. Ich tippe.

Sag Deinen Knochen, sie sollen sich entspannen. Es geht mir gut. Bin nur erschöpft. Werde morgen mehr schreiben.

Ich zögere, so wie immer, wenn ich »Ich liebe Dich« schreiben will, daher schreibe ich nur: *XO, E.*

Ich werfe einen Blick auf ein paar andere E-Mails in meinem Postfach, aber alles verschwimmt zu einem einzigen großen Klecks. Ich schaue auf die Uhr auf meinem Computer: halb sieben. Eine absolut vernünftige Schlafenszeit.

Die meiste Zeit schlafe ich tief und fest, aber jedes Mal, wenn die Turmuhr läutet, verändern sich meine Träume wie Dias in einem Projektor. Beim Sieben-Uhr-Läuten geht die Tür zu meinem Zimmer auf.

Ich brauche einen Moment, um zu begreifen, dass ich nicht mehr träume.

Erwacht!
Der Morgenjäger schleudert seinen Stein,
Verscheucht die Sterne mit dem ersten Schein …

Omar Khayyam,
»Rubaiyat«, 1859

Kapitel 4

Ich fahre hoch. Eine untersetzte, weißhaarige Frau in einer grauen Schürze kommt summend in mein Zimmer.

Ich schreie.

Sie schreit.

Wir sehen uns an.

»Oooh«, ruft sie aus, während sie sich mit einer Hand an die Brust fährt. »Sie haben mich zu Tode erschreckt, Liebes!« Sie schlurft weiter ins Zimmer. »Schlafen Sie weiter, achten Sie gar nicht auf die alte E.«

Mein Blick beginnt sich zu klären, und ich sehe, dass sie einen Eimer in der Hand trägt. Sie watschelt ins Bad.

Ich steige aus dem Bett und taumele hinter ihr her. Sie hat sich über die Toilette gebeugt, schrubbt und summt vor sich hin. »Oh, d-das müssen Sie nicht tun«, stammele ich.

»Sie gutes Kind.« Sie schrubbt einfach weiter.

Ich strecke eine Hand aus. »Ich bin Ella.«

Sie wendet den Blick nicht von ihrer Arbeit ab. »Eugenia, Liebes.«

Ich lasse die Hand sinken. »Das heißt … Sie sind eine

Putzfrau? Wir haben eine Putzfrau?« Ich winde mich innerlich. »Ich meine, eine Haushaltshilfe? Oder Raumpflegerin, oder …«

Sie richtet sich auf und sieht mich streng an, eine Schullehrerin in einem früheren Leben. »Ich bin Ihre Zugehfrau, Liebes.« Dann wendet sie sich der Dusche zu, wischt sie mit einem Lappen ab. »Hat dieser Wirrkopf von einem Pförtner, Hugh, Ihnen nicht gesagt, dass Sie eine Zugehfrau haben?«

»Wie oft kommen Sie denn?«, frage ich.

»Jeden Tag natürlich!« Sie wendet sich dem Waschbecken zu, poliert die Armaturen. »Außer samstags. Und sonntags. Und feiertags natürlich. Punkt sieben, beim Glockenschlag.« Sie grinst mich an. »Aber keine Sorge, Liebes. Bin leise wie ein Mäuschen, nach zwei Minuten wieder verschwunden, ohne dass irgendjemand etwas mitbekommt. Fragen Sie nur Ihren Nachbarn. Putze jetzt schon seit vier Jahren sein Zimmer und habe ihn nur ein einziges Mal mit offenen Augen gesehen, und das war, als er nach einer Nacht auswärts nach Hause kam.« Sie lacht vor sich hin. »Ein lustiger Bursche, das ist er.« Sie wechselt den Müllbeutel mit einer schwungvollen Bewegung aus dem Handgelenk.

Dieses ganze Arrangement ist sehr *Wir da oben, die da unten.* Und sie ist auch nicht mehr die Jüngste. Ich fühle mich unbehaglich damit, dass eine Siebzigjährige mir zu Diensten ist, egal, wie stolz sie auf ihren Job zu sein scheint. »Eugenia, Sie müssen wirklich nicht jeden Tag kommen.«

Sie ist bereits an der Tür, Eimer in der Hand. Sie lächelt,

greift nach dem Türknauf und sagt: »Na dann, bis morgen, Liebes.«

Und fort ist sie.

Nachdem ich mich durch ein paar SMS und E-Mails (drei von Gavin) gekämpft habe, dusche ich, drehe mir die Haare zu einem wirren Knoten hoch, klatsche mir ein bisschen Mascara und Lipgloss ins Gesicht und schlüpfe in einen meiner eher verantwortungsbewusst aussehenden Blazer. Um neun Uhr bin ich mit einem unverdienten Siegesgefühl zur Tür hinaus. Ich bedanke mich bei Hugh für seinen Gepäcklieferservice im Stil von *Was vom Tage übrig blieb* und bekomme zur Antwort ein desinteressiertes Knurren.

Da ich vor der Rhodes-Orientierungsveranstaltung noch eine Stunde Zeit habe, kaufe ich mir einen Frappuccino in der Flasche und irgendein keksähnliches Teil namens Flapjack in irgendeinem Bodega-ähnlichen Shop und beginne, durch die Gegend zu schlendern.

Die High ist still um diese frühe Stunde, die Ladengitter noch heruntergelassen, die Restaurants dunkel. Aber als ich vor einer mittelalterlichen Kirche rechts abbiege, betrete ich eine Gasse, die zu einer lebendigen Stadt führt. Ich stehe auf dem Radcliffe Square, und ich halte inne, um alles zu betrachten. Die berühmte zylinderförmige Radcliffe Camera erhebt sich vor mir, mit ihrer neoklassizistischen Architektur und ihren goldenen Mauern. Es ist, als wäre ich auf einen Ameisenhügel gestoßen. Studenten und Touristen kommen und gehen durch Pforten am Rande des Platzes, verschwinden im Keller einer Kirche, tauchen mit

Kaffee und Gebäcktüten auf. Ich bereue meine Kaffeeflasche vom Zeitungsladen.

Ich drehe mich im Kreis wie der Sekundenzeiger einer Uhr, während ich alles in mich aufsauge. Die Architektur, die Stadtlandschaft, die Art, wie die Leute gekleidet sind, die Art, wie sie klingen. Das ständige Gebimmel von Fahrradglocken. Ich schlendere über den Platz, vorbei an der Bodleian Library und um das Sheldonian Theatre, umgeben von seinen Säulen mit den steinernen Büsten dreizehn namenloser Männer. Auf der anderen Straßenseite bieten Touristenläden Oxford-Souvenirs feil, neben ein paar charmant aussehenden Pubs und verschlossenen Colleges. Die Läden sind in fröhlichen Blau- und Rot-, Gelb- und Weißtönen gestrichen. Ein paar Union Jacks flattern auf den Gehsteig heraus, wo eine Handvoll Cafétische und -stühle in der frühmorgendlichen Kühle auf Gäste warten.

Die Atmosphäre ist kosmopolitischer, als ich erwartet habe. Es fühlt sich alt an, ja, aber es ist lebendig. Geschichte mit einem Puls. Warmblütige Ruinen. Ich höre Mandarin, Italienisch, Französisch, Arabisch und eine Reihe englischer Akzente. Es gibt eine erstaunliche Anzahl Amerikaner. Es ist, als ob diese Stadt allen gehörte. Wenn du hier bist, gehörst du hierher. Oxford ist wie eine zeitlose, baufällige, internationale Raumstation.

Am Ende der Broad Street, vor dem Balliol College, ist ein harmlos aussehendes Kreuz aus Pflastersteinen in die Straße eingelassen. Ein Denkmal, wie sich herausstellt, für die drei Oxforder Märtyrer – protestantische Bischöfe, die Mitte des sechzehnten Jahrhunderts auf Geheiß von Queen

Mary auf dem Scheiterhaufen verbrannt wurden. Mit einem Schreck wird mir bewusst, dass einer dieser Männer Thomas Cranmer war, der Mann, der dafür verantwortlich war, dass die Ehe zwischen Marys Eltern, Heinrich VIII. und Katharina von Aragon, annulliert worden war.

Mein Gehirn versucht einen Neustart. Ich stehe an genau der Stelle, an der Thomas Cranmer starb. Sie ist nicht abgeriegelt, niemand verlangt Eintritt. Sie ist fast nicht gekennzeichnet. Sie ist einfach ein Teil der Stadtlandschaft von Oxford. Und keine zehn Meter weiter kann ich Oxford-University-Jogginghosen und TARDIS-Keksdosen kaufen.

Ein Schauder kriecht mir den Rücken hoch. Dieser Moment kognitiver Dissonanz ist erst der Anfang. *Toto, wir sind nicht mehr in Ohio.*

Entfernungen in dieser Stadt abzuschätzen ist unmöglich. Vielleicht liegt es an dem unebenen, kopfsteingepflasterten Gelände. Vielleicht liegt es an den Trauben von Touristen, die jeden Zentimeter Gehsteig in Beschlag nehmen. Vielleicht liegt es an den sich windenden Straßen und Gassen. Ich liebe jeden Pflasterstein, jede Menschentraube und jede Windung, aber ich schätze falsch ein, wie lange man braucht, um zum Rhodes House zu kommen, und als ich es endlich finde, bin ich keine Minute zu früh.

Ich stürme die Stufen hoch. In dem Augenblick, in dem ich eine Hand auf den Türknauf lege, klingelt mein Handy. *Mist.* Obwohl es in Washington erst fünf Uhr morgens ist, sind wir offenbar schon im Dienst.

»Gavin, hi!«, sage ich atemlos.

Ein Kichern begrüßt mich vom anderen Ende der Leitung. »Tut mir leid, Sie zu enttäuschen, aber hier ist nicht Gavin.«

Ich erstarre, den Türknauf noch immer in der Hand. »Senatorin Wilkes«, stoße ich hervor. »W-was für eine nette Überraschung.«

»Ella Durran. Ich bin ein Fan.«

Ich kann nicht glauben, dass das wirklich passiert; ich bin hier, ich bin da, ich bin ... kurz davor zu hyperventilieren. *Ganz ruhig bleiben.* »Ich bin ein Riesenfan von *Ihnen*«, sage ich begeistert. »Ich freue mich ja so ...«

»Entschuldigung?«

Ich schnelle herum. Ich blockiere den Eingang. »Verzeihung«, flüstere ich der Frau zu, die mich zu umrunden versucht. Ich werfe einen Blick in den Raum, als sie die Tür öffnet. Es ist brechend voll. Ich bin zwei Minuten zu spät. Sie fangen an.

Ausgeschlossen, dass ich die mögliche nächste Präsidentin der Vereinigten Staaten am Telefon abwürge, die in diesem Moment fröhlich sagt: »Okay, kommen wir zur Sache. Bildung wird einer der Eckpfeiler meines Wahlkampfs sein, und was Sie liefern, ist ein entscheidender Teil der Strategie.«

Durch die Tür höre ich das Quietschen eines Mikrofons, das zum Leben erwacht, und dann eine britische Stimme, die sagt: »Wenn dann bitte alle Platz nehmen würden ...«

»Senatorin ...«

»Nennen Sie mich Janet.«

»Danke. Ich will nur sagen ...« Durchatmen. Sprechen.

»Wenn Sie irgendetwas brauchen, egal was, ich bin für Sie und Gavin da. Es ist mir eine Ehre, für Sie zu arbeiten.«

»*Mit* mir zu arbeiten, Ella. Das hier ist eine Partnerschaft. Wir werden große Dinge zusammen auf die Beine stellen. Gleichwohl werden wir uns bemühen, Sie möglichst wenig zu belästigen. Wir wollen, dass Sie Ihre Zeit in Oxford genießen. Stimmt's, Gavin?«

»Absolut«, höre ich ihn im Hintergrund sagen, in einem Ton, den ich bei ihm noch nie gehört habe. Er ist geduldig und einschmeichelnd. Genau wie er mein Boss ist, ist sie seiner.

Die Tür geht von innen auf, und ein Mann tritt heraus, neigt den Kopf und hält sich sein Handy ans Ohr. Leise sagt er: »Hier ist Connor.«

Wir sehen uns an, mit gleichermaßen verdrießlichen Mienen. Er hat ein richtig nettes Gesicht: gemeißelter Kiefer, schräge Nase, hellbraune Augen und Stephanopoulos-Haare. Genau so habe ich mir einen Rhodes-Stipendiaten immer vorgestellt. Der College-Quarterback aus einem Roman von J. D. Salinger.

»Ich werde Ihre Zeit nicht länger in Anspruch nehmen, Ella. Ich wollte nur sagen, willkommen an Bord.«

»Danke. Ich werde Sie nicht enttäuschen.«

»Davon gehe ich aus. Augenblick, Gavin will noch etwas sagen. Ich reiche Sie weiter.«

Soll ich ihm sagen, dass ich meine Orientierungsveranstaltung verpasse? Soll ich ihm sagen, dass ich ihn zurückrufen werde? Habe ich eine Wahl? »Haben Sie eine Minute?«, fragt er. »Ich kann Priya Banergee jetzt gleich für ein Konferenzgespräch kriegen. Bleiben Sie dran?«

Priya Banergee ist Meinungsforscherin. Ich sollte mir anhören, was sie zu sagen hat. Wehmütig blicke ich zur Tür zum Saal, während ich bereits sage: »Natürlich.« Sie schalten Priya zu, und ich lasse mich auf die oberste Stufe fallen. Mein Partner im Handy-Fegefeuer lässt sich am anderen Ende der Stufe nieder. Wir schenken uns ein resigniertes Grinsen. Während er in sein Handy spricht, schätze ich ihn unwillkürlich ab.

Mein Gott. Das ist ein verdammt attraktiver Rhodie.

Fünfundzwanzig Minuten später, nachdem ich mir eine endlose Flut von Daten angehört und fast nichts zu dem Gespräch beigetragen habe, kommen wir endlich zum Schluss. Ich lege auf und atme durch, dann blicke ich hinüber zu dem Typen, der sein Gespräch ebenfalls in diesem Moment beendet.

Lächelnd sagt er: »Können wir uns darauf einigen, dass nichts, was einer von uns auf dieser Stufe vielleicht mitgehört hat, nach außen dringt?«

Ich schnaube spöttisch. »Abgemacht. Aber darf ich dich fragen, für wen du arbeitest? Lobbyist?«

Er nickt. »Gesundheitsfürsorge.«

»Welche Gruppe?«

»PMR?« Public Medical Relations. Die größte Lobbygruppe in der Gesundheitsfürsorge in D.C., und er sagt es, als würde er mich fragen, ob ich davon gehört habe.

Das ist, wie wenn man jemanden fragt, wo er aufs College gegangen ist, und er erwidert: »Harvard?«

»Arbeitest du auch im Regierungsumfeld?«, fragt er. Ich nicke. Er beugt sich herüber, stützt sich mit einer Hand auf der kühlen Marmorstufe ab und streckt mir die andere entgegen. »Connor Harrison-Smith.«

»Ella Durran.«

Gott, er hat ein umwerfendes Lächeln. Wäre das nicht genau mein Glück – ich komme den ganzen Weg hierher nach England und verknalle mich in einen Typen, der vermutlich in D.C. einen Block von mir entfernt wohnt. Er weist mit einer Handbewegung zur Tür. »Wollen wir?« Ich nicke, und wir stehen beide auf und sammeln unsere Sachen ein. »Also, nicht dass ich irgendetwas mitgehört hätte, natürlich nicht, aber ist das ein neuer Job für dich?«

»Ja. Und bei dir?«

»Nein. Ich habe aufgehört. Ich helfe nur noch aus, bis der Neue auf dem aktuellen Stand ist.«

»Das heißt, du wirst in dem Jahr hier nur … na ja, studieren?«

»Ich werde hier nur … na ja, viel richtig gutes Bier trinken, das werde ich tun.« Wir kichern beide. »Ich mache ein Masterstudium in globaler Gesundheit. Und du?«

»Literatur.«

»Wirklich?«

Alle klingen immer verwundert, wenn ich das sage. »Aber ja, 1830 bis 1914.«

Wir gehen auf die Tür zu. »Hm.« Seine Stirn legt sich in Falten, während er daraus schlau zu werden versucht.

Er ist hinreißend. »Wo hast du dein Grundstudium gemacht?«

»Georgetown. Und du?«

»Harvard?«

Ich lächele.

Er öffnet die Tür und hält sie mir auf. Ein Gentleman.

Nachdem wir eine verkürzte Orientierung von einem gestressten Verwaltungsangestellten (gehen Sie hierhin, tun Sie dies, wenden Sie sich an diese Person für jene Angelegenheit, tun Sie dies nicht, unterschreiben Sie hier) bekommen haben, sehe ich auf meine Uhr, und ich habe nur noch zehn Minuten, um zu meinem ersten Kurs im Gebäude der englischen Fakultät zu kommen. Offenbar bin ich die Einzige, die sofort losstürzt. Ich glaube, ich bin auf jeden Fall die Einzige, die ein Masterstudium in Englisch macht. Jedes Mal, wenn ich sage, was ich studiere, sehen mich die Leute mit schräg gelegtem Kopf an. Was ist das für eine Literatur, von der du da redest?

Ich gehe hinaus, nur um von Connors Stimme aufgehalten zu werden, die mir nachruft: »Ella, warte.« Ich drehe mich um, sehe ihn auf unserer Stufe stehen. »Kann ich dir meine Nummer geben? Falls du ein Bier trinken willst.«

Ich lächele ihn an und zücke mein Handy. »Das ist ein Plan.«

Das Gebäude der englischen Fakultät ist ein kastenförmiges Zementscheusal. Nicht unbedingt das, was ich mir vorgestellt habe. Etwas wie Chemie oder Mathematik erwartet man hier eher oder … globale Gesundheit.

Ich erreiche den vorgesehenen Hörsaal zehn Minuten nach Kursbeginn, schon wieder zu spät in dieser Stadt. Ich sammele mich, öffne leise die Tür, rechne fest damit, den Kurs zu stören.

Ich störe ihn nicht.

Eine Gruppe von ungefähr zehn Leuten sitzt an einem Hufeisentisch; ein paar unterhalten sich leise, einige lesen, wieder andere blicken auf ihre Handys. Niemand steht am Vortragspult.

Ich steuere auf einen Bereich mit ein paar freien Plätzen zu. Als ich hinter einem davon vorbeigehe, murmelt ein Mädchen »Entschuldigung« und nimmt rasch ihre Tasche von dem Platz genau vor mir. Ich gehe weiter zu einem anderen freien Stuhl, mache den Mund auf, um ihr zu sagen, dass es schon okay ist, aber sie redet weiter. »Entschuldige vielmals. Tut mir leid, wirklich. So egoistisch von mir.«

In Amerika wäre es gut möglich, dass ihre Entschuldigungen sarkastisch gemeint waren. Ich schätze sie aus dem Augenwinkel ab. Sie ist konservativ gekleidet (Tweed-Etuikleid mit Rundhalsausschnitt unter einer kanariengelben Strickjacke, Ballerinas), und ihre Haare sind zu einem komplizierten Sechzigerjahre-Bienenkorb hochtoupiert. Nur dass sie rosa sind. Jeder Sarkasmus scheint ihr fremd zu sein.

Ich überlege, ob ich mich ihr vorstellen soll, aber sie wirkt, als ob Interaktion mit einer Fremden einfach zu viel für sie sein könnte. Ich nehme an, das muss die berühmte englische Zurückhaltung sein.

In diesem Augenblick knallt die Tür auf, sodass alle zusammenzucken, und ein Typ, der angezogen ist wie Robert Redford in *Der Clou,* stolziert herein. »Ich bin angekommen«, verkündet er. »Wir können beginnen.« So viel zu englischer Zurückhaltung. Mit einem Schreck wird mir bewusst, dass ich ihn kenne.

»Sebastian Melmoth!«, entfährt es mir.

Er hält inne und beäugt mich. Der rosa Kopf des Mädchens schwenkt von ihm zu mir und zurück zu ihm, und die Augen quellen ihr fast aus dem Kopf. »Charlie! Du hast geschworen, du würdest aufhören, das zu tun!«

Er lässt theatralisch den Kopf auf die Brust sinken und schlurft auf uns zu.

Das Mädchen wendet sich wieder zu mir um, ihre rehbraunen Augen sind voller Mitgefühl. »Wo hast du diesen Schwachkopf denn kennengelernt?«

»Wir teilen uns eine Treppe«, antworte ich, während er sich auf den Platz auf ihrer anderen Seite fallen lässt.

Sie wendet sich ihm zu, gibt ihm einen Klaps auf den Arm. »Und du hast sie nicht erkannt?«

»Zu meiner Verteidigung«, beginnt er, »sie war als Vagabund verkleidet. Das alte Weib in einem bretonischen Lai, das in Wirklichkeit eine wunderschöne Zauberin ist. Ich falle jedes Mal auf das schlaue Biest herein.« Er sieht an dem Mädchen vorbei zu mir. »Und nun, nachdem ich den moralischen Eignungstest nicht bestanden habe, was soll es sein, hm? Sieben Jahre als Kröte? Eine Ewigkeit als Tory? Oder wollen wir auf weitere Zwietracht verzichten?« Er streckt die Hand aus. »Charles Butler, *veritas et virtus.*«

Ich muss unwillkürlich lächeln. »Ella Durran.«

Er lässt meine Hand sinken und lehnt sich wieder auf seinem Platz zurück. »Komm heute Abend zu mir. Wir werden einen Schluck trinken.«

»Mache ich. Danke.«

Er knufft das Mädchen in die Seite. »Leiste uns Gesellschaft.«

»Okay.«

»Bring deinen Scotch mit.«

Das Mädchen verdreht die Augen, aber in genau diesem Moment kommt Professor Roberta Styan herein. Perfekt verkörpert sie den zerstreuten Professor, während sie zum Vortragspult stolpert, die Arme voller Utensilien. Aktentasche, Papiere, Regenschirm, Jacke, und sie murmelt im Gehen vor sich hin. »Hallo, hallo, tut mir leid, bitte entschuldigen Sie die Verspätung.«

Auf dem Podium legt sie nichts ab; sie steht einfach nur da und sieht zu uns her. Dann sagt sie: »Also, tragische Neuigkeit, leider. Ich wurde soeben zur Leiterin des Aufbaustudiengangs ernannt. Was heißt, dass ich viel zu wichtig bin, um Sie zu unterrichten.« Bevor wir reagieren können, fährt sie fort: »Bitte vergießen Sie keine Tränen! Zerreißen Sie nicht Ihre Kleider! Mein Ersatz ist mehr als fähig. Tatsächlich ist er mein brillantester Forschungsassistent. Nach zwei Minuten in seiner Gegenwart – nicht zu vergessen seine hautenge Jeans – werden Sie nicht mehr wissen, dass ich je existiert habe.« Sie holt einmal tief Luft, dann lächelt sie. Angesichts unserer ausbleibenden Reaktion witzelt sie: »Darüber hätten Sie jetzt lachen sollen.

Ach, na ja. Ohne weitere Vorrede, lernen Sie Jamie Davenport kennen. Jamie?« Sie weist mit einer Handbewegung zur Tür.

Augenblick. Moment mal. Die Person, für die ich nach Oxford gekommen bin, um bei ihr zu studieren, geht? Aber ich habe ihre ganzen Bücher, all ihre Aufsätze gelesen. Ich habe mir ihre YouTube-Videos angesehen. (Dass es nur drei sind, ist nicht ihre Schuld. Viktorianische Sexualität und Linguistik ist ein Nischenmarkt.) Das hier darf nicht wahr sein. Sie war mein Oxford-Schicksal, mein Gandalf, mein Mr. Miyagi, mein Wie-immer-Robin-Williams'-Figur-in-*Club-der-toten-Dichter*-hieß. Was soll das heißen, sie unterrichtet nicht?

Styan humpelt vom Podium, und der Lehrassistent drückt ihre Schulter, bevor er ans Vortragspult tritt. »Tut mir leid, Sie zu enttäuschen, aber meine hautenge Jeans ist in der Reinigung.« Er lächelt die Gruppe charmant an, und alle reagieren mit einem Kichern.

Bis auf mich. Ich kann nicht reagieren. Ich bin zu sehr damit beschäftigt, meine Welt neu zu ordnen.

Der neue Professor ist der schwachköpfige Schnösel.

Hinaus flog Tuch und Schilderei:
Der Spiegel krachte quer entzwei;
»Der Fluch ist kommen!« – tönt der Schrei
Der Dame von Shalott.

Alfred Lord Tennyson,
»Die Dame von Shalott«, 1831–1832

Kapitel 5

Jamie Davenport lässt sich Zeit, um seine Unterlagen auf dem Podium auszubreiten. Dann sieht er zu uns her und lächelt verlegen. »Bitte, seien Sie nachsichtig mit mir.«

Was wäre, wenn ich einfach gehen würde? Das hier ist nur einer meiner Kurse, die Gruppe trifft sich nur einmal die Woche. Vielleicht kann ich zu einer anderen wechseln. Vielleicht kann ich Styan finden und sie überzeugen, mir Einzelstunden zu geben. Ich weigere mich zu akzeptieren, dass dieser Lehrassistent meine einzige Option ist. Das hier kann nicht meine »Einmal-im-Leben-Erfahrung« sein.

»Vor fünf Jahren«, beginnt er, »saß ich genau dort, wo Sie jetzt sitzen. Styan ist hereingekommen, und ich dachte: *Das ist also die Person, die mich in den nächsten zwei Monaten zu Tode langweilen wird?* Ich meine, ich liebe Lyrik – warum wäre ich sonst hier, oder? –, aber viktorianische? Konnte es etwas Schlimmeres geben? Grauenhafte alte Männer mit Zylindern, dicken Bäuchen und langen Backenbärten, die von der Herrlichkeit irgendwelcher Kriege und der Unantastbarkeit des Ehebetts schwafeln? Offen gestanden, ich wollte mir am liebsten die Kehle aufschlitzen.«

Aus dem Augenwinkel sehe ich die anderen Studenten lächeln. Ich lächele nicht.

»Nicht in meinen wildesten Träumen«, fährt er fort, während er in den Raum blickt, »hatte ich erwartet, im Werk der Viktorianer eine solche Verzweiflung zu finden. Lust. Entsetzen.« Er nimmt bei jedem Wort Blickkontakt zu einem anderen Studenten auf, ein Politiker, der eine »Beziehung« zu seinem Publikum aufbaut. »Weisheit. Liebe.«

Und wumm. Sein Blick fällt auf mich, und ein Hauch von einem Zögern liegt in seiner Stimme. Niemandem sonst fällt es auf. Aber mir. Und ihm. Er sieht rasch wieder zurück in die Gruppe. »Glauben Sie mir?«, fragt er.

Nie im Leben, denke ich.

Er klatscht in die Hände. »Na dann, irgendwelche Fragen? Bevor wir anfangen?«

Ich hebe die Hand.

»Wir heben hier nicht die Hand. Vierzig Peitschenhiebe und keinen Grog für Sie.« Er lächelt mich an. Diese Dreistigkeit.

»Haben Sie einen Lehrplan, den wir uns ansehen können?«, frage ich. Ich bin sicher, er hat keinen.

»Einen Lehrplan?«

Irgendwo im Raum wird gekichert. Mit geneigtem Kopf sieht er mich an. »Ja«, fahre ich fort. »Ein Dokument, auf dem Sie die wöchentliche Lektüre, Abgabetermine, Benotungsstandards, Erwartungen skizzieren?«

»Ah, gute Frage«, antwortet er lässig. »Sie müssen nichts von dem Material im Voraus bearbeiten, und ich habe keine Aufsätze vorgesehen, aber wenn wir doch einen haben, wird er Ihnen zur Verfügung gestellt werden, und zu guter Letzt, ich bin nicht für die Benotung zuständig. Das heißt …«

Dem Kichern einiger der anderen Studenten entnehme ich, dass das hier allgemein bekannt ist. Ich blicke auf den Tisch hinunter, in dem Bewusstsein, dass ich vielleicht im Begriff bin, mich zu blamieren. »Okay. Kein Lehrplan ist eine oxfordianische Eigenheit, an die ich mich werde gewöhnen müssen.«

Eine Stimme meldet sich mir gegenüber zu Wort. »Oxonianisch, um genau zu sein.«

Ich sehe hinüber. Ein Mädchen, das wie eine englische Rosenkamee aussieht, die man auf einer antiken Anstecknadel finden könnte, kritzelt etwas in ihr Notizbuch, ohne mich anzusehen.

»Ich bin Amerikanerin, die englische Aussprache ist mir bisweilen noch nicht geläufig«, antworte ich mit erzwungener Freundlichkeit.

»Es ist keine Frage der Aussprache, der Dialektologie«, entgegnet sie in einem leisen, schwelgerischen Ton. Sie schreibt noch immer weiter. »Es ist kein linguistisches Schisma aus den Kolonien, es ist schlicht und ergreifend ein anderes Wort.«

Mein Gesicht beginnt zu glühen. »Ach ja?«

Sie lässt sich dazu herab, aufzublicken. »›Oxfordianisch‹ bezieht sich auf die Theorie, wonach der siebzehnte Earl of Oxford Urheber der Werke Shakespeares ist. Eine Theorie, die unter den seriösen Akademikern in Ungnade gefallen ist.«

Die Art, wie sie »seriöse Akademiker« sagt, fühlt sich an wie eine Ohrfeige. »Okay, cool«, sage ich. »Danke für den Hinweis.«

Sie lächelt knapp und sieht wieder auf ihr Notizbuch. Ich vergrabe mich in meinem. Wenn ich in diesem Augenblick im Boden versinken könnte, würde ich es tun.

»Na schön, also dann, Oxonianer«, sagt Jamie Davenport fröhlich. »Vorwärts!«

Alle im Kurs sind eindeutig schlau. Das Mädchen mit den rosa Haaren neben mir hat nichts gesagt, aber mindestens zehn Seiten mit Notizen vollgeschrieben. Charlie, der nie auch nur ein Notizbuch gezückt hat, rasselt klare und überzeugende Kommentare herunter, die ihn nicht mehr Anstrengung kosten als ein Gähnen. Und die englische Rose lässt ihre Bemerkungen leise und doch gezielt fallen, mit perfekt gewählten Worten und ohne ein überflüssiges »Äh« oder »Nun« oder »Sie wissen schon«. Wie ist das möglich?

Ich selbst habe kein Wort gesagt.

Im Grundstudium hatte ich Englische Literatur nicht als Hauptfach. Ich hatte, was vielleicht nicht verwunderlich ist, Politik und Geschichte. Ich habe Literatur nur zum Vergnügen belegt, und ich bin belesen, aber ich habe es nicht so gelebt, geatmet und mir einverleibt wie diese Leute um mich herum. Sie sind hier und machen ein Masterstudium in Englisch an der Universität von Oxford, weil sie es sich verdient haben.

Ich habe es im Grunde nur gewonnen.

Bei allem Respekt vor dem Rhodes, aber es stimmt: Ich habe das Stipendium aufgrund meiner Bewerbung insgesamt bekommen, nicht weil das Komitee wusste, dass ich mich im Studium der englischen Literatur und Sprache, 1830 bis 1914, hervortun würde. Wie hätten sie auch wissen können, ob ich das Zeug dazu haben würde? Sie waren lauter Hedgefonds-Manager und Mathematikprofessoren und Sozialunternehmer.

Was tue ich hier?

Ein Gedanke rast wie irre durch meinen Kopf: Wenn ich mich tatsächlich in Oxford beworben hätte, dann wäre ich vermutlich nicht hier. Das wird mir nur zu deutlich, während jemand sagt: »Ja, aber wie Stanley Fish uns glauben machen will«, und ein anderer sagt: »Harold Bloom würde dir hier widersprechen«, und wieder ein anderer entgegnet: »Nun ja, Bloom«, als sei das Antwort genug, und dann höre ich nur noch Worte: »Derrida« und »Said« und »Neuer Historizismus« und »Queer-Theorie«, und alles ist »Post« (Postmodernismus, Postfeminismus, postchristlich), bis ich beim besten Willen nicht mehr weiß, wovon wir eigentlich reden.

Mir wird bewusst, dass ich, so gern ich auch aus diesem Kurs aussteigen und Styan nach anderen Optionen fragen würde, kein Recht dazu habe. Die Politikberaterin aus Ohio denkt, dass der schwachköpfige Schnösel von einem Lehrassistenten unter ihrem Niveau ist? Nun ja, die Wahrheit ist: Wenn ich von meiner ganzen Wut und Verlegenheit und meinem verletzten Stolz absehe, muss ich zugeben, dass er eine verdammt gute Vorlesung hält. Er hat nicht ein einziges Mal auf seine Unterlagen geschaut. Er ist Fragen mit Leichtigkeit begegnet, hat die Diskussion mit Finesse moderiert und es mit Taktgefühl verstanden, gewissen Leuten zu sagen: »Das ist ein interessanter Punkt, aber können Sie ihn belegen?«, wenn er offensichtlich meinte: »Das ist Schwachsinn, halt die Klappe.«

Jamie Davenport tritt vor das Podium, nickt zu allem, was die englische Rose in diesem Moment sagt. »Ganz recht, Cecelia, genau. Es gibt eine Theorie, wonach Shakespeares Stücke uns gelehrt haben, menschlich zu sein, uns selbst zu begreifen. Ich glaube, Lyrik lehrt uns zu fühlen.« Er sieht den Rest der Gruppe an, während er sagt:

»Meine Kerze brennt an beiden Enden;
Sie dauert nicht die Nacht;
Aber ah, meine Feinde und oh, meine Freunde –
ein schönes Licht sie macht.«

Dann lächelt er uns frech an. »Autor?«

Der Kurs schweigt. Niemand weiß es. Ich bin so verblüfft, dass ich einen Moment brauche, um zu begreifen, dass ich es weiß. Ich weiß es! Meine Hand schnellt nach oben wie bei einer Marionette.

Er lächelt und sagt mit dieser wohlklingenden Stimme: »Schon vergessen? Wir heben hier nicht die Hand.«

Ich lasse sie prompt sinken. Der Kurs kichert. Ich falle mit ein. *Seht ihr, ich verstehe Spaß*, und dann schlage ich zu. »Edna St. Vincent Millay, 1920.«

Er neigt den Kopf in verblüffter Anerkennung. »Sehr

gut. Jahreszahlen sind eindeutig Ihre Stärke, Ella aus Ohio.«

Große Hungersnot, 1845. Gegen meinen Willen laufe ich rot an. Charlie und der Rosaschopf (und jedes andere Mädchen im Raum, um genau zu sein) wenden die Köpfe zu mir um. Ich sehe niemanden an.

»Nun«, fährt Davenport fort, während er wieder hinter das Pult tritt und einen Blick auf seine Unterlagen wirft, »ich weiß, das hier ist Ihr A-Kurs, und wir sollen nichts weiter tun, als jede Woche die ausgewählte Lektüre zu analysieren, aber wo bleibt da der Spaß, oder? Die englische Fakultät hat Mist gebaut und mir Lehrverantwortung übertragen, daher werde ich die Gelegenheit nutzen und lehren, bis der Arzt kommt. Als ich hier mein Masterstudium gemacht habe, habe ich mich oft ein bisschen verloren gefühlt, daher schlage ich Folgendes vor: Ich werde das hier nur einmal tun, keine Sorge, aber ich möchte, dass jeder von Ihnen einen raschen Aufsatz für mich schreibt, und dann werden wir ein bisschen darüber plaudern.« Er sieht mich wieder an. »Ich vergaß zu erwähnen, dass ich das Recht habe, meine Meinung jederzeit zu ändern. Ich bitte um Entschuldigung.« An den Rest der Gruppe gewandt, sagt er: »Der Aufsatz wird dazu dienen, mich, Ihren demütigen Aushilfsdozenten, über Ihre Perspektiven und Präferenzen aufzuklären, und mir helfen, Sie mit dem passenden Studienberater für Ihre Abschlussarbeit im Sommersemester zusammenzubringen. Ich weiß, das scheint in weiter Ferne zu liegen, ›Meilen zu gehen, eh ich schlaf' …‹« Er sieht mich an und streckt flehend die Hand aus.

»Robert Frost, 1922«, sage ich. Ohne die Hand zu heben.

»Ein wenig bekannter amerikanischer Dichter.« Er grinst mich wieder an. »Jahreszahlen. Eindeutig Ihre Stärke.«

Die englische Rose hebt den Kopf. »Hat er nicht diese entzückenden kleinen Kinderlieder geschrieben?«

Jamie Davenport sagt: »Ehrlich gesagt, bin ich da überfragt.« Dann wendet er sich an alle anderen. »Ich möchte, dass Sie ein Gedicht auswählen und für mich eine Seite darüber schreiben. Erklären Sie mir nicht das Reimschema, das Versmaß et cetera – wir sind hier nicht in der Oberstufe. Sprechen Sie darüber so, wie Sie es einem Freund gegenüber tun würden. Beschreiben Sie seine Reize und Eigenheiten, seine Unzulänglichkeiten, wie es die beabsichtigten Effekte erzielt. Ist es flirtend, beleidigend, irreführend? Was für Gefühle weckt es in Ihnen?«

Wenn man einmal davon absieht, dass er in diesem Augenblick von sich selbst reden könnte, erfüllt mich diese Aufgabe tatsächlich mit Aufregung. Das hier kann ich. Ich werde schreiben. Ich werde meinen guten Namen wiederherstellen. Ich sehe mich im Raum um. Alle anderen scheinen das hier auf eine sehr britische Weise zu betrachten, als ob es der Punkt wäre, an dem der Spaß aufhört.

»Schicken Sie es mir per E-Mail, und dann werden wir einen Termin für ein Tutorium vereinbaren. Ich wünsche Ihnen allen eine schöne Woche.«

Er beginnt, seine Unterlagen einzusammeln. Die Jamie-Davenport-Show ist vorbei. Ich gehe zur Tür.

»Ella?«

Ich bleibe stehen und sehe zurück zum Vortragspult.

Jamie Davenport sieht mich nicht an; er kramt noch immer in seinen Unterlagen. »Auf ein Wort, bitte?«

Charlie schubst mich sanft zurück in den Raum, und dann schlüpfen er und der Rosaschopf zur Tür hinaus. Ich straffe mich und trete vor das Podium. Davenport blickt auf, und auf einmal bin ich ein Boot, das in einer Strömung gefangen ist. Was haben diese Augen nur an sich?

»Ja?«, frage ich.

»War sie ruiniert?«, murmelt er. »Ihre Bluse?«

»Unter anderem.«

Sein Gesicht ist offen, empfänglich. Die Selbstgefälligkeit von gestern Abend ist verschwunden, der Auftritt der vergangenen Stunde ist verschwunden. Er ist erstaunlich konzentriert. Wir sehen uns noch immer an. »Ich bitte um Verzeihung«, sagt er schließlich. »In allen Punkten. Ich will mich nicht herausreden, aber ich will es Ihnen erklären. Ich hatte eine schlechte Nachricht bekommen, und ich hatte etwas getrunken, und ich war insgesamt einfach zu langsam, um den Affront zu erkennen, den ich verursacht hatte.«

Meine Antwort ist schneller als meine Gedanken. »Das ist nicht nötig …«

»Bitte, ich verstehe es, wenn diese Entschuldigung zu klein und zu spät ist, und ich erwarte keine Vergebung, aber Sie sollen wissen, dass ich ohne böse Absicht gehandelt habe und meine Idiotie nicht mehr war als ebendas: schiere Idiotie. Sie wurden leider darin verwickelt. Es war ein Akt des Verrats wider mein besseres Wissen, und … nun ja«, kommt er zum Schluss. »So ist das eben.«

Ich habe nichts. Ich war mir sicher, ich würde die perfekte Retourkutsche haben, aber das hier war eine Ansprache im Format eines Mr. Darcy. Ganz zu schweigen davon, dass mir seine tolle Stimme das Gefühl gibt, in einer Hängematte zu liegen. Er wartet auf meine Antwort. Mir fällt das Sprechen schwer.

Schließlich purzeln die Worte »Entschuldigung angenommen« aus meinem Mund. Ich kann nicht aufhören, ihn anzustarren. Er hat ein klassisch proportioniertes Gesicht. Kräftige Stirn, kantige Kieferpartie, gerade Nase, volle Lippen. Ich mag eher Typen mit irgendeinem charakteristischen Merkmal, einer schiefen Nase oder einer Narbe über der Augenbraue, irgendetwas, das eine Geschichte andeutet. Jamie Davenports Gesicht ist ein unbeschriebenes Blatt. Das heißt, bis auf diese Augen.

Wir starren uns noch immer an. Allmählich fühlt es sich wie ein Wettstreit an.

Ich breche den Bann und nicke einmal kurz, wende mich zum Gehen, aber dann höre ich: »Sie hätten warten können.«

Ich wende mich um. »Worauf?«

»Einfach so mit ›1845‹ herauszuplatzen. Sie hatte noch sieben Sekunden«, sagt er mit todernster Miene.

Ich kann das Lächeln nicht unterdrücken, das an meinen Lippen zupft. »Keiner von uns beiden glaubt, dass Zeit das Problem war.«

Er grinst, ein wissendes, anerkennendes Grinsen. Mein Magen schlägt unerklärlicherweise einen Purzelbaum, und mir wird bewusst, dass ich heute noch kaum etwas gegessen habe. Das muss es sein. »Sonst noch etwas, Professor?«

»Nein, das ist dann alles«, murmelt er. »Ella aus Ohio.«

»Okay, na dann … schwachköpfiger Schnösel.« Ich wende mich ab und gehe zur Tür. Als ich einen Blick zurück werfe (die Art Blick, die man notfalls immer abstreiten kann), sehe ich, dass er wieder in Papieren kramt und sich auf die Unterlippe beißt, als würde er sich ein Lächeln verkneifen. Irgendjemand drängt an mir vorbei in den Kursraum. Die englische Rose. Sie nähert sich dem Podium, und ich halte unwillkürlich im Türrahmen inne, um den Riemen an meiner Tasche anzupassen.

Ich höre sie sagen: »Glückwunsch, Professor.«

»Psst«, antwortet er. »Die echten Professoren werden dich hören.«

»Du bist wirklich wundervoll, Jamie. Ich war tief beeindruckt.«

»Danke, Ce.«

»Wenn meine Anwesenheit hier eine zu große Ablenkung ist, kann ich bestimmt wechseln zu …«

»Ich bitte dich, Ce, sei nicht albern. Ich liebe es, auf ein Meer von zweifelnden Gesichtern hinauszusehen und deines zu finden.«

Meine Tasche rutscht mir aus der Hand und fällt mit einem lauten Rums auf den Boden. Bei dem Geräusch wenden sie sich beide um. »Entschuldigung«, murmele ich, schnappe mir meine Tasche und flüchte.

Ich nahm meinen Beutel
mit Manna, dem süßen,
Sprach über meiner Kanne den Segen,
Nahm die Taube bei den Füßen
Und flog der Wildnis entgegen.

Richard Watson Dixon,
»Traum«, 1861

Kapitel 6

Draußen stehen meine beiden Kommilitonen in einem Fleckchen Sonnenschein beisammen und streiten sich leise. Sie schüttelt ihren rosa Kopf, er stöhnt auf.

»Hey«, sage ich und trete einen Schritt vor.

Sie lösen sich voneinander und schenken mir zwei breite, falsche Lächeln. »Hallo!«, kreischt sie. »Ich bin Margaret Timms. Entschuldige, Maggie, um genau zu sein. Du hast da drinnen ganz schön Eindruck gemacht. Mit diesen Jahreszahlen. Und was noch allem.« Sie hat eine absolut entzückende Piepsstimme, ein bisschen heiser, aber hoch und hell.

Ich strecke die Hand aus. Sie blickt verblüfft, aber sie ergreift sie mit ihren zarten Fingern. »Danke. Ella Durran.«

Wir drei stehen da, am Rande eines verlegenen Schweigens, bis Charlie seine Sonnenbrille aufsetzt und sagt: »Maggie hat sich eben gefragt …«

Ich wende mich zu Maggie um. Sie sieht aus, als ob sie mit vorgehaltener Waffe bedroht würde. »Nein, ich … entschuldige, ich habe mich nur …«, stammelt sie, und dann platzt sie heraus: »Ich habe mich nur gefragt, ob du weißt, dass ›oxfordianisch‹ zufälligerweise auch die geologische Bezeichnung für die frühe Periode des späten Jura ist?«

Charlie und ich starren sie verwirrt an.

»Das ist Naturwissenschaft«, ergänzt sie, während sie die Hände ringt. Dann sieht sie auf ihre Füße. »Entschuldigung.«

Charlie schüttelt langsam den Kopf. »Ich hätte niemals zulassen sollen, dass du es mit diesem Geologen treibst.« Er wendet sich zu mir um. »Maggie hat dich zu fragen versucht, ob du uns heute Nachmittag beim Tee Gesellschaft leisten willst.«

»Charlie«, stöhnt Maggie, »darauf wollte ich eben kommen.«

»Hätten wir abgewartet, bis du darauf kommst, hätten wir den Tee insgesamt verpasst.«

Ich kann es mir nicht verkneifen, Charlie zu fragen: »Kommt diese Einladung nur von ihr?«

Er versteift sich ein wenig, legt den Kopf nach hinten und schätzt mich ab. »Ich wünsche, dass mir keinerlei fleischliche Absichten unterstellt werden.«

Im Ernst? Ich versuche mir das Lachen zu verbeißen. »Das hätte ich niemals getan.«

»Und warum ist das so?«

»Weil du schwul bist?«

Er beäugt mich von der Seite. »Du glaubst nicht, dass ich einfach nur exzentrisch und entsetzlich britisch bin?«

»Unbedingt. Und schwul.«

Maggie sieht mich dankbar an, und dann, als sie sich bestätigt fühlt, holt sie gegen Charlie aus. »Siehst du?« Sie wendet sich zu einem coolen Oldtimer-Fahrrad um (das natürlich rosa ist) und schließt es von dem Fahrradständer los. »Wir nennen ihn das Boot über den Fluss.«

Ich sehe verständnislos zwischen den beiden hin und her. Charlie seufzt. »Sie benutzen mich auf dem Weg zum anderen Ufer.« Ein Lachen entfährt mir, aber Charlie bleibt unbeirrt. »Also. Tee?«

Ich nicke lächelnd. »Sehr gern. Danke.«

»Hurra. Im Old Parsonage in einer halben Stunde. Maggie muss noch … etwas holen.«

Sie schenkt mir das gleiche reumütige Lächeln wie bei unserem Kennenlernen. »Entschuldigung.«

Sie steigt auf ihr Fahrrad, streicht sittsam ihr Kleid über den Beinen glatt und will eben losradeln, als ich sage: »Ein Fahrrad. Ich könnte auch eins gebrauchen. Ich hasse es, ständig zu spät zu kommen.«

Sie lächelt. »Das ist unverzichtbar. Jeder hat eines.«

»Einige von uns reisen stattdessen kraft ihrer Würde«, murmelt Charlie.

Maggie ignoriert ihn. »Tatsächlich verkauft ein Freund von mir im Moment eines für einen Appel und ein Ei. Ich fahre sowieso bei ihm vorbei. Lust, mitzukommen?« Sie klopft auf ihre Lenkstange.

»Sehr gern!« Aber nachdem ich das gesagt habe, nähere ich mich Maggies Lenkstange zögernd. Ich habe so etwas noch nie getan. Wie geht das überhaupt? Ich stelle mich mit gespreizten Beinen um das Vorderrad und klettere dann wenig elegant auf meine Position, während Maggie – wobei sie erstaunlich viel Kraft im Oberkörper unter Beweis stellt – das Fahrrad still hält.

Ich höre Charlie murmeln: »Und mich lassen sie einfach zurück«, und Maggie erwidert: »Ach, halt den Mund.« Und dann, fröhlich, an mich gewandt: »Startklar?«

»Ich denke schon«, antworte ich, voller geheuchelter Zuversicht. Charlie schiebt uns widerstrebend an, und wir sind unterwegs.

Wir gondeln ungefähr fünf Minuten durch die Stadt, über viele, viele Pflastersteine, bis wir einen großen Park erreichen. Maggie hält an der Bordsteinkante, und ich springe von der Lenkstange, lasse das Blut wieder in meinen Hintern strömen. Maggie schließt ihr Fahrrad an einem Laternenpfahl an und springt eine dieser lächerlich steilen Treppen hoch, die sie hier haben. Wirklich, sie sollten die Treppen in diesem Land einfach Leitern nennen und es gut sein lassen. Maggie drückt eine Klingel und entlockt ihr ein Knistern, das dann zu einem lauten Kreischen anschwillt, bevor es gänzlich verstummt. Sie wirft einen Blick auf mich. »Entschuldigung.«

Eine Stimme ertönt hinter der Tür. »Komme schon, komme schon!« Als die Tür schließlich aufgeht, steht ein schlaksiger Junge auf einem Bein da, hält sich das andere Schienbein, mit schmerzverzerrter Miene. »Mist, verdammter, hab mir eben das Schienbein am Schirmständer angeschlagen«, erklärt er uns zur Begrüßung. Sein goldbraunes Gesicht ist oben von schwarzen Raupen-Augenbrauen umrahmt und unten von einem dünnen, zotteligen, kaum vorhandenen Bart. Zerzauste mitternachtsschwarze Haare stehen in alle Himmelsrichtungen von seinem Kopf ab.

»Hallo, Tom!«, flötet Maggie.

»Hallo, Mags«, keucht er und lässt sein Schienbein los. Dann sieht er mich. »Oh! Neues Gesicht!«

»Das ist Ella«, informiert ihn Maggie. »Sie ist Amerikanerin.«

»Ah! Na dann!« Strahlend reckt Tom vor mir eine Faust, fordert mich auf, mit meiner dagegenzuschlagen. Ist das die Art, wie man Amerikaner begrüßt? Tapfer hebe ich meine Faust und treffe seine. Er reißt sie zurück und spreizt die Finger, macht ein Explosionsgeräusch. Dann kichert er. »Das wollte ich schon immer mal machen.«

Maggie schenkt ihm ein strahlendes Lächeln. »Gut siehst du aus«, sagt sie überschwänglich. »Ich mag deine neue Frisur …«

Tom wendet sich zum Vorraum um und ruft: »Kommt herein! Kommt herein! Vorsicht mit dem …« Ich bin sicher, er hätte »Teppich« gesagt, wenn er nicht in diesem Moment darüber gestolpert wäre.

Maggie und ich treten in einen kleinen Flur mit vielen Kartons und einem überquellenden Schirmständer. Tom eilt weiter, führt uns durch eine offen stehende Tür.

In einen Wandschrank. Wir stehen in einem großen Wandschrank mit einem kleinen Bett. Das »Zimmer« ist vom Boden bis zur Decke vollständig mit Büchern ausgefüllt. »Macht es euch bequem«, fordert Tom uns auf. Die Optionen sind begrenzt, daher hocken Maggie und ich uns auf die Armlehnen eines Sessels. Ich werfe einen Blick auf den Couchtisch neben mir. Unter einem Buch schaut ein gerahmtes Bild hervor, das einen jungen, strahlenden Tom mit Mickey-Mouse-Ohren zeigt, zwischen einem hochgewachsenen Mann mit Toms Strahleaugen, der einen Sikh-*Dastar* trägt, und einer untersetzten blonden Frau in einem Katzen-Sweatshirt. Als ich den Blick hebe, sehe ich, dass Tom mich anstarrt. Und grinst.

»Also«, sage ich, da es nichts anderes zu sagen gibt.

»Also!«, ruft er begeistert aus: »Was zu sein ist uns bestimmt? Freunde oder Liebende?«

»Freunde.« Es ist eine Reflexreaktion.

»Lass dir Zeit. Wenn du darüber nachdenken musst …«

»Nein, schon … gut«, sage ich lächelnd, bemüht, ihn nicht zu beleidigen.

Er zuckt nur die Schultern, unbeirrt von meiner Zurückweisung. »Ach ja, die Guten sind immer schon vergeben, was, Mags?« Als könnte der einzige Grund für meine Zurückweisung die Existenz eines festen Freundes sein.

Maggie starrt auf den mit Büchern übersäten Boden. »Nicht immer«, murmelt sie. Dann sieht sie zu ihm hoch, mit einer Miene voller Verärgerung und Frustration und noch etwas anderem, das ich nicht …

Oh. Ich verstehe es. Ohje.

Ohne irgendetwas zu ahnen, starrt Tom mich noch immer an. Maggie starrt ihn an.

»Also«, komme ich zur Sache, »es geht das Gerücht, dass du ein Fahrrad verkaufst.«

»Das tue ich in der Tat! Wer hat dir das erzählt?«

Maggie stößt einen Seufzer der Verzweiflung aus. Ich zeige mit einem verspielt kreisenden Finger auf sie. Tom folgt meinem Finger.

»Oh, Mags! Richtig! Sehr gut!«

»Also?«, lege ich nach, um diesen Ball – oder das Fahrrad – endlich ins Rollen zu bringen.

»Also?«

»Wo ist es?«

»Wo ist jetzt was?«

Zum Glück übernimmt Maggie das Kommando. »Das Fahrrad, Tom, kann sie das Fahrrad sehen?«

»Warum, da steht sie doch!« Er fuchtelt mit einer Hand hinter sich. Neben der Tür, getarnt unter einem Haufen Papiere, noch mehr Büchern und ein paar Jacken, steht ein entzückendes Beach-Cruiser-Fahrrad, mit Bananensattel und allem. Ich gehe darauf zu. Es ist in einem guten Zustand. Erstaunlich für diesen Typen.

»Die Gräfin.« Tom seufzt. »Ein passender Name für das Mädchen, das mich in meinen ersten sechs Jahren durch dick und dünn begleitet hat.«

Mein Kopf schnellt hoch. »Du bist seit sechs Jahren hier?«

»Allerdings«, schaltet sich Maggie ein. »Tom ist hierhergekommen, um Philosophie zu studieren, dann hat er mit Mathe noch einmal neu angefangen, und dann … na ja, ich glaube, es waren alte Sprachen, richtig?« Sie sieht Tom mit gefurchter Stirn an.

»Linguistik, Philologie und Phonetik.«

»Und dann alte Sprachen?«

»Volltreffer, Mags.«

Maggie strahlt. Sie steht eindeutig auf ihn.

»Auf welchem College bist du denn?«, frage ich.

»Er war mit Charlie und mir auf dem Magdalen!«

Ich sehe zurück zu Tom. »Und jetzt?«

»Ach, jetzt will mich niemand mehr haben.« Er beugt sich vor und knufft mich mit dem Ellenbogen in die Schulter.

»Das heißt, du gehst hier nirgends mehr hin?«

»Tatsächlich ist er ein richtig beliebter Tutor geworden!«, schwärmt Maggie. »Er hilft Leuten, sich für Oxford zu bewerben!«

Toms Gesicht verzieht sich zu einer ironischen Grimasse. »Ich kann ihnen beibringen, wie man hereinkommt, aber nicht, wie man wieder hinauskommt.«

Er lacht, Maggie fällt mit ein, und ich nicke und murmele: »Cool, cool.« Ich blicke zu dem Fahrrad. »Also, was meinst du?«

»Im Moment? Im Allgemeinen?«

Ziemlich schrullig, der Typ. Das machen zu viele Bücher aus einem.

Er kaut auf seiner Lippe. »Vierzig Pfund.« Ich mache den Mund auf, um anzunehmen, aber da platzt Tom schon heraus: »Na schön, na schön, du führst einen harten Verhandlungskurs. Dreißig.«

Ich lächele. »Abgemacht!« Ich krame in meiner Hosentasche nach dem Geld.

Er klatscht in die Hände und springt auf. »Astrein!« Ich reiche ihm das Geld, und er räumt einen Weg frei, damit er das Fahrrad in den Vorraum, die Treppe hinunter und auf die Straße schieben kann. Wir folgen ihm. Ich drehe mich nach Maggie um. Ich muss irgendetwas tun. »Tom?«

»Ja?« Er hat sich über das Fahrrad gebeugt, begutachtet irgendeinen unsichtbaren Schönheitsfleck. Er leckt sich den Finger ab und reibt an dem Fleck herum.

»Maggie und ich treffen uns mit Charlie zum Tee. Hast du Lust, mitzukommen?«

Seine Miene hellt sich auf. »Astrein!« Er schwingt ein langes Giraffenbein über die Gräfin, besteigt sie wie ein preisgekrönter Hengst. »Zum Parsonage?«

Maggie und ich tauschen einen Blick. Maggie übernimmt das. »Tom. Ella würde jetzt gern auf ihrem Fahrrad fahren.«

»Na klar!« Er lacht schallend auf. »Ich wärme nur den Sitz vor.« Er steigt ab, galoppiert die Treppe hoch und ruft: »Ich hole nur schnell Pippa!«

Während er im Haus verschwindet, geht Maggie zu ihrem Fahrrad und schließt es los. Sie will eindeutig irgendetwas sagen, tut es aber nicht.

»Ich kann dir gar nicht genug danken«, sage ich. »Es ist perfekt.« Sie nickt und lächelt höflich, während wir auf unsere Fahrräder steigen. Sie scheint meinem Blick auszuweichen. Ich frage mich, ob ich irgendeine Grenze überschritten habe. »Entschuldige, falls ich ... Vermutlich hätte ich ihn nicht einfach zum Tee einladen sollen, in Anbetracht der Tatsache ...«

Aber Maggie schüttelt den Kopf. »Nein, nein. Deswegen wollte ich ja ursprünglich hierherkommen. Um ihn einzuladen. Der Akku in seinem Handy ist ständig leer, weißt du. Er kann tagelang nicht mitkriegen, dass er nicht zu erreichen ist.« Ihr Ton ist leicht, aber sie sieht mich noch immer nicht an.

Ich wage mich zögernd vor. »Ich bin noch nie jemandem wie ihm begegnet. Er ist sehr … ungewöhnlich.«

Schließlich sieht sie mich an. Sie kaut auf ihrer Unterlippe, offenbar am Rande eines Geständnisses. »Ich weiß nicht genau, was es ist. Er ist ein bisschen wie ein Hund, wirklich. Wie du gesehen hast – bereit, von jedem geliebt zu werden, der gewillt ist, ihn zu tätscheln. Ehrlich gesagt, kann es ziemlich ärgerlich sein.«

Ich lächele, glaube zu verstehen, was Maggie meint. »Er hat dasselbe mit dir gemacht, als du ihn kennengelernt hast?«

Einen Moment lang herrscht Schweigen, und irgendetwas huscht über Maggies Gesicht. »Nein.«

»Nein?«

»Nein. Hat er nicht.« Sie wendet den Blick ab. »Entschuldige. Er … geht mir wirklich nahe.«

»Das kann ich sehen.«

Sie seufzt, errötet. »Er macht es mit allen! Buchstäblich allen! Nur nicht mit mir. Es ist verwirrend. Und zum Verrücktwerden. Und peinlich! Entschuldige.« Sie drückt den Rücken durch, streicht ihr Kleid glatt, rückt ihre Strickjacke zurecht, gewinnt ihren Stolz wieder.

»Du hast keinen Grund, dich zu entschuldigen.«

»Charlie sagt, ich sollte mich glücklich schätzen, dass es nicht klappt, und er hat ja recht. Schau dir Tom doch an.«

Ich schüttele den Kopf. »Hier geht es nicht um irgendjemand anderen. Wenn du ihn willst, dann solltest du kämpfen.«

»Oh Gott, nein.« Sie hält einen Moment inne, schüttelt

den Kopf und stöhnt auf. »Er ist einfach so verdammt sexy.«

Das wäre zwar nicht mein erster Eindruck, aber die Geschmäcker sind verschieden. Wir sehen uns wieder an, und wir lächeln beide. Ich mag dieses Mädchen sehr. Wir stärken einander schon jetzt den Rücken. Das ist universelle Schwesternschaft, egal, aus welchem Land man kommt.

Tom kommt wieder, während Maggie mir den nahe gelegenen Park beschreibt. Mir fällt auf, dass er sie anstarrt. Es ist das erste Mal, dass er sie wirklich ansieht. In diesem Augenblick sieht sie aber auch wirklich entzückend aus, erhellt von Sprenkeln der Spätnachmittagssonne, die durch die Eiche über ihr schimmert.

»Mags?«, sagt Tom.

Sie wendet sich ihm zu. »Ja, Tom?«

Er betrachtet sie. »Deine Haare.«

Ihre Hand streicht die rechte Seite ihres rosa Bienenkorbs glatt, und sie errötet. Mit ein bisschen Popcorn könnte ich den beiden den ganzen Tag zusehen. »Ja?«, fordert sie ihn sanft auf.

Das ist es. Das ist der Punkt, an dem er den Sprung wagen und sie um ein Date bitten wird, und ich werde diese Geschichte bei meiner Tischrede auf ihrer Hochzeit erzählen.

Tom beugt sich vor und beäugt die linke Seite ihres Kopfs, fast fragend. »Du hast da einen Klacks Vogelkacke in deinen Haaren.«

Diese falsch verstandene Liebe
Hat meine Freude oft in Leid gedreht;
Gekappt hab ich nun ihre Triebe,
Doch die Blüte, sie besteht.

John Clare,
»Liebesschmerz«, 1844

Kapitel 7

»In Anbetracht der entzückenden Rundungen deiner Figur ist es durchaus erfreulich, dass du nicht eines dieser schrecklichen amerikanischen Mädchen bist, die sich ausschließlich von Rasenschnitt und Gletscherwasser ernähren«, sagt Charlie.

Mein Mund ist zu voll, als dass ich etwas erwidern könnte.

Wir vier – Maggie, Tom, Charlie und ich – sitzen gemütlich auf der bezaubernden Terrasse des Old Parsonage Hotel und trinken Tee. Das heißt, Tee mit jeder Menge Extras. Es gibt eine dreistöckige Porzellan-Etagere mit Sandwiches ganz unten, Scones, Konfitüren und Sahne in der Mitte und süßen Häppchen ganz oben. Ich hatte keinen Nachmittagstee mehr, seit Ashley Carmichaels Besessenheit von *Alice im Wunderland* mich gezwungen hat, ihren achten Geburtstag damit zu verbringen, rosa Tee aus winzigen Plastiktassen zu schlürfen, einen albernen Hut zu tragen und mir von einem mittelalten Typen in einem schmuddeligen weißen Kaninchenkostüm Angst machen zu lassen. Das hier ist besser.

Tom, damit beschäftigt, Cranberrys aus seinem Scone zu

entfernen, blickt auf. »Sag mal, Charlie? Ist das dort drüben nicht dein Ruderer?«

Wir folgen Toms Blick zu einem der Kellner (einem muskulösen Typen mit kantigem Kiefer), der drei Tische weiter Wassergläser auffüllt.

»Alles zu seiner Zeit«, seufzt Charlie.

Maggies Stirn legt sich in Falten. »Aber letztes Semester hast du doch für ihn geschwärmt«, sagt sie. »Du hast doch sicher ...«

»Er ist nicht bereit.«

»Als ob dich das je abgehalten hätte!«, lacht Tom lauthals.

Charlie schüttelt den Kopf. »Nein, bei diesem hier muss ich behutsam vorgehen. Er fürchtet noch immer die Verurteilung seiner entsetzlichen Ruderkameraden. Er hat Monate an Selbsterkenntnis und grauenhaften Frisuren vor sich. Er hat eben erst begonnen, mit bunten Hosen zu experimentieren.« Charlie stellt seine Teetasse ab und sieht mich an. »Um das Thema zu wechseln: In Anbetracht der Tatsache, dass du erst seit vierundzwanzig Stunden hier bist und ich bei einem unrühmlichen Teil davon zugegen war, wie kommt es, dass du unseren reizenden Dozenten Mr. Davenport bereits kennengelernt hast?«

Ich grinse Charlie an. »Ist das der Grund, weshalb ihr mich zum Tee eingeladen habt?«

»Nein!«, versichert mir Maggie in dem Augenblick, in dem Charlie sagt: »Natürlich.«

Es beginnt zu nieseln, aber niemanden scheint es zu stören. Maggie schiebt die winzige Schale mit Sahne weiter unter den Schutz der Häppchenplatte. Prioritäten.

»Na ja, erstens hätte er mich fast mit seinem Wagen überfahren.«

Charlie nickt. »Du hast natürlich in die falsche Richtung geschaut.«

Ich mache den Mund auf, um etwas zu entgegnen, aber dann besinne ich mich eines Besseren. »Und dann, später, hatten wir ein kleines Abenteuer …«

»Na bitte!«, ruft er aus.

Ich hebe die Hand. »Im Fröhlichen Fisch! Mit einem Teller voller Soßen.«

Die Erkenntnis dämmert in Charlies Augen. »Davenport war für dieses Haute-Couture-Experiment verantwortlich?« Ich nicke. »Ausgezeichnet.« Er kneift die Augen zusammen. »Aber das kann noch nicht alles gewesen sein. Denn im Kurs …«

Ich hebe wieder die Hand, in der Hoffnung, das Verhör abzukürzen. »Er war ein Arsch, und ich habe die Beherrschung verloren. Er wollte sich nur entschuldigen. Und das hat er getan. Und jetzt ist alles gut.«

Charlie wirft einen Blick auf Maggie, wägt meine Geschichte ab, scheint ihren narrativen Wert zu schätzen. »Aber wir müssen wissen, was genau er gesagt hat. Worte enthalten den Schlüssel.«

Zum Glück beugt sich Maggie in diesem Moment vor und zischelt: »Seht mal da!«

Wir alle folgen ihrem Blick. Auf der anderen Seite der niedrigen Hecke, an einer Bushaltestelle, steht Cecelia, die englische Rose.

»Cecelia Knowles«, murmelt Tom ehrfürchtig, als hätte

er einen Blick auf einen seltenen Vogel in der Wildnis erhascht.

Hinter seiner Sonnenbrille mustert Charlie sie. »Ich habe mich gewundert, sie im Kurs zu sehen. Neuanfang vielleicht?«

»Hä?«

»Sie hat ihr Grundstudium hier gemacht«, erklärt mir Maggie. »War im dritten Jahr, als Charlie und ich Frischlinge waren. Wir haben sie in Vorlesungen bemerkt …«

»Wer würde das nicht?«, sagen Tom und Charlie einstimmig.

Maggie verdreht die Augen. »Aber am Wochenende war sie nie hier, daher habe ich sie nie gut kennengelernt. Dann, im Jahr darauf, ist sie zurückgekommen, um ihr Masterstudium zu beginnen – wir haben etwas Zeit zusammen verbracht, aber etwa nach der Hälfte des Semesters … ist sie einfach verschwunden. Es war alles ein bisschen seltsam, wirklich.«

»Sie hat abgebrochen?«

Maggie zuckt die Schultern.

»Offenbar«, sagt Charlie, »stellte sie fest, dass sie unerwartet *enceinte* geworden war, zog sich für die Niederkunft in den tröstlichen Schoß einer altjüngferlichen Tante auf dem Kontinent zurück und vertraute das Kind dem dortigen Bauern und dessen unfruchtbarer Frau an, in der Übereinkunft, dass das Mädchen im Alter von zehn Jahren zum Schulbesuch nach England geschickt wird, unter die Obhut und Fürsorge eines geheimnisvollen Gönners.«

Ich liebe Bücherfreaks.

Cecelia an der Haltestelle sieht auf ihre Uhr, während ich einen obszön großen Bissen Scone nehme, dann entdeckt sie Maggie, die ihr höflich zuwinkt, und steuert auf uns zu. Na toll. Tom lässt das Sandwich fallen, von dem er gerade den Senf gekratzt hat, und wendet seine Aufmerksamkeit seinen zerzausten Haaren zu, versucht verzweifelt, sie glatt zu streichen.

Charlie kann es sich nicht verkneifen: »So ist's recht, Tom. Es geht doch nichts über ein gepflegtes Erscheinungsbild.«

Cecelia schwebt an unseren Tisch, ein Lächeln im Gesicht. »Hallo, Maggie.«

»Hi!«, plärrt Maggie, ein bisschen zu fröhlich.

»Wie geht ...«, beginnt Cecelia, aber Tom springt auf, als wäre ihm eben bewusst geworden, dass er auf einem Reißnagel sitzt. Cecelia zuckt zusammen. Er weist mit einer Handbewegung auf den Stuhl neben seinem, fleht ihn an, sich ihr anzubieten. Weder er noch der Stuhl sprechen ein Wort.

Maggie rettet ihn. »Möchtest du dich vielleicht zu uns setzen?«

»Danke, nein«, antwortet Cecelia mit ihrer leisen, vornehmen Stimme. »Ich dachte, ich schaue rasch auf eine Tasse herein, bevor ich meinen Bus nehme. Ich habe mich sehr gefreut, dich im Kurs zu sehen, ich hatte immer gehofft, du würdest weiterstudieren ...«

»Thomas Singh!«, ruft Tom schließlich und streckt die Hand aus. »Von den Yorkshire-Singhs. Kleinbauern seit den Tagen der normannischen Eroberung.« Er sieht meinen verwirrten Blick. »Mütterlicherseits«, stellt er klar.

Cecelia neigt den Kopf. »Cecelia Knowles. Von den Sussex-Knowles. Die der normannischen Eroberung trotzten.«

Wir alle kichern. Tom hat Cecelia noch immer nicht aus seinem Griff entlassen. »Also, was zu sein ist uns bestimmt? Freunde oder Liebende?«

Cecelia zieht ihre Hand elegant zurück. »Freunde genügt vollauf, danke.« Das Hündchen hat, wieder einmal, einen Nasenstüber bekommen.

»Charlie Butler kennst du natürlich schon«, kämpft Maggie tapfer weiter. »Und das hier ist Ella.«

Cecelias Blick fällt auf mich. »Ohje«, sagt sie. »Du *bist* es. Ich war mir nicht sicher.«

Sie war sich sicher.

Ich schlucke den letzten Rest Scone, während ich eine Hand ausstrecke. »Ella Durran. Habe die normannische Eroberung um ein Jahrtausend verpasst.« Ich lächele. Ich hege ihr gegenüber keine Feindseligkeit. Ehrlich nicht. Aber sie scheint mich nicht zu mögen.

Cecelia lächelt höflich und gibt mir kurz die Hand. »Entschuldigung, ich muss mich beeilen, wir sehen uns alle nächste Woche in Jamies Kurs.« Bevor ich noch irgendetwas sagen kann, ist sie in der Lobby verschwunden.

Ich nehme lässig einen Schluck Tee, und dann frage ich in einem Nicht-dass-es-irgendeine-Rolle-spielt-Ton: »Meint ihr, sie sind zusammen? Sie und Davenport?«

Maggie schüttelt den Kopf. »Falls ja, wird es jedenfalls nicht lange halten, fürchte ich.« Sie spricht wie über die Stars ihrer Lieblings-Soap.

»Was meinst du damit?«

»Jamie Davenport ist eine Legende«, erwidert Maggie begeistert. »Die Straße zwischen Oxford und Cambridge ist mit gebrochenen Herzen gepflastert.«

Charlie denkt darüber nach. »Wohl eher mit Slips. Der Mann hat die Drei-Dates-Regel quasi erfunden.«

»Also pass auf dich auf«, warnt Maggie.

Ich brauche einen Moment, um zu begreifen. »Augenblick, meinst du mich?«

Sie nickt. »Entschuldige, aber da war unleugbar eine gewisse Chemie zwischen …«

»Nein, da war keine!«, verteidige ich mich prompt. »Ich fühle mich nicht im Geringsten zu Jamie Davenport hingezogen.«

Sie alle sehen mich nur an. Zusammen. Als ob sie es einstudiert hätten.

Ich nehme mir noch einen Scone. »Außerdem bin ich nur bis Juni hier. Es dreht sich alles um Oxford. Und ums Reisen! Das Letzte, was ich brauche, ist eine Beziehung.«

»Dann ist er vielleicht doch perfekt«, grinst Charlie.

Maggie beugt sich vor. »Ich … wir dachten nur … du solltest es wissen.«

Ich nicke. »Das weiß ich zu schätzen.« Und ich tue es wirklich. Aber im Imbiss hatte ich bereits genug gesehen, um mich fortan fernzuhalten.

In meinem Zimmer halte ich ein dreistündiges Jetlag-Nickerchen und wache benommen, orientierungslos und seltsam durstig auf. Ich kippe zwei Glas Wasser und werfe einen Blick auf die Uhr: neun Uhr abends. Ich bin hellwach.

Könnte eigentlich auch ein bisschen Arbeit erledigen.

Ich schnappe mir eine dicke Anthologie mit Gedichten von meinem Schreibtisch und klettere wieder ins Bett. Das Buch ist ein Monolith, auf diesen dünnen Bibelseiten gedruckt. Nach dem Tee sind wir alle zusammen zu Blackwell's (coolste Buchhandlung der Welt) gegangen und haben uns ein paar der Texte zugelegt, die Jamie Davenport für das Semester empfohlen hat. Tom, der nicht einmal in unserem Studiengang ist, hat sich auch alle Bücher gekauft. Ich kann sehen, dass Tom, im Gegensatz zu Charlie und Maggie, die seinen Tee bezahlt hat, nicht aus begüterten Verhältnissen stammt. Sein Akzent ist anders als ihrer. Er hatte erwähnt, dass sein Dad einen Laden besitzt – »Krimskrams und Kleinigkeiten«. Ein Dad, der seine Gönnerschaft irgendwo zwischen Mathe und alten Sprachen eingestellt hat und Tom anfleht, nach Hause zu kommen, damit er sich zur Ruhe setzen kann. Tom hat neben seiner Tutorentätigkeit mindestens drei Teilzeitjobs aufgezählt – Büroarbeit, Bücher einräumen in der Bodleian Library, sogar Programmieren für die Website der Universität. Er hat irgendetwas Zeitloses an sich, als ob es in der ganzen Geschichte Oxfords immer einen Tom gegeben hätte, der in einem Wandschrank voller Bücher lebt, bei jedem Wetter mit dem Fahrrad durch die Stadt fährt, sich in Vorlesungen schleicht, in denen er nichts verloren hat, und das Studienfach stets ein Jahr vor dem Abschluss wechselt.

Auch Charlie scheint mir irgendwie typisch für Oxford zu sein. Ich habe keine Ahnung, woher er stammen könnte und aus was für Kreisen. Vermutlich wurde er einfach als

Säugling in einem Weidenkorb an der Magdalen-Pforte abgestellt, um von Hugh und Eugenia im Geiste Oscar Wildes aufgezogen zu werden.

Maggie hat einen Vater erwähnt, der anscheinend irgendwas mit Banken macht, und eine Mutter, die kürzlich nach Frankreich gezogen ist. Sie ist für die Highschool auf irgendein schweizerisch klingendes Internat gegangen, hat erwähnt, dass sie im Grundstudium Theater gemacht hat (auch wenn ich mir die schüchterne Maggie mit ihrer Piepsstimme nur schwer auf einer Bühne vorstellen kann), und sie ist besessen von Thomas Hardy.

Jetzt, unter meine Decke gekuschelt, blättere ich die Gedichtanthologie durch, in der Hoffnung, dass mir irgendetwas ins Auge springt. Davenport hat uns aufgefordert zu beschreiben, was für Gefühle ein Gedicht in uns weckt, daher überfliege ich die Seiten rasch nach den Worten »fühlen« oder »Gefühl« oder »Emotion«, nur als Ausgangspunkt. Mein Auge bleibt bei Elizabeth Barrett Brownings *Die Bedürfnisse eines Mannes* hängen, und ich beginne zu lesen.

Liebe mich, so süß du kannst,
Fühlend und denkend und sehend;
Liebe mich auf die leichteste Art,
Und mit deinem ganzen Wesen.

Dann werden all die Arten aufgezählt, auf die ein Mann der Liebe einer Frau bedarf. Geistig, spirituell, ewig, vollkommen, was auch immer. Dann nimmt es eine Wendung.

Wenn du, Liebste, es zu beweisen wagst,
Ist die Liebe der Frau gänzlich wahr.
Ich werde dich lieben – ein halbes Jahr –
So wie es ein Mann vermag.

Verdammt, EBB. Einfach frei heraus auszusprechen, wie es ist, wie es offenbar immer gewesen ist, bis zurück zum Jahr 1846.

Ich habe mein Gedicht. Noch besser, dass es im Grunde die Person beschreibt, die den Aufsatz aufgegeben hat. *Machen Sie damit, was Sie wollen, Davenport.*

Zwei Stunden später habe ich fünf Seiten in Times New Roman, doppelter Zeilenabstand, Zwölf-Punkt-Schriftgröße, die alles erläutern, wofür dieses Gedicht steht. Ich hole mein Notizbuch aus meiner Tasche, finde die Seite, auf der ich Jamie Davenports E-Mail-Adresse notiert habe, und tippe sie in ein neues Nachrichtenfenster. Ich habe drei neue E-Mails von meiner Mutter in meinem Postfach. Später. Ich hänge das Gedicht an, und dann überlege ich kurz, was ich in den Textkörper der E-Mail schreiben soll. Ich entscheide mich für:

Prof. Davenport,

im Anhang finden Sie den gewünschten Aufsatz.

Mit besten Grüßen
Ella

Ich spiele mit dem Gedanken, »aus Ohio« hinzuzufügen, aber ich will nicht, dass er denkt, wir hätten einen gemeinsamen Scherz. Während mein Aufsatz durch die Stadt zu Jamie Davenport surrt, wo immer der ist, wende ich meine Aufmerksamkeit den E-Mails meiner Mutter zu.

> Ich habe heute Marni Hopkins im Laden getroffen, und wusstest Du, dass Bradley irgendwo in Spanien ein Aufbaustudium macht? Vielleicht könntet Ihr zwei

Ich lösche die Nachricht, ohne sie zu Ende zu lesen. Nächste E-Mail:

> Hi Schatz, warum hast Du denn noch nicht angerufen? Melde Dich doch mal, wenn Du einen Moment Zeit hast. Weißt Du, Marni war sehr beeindruckt, dass Du es nach Oxford geschafft hast. Sie hat mir ein Bild von Bradley gezeigt. Ich finde, seine Ohren

Löschen. Letzte E-Mail:

> Warum dreht sich auf meinem Computer dieses komische bunte Rädchen? Was hast Du mir gesagt, dass ich tun soll, als das das letzte Mal passiert ist?

Ich feuere prompt zurück:

> Neu starten.

Ich lehne mich zurück und starre auf meinen Computer. Ich könnte mit ihr skypen. Dort drüben müsste es jetzt fünf Uhr nachmittags sein. Die E-Mails sind vor einer Stunde gekommen. Ich weiß, dass sie da ist. Aber ich habe im Grunde nichts zu sagen.

Na ja, okay, ich habe mir ein Fahrrad gekauft und den Fröhlichen Fisch gefunden, und ich habe eine Zugehfrau und Hugh, den Pförtner, und ich habe Freunde gefunden, und ich hatte einen Kurs, und es gab Scones. Ganz zu schweigen von einem Traumjob.

Aber wir wollen nicht vergessen, dass ich meinen mir bis dahin unbekannten Professor Arschloch genannt habe (ins Gesicht), nicht bei Styan studieren werde und zu dem Schluss gekommen bin, dass ich in akademischer Hinsicht hier nicht mithalten kann und letztendlich vermutlich nicht nur mich selbst, sondern auch die Rhodes Foundation blamieren werde.

Viel ist passiert, seit mein Pass gestempelt wurde. Ich hole tief Luft. Es ist okay. Mit diesem Aufsatz habe ich meinen guten Namen wiederhergestellt. Alles wird wieder ins Lot kommen. Ich will aber nicht mit meiner Mutter reden, bevor ich hier fest im Sattel sitze.

Ich kenne sie. Viel besser, als sie mich je kennen wird.

Meine Mutter lebt in einem ständigen Zustand ängstlicher Nervosität. Sie denkt, dass gleich alles zusammenbricht, während es doch in ihrem Leben gar nichts gibt, was überhaupt zusammenbrechen könnte. Sie hat seit zwanzig Jahren denselben Job, sie verreist nicht, sie hat keine Dates, das Haus ist abbezahlt, sie hat zwei 101 Rauchmelder, sie geht ungefähr dreimal im Jahr zum Arzt, und sie meidet alle öffentlichen Plätze, an denen irgendjemand (»man kann nie wissen, Ella, die Welt ist verrückt geworden«) eine Schusswaffe haben könnte. Wenn sich auf ihrem zwei Meilen langen Weg zur Arbeit nicht ein Krater unter ihrem Volvo auftut, wird ihr nichts passieren.

Sie war nicht immer so. Aber es ist so lange her, dass es sich wie immer anfühlt.

Ich bin müde.

Ich vermisse meinen Dad.

Der Signalton einer eingehenden E-Mail lenkt mich von diesem Kaninchenloch familiären Scheiterns ab. Ich beuge mich vor, um sie zu lesen, in der Annahme, dass meine Mutter mir sagen will, dass sie ihren Computer neu gestartet hat, der Bildschirm sie jetzt aber komisch ansieht …

Mein Magen schlägt einen Purzelbaum, als ich den Absender sehe: James Davenport.

Freue mich auf die Lektüre. Gute Nacht.

Kein »Bin erstaunt, Ihre Arbeit so früh zu sehen«? Kein »Sehr eindrucksvoll, Ella aus Ohio«?

Er ist professionell. Wie er es sein sollte. Weil er jetzt mein Professor ist, nicht irgendein Typ mit geheimnisvollen Augen in einem Imbiss, der mich angesehen hat, als wäre ich die köstlichste Option auf der Speisekarte.

Ich werde nicht antworten. Was würde ich schon sagen? *Ihnen auch? Ich hoffe, Sie haben viel Spaß dabei. Was haben Sie heute Abend vor?*

Und ich werde ihn nicht googeln. Und auch wenn ich einen professionellen Twitter-Account aufrechterhalten muss, bin ich sonst nicht in den sozialen Medien unterwegs. Ich finde nicht nur, dass sie zu große Zeitschlucker sind, sie bieten auch zu viele Gelegenheiten, mich vor potenziellen Auftraggebern zu blamieren; wenn sie nie sehen, wie du irgendetwas Falsches tust, musst du dich auch nie entschuldigen.

Ich blicke wieder auf die E-Mail; meine Augen fühlen sich unerklärlicherweise davon angezogen, als ob dort anstelle zweier harmloser Sätze ein Pin-up-Nacktfoto des Absenders wäre. Er wäre mit Sicherheit der Mr. September im Heiße-Oxfordkerle-Kalender. *Willkommen zurück an der Uni, Ladys.* Jamie Davenport auf einer Bibliotheksleiter, eingeölter Waschbrettbauch, mit einem Buch, das er sich notgedrungen vor seine edlen Teile hält.

Wenigstens kann ich mich noch immer zum Lachen bringen.

Die nächsten paar Tage verfliegen schnell. Endlich habe ich das Gefühl, in der richtigen Zeitzone zu sein, und inzwischen kann ich auch den Akzent verstehen. Auch wenn ich den betrunkenen Typen gern falsch verstanden hätte, der gestern Abend an mir vorbeigegangen ist, sich dann zu seinem Kumpel umgedreht und laut gelallt hat: »Das ist ja eine Sahneschnitte.« Außerdem habe ich es geschafft, Eugenias Ankunft dreimal hintereinander zu verschlafen, und ich hatte meine beiden anderen Kurse, aber die Professoren haben uns keine Hausaufgaben aufgegeben.

Nein, das tut offenbar nur Mr. Jamie Davenport. Und dann liest er sie nie. Offenbar.

Ich verbringe meine Tage damit, mich durch die vorgeschlagene Kurslektüre zu kämpfen und Gavins Anfragen abzuarbeiten. Seine E-Mails kommen zu jeder Tages- und Nachtzeit. Mindestens einmal täglich ruft er an.

Spätnachmittags schwingen Maggie und ich uns auf unsere Fahrräder, und sie zeigt mir die Stadt. Maggie ist aus London (sie erwähnt eine Gegend und entschuldigt sich dann dafür, in einem Ton, der mich vermuten lässt, dass es ein peinlich vornehmes Viertel ist), aber sie hat ihr Grundstudium am Magdalen gemacht, daher kennt sie jeden Winkel von Oxford. Sie führt mich durch schmale, gewundene Gassen, zu ganz besonderen Orten, die sie im Laufe ihrer Jahre hier entdeckt hat. Jetzt lebt sie in der Wohnanlage für Aufbaustudenten des Exeter College, wo sie sich eine Küche und einen Wohnbereich mit vier anderen Studenten teilt: zwei Chinesen, einem englischen Mädchen mit Rubensfigur, das darauf besteht, nur Italienisch zu sprechen, und einer etwas älteren Frau aus dem Nahen Osten, die nie da ist.

Am Ende unserer Fahrradtouren treffen wir uns meist mit Charlie und Tom zum Abendessen, daher lerne ich allmählich auch die Küche von Oxford kennen, die reine Glückssache ist. Ich schäme mich zuzugeben, dass ich das amerikanische Essen schon jetzt vermisse. Mittlerweile würde ich jedem sexuelle Gefälligkeiten erweisen, der mir einen anständigen Cheeseburger verschaffen könnte.

Heute stehen Charlie und ich im oberen Lesesaal der

Bodleian Library. Charlie, ein Buch zum Thema Rudern unter den Arm geklemmt, gibt mir flüsternd eine Führung. »Die Bodleian besitzt ein Exemplar von jedem Buch, das seit 1611 je im Vereinigten Königreich gedruckt wurde.«

Ich wiederhole im Stillen, wie er den Namen ausspricht (Bod-lee-un), und weiß jetzt, warum jeder sie nur »die Bod« nennt. Der Saal ist wunderschön, höhlenartig, gefüllt mit Lesetischen und Stühlen. Mir fällt auf, dass es nur wenige Regale gibt. »Wo verstecken sie denn die Bücher?«, flüstere ich.

Charlie deutet auf den Hartholzboden, scheint Räume und Etagen anzudeuten, die unter uns existieren. Er wirft einen Blick über die Schulter, dann schlüpft er hinter den unbesetzten Auskunftsschalter. Er greift unter den Tresen und holt ein Hochglanzmagazin mit dem fett gedruckten Titel *TATLER* hervor. Er reicht es mir. »Hier steckt immer eine aktuelle Ausgabe davon.«

Ich blättere es durch, sehe Bilder über Bilder von Leuten, die ich nicht erkenne. Es ist wie ein anderes Universum. Offenbar hat England seine eigene Version von Kardashians. »Weißt du, was interessant ist«, beginne ich. »Diese Leute sind völlig austauschbar gegen …« Aber ich werde von dem Geräusch eines Buchs unterbrochen, das neben mir auf den Tresen fällt.

Ich blicke auf das Buch, aber der Titel wird von der Hand verdeckt, die gespreizt auf dem Umschlag liegt. Es ist eine männliche Hand. Lange schmale Finger, genau die richtige Menge an Handgelenkbehaarung, saubere Fingernägel …

»Ella?«

Erschrocken hebe ich den Kopf und sehe in die stechenden blauen Augen von Jamie Davenport, die auf mich herunterblicken. »Meine Räumlichkeiten, wenn Sie so gut sein wollen. Heute. Halb drei.«

Ich höre nicht, was er sagt. Ich nicke nur. Er sieht hinunter auf den *Tatler.* Zieht eine Augenbraue hoch. »Forschung?«, fragt er, triefend vor Sarkasmus. Dann sieht er wieder zu mir hoch, lächelt knapp und ist verschwunden.

»Meisterhaft«, haucht Charlie.

Wo immer ich eben war, ich kehre zurück zu Charlie und der Bod. Ich bin völlig verloren. Vielleicht habe ich mein Verständnis der britischen Sprache doch überschätzt. »Was hat er eben gesagt?«

Charlies Augen sind weit aufgerissen. »Er will dich.«

Ist er nicht zu mir gekommen?
Was könnt' den treuen Lancelot
Aufhalten, wenn ich sage: Komm?

William Morris,
»Die Verteidigung der Guinevere«, 1858

Kapitel 8

Ich finde das Lincoln, ein kleines mittelalterliches College mit einer zu einer Bibliothek umgebauten Kirche mitten in der Stadt, in der Turl Street. Maggie hat mir vor ein paar Tagen erklärt, dass jeder Professor einem bestimmten Oxford-College zugewiesen ist, wo er ein Büro hat und oft Studenten im Grundstudium unterrichtet. Das Lincoln ist der Ort, wo Jamie Davenport seine hautenge Jeans aufhängt.

Nachdem ich von der High nach rechts in die Turl abgebogen bin, trete ich durch eine Türöffnung in einer hölzernen Pforte und in einen kleinen Säulengang. Dahinter befindet sich ein gepflegter Kolleghof, der von efeubewachsenen Gebäuden umgeben ist. Das College ist kleiner als das Magdalen, aber auf eine entzückende Art elegant, und es fühlt sich älter an (falls das überhaupt möglich ist). Ich betrete die Loge, frage den Pförtner nach Professor Davenports Büro, und er dirigiert mich zu Aufgang acht und zwei Treppen hoch.

Als ich den zweiten Treppenabsatz fast erreicht habe, höre ich laute Stimmen hinter einer geschlossenen Tür. Ich vergesse für einen Moment meine Nervosität und lausche unwillkürlich. Zwei Männer. Einer von ihnen, wird mir bewusst, ist Jamie Davenport.

»Ich bin nicht interessiert an deiner Meinung.«

»James, das ist doch absurd …«

»Dann setz es auf die Liste.«

»Wir sind deine Familie!«, brüllt die ältere Stimme.

»Von Geburts wegen – na und!«, gibt Davenport zurück, halb so laut, aber doppelt so scharf. Dann, gedämpft: »Wenn du mich jetzt bitte entschuldigst, ich habe zu arbeiten.«

»Ich bin zu dir gekommen, mitten an meinem Arbeitstag …«

»Habe ich dich gebeten zu kommen? Geh.«

»Du bist zweifellos der undankbarste …«

Jetzt brüllt Davenport: »Verschwinde!«

Ich spähe um die Ecke, und Sekunden später fliegt die gewölbte Holztür auf, und ein älterer, untersetzter Mann stürmt heraus. Er bleibt stehen und wendet sich noch einmal zu dem Zimmer um. Ich drücke mich an die Wand. »Du bist arrogant, und lass dir das gesagt sein, du schaufelst dir gerade selbst dein Grab …«

»Gott, muss ich dich eigenhändig hinauswerfen?«

»Sprich mit mir, wie du willst, das ist mir egal, aber wenn du es wagst, deine Mutter zu verletzen, ich schwöre …«

»Niemand kann sie mehr verletzen, als du es bereits getan hast!«

Die Tür knallt zu. Von innen oder von außen? Ich bin im Begriff, noch einmal um die Ecke zu spähen, als eine silberhaarige Naturgewalt an mir vorbei die Treppe hinunterfegt, ohne mich auch nur eines Blickes zu würdigen. Seine Wut rollt über mich hinweg wie ein Fels, und ich klammere mich am Geländer fest, um nicht das Gleichgewicht zu verlieren. Mit angehaltenem Atem warte ich und lasse gut zehn Sekunden verstreichen, dann nähere ich mich der Tür und klopfe sachte an.

»Ja?«, ruft Davenport ruhig.

Zögernd öffne ich die Tür und stecke den Kopf ins Zimmer. Er steht hinter einem alten Schreibtisch und blättert in Papieren. Er sieht aus, als ob alles in bester Ordnung wäre. »Hi. Passt es gerade?«

Er sieht auf. »Ja, ja, natürlich. Nehmen Sie Platz.«

Ich betrete einen Raum, der aussieht wie ein Salon in einem alten englischen Herrenhaus. Oder zumindest so, wie ich mir einen Salon in einem alten englischen Herrenhaus anhand von Filmen immer vorgestellt habe. Hohe Decken, von Balken unterteilt, die Einsätze in einem Tudor-Muster bemalt. Auf dem Boden Fischgrätparkett, bedeckt von einem mattroten Plüschteppich, unverputzte Steinwände, Sprossenfenster und ein massiver steinerner Kamin. Zwei abgewetzte lederne Clubsessel stehen einander gegenüber vor dem Kamin, mit einem fadenscheinigen roten Zweisitzer dahinter. Der Schreibtisch steht vor einem Erkerfenster mit Blick auf den Kolleghof.

Ich gehe hinüber zu einem der Clubsessel, während ich versuche, mir irgendetwas Schlaues einfallen zu lassen, um das Gespräch zu eröffnen. »Nett haben Sie's hier. Gemütlich«, sage ich, womit ich völlig am Ziel vorbeischieße.

Er steht noch immer an seinem Schreibtisch, blättert in den Unterlagen und Büchern, die dort verstreut liegen. »Na dann, machen Sie sich's bequem«, sagt er.

Ich kann seinen Ton nicht deuten. *Kein Grund zur Panik,* beschwichtige ich mich. Was immer eben passiert ist, hat nichts mit mir zu tun. Ich bin vermutlich hier, weil er mir zu meinem ersten Aufsatz gratulieren oder vielleicht einen meiner Punkte genauer erörtern will, der seine Neugier geweckt hat. Meine Anwesenheit hier wird ihm vermutlich guttun. Ihn von dem ablenken, worum es bei diesem Streit ging, was immer das war. Um das Gespräch in Gang zu halten, sage ich: »Wohnen Sie hier?«

»Nein. Auch wenn es dafür eingerichtet ist.« Schließlich dreht er sich um, schlüpft zwischen dem Schreibtisch und dem Stuhl hervor und kommt zu mir herüber. Er trägt ein dunkelgraues Button-down-Hemd, in die Hose gesteckt, die Ärmel bis zu den Ellenbogen hochgeschoben, und eine ochsenblutrote Hose, die offenbar – echt jetzt? – aus Samt ist. Und was noch seltsamer ist: Er sieht unglaublich darin aus.

»Historisch betrachtet, beinhalteten die Lehrverträge hier eine Unterkunft, da die meisten Lehrbeauftragten Kirchenmänner waren. Oder gehen mussten, wenn sie heirateten. Einen Lehrstuhl *und* eine Ehefrau durften sie nicht haben. Gott verhüte, dass die Frau sich als Ablenkung erweisen sollte.«

Warum erzählt er mir das? Warum kann ich nicht aufhören, auf seine Hose zu starren?

Er setzt sich in den Sessel mir gegenüber, fährt sich mit

einer Hand durchs Haar. Dann zeigt er hinter sich auf eine der geschlossenen Türen. »Dort hinten gibt es ein Bett.«

Warum erzählt er mir das? Warum starre ich noch immer auf seine Hose?

Er sieht auf seine Knie. »Gut für diese nächtlichen Sitzungen, nehme ich an«, murmelt er, womit er die ganze Situation noch verkrampfter macht. »Also. Zu Ihrem Aufsatz. *Die Bedürfnisse eines Mannes.* Was halten Sie von Ihrem Aufsatz?«

Das überrumpelt mich. Er sollte mir sagen, was er von meinem Aufsatz hält. »Ähm«, beginne ich, und dann räuspere ich mich. »Na ja, wenn Sie mich fragen … ich denke, ich habe einige bedeutende Erkenntnisse, Betrachtungen und Analysen herausgearbeitet.« Er sieht mich nur an. Er besitzt diese Fähigkeit, völlig still zu werden, als hätte er aufgehört zu atmen. Wie ein Vampir. Was mir bewusst macht, dass ich selbst nicht atme. Ich wende den Blick ab und zwinge mich, tief Luft zu holen. »Aber genug von mir, was halten Sie von meiner Arbeit?«, witzele ich.

»›Arbeit‹ ist ein äußerst zutreffendes Wort«, antwortet er aalglatt.

Ich versteife mich. Er hat mein eigenes Wort zu mir zurückgeschleudert. Ich erkenne die rhetorische Technik und lasse mich nicht beirren. »Das klingt nicht nach einem Lob«, erwidere ich in einem, wie ich hoffe, ebenso aalglatten Ton. »Hatten Sie irgendetwas daran auszusetzen?«

»Daran auszusetzen? Nein«, antwortet er schulterzuckend. Seine Beiläufigkeit verletzt mich irgendwie noch mehr als seine Kritik. Mir fällt auf, dass er meinen Aufsatz nicht einmal vor sich liegen hat. Als ob er sich, nachdem er ihn einmal kurz überflogen hat, seine Mittelmäßigkeit vom Leibe halten wollte. »In rund zweitausendfünfhundert Worten«, fährt er fort, »haben Sie es geschafft, die Geburt des Feminismus, den Zusammenbruch der arrangierten Ehe, die Feier des Peter-Pan-Syndroms aus historischer Perspektive und die Verfolgung weiblicher Sexualität, die ihren Höhepunkt in den Hexenprozessen von Salem fand, abzuhandeln.« Er hält einen Moment inne, aber sein Blick bleibt auf mir ruhen. Vielleicht hat mein Aufsatz ihm doch gefallen. Vielleicht will er ihn als Beispiel für den Kurs heranziehen. Dann redet er weiter. »Außergewöhnlich.« Ich strahle. »All das haben Sie geschafft, nur die gestellte Aufgabe haben Sie nicht gelöst.«

Ich starre ihn an. Also bin ich für den Kurs ein Beispiel, wie man es nicht macht. Er beugt sich vor. »Beschreiben Sie das Gedicht so, wie Sie es einem Freund gegenüber tun würden. Was für Gefühle weckt es in Ihnen?«

Ich blinzele ihn an, begreife die Schwere meines Fehlers. »Oh«, sage ich lahm. »Ich nehme an, ich bin … abgeschweift.«

»Abgeschweift? Ella«, sagt er und beugt sich zu mir vor. »Sie sind gescheitert. Sie sind vom Weg abgekommen. Beeindruckend weit, aber ohne Zweifel vom Weg abgekommen.«

Ich blinzele ihn an. Das hier war mein Versuch, mich zu beweisen, und ich bin gescheitert. Sein Wort: gescheitert. Ich bin noch nie gescheitert. Mit nichts.

Ich denke, Davenport muss die Verlegenheit in meinem

Gesicht sehen können, denn er zuckt die Schultern und ändert seinen Ton, lehnt sich wieder zurück. »Hören Sie, Ella. Ich wollte mit Ihnen über diese Sache reden, bevor das Semester richtig in Gang kommt.« Entsetzt begreife ich, was er im Begriff zu sagen ist. »Sie haben die Möglichkeit …«

»Jetzt auszusteigen und zurück in die Staaten zu flüchten?« Meine Stimme ist so beherrscht, wie es mir möglich ist.

»Warum in aller Welt sagen Sie so etwas?«

»Na ja, offensichtlich entspricht meine Arbeit nicht den Anforderungen. Die Amerikanerin ist eindeutig überfordert.« Ich kann den Trotz in meinen Worten hören. Ich meine, was denkt der eigentlich, wer er ist? Ich arbeite für die voraussichtliche Kandidatin für die Präsidentschaft der …

»Warum glauben Sie, dass Sie überfordert sind?«

»Sind Sie Seelenklempner?«, fauche ich ihn an. »Oder ist das hier einfach ein Teil der sokratischen Methode – der Lehrstil, eine Frage mit einer Gegenfrage zu beantworten?«

»Entschuldigung, war da eine Frage?« Er ist völlig ruhig, aufrichtig interessiert.

Ich senke den Blick zu Boden, aber ich kann spüren, wie er mich beäugt. Ich hole tief Luft, in dem Bewusstsein, dass ich wieder aufgehört habe zu atmen. Ich schlucke, aber irgendetwas steckt in meiner Kehle fest. Mein Traum vermutlich. Ich glaube, ich ersticke gerade an meiner Einmal-im-Leben-Erfahrung. Meinem Oxford.

Irgendwie hat er es geschafft, mich aus dem Gleis zu schieben.

Leise sagt er: »Ella, das hier hat nichts zu tun mit …« Er hält inne, wählt seine Worte vorsichtig. »Der Aufsatz war furchtbar gut geschrieben.« Mir ist aufgefallen, dass die Engländer negativ behaftete Begriffe gern in einem positiven Kontext verwenden, und ich bin mir noch nicht sicher, wie ich mich damit fühle. »Er war entsetzlich aufschlussreich. Aber hier geht es nicht darum, sein Wissen oder akademisches Können zur Schau zu stellen, oder darum, überzeugend zu argumentieren. Es geht nur darum, Ideen zu erörtern. Die Ideen sind der Weizen des Verstandes. Alles andere ist Spreu, die man besser dem Genuss der Blender überlässt, die sich gern als Akademiker sehen. Seit eintausend Jahren geht es an diesem Ort hier genau darum. Ist es antiquiert? Ja. Schwer verdaulich? Absolut. Scheinbar sinnlos? In dieser neuen Weltordnung mag es so scheinen, und doch ist Oxford Oxford, und wir bemühen uns weiterhin.« Er streckt eine Hand nach dem Tisch zwischen uns aus, nimmt die Gedichtanthologie in die Hand. Er blättert in den Seiten. »Sagen Sie mir, Ella, warum haben Sie von allen Gedichten in diesem Buch ausgerechnet dieses ausgewählt?«

»Weil es die Wahrheit über Männer ausspricht.«

»Ah, okay. Das heißt, Männer sind nur imstande, eine Frau sechs Monate lang zu lieben?«

»Ich denke, sie hat aufgerundet.«

Das entlockt ihm ein leises Kichern. Dann legt er das Buch auf seinen Schoß, hält kurz inne und blickt wieder auf. Er tut es ernst, bewusst, lässt sich Zeit. Er ist so völlig anders als der überdrehte Idiot, dem ich im Fröhlichen

Fisch zum ersten Mal begegnet bin. »Also, das hier erinnert Sie an einen Exfreund? Ihnen wurde doch sicher schon einmal das Herz gebrochen. Mindestens einmal?«

Ich schnaube verächtlich. »Mir wurde noch nie das Herz gebrochen.«

»Natürlich. Entschuldigung. Wie auch? Wenn man glaubt, dass ein Mann nur imstande ist, eine Frau sechs Monate lang zu lieben.«

»Sie behaupten, anders zu sein? Denn nach allem, was ich gehört habe, sind Sie gewissermaßen das Aushängeschild für …« Ich bremse mich. Das geht zu weit.

Seine leuchtend blauen Augen blitzen vor Begeisterung. »Aushängeschild, ach ja? Wie herrlich skandalös. Bitte fahren Sie fort.«

Ich kann nur den Kopf schütteln.

Er lächelt. »Also, wir kennen einander, wissen alles über einander.« Er lehnt sich grinsend zurück. »Wir haben uns dort in dem Imbiss genau abgeschätzt, oder? Gewogen und gemessen. Hätte irgendjemand von geringerem Intellekt sein Wissen über einen von uns verkündet, hätte man ihn für voreingenommen oder urteilsschnell gehalten. Das Buch nicht nach dem Einband bewerten und das alles. Aber wir haben einander im Schnellverfahren gelesen, und zum Glück sind wir die Schlauen. Schließlich sind wir Oxonianer.«

Das entringt mir ein knappes Lächeln.

Er sieht zur Decke hoch, scheint seine nächsten Worte aus der Luft zu pflücken, rezitiert: »›Den geisteswissenschaftlichen Lehrplan in einer solch entscheidenden Zeit abzubauen verstümmelt sowohl in soziologischer als auch in solipsistischer Hinsicht das Verständnisvermögen des jungen Menschen und führt letztendlich zu einer Wählerschaft, die nur in Schwarz-Weiß denkt, und das zu einer Zeit, zu der wir, wenn wir überleben wollen, in Technicolor denken müssen.‹« Jetzt sieht er mich an. »Das gefällt mir sehr.«

Er hat mich gegoogelt. Der Dreckskerl hat mich gegoogelt, nachdem ich ihn absichtlich nicht gegoogelt habe. Ich weiß nicht, ob ich mich geschmeichelt oder verraten fühlen soll. Aber jetzt stehe ich da wie eine Scheinheilige, die Bildungs-Evangelistin, die nicht einmal eine schlichte Aufgabe bewältigen kann.

»Nun, ich hätte vermutet«, fährt er fort, »dass die Frau, die diesen Artikel geschrieben hat, durchaus einiges darüber zu sagen hat, was für Gefühle ein Gedicht in ihr weckt.«

Ich reiße die Hände hoch. »Das war ein einziger Artikel. Ich bin keine Schriftstellerin. Ich behaupte nicht, zu wissen, wie man einen geisteswissenschaftlichen Lehrplan aufstellt, ich weiß lediglich, dass er eine Notwendigkeit ist, kein Luxus!«

Er beugt sich vor. »Genau. Es definiert Sie nicht. Aber es ist ein erster Eindruck, oder? Sie sind die überehrgeizige Amerikanerin, eine Rhodes-Stipendiatin, die Oxford als eine Reihe von Hürden sieht, die es zu überwinden gilt wie Levels in irgendeinem Videospiel. Und ich? Ich bin der scheinheilige Lyrikgelehrte, der erhabene Theorien von Liebe verficht, während er es jede Nacht mit einer anderen treibt. Na großartig, schön, dass wir das geklärt haben. Aber wer sind wir wirklich, hm? Wir haben einander gesagt, was wir denken, aber wir haben keine Ahnung, was der andere jeweils fühlt. Denn das erfordert ein Gespräch. Worte zu haben, Sprache zu haben, um uns mit uns selbst und miteinander zu verbinden.«

Er sieht wieder auf das Buch hinunter und schlägt es auf, blättert mit aufgeregter Entschlossenheit darin, ein festes Ziel vor Augen. »Um ein Gedicht wirklich zu erleben«, murmelt er, fast zu sich selbst, »muss man es fühlen. Ein Gedicht ist lebendig, es hat eine Stimme. Es ist eine Person. Wer ist sie? Warum ist sie da?« Er legt einen Finger in das Buch und klappt es zu, hält einen Moment inne. Dann sieht er wieder zu mir her. »Wenn Sie ihre Worte hören, während sie zu Ihnen spricht, dann denken und fühlen Sie bestimmte Dinge. Genau wie Sie, während Sie jetzt meine Worte hören, bestimmte Dinge denken und fühlen. Gedichte zu lesen, ist ein Gespräch über Gefühle zwischen zwei Leuten. Es sollte nichts beantworten, es sollte nur mehr Fragen aufwerfen, so wie jedes gute Gespräch. Was für Gefühle hat sie in Ihnen geweckt? Das ist es, was ich Sie untersuchen lassen wollte.«

Ich würde ihm gern sagen, dass das eine bemerkenswerte Erklärung der Aufgabe war. Des Lebens, um genau zu sein, aber ich kann nur nicken. Ich glaube nicht, dass ich je so still war wie jetzt in seiner Gegenwart. Nicht seit ich im Mutterleib war. Vielleicht nicht einmal damals.

»Hier.« Davenport hält mir das Buch hin, den Finger noch immer darin. Er schlägt es auf und zeigt auf einen Text. »Lesen Sie das. Fangen Sie hier an. Laut.«

Ich hole noch einmal tief Luft, dann lese ich, bemüht, mit fester Stimme zu sprechen.

»Drum lass, mein Lieb, uns beide treu
zusammenstehn –«

Ich verdrehe die Augen. »Geben Sie mir etwas weniger Offensichtliches.«

»Offensichtlich? Für wen? Sie haben es gelesen, na großartig. Und jetzt fühlen Sie es.«

Das ist zu viel. »Hören Sie, ich verstehe es, ich verstehe, was Sie tun, was Sie sagen.«

»Fühlen Sie es.«

»Aber – ich verstehe es.«

Er lächelt mich schelmisch an, und seine Augen funkeln. »Lesen Sie es noch einmal, Ella. Bitte. Sie werden vielleicht überrascht werden.«

»Bitte« löst irgendetwas in mir aus. Ich blicke wieder hinunter auf das Gedicht. Die Vorstellung, auf irgendeine Weise überrascht zu werden, weckt meine Neugier.

»Drum lass, mein Lieb, uns beide treu
zusammenstehn – denn dieser Weltenraum,
der aufzutun sich scheint wie Land im Traum,
so vielgestalt, so schön, so neu …«

Davenports sanfte, bedächtige Stimme füllt den Raum aus.

»Hat wirklich weder Freud, noch Lieb, noch Lichterpracht.«

Ich sehe ihn an. Er rezitiert aus dem Gedächtnis, den Blick auf die Armlehne meines Sessels geheftet. Er fährt nicht fort, daher tue ich es nach einem Augenblick.

»Noch Sicherheit, noch Ruh, noch Schmerzerlass.«

Gott, ist das nicht die Wahrheit? Die Worte fesseln mich. Ich zwinge mich, Luft zu holen, und fahre fort.

»Und wir stehn hier wie auf dem dunklen Pass …«

Die letzte Silbe wie ein Brombeergestrüpp, in dem sich meine Stimme verfängt. Davenport nimmt den Faden auf.

»Wo, voll verwirrten Rufs von Flucht und Schlacht …«

Und ich führe zu Ende:

»Sich Heere blind bekriegen in der Nacht.«

Mit einer schnellen, entschlossenen Bewegung rutscht er vor an die Kante seines Sessels und streckt einen Arm aus, schließt das Buch in meinem Schoß und lässt seine Hand auf dem Einband ruhen. Dieselbe Hand, die in der Bodleian gespreizt vor mir lag. Ich starre sie an. »Und jetzt sagen Sie mir«, murmelt er leise, »was sagt Matthew Arnold?« Ich zögere, denke nach. »Denken Sie nicht nach.« Ich schließe die Augen. »Wenn man sich nicht öffnet, wie kann man dann je vom Leben überrascht werden? Und wenn man nicht überrascht wird, was hat es dann für einen verdammten Sinn?«

Atmen. »Dass im Tod … Liebe alles ist, was es gibt.«

»Und wie fühlen Sie sich dabei?« Er drückt zur Betonung auf das Buch, und ich fühle den Druck in meinem Schoß.

Ich schlage die Augen auf, sehe hoch. Sein Gesicht ist wenige Zentimeter vor meinem, sein Blick fragend. Das Wort purzelt aus meinem Mund. »Einsam.« Und schließlich wird mir bewusst, was es ist, das seine Augen an sich haben. Sie haben die Farbe dieses kleinen Sees, in dem ich als Kind immer meine Sommer verbrachte, am Ende des Weges, am Fuß des Wasserfalls. Die Farbe war so magisch, dass ich überzeugt war, wenn ich den Atem nur lange genug anhalten könnte, tief genug tauchen könnte, mit den Beinen hart genug rudern könnte, dann würde ich feststellen, dass der Grund das Portal zu einer anderen Welt war.

Ich spüre, wie meine Augen feucht werden, sich bis zum Rand mit Tränen füllen. Aber nichts läuft über.

Oberflächenspannung.

Seine Augen bohren sich noch immer in meine. Ich höre mich sagen: »Wie fühlen Sie sich dabei?«

Für einen Sekundenbruchteil senkt er den Blick zu meinem Mund, bevor er blinzelnd wieder hoch in meine Augen sieht. »Hoffnungsvoll.«

Ich kann nicht aufhören, in diesen Seen zu schwimmen.

Die Erkenntnis trifft mich von der Seite, wie ein Windstoß von einem Sattelschlepper auf dem Highway: Ich habe Jahre meines Lebens in diesen Augen gelebt.

Eine Stimme: »Jamie, ich habe eben einen Anruf von deiner … Oh! Entschuldige, ich wusste nicht …«

Er springt auf, reißt die Anthologie mit sich hoch. Erst jetzt höre ich mein Handy klingeln. Ich erhebe mich ebenfalls, auf unsicheren Beinen, fühle mich, als sollte ich irgendetwas zuknöpfen. Als ich mich zum Türrahmen umwende, sehe ich Cecelia dastehen, den Blick zu Boden gesenkt. »Die Tür stand offen«, sagt sie. »Ich wusste nicht …« Ich bin mir nicht sicher, ob sie zu mir oder Jamie oder uns beiden spricht.

»Schon gut«, sage ich leichthin, nehme mein Handy aus meiner Hosentasche und gehe auf schwankenden Beinen zur Tür. »Wir sind fertig. Und ich muss den Anruf hier entgegennehmen.«

»Ja. Natürlich«, sagt er, während er in die entgegengesetzte Richtung geht, zurück zu seinem Schreibtisch. »Wir sehen uns im Kurs.«

Ich schlüpfe an Cecelia vorbei. »Na klar«, murmele ich. Ich nehme ab. »Ja, Gavin?«

Ich werde schreiten,
doch nicht Heldenfährten
und nicht die Pfade höherer Moral,
und nicht mit den Gesichtern,
halb geehrten,
durch der Geschichte längst verstaubten Saal.

Charlotte Brontë (möglicherweise Emily),
»Strophen«, 1850

Kapitel 9

Das Kreuzverhör begann im Bombay Curry House, wo es mir, nachdem ich den ganzen Abend untypisch still gewesen war und mein Chicken Tikka Masala kaum angerührt hatte, nicht gelang, Charlies Frage auszuweichen: »Wie war dein Tutorium?«

Jetzt, nachdem ich dreißig Minuten lang Details ausgespuckt und mich verteidigt habe, brauche ich einen Drink. Dringend. »Leute! Da war gar nichts dabei. Wirklich. Lasst es gut sein.«

Maggie betrachtet mich. Ich kann sehen, dass sie spürt, dass mich das Tutorium tiefer berührt hat, als ich durchblicken lasse, und ich glaube, dass sie, anders als Charlie und Tom, auch spürt, dass die Unterströmung sexueller Chemie zweitrangig neben etwas Größerem ist. Etwas, das nicht einmal ich selbst begreife.

Ich stehe vom Tisch auf und verkünde: »Na ja, ich weiß ja nicht, wie es mit euch Einheimischen steht, aber diese Amerikanerin hier wird sich zu ihrem ersten britischen Pub auf den Weg machen.«

Charlie und Maggie stöhnen auf. Tom lässt erschüttert

seine Gabel fallen. »Du warst noch nie in einem Pub?!«, brüllen sie einstimmig.

Auf dem Weg die St. Giles hoch informiert mich Maggie: »Pubs sind hier wie Kirchen.«

»Stimmt«, wirft Charlie ein. »Nur dass wir sie als heilig ansehen und mit gewissenhafter Regelmäßigkeit aufsuchen.« Dann öffnet er die alte, völlig verschrammte Tür des Eagle and Child.

Der Eagle and Child, oh, mein Gott. Das hier ist nicht einfach irgendein Pub, das hier ist die legendäre Schankstube, in der die Inklings regelmäßig zu Gast waren, eine zwanglose Vereinigung von Schriftstellern, darunter J. R. R. Tolkien und Magdalens ganz eigener C. S. Lewis. Ein Schauder läuft mir über den Rücken, als ich durch die Tür trete. Ich wende mich um, will den Moment mit meinen Begleitern teilen, aber sie sind bereits auf halbem Weg zum Tresen, immun gegen die Geister der Geschichte.

Der Pub hat Deckenbalken, die so niedrig sind, dass Tom die ganze Zeit den Kopf leicht geneigt hält. Räume führen zu anderen Räumen, die immer kleiner werden, wie Hohlräume in einem Höhlensystem. Es riecht nach Hopfen und Regen.

Charlie dreht sich zu mir um. »Nimmst du ein Gläschen, Darling?«

Ich kehre in die Wirklichkeit zurück. »Ja! Cider!«

Er schüttelt den Kopf. »Wenn du Cider willst, trink demnächst ein Old Rosie im Turf.«

»Dann einen Grey Goose Dirty Martini, ohne Eis, drei Oliven.«

Charlie versucht, weiterhin ein freundliches Gesicht zu machen. Es gelingt ihm nicht. »Das hier ist keine Bar. Es ist ein Pub.« Er wendet sich von mir ab, beugt sich zu dem stämmigen Barmann vor und sagt: »Gin Tonic für die Dame.«

Wir nehmen unsere Drinks mit hinüber zu Maggie und Tom, die ihre Pints mit dickem schwarzem Bier bereits zur Hälfte geleert haben. Charlie winkt jemandem zu, streift dabei mit der Hand die Decke. Ich stelle mich auf die Zehenspitzen, um über die Menge zu äugen.

Oh.

Cecelia.

Ich lasse den Blick über die Gruppe schweifen, mit der sie da ist, vergewissere mich, dass Davenport nicht unter ihnen ist. Was für ein Wunder.

»Cecelia will, dass wir uns zu ihr setzen. Sollen wir?«, fragt Charlie, aber er steuert bereits in ihre Richtung. Als Tom sieht, wohin wir gehen, winkt er Cecelia begeistert zu, als würde er einen Soldaten, der aus dem Krieg zurückkehrt, in der Heimat begrüßen. Sie winkt mit drei Fingern zurück, wie eine Prinzessin.

Während wir uns dem Tisch nähern, geht mir der Gedanke durch den Kopf, dass Davenport doch irgendwo hier sein könnte. An der Bar oder auf der Toilette vielleicht. Aber Cecelia macht bereits alle miteinander bekannt, und ich zwinge mich, ihr meine Aufmerksamkeit zuzuwenden. »Das hier ist Ahmed«, stellt sie einen charmant aussehenden Typen mit einem bleistiftdünnen Schnurrbart vor, der uns fröhlich angrinst. »Sein Vater ist der jordanische Botschafter«, fügt sie unnötigerweise hinzu, aber keiner verzieht eine Miene. Ahmed legt einen Finger an die Lippen – *psst* – und tut so, als würde er sein Bier verbergen. Ich lächele ihn an. Dann wendet sich Cecelia einem wahnsinnig heißen Typen zu, der neben Ahmed sitzt, und ich erkenne Charlies Ruderer. »Und das hier ist mein Cousin zweiten Grades, Ridley«, sagt Cecelia lächelnd. Natürlich sind sie verwandt. Eine solch offensichtliche Schönheit kann kein Zufall sein.

Charlie stößt mich mit dem Ellenbogen in die Seite und haucht mir ins Ohr: »Wenn unsere Kinder mich dereinst fragen: ›Funny Daddy, wo hast du eigentlich Pretty Daddy kennengelernt?‹, werde ich antworten: ›Na, im Hinterzimmer des Bird and Baby natürlich.‹«

»Und das dort drüben«, fährt Cecelia fort, während sie auf einen Typen zeigt, der in sich zusammengefallen am Ende der Bank hockt wie ein Zombie, »ist Ian.«

Ian zieht sich so weit hoch, dass er sagen kann: »Ian ist im Moment hackedicht.« Er wirft uns ein Lächeln zu, das mich an eine von Dalís schmelzenden Uhren erinnert. Dann finden seine halb geschlossenen Augen meine. »Und wer ist das da?«, lallt er mit einem anzüglichen Grinsen.

Cecelia streicht sich die Haare aus dem Gesicht, als würde sie fotografiert werden. »Das ist Emma.«

»Ella, um genau zu sein.«

»Natürlich«, sagt sie, ohne mich auch nur anzusehen. »Und das hier sind Charlie, Maggie und Tom.«

»Bitte setzt euch zu uns«, sagt Ahmed galant und zeigt auf den Tisch. Sie sitzen alle auf einer L-förmigen Bank, mit zwei Stühlen gegenüber der Längsseite.

»Ich habe diesen Platz den ganzen Abend für dich frei gehalten!«, lallt Ian, während er neben sich auf die Bank klopft und dabei bedauerlicherweise genau mich ansieht.

Charlie verschwendet keine Sekunde, stürzt sich auf den Stuhl genau gegenüber Ridley, als würde er zu ihm in ein Skullboot springen. Tom nimmt den Platz neben Charlie ein, in der Hoffnung, dass sich seine neueste Freundin, Cecelia, am kurzen Ende der Bank neben ihn setzen wird. Keine Chance. Sie nimmt Maggies Arm und schlüpft auf eine sehr freundinnenhafte Art ans andere Ende der Bank, zieht Maggie hinter sich her und setzt sie zwischen Tom und sich selbst.

Da war es nur noch einer.

Nur noch ein Platz ist frei, und wer ihn einnimmt, wurde bereits von Ian dem Säufer bestimmt, der in diesem Moment aus der Nische kriecht. »Damen in die Mitte«, lallt er. Widerstrebend rutsche ich neben Ridley auf die Bank, und Ian folgt mir, rückt mir schon jetzt ein bisschen zu dicht auf den Pelz.

»Danke«, murmele ich.

Offenbar genügt dieses eine Wort, um mich zu verraten. »Ein Yank!«, ruft Ian aus.

Ahmed beugt sich an Ridley vorbei zu mir herüber. »Dann bist du eine Rhodes-Stipendiatin?«

»Ist das so offensichtlich?«, lache ich.

Er lächelt knapp. »Ist immer nett, einen Rhodie am Tisch

zu haben.« Er sagt genau das Gegenteil von dem, was er meint. Sein Vater ist vielleicht Botschafter, aber an seiner Diplomatie könnte Ahmed noch ein bisschen feilen.

Ich zucke die Schultern. »Was genau haben die ›Rhodies‹ hier in Oxford für einen Ruf?«

Bevor irgendjemand antworten kann, erwacht Ian zum Leben. »Verdammt unausstehlich«, brüllt er. »Sie glauben, sie sind die schlauesten Typen im Raum, aber ohne Lehrbuch können sie sich nicht mal den Hintern abwischen.«

Schweigen.

»Und sie sind laut!«, ruft Ian.

Cecelia räuspert sich. »Ich glaube, was Ian – wenn auch etwas ungeschickt – zu sagen versucht, ist, dass Rhodes-Stipendiaten oft aufgrund ihrer akademischen Leistungen und ihres beruflichen Ehrgeizes ausgewählt werden. Wenn sie erst einmal hier sind, fällt es ihnen mitunter jedoch schwer, sich daran zu gewöhnen, dass Oxford weitgehend frei von Struktur ist.« Sie sieht mich seelenruhig an. »Sie wissen nicht, was sie mit der durchaus beträchtlichen Zeit zwischen den Kursen anfangen, wie sie ohne Lehrpläne und dergleichen zurechtkommen sollen.« Sie schenkt mir ein leises Lächeln. »Und sie scheinen oft überwältigt von den, sagen wir, unorthodoxen Beziehungen, die zwischen Student und Tutor entstehen können.«

Ich starre gleichmütig zurück. Ihr Gesicht ist eine Maske. Ich kann nicht sagen, ob sie mich verurteilt, ob sie irgendetwas über das andeutet, was sie, wie sie glaubt, vor ein paar Stunden zwischen Davenport und mir beobachtet hat, oder ob sie einfach nur sie selbst ist.

»Und sie vertragen nichts«, spottet Ian. »Der schlimmste Fehler von allen.«

Charlie meldet sich zu Wort. »Dann sollten wir unsere liebe Ella auf die Probe stellen. Zeit für eines unserer berüchtigten britischen Trinkspiele.« Er sieht mich augenzwinkernd an.

Ich nicke, froh, das Thema meiner Rhodie-Unzulänglichkeiten abzuhaken.

»Ein Jammer, dass Jamie heute Abend nicht kommen konnte«, seufzt Cecelia. »Er liebt ein gutes Trinkspiel über alles.«

Und was, bitte schön, »Ce«, liebt er sonst noch? Egal. Wenigstens weiß ich jetzt, dass er nicht plötzlich auftauchen wird. Ich kann mich entspannen.

Eine Hand fällt auf meinen Schenkel. Ich zucke zusammen, werfe einen vernichtenden Blick auf Ian, der seine Hand prompt zurückzieht, als hätte er eine heiße Herdplatte berührt.

»'tschuldige! Ich versuche nur, deine Aufmerksamkeit zu kriegen. Ich habe eine Frage an dich, eine immens wichtige. Bereit?« Er wird ernst, auch wenn seine Augen in zwei verschiedene Richtungen driften. »Neigst du nach links oder nach rechts?«

»Was? Ich verstehe nicht ...«

»Deine politischen Neigungen.«

Das kann ja heiter werden.

Allmächtiger Gott, was können diese Leute trinken.

Ich bin eine gute Trinkerin, ich vertrage viel. Trotzdem

musste ich bei den letzten paar Runden Fuzzy Duck (trügerisch unschuldiger Name) aussetzen, da ich heute Abend nicht sterben darf. Ian hingegen wird irgendwie immer noch betrunkener. Er fängt an, mit mir zu reden, dann vergisst er, warum er angefangen hat, mit mir zu reden, verfällt für ein paar Minuten in Schweigen und fängt dann wieder von vorn an. Es ist die reinste Folter. Und jedes Mal, wenn er spricht, rutscht er ein bisschen näher an mich heran.

Abgesehen von Ian, muss ich unwillkürlich lächeln, als ich in die Runde blicke. Maggies Wangen sind gerötet, und sie lacht, Tom schläft, den Kopf auf die Tischplatte gelegt, seine Arme baumeln herunter wie bei einem kleinen Kind. Cecelia lächelt. Charlie versucht noch immer, Ridley zu bezaubern. Er ist ein Meister. Er hat das Trinkspiel so manipuliert, dass der Ruderjunge ihm den Schnaps in den Mund gießt, wenn er »verliert«.

Ich bin an diesem Punkt angelangt, an dem ich entweder noch mehr trinken oder gehen muss. Es ist der Punkt des Abends, an dem es kein Zurück mehr gibt.

»Du hast mich völlig *missverstann*«, haucht mir Ian nach einem verworrenen Vortrag ins Gesicht.

Ich antworte ihm, in der Hoffnung, ihn zum Schweigen zu bringen. »Ich habe dich vollkommen *verstann.* Du sagst, dass Amerikaner dumm sind. Ich hab's kapiert.«

»Es ist eure Verachtung für das Intellektuelle, eure engstirnige Ignoranz, eure ... eure ... eure ...«

Ridley beugt sich an mir vorbei zu Ian hinüber. »Du bist besoffen, Ian, geh nach Hause.«

Ian kommt meinem Gesicht noch näher, schwafelt immer weiter. »Euer Desinteresse bezüglich des bevorstehenden Untergangs eures arroganten Weltreichs.«

»Na ja«, sage ich, bevor ich mich bremsen kann, »wenn jemand ein Experte für untergegangene Weltreiche ist, dann ja wohl ihr.«

Während Ridley lacht, nimmt Ian die Bemerkung persönlich. »Und ihr werdet genauso enden wie wir, verdammt irrelefant!« Der Tisch verstummt. Ian scheint durch seinen betrunkenen Nebel hindurch zu spüren, dass er zu weit gegangen ist. Er versucht, ein gewisses Maß an Würde zurückzugewinnen, indem er über seinen Versprecher lacht. »Irrelefant! Jetzt hab ich mir aber einen schönen Schnitzer geleistet. Peinlich, peinlich.« Er lacht schallend auf, und alle entspannen sich. Aber dann lässt er eine Hand auf meine Schulter fallen. »Ach komm, lass uns nicht streiten.« Sein Ton wird intim, und er rutscht noch näher an mich heran. »Versöhnen wir uns mit einem Kuss.« Er beugt sich zu mir vor, und ich wende mich ganz zu ihm um, in der Hoffnung, ihn mit meinem Blick einzuschüchtern, stütze mich mit dem Rücken an Ridleys kräftiger Schulter ab.

In meinem tödlichsten Ton sage ich nur: »Tu das nicht.«

Er reißt den Kopf zurück und lacht. »Ach komm, lass uns Freunde sein! Wir lieben unsere Yanks hier. Oder etwa nicht?«, spuckt er in die Runde. Dann, wieder an mich gewandt, fährt er fort: »Vor allem eine Sahneschnitte wie dich.« Ich starre ihn an, während eine Erinnerung in mir aufsteigt. *Sahneschnitte.* Und dann trifft mich die

Erkenntnis: Er war der betrunkene Typ neulich abends auf der Straße. *Das ist ja eine Sahneschnitte.* Ein Schauder kriecht mir prompt den Rücken hoch.

Bevor ich irgendetwas entgegnen kann, legt Ian seine Hand auf meine, beugt sich vor und murmelt: »Ich, vor allem, liebe einen guten ... Yank.«

Wie von selbst segelt meine Hand durch die Luft und landet genau auf Ians Kinn. Eigentlich wollte ich ihm nur einen kleinen Schubser verpassen, aber tatsächlich habe ich ihn glatt umgenietet.

Hoppla.

Die Zuschauer stöhnen auf, und Ians Kopf sackt nach hinten. Ich glaube, ich habe ihn k.o. geschlagen. Alles erstarrt. Alle Augen wenden sich mir zu. Kann bitte irgendjemand irgendetwas tun. Kann bitte irgendjemand irgendetwas sagen. Bitte. Hilfe.

Charlie erhört mein Flehen. »Ich würde sagen, einen solchen rechten Haken habe ich nicht mehr gesehen, seit Lennox, der Löwe, Lewis Rahman im Rematch erledigt hat! Brava!« Ich habe keine Ahnung, wovon Charlie redet, aber das Eis ist gebrochen. Auf einmal jubeln alle.

»Ehrlich gesagt«, murmele ich, »hat mein Dad mir beigebracht, wie man ... Ich ... wollte einfach nur ...« Ich beginne mich an Ian vorbeizuzwängen.

Tom quellen fast die Augen aus dem Kopf. »Augenblick. Dein Dad ist Lennox Lewis?« Aber ich bin schon auf dem Weg zum Ausgang.

Ich höre Maggie hinter mir seufzen. »Lennox Lewis ist schwarz, Tom!«

»Na ja, logisch, Mags! Ich wusste nur nicht, dass Ella es ist!«

Während Maggie und Charlie sich lauthals über ihn lustig machen, stürze ich durch die Tür und in die Nacht hinaus.

Dass es mir schien,
als zög durch's Land,
im Drosselsang zur Nacht,
gesegnet Hoffnung, ihr bekannt,
doch von mir nie gedacht.

Thomas Hardy,
»Die dunkelnde Drossel«, 1900

Kapitel 10

Es nieselt auf der St. Giles, auch wenn es mir kaum auffällt. Mir fällt nichts auf bis auf das Hämmern meines Herzens und das säuerliche Schwappen des Biers in meinem Magen. Nicht einmal, dass ich in die falsche Richtung laufe, fällt mir auf, bis ich einen halben Block gegangen bin. Ich bleibe stehen, aber ich kehre nicht um. Ich stehe einfach nur da.

Was zum Teufel ist bloß los mit mir?

Ich habe so etwas noch nie getan. Jemanden geschlagen. Ja, er hatte es wohl verdient, das ist es nicht, was mir zu schaffen macht. *Ich* bin es, die mir zu schaffen macht. Meine Reaktion. Ich war noch nie so außer Kontrolle.

Ich lehne mich gegen die Backsteinwand einer nächtlich zugesperrten Imbissstube und versuche, durch diesen Adrenalinsumpf zu atmen. Die kühle Feuchtigkeit, die der ständige Nieselregen hinterlassen hat, dringt in meinen Rücken, eine behelfsmäßige kalte Dusche. Ich schließe die Augen, lege den Kopf in den Nacken und hole einmal sehr tief und sehr zitternd Luft.

Ich gebe dem verdammten Tutorium die Schuld. Ich

fühle mich, als ob mir eine Handvoll Murmeln aus der Hand geschlagen worden und in alle Richtungen davongekullert wäre. Und in genau dem Augenblick, in dem ich sie alle wieder aufsammele, kommt dieser Depp Ian daher und schlägt sie mir wieder aus der Hand, verstreut sie in Ecken und unter Möbel.

Ich fühle mich, als ob ich buchstäblich nicht mehr alle Murmeln beisammenhätte.

Meine Wut wallt wieder in mir auf, und ich stoße ein entnervtes Knurren aus. »Männer!«

Eine Stimme in meiner Nähe antwortet: »Ist das ein Ruf zu den Waffen?«

Meine Augen gehen schlagartig auf. Davenport. Er steht genau vor mir, beäugt mich mit belustigter Miene. »Was wollen Sie hier?«, fahre ich ihn an. Ich klinge wie eine verschmähte Freundin.

Seine Belustigung schwindet. »Entschuldigung?«

»Sie sollten nicht hier sein.«

Nun sieht er mich mit schräg gelegtem Kopf an, mit einem Blick, der mir schon jetzt allzu vertraut ist.

»Sie sind alle da drin«, beeile ich mich zu erklären. »Ihre Freunde. Meine Freunde. Cecelias Freunde. Cecelia. Sie wird sich so freuen, dass Sie hier sind.« In meinem Geschwafel schwingt ein ganz eigener Ton mit.

Er lächelt wieder, und es ist nicht mehr als freundlich, vielleicht sogar ein wenig mitleidig. Es ist, als ob er eine meiner Murmeln unter seinem Stuhl gefunden hätte und sie mir einfach wiedergäbe, als hätte er nichts damit zu tun, dass sie mir überhaupt erst aus der Hand geschlagen wurde.

»Soll ich Sie wieder hineineskortieren?«, fragt er.

»Nein danke«, erwidere ich. Ich will wegsehen, auf den Boden, irgendwo anders hin, aber ich kann nicht. Jedes Mal, wenn ich ihn sehe, endet es damit, dass ich ihn anstarre. »Ich hatte genug für einen Tag. Für einen Abend. Es war mein erstes Mal in einem Pub, und es wurde viel getrunken. Aber Sie sollten gehen, denn Sie werden erwartet.« Dann, aus mir unerfindlichen Gründen, gehe ich voll auf Risiko. »Vor allem von Cecelia.«

Und da ist er wieder, dieser schräg gelegte Kopf. »Cecelia und ich … wir sind nicht zusammen. Wir sind kein Paar.«

Weiß sie das auch?, will ich fragen. Aber ich zucke nur die Schultern. Er lächelt mich an und sagt: »Man kann nicht beides haben, wissen Sie: einen schmutzigen Ruf *und* eine liebevolle Freundin.« *Manche Männer kriegen das hin,* denke ich, aber er wendet sich bereits ab. Dann dreht er sich noch einmal zu mir um, weist mit einer Kopfbewegung in Richtung Pub, zieht eine Augenbraue hoch.

Ich trete einen Schritt zurück. »Nein, ich sollte gehen. Wirklich. Gute Nacht.«

Er hört nicht auf, mich anzulächeln. Bevor ich irgendetwas noch Peinlicheres sagen kann, wende ich mich ab und entferne mich.

»Ella!« Mein Name hallt die St. Giles hinunter.

Ich drehe mich um. Er kommt mit großen Schritten auf mich zu. »Ihr erstes Mal in einem Pub, haben Sie gesagt?« Ich nicke. Er sieht die Straße hinunter, scheint abzuschätzen, wo er ist. »Na ja, wenn Sie zufällig ein bisschen spontan sind, würde ich Sie sehr gern mit einem authentischen einheimischen bekannt machen.« Er sieht zu mir zurück. »Einheimischen Pub, meine ich. Der Eagle and Child ist eine grauenhafte Touristenfalle.«

Ich bin alles andere als spontan. »Oh, nein, es geht nicht.« Ich weiche vor ihm zurück. »Aber danke.«

»Sind Sie ganz sicher?« Er hebt eine Hand, schlägt den Kragen seiner marineblauen Cabanjacke gegen den Nieselregen hoch, gibt mir das Gefühl, in einem Film zu sein. »Ein paar richtige Leute kennenlernen? Ein anständiges Pint richtiges Ale trinken?« Seine Augen sind strahlend, und seine Stimme ist ein Funke, der Brennholz entfacht.

Ich weiche noch weiter zurück. »Ich habe morgen etwas vor.« Ich habe morgen nichts vor. »Aber danke. Noch mal.«

Er geht nicht.

Ich bleibe stehen.

Wir sehen uns an.

Wir sind im Begriff, den Pub zu betreten, als mein Handy losgeht. Ich werfe rasch einen Blick darauf; es ist Gavin. Ich drehe mich um, um Davenport zu sagen, dass ich das annehmen muss, aber er gibt mir bereits ein Zeichen, dass er uns einen Tisch besorgen wird.

Nach meinem Gespräch mit Gavin sehe ich ein paar *Alles-okay?*-SMS von Maggie und Charlie, ich beantworte sie bejahend (ohne Details wie meinen derzeitigen Aufenthaltsort oder Begleiter zu nennen) und betrete den Pub.

Der Pub fühlt sich wie eine x-beliebige Kneipe zu Hause

in den Staaten an. Gut, es gibt die allgegenwärtigen niedrigen Decken und Balken, dazu uralte, unebene Böden, aber es gibt auch Neonlichter und Darts und sogar eine Jukebox. Die verputzten Wände sind gelb verfärbt vom Nikotin der Zigaretten, Zigarren und Pfeifen mehrerer Jahrhunderte. Es sieht aus, als ob man die Schichten mit einem Spachtel abkratzen könnte.

Er sitzt in einer Nische neben der Bar, und – oh Wunder, oh Wunder – eine Bedienung hat die Arme um ihn gelegt und drückt ihm Küsse aufs ganze Gesicht. Unverzagt gehe ich auf die beiden zu und rutsche auf den Platz ihm gegenüber. Die Bedienung – die, wie ich jetzt sehen kann, in mittleren Jahren ist, mit einer weinrot-grauen Igelfrisur – wendet sich zu mir um: »Tut mir leid, Süße, aber er ist in festen Händen.«

Ein dickbäuchiger Typ mit einem Stiernacken, der hinter dem Tresen Pints zapft, ruft: »Das habe ich gehört, Lizzie!«

»Ich habe ja auch nicht geflüstert, Bernard!«, brüllt sie zurück. Sie lachen beide, während sie davontrippelt.

Ich lege mein Handy auf den klebrigen Tisch, gegenüber von seinem. Die Anwesenheit der Telefone lässt das hier ein bisschen weniger wie ein Date aussehen. Was gut ist. Er zeigt auf mein Handy. »Alles in Ordnung?«, fragt er.

Ich hole einmal tief Luft und kläre ihn rasch auf. Über meinen Job zu reden gibt mir Selbstvertrauen. In jeder Hinsicht. Er nickt beeindruckt, die Augen weit aufgerissen, was ebenfalls hilft. *Siehst du? Ich bin doch kein Totalausfall, Schwachkopf.*

Als ich eben zum Schluss komme, taucht Lizzie wieder auf, diesmal mit einem Tablett. »So, bitte sehr!«, trällert sie, während sie alles abstellt, und verschwindet dann wieder.

Ich betrachte die Ausbeute auf dem Tisch: zwei Pints, ein kleiner Eimer Popcorn und ein Körbchen Tortillachips mit einem winzigen Plastiktöpfchen mit Salsa. Ich starre auf die Auswahl. Die Musik wechselt zu Nicki Minaj. »Gib mir einen Moment Zeit«, sage ich. »Ich muss mich von der Authentizität einfangen lassen.«

Er hebt grinsend sein Glas. »Willkommen in England.« Ich hebe mein (unvorstellbar schweres) Glas und stoße mit ihm an.

Dann entsteht ein Moment des Schweigens. Er nimmt einen Schluck von seinem Bier, ich nehme einen Schluck von meinem. Er studiert mein Gesicht, schätzt meine Reaktion ab. »Und?«

Es hat keine Kohlensäure, es hat Zimmertemperatur, und es schmeckt richtig, richtig bitter. *Ekelhaft* ist das erste Wort, das mir durch den Kopf geht. Ich wage noch einen Schluck. Es ist seltsam. Ich mag es nicht, aber ich mag es. Ich will kein zweites, aber ich hätte nichts gegen noch einen Schluck einzuwenden. *Das Bier,* rufe ich mir in Erinnerung. *Nicht der Mann, der dir gegenübersitzt.* Schließlich antworte ich ihm. »Für Teichwasser schmeckt es absolut köstlich.«

Er wirft den Kopf zurück und lacht. Er hat ein herzliches Lachen. Das gefällt mir.

Ich nehme mir einen Chip und öffne das Salsatöpfchen, mache es mir bequem, schon jetzt froh, dass ich das hier getan habe. »Also«, beginne ich. »Wie hat es dich nach Oxford verschlagen?«

In diesem Augenblick kommt ein schlaksiger junger Mann lächelnd an unseren Tisch geschlendert. »Musste ihn hinten hervorkramen«, erklärt er, während er eine halb volle Flasche Whiskey und zwei Schnapsgläser auf den Tisch stellt. »Niemand hat einen Tropfen von dem Zeug angerührt, seit du gegangen bist. Siehst du den Bleistiftstrich? Kein Millimeter weniger.«

Jamie klopft dem Jungen auf die Schulter. »Danke, Ricky. Hol dir auch ein Glas, Kumpel.«

Er zieht bereits eines aus seiner Schürze. »Könnte nicht Nein sagen.«

Jamie schenkt ihnen großzügig ein. »Sag nichts zu deiner Mum, okay?«

»Zu wem?« Sie stoßen an und kippen den Whiskey. Ricky wendet sich an mich. »Und dieses entzückende Mädchen ist …?«

Ich komme Davenport zuvor. »Ella. Ist mir ein Vergnügen.«

»Ganz meinerseits.« Irgendetwas Unausgesprochenes huscht zwischen Jamie und Ricky hin und her. Der Junge wendet den Blick ab. »Na ja, dann lasse ich euch beide jetzt allein. Willkommen zurück, JD. Prost.«

Jamie schenkt zwei Schnapsgläser ein und schiebt mir eines hin. Ich ziehe eine Augenbraue hoch.

»Ein Gegengift gegen das Ale«, erklärt er. »Bist du bereit?«

Ich nehme das Glas in die Hand. »Ich bin Irin.«

Er hebt seines. »Darauf, dass du deinem Völkchen alle Ehre machst.«

»Slainte«, sage ich. Wir stoßen an, Whiskeytropfen spritzen über unsere Finger, und wir kippen ihn hinunter. Der Whiskey ist gefährlich weich. Ich wische mir den Mund ab und sehe zu, wie Jamie den Knöchel seines Zeigefingers ableckt.

Ich sollte nicht mit ihm trinken.

»Also«, sage ich durch die Whiskeyhitze in meiner Brust, »hast du dein Grundstudium hier gemacht?«

»Habe ich.«

»Welches College?«

»Christ Church.«

Ich stecke mir noch einen Chip in den Mund. »Nobel, nobel.«

Er schüttelt den Kopf. »Sie ist noch keine Woche hier, aber sie weiß, dass Christ Church nobel ist. Ich glaube, es hat sich inzwischen ein bisschen weiterentwickelt, aber als ich da war, waren dort nur Söhne von Adligen und Enkel von Rittern, solches Volk.«

Ich muss fragen. »Und das bist du nicht?«

Er nimmt einen Schluck von seinem Bier, und dann sagt er: »Lincoln ist mehr nach meinem Geschmack.«

Das war ein klein wenig schlüpfrig, aber ich lasse es ihm durchgehen. »Und dein Masterstudium hast du auch in Oxford gemacht?«

»Am New College. Das nicht wirklich ›neu‹ ist, weißt du. Ich schätze, es war das neunte College, das in Oxford errichtet wurde. Aber damals war es neu.«

Ich kann es mir nicht verkneifen, ihn aufzuziehen. »Faszinierend, Professor.«

Er schüttelt den Kopf, nimmt die Whiskeyflasche und schenkt uns noch einmal nach. »Nur um das klarzustellen: Ich bin kein Professor.«

»Na schön, Lehrassistent.« Wir nehmen unsere Gläser, stoßen an, sagen wieder »Slainte« und kippen sie hinunter.

»Auch das nicht«, entgegnet er. »Ich bin im ersten Jahr eines dreijährigen Postdoktorandenstudiums, das von Lincoln finanziert wird. Ich schreibe …« Er wird vom Klingeln seines Handys unterbrochen. Ich werfe einen Blick darauf und sehe »Dad« auf dem Display. Er schaltet es stumm.

»Es ist okay, wenn du das annehmen willst.«

»Ich kann es auf die Mailbox gehen lassen. Jedenfalls, ich schreibe meine Doktorarbeit um. So, dass sie weniger eine akademische Verteidigung und geeigneter für den wissenschaftlichen Gebrauch ist. Vielleicht sogar für die Allgemeinheit lesbar. Aber ich sollte nicht vorausgreifen«, sagt er mit einem selbstironischen Lächeln.

Ich erwidere sein Lächeln. »Und die Lehrtätigkeit ist ein Teil davon?«

»Ja«, antwortet er, während er sich von den Chips nimmt. »Ursprünglich nur für Studenten im Grundstudium. Das hier«, sagt er, während er mit seinem Chip zwischen uns hin und her zeigt, um seine Lehrtätigkeit für Aufbaustudenten anzudeuten, »hat sich nur umständehalber ergeben. Styan ist meine Mentorin, was heißt, dass sie mir jeden Monat eine Stunde von ihrer Zeit und Feedback zu meiner

Dissertation gibt. Letzte Woche gab es an der Fakultät ein bisschen Theater, und Styan wurde gebeten, in die Verwaltung zu wechseln, und … hier sind wir nun.«

Hier sind wir nun.

»Willst du unterrichten?«, fragt er. Er liest die Verwirrung in meiner Miene. »Na ja, der *Atlantic*-Artikel. Und du hast gesagt, du bist Bildungsconsultant …«

»Bildungspolitik«, stelle ich klar. »Mein Hintergrund ist streng politisch. Ich habe angefangen, indem ich Wahlkämpfe durchgeführt habe. Aber ich hatte immer das größere Ziel vor Augen, unser Bildungssystem zu reformieren.«

»Und wie willst du das anstellen?«, fragt er ironisch.

»Ich bin froh, dass du fragst«, erwidere ich, meine eigene Version von Ironie. »Erstens einmal würden die geisteswissenschaftlichen Fächer gut finanziert werden. Na ja, Fakt ist: Bezirke mit solide aufgestellten geisteswissenschaftlichen Fächern haben auch die besten Prüfungsergebnisse.«

»Na ja, das leuchtet ein. Ein weiser Mann hat schließlich einmal gesagt: ›Nicht denken … fühlen.‹ Wer war das gleich wieder?«

Ich zucke die Schultern. »Irgendein schwachköpfiger Schnösel.« Er kichert. Ich nehme einen Schluck Bier. »Und was ist jetzt dein Titel?«

»Schwachköpfiger Schnösel.« Ich lache, und er lächelt. »Streng genommen, Doktor.«

Ich ziehe eine Augenbraue hoch. »Dr. Davenport?«

»Sexy, oder?«, neckt er mich mit einem Funkeln in den Augen.

Ich nehme noch einen Schluck von meinem Bier, das jetzt verdammt gut schmeckt, und mir fällt auf, dass unsere Schnapsgläser wie von Zauberhand wieder aufgefüllt wurden. Wie hat er das angestellt? Wir heben die Gläser. »Slainte.« Wir hören nicht auf, uns anzusehen, während wir den Schnaps hinunterkippen. Er bricht den Blickkontakt nur ab, um sein fast leeres Pintglas und zwei Finger vor Bernard zu heben, der nickt.

»Und, wo bist du Dr. Davenport geworden?«, frage ich.

»An jenem anderen Ort«, antwortet er, während er sich eine Handvoll Popcorn nimmt.

»Wo?«

»Entschuldige, so nennen wir hier Cambridge. Tatsächlich bin ich erst kürzlich zurückgekommen. Fühle mich wieder wie ein Frischling.«

Ein mageres, tätowiertes Mädchen mit platinblonden Haaren und einer nicht angesteckten Zigarette im Mund taucht an unserem Tisch auf und ruft: »Na, sieh mal einer an, wer von den verdammten Toten auferstanden ist!« Sie beugt sich über Jamie, küsst ihn auf beide Wangen, fragt ihn, wo er gesteckt hat. Sie berührt immer wieder seinen Arm, gleitet mit einer Hand an seinem Ärmel auf und ab. Lizzie kommt mit unserem Bier und verscheucht das Mädchen – »Siehst du nicht, dass er beschäftigt ist?« –, als das Mädchen geht, bittet Jamie es noch, seine Schwester von ihm zu grüßen.

Er blickt wieder zu mir, ein Unschuldslamm.

»Also, dieser Ruf, den du hast.«

Er springt fast vor, die Ellenbogen auf dem Tisch. »Ja,

dieser Ruf, den ich habe. Was genau hast du gehört? Ich bin fasziniert.«

Ich zögere, zucke die Schultern. Er schiebt mir ein Pintglas hin. Ich nehme einen Schluck, ziehe den Augenblick in die Länge. »Na ja. Zum Beispiel habe ich gehört, dass du eine Drei-Dates-Regel hast.«

»Eine was?«

Ich werfe ihm einen *Als-ob-du-das-nicht-wüsstest*-Blick zu. Er starrt mich über den Rand seines Pintglases an, aufrichtig ahnungslos. »Wenn ein Mädchen nach drei Dates nicht mit dir schläft, triffst du sie nie wieder.«

Er taucht einen Chip in die Salsasoße. »Und wenn ich beim ersten Date Sex mit ihr habe, bin ich verpflichtet, sie noch zweimal zu treffen?« Er grinst. Dann lenkt er mit einem Schulterzucken ein. »Na schön, ja, es stimmt vermutlich, dass ich nach drei Dates aufhöre, die meisten Frauen zu treffen, aber nicht, weil sie keinen Sex mit mir haben wollen.«

»Warum denn dann?«

»Weil ich nicht länger interessiert bin.«

»Und woher weißt du, dass du nicht interessiert bist?«

Er wirft mir einen Blick zu, einen ironischen, schläfrigen Blick. »Ich habe das Gefühl, du bist einer dieser Menschen, die jedes Buch zu Ende lesen, das sie anfangen.«

»Du nicht?«

»Wenn man weiß, wie ein Buch endet, warum soll man dann dabeibleiben?«

»Wenn man sich nicht öffnet, wie kann man dann je vom Leben überrascht werden?«, zitiere ich ihn, mit einer erbärmlichen, beschwipsten Imitation seines Akzents. »Und wenn man nicht überrascht wird, was hat es dann für einen verdammten Sinn?«

»Ich würde sehr gern überrascht werden. Aber leider gelingt das letztendlich nur sehr wenigen Leuten.« Er starrt mich an, mit einer Herausforderung in den Augen. »Ehrlich gesagt, würde ich vermuten, dass du genauso fühlst.«

Da hat er nicht ganz unrecht.

Einen Moment lang herrscht Schweigen, und wir greifen beide nach den Chips, haben diesen entspannten Punkt der Synchronisation erreicht. Reflexartig ziehe ich meine Hand zurück. Er sieht zu mir her, macht eine Handbewegung in Richtung Chipskörbchen, aber aus irgendeinem Grund kann ich seinem Blick jetzt nicht standhalten. Ich sehe an ihm vorbei auf einen frei stehenden, holzgetäfelten Kasten mit Milchglasfenstern. »Hey, was ist das denn?« Ich weise mit einem Nicken in die Richtung.

Er sieht nicht einmal hin. »Das ist eine Klause.« Als er meine verständnislose Miene sieht, erklärt er: »Eine Klause war für Leute, die nicht dabei gesehen werden wollten, wie sie in einem Wirtshaus tranken. Adel auf der Durchreise, der Dorfpfarrer. Frauen. Junge Liebespaare. Schnapp dir dein Pint.« Ich tue es, er steht auf, und ich folge ihm. Dann klingelt ein Handy, und mir wird bewusst, dass ich meines auf dem Tisch liegen gelassen habe. Als ich noch einmal zurückgehe, um es zu holen, sehe ich, dass Jamies Handy dasjenige ist, das klingelt. Wieder »Dad«. »Für dich«, sage ich, nehme es und reiche es ihm. Er nimmt es entgegen, aber er wirft nicht einmal einen Blick darauf, sondern öffnet die Tür zu der Klause. Er tritt zur Seite und fordert mich mit einer Handbewegung auf, einzutreten.

Ich gehe an ihm vorbei in den winzigen Raum, nicht größer als eine geräumige amerikanische Speisekammer. Gerade genug Platz für einen rechteckigen Tisch und eine hölzerne Sitzgelegenheit. Jamie tritt hinter mir ein und klopft mit einem kleinen Knauf, der an einem Holzpaneel befestigt ist. Es gleitet auf, bietet einen direkten Zugang zur Bar. Bernards Gesicht taucht dahinter auf, umrahmt wie ein altes englisches Porträt. »Was darf es sein?«, knurrt er.

Jamie hält sein halb volles Pintglas hoch. »Prost, Kumpel. Ich zeige Ella nur die Klause.«

Bernard verdreht die Augen und schiebt das Paneel übertrieben schwungvoll wieder zu.

»Ich liebe dich!«, ruft Jamie.

»Aber du wirst mich niemals haben!«, hören wir gedämpft. Wir kichern beide, und ich rutsche auf die Bank auf einer Seite des Tischs. Jamie schließt die Tür. Der Lärm der Bar wird schwächer, und wir sitzen in relativer Stille da.

Jamie macht es sich mir gegenüber bequem. Es ist so still, dass ich seinen Atem hören kann. Das leise Rascheln seiner Samthose, als er die Beine übereinanderschlägt. Die Intimität der Klause fühlt sich wie eine Herausforderung an. Auf einmal sagen wir beide gleichzeitig: »Kann ich dich etwas fragen?«

Wir lachen beide verlegen auf. Ich lehne mich zurück. »Du zuerst.«

Er lehnt sich ebenfalls zurück. »Ich bin wirklich neugierig. Du wirst einmal die Welt regieren. Warum bist du hier?«

Ich schlucke. »Ich habe ein Rhodes bekommen.«

»Das ist alles?«

Ich zucke die Schultern. »Ich meine, es ist Oxford. Wer sagt dazu schon Nein?« Selbst in meinen Ohren klingt das aalglatt. Kaltschnäuzig. Berechnend. Ich kann sehen, dass er im Begriff ist, mich weiter herauszufordern, daher füge ich hinzu: »Könnte keinen eindrucksvolleren Namen auf meinem Lebenslauf haben. Es ist ein Netzwerk.« Was ebenfalls grauenhaft klingt und irgendwie wie ein Verrat an meinem Kindheitstraum. Ich hole tief Luft und sage, bevor er etwas erwidern kann: »Außerdem habe ich mir selbst ein Versprechen gegeben, als ich dreizehn war. Nach Oxford zu gehen.«

Er nickt, als ob das die Antwort wäre, die er gesucht hat, als ob die romantische Kindheitsvorstellung die logische und plausible Erklärung wäre. Ich hoffe nur, dass er nicht fragt, *warum* ich es mir versprochen habe. Zum Glück tut er es nicht. Doch dann fragt er: »Aber warum Literatur? Wäre PPW nicht eine bessere Option gewesen?« PPW. Philosophie, Politik und Wirtschaft.

»Vermutlich schon«, antworte ich wahrheitsgemäß, während ich weiter mein Bier schlürfe. »Aber warum tun, was ich bereits getan habe? In Georgetown. Im Leben.« Und dann, bevor ich mich bremsen kann, füge ich hinzu: »Außerdem wollte ich ein Jahr mit … mit Schönheit, nehme ich an. Ein Jahr mit der besseren Seite der Menschheit.« Ich winde mich innerlich. »Entschuldige, das klingt so abgedroschen. Ich habe es noch nie laut ausgesprochen.«

Er schüttelt entschieden den Kopf. »Es ist bewundernswert. Nicht *abgedroschen.«* Seine überdeutliche Aussprache des Worts verrät, wie wenig vertraut er damit ist, und in diesem Augenblick finde ich ihn so entwaffnend attraktiv, dass mein Mund auf einmal wie ausgedörrt ist. Er starrt mich an.

Ich wende den Blick ab. »Ich bin dran.« Aber jetzt zögere ich, auf einmal nicht mehr sicher, ob ich ihn das wirklich fragen will. Aber dann sagt er: »Bitte«, mit dieser Stimme, die er hat, und die Worte purzeln einfach aus mir heraus. »Warum liest du nicht das ganze Buch? Ich meine, bist du denn gar nicht neugierig? Sex ist doch mehr als nur Sex, oder?«

Er studiert mich noch gebannter. Ich sehe hinunter auf das fast leere Pintglas vor mir. Ich weiß nicht mehr, das wievielte es ist. Ich schiebe es weg, und dann platze ich heraus: »Ich bin nicht prüde, weißt du.«

»Das habe ich auch nicht angenommen«, murmelt er, als hätte er darüber nachgedacht. Über mich nachgedacht. »Dass einem noch nie das Herz gebrochen wurde, heißt doch nicht, dass man prüde ist, oder?« *Genau.* Ich will es laut sagen, aber ich kann meine Stimme nicht finden. Sehen Sie, genau das passiert, wenn man zu viel trinkt. Man endet in einer Klause mit seinem Tutor und führt eine verschwommene Unterhaltung über Sex, der man nur halb folgen kann.

Er hält inne, nimmt einen Schluck Bier. Ein träges Lächeln huscht über sein Gesicht. »Wir haben an der englischen Fakultät eine Redensart. Sex ist Literatur, Literatur ist Sex.«

»Metaphorisch?«

»Elementar. Wenn man etwas liest und sich fragt, geht es hier um Sex, dann ist die Antwort Ja. Sie ist immer Ja. Denn alles ist Sex, und Sex ist alles. Es ist Liebe und Lust und Intimität, ja, aber es ist auch Macht und Gewalt und Herrschaft. Verdammt, es ist Schöpfung. Genesis. Der Beginn von allem.«

»Der Urknall.«

Er lacht, und dann fährt er fort. »Es ist das Geflecht der menschlichen Erfahrung. Daher liegt es allem zugrunde, was der Mensch je geschrieben hat. Ich denke, das müssen wir uns manchmal in Erinnerung rufen. Wir werden so besessen davon, in die Prosa vorzudringen, tief zu graben, dass wir vergessen, worum es bei der Geschichte eigentlich geht.«

»Sex.«

Er hält sein Glas schräg, schaut hinein und nimmt den letzten Schluck. Er stellt es wieder ab und sieht mich mit einem Lächeln an. Es ist still ringsum, die Klause warm. Jamie sieht mich an. Ich mache den Mund auf, aber Jamies Handy vibriert wieder. Ich sehe hinunter, erwarte, »Dad« zu sehen. Aber da steht »Mum«.

Jamies Kiefer spannt sich an. »Zum Teufel mit ihm.«

»Ich kann draußen warten.«

»Nein, absolut nicht.« Diesmal schaltet er das Handy aus und steckt es in seine Jackentasche. »Glaub mir, es ist nichts Dringendes. Nur lästig.«

Wir sehen uns an. Zu lange.

Ich schaue auf meine Uhr. »Ich muss los.«

Er steht abrupt auf. »Richtig. Du hast morgen ja etwas vor.«

»Ja. Richtig.« Ich erhebe mich ebenfalls. Ich nehme mein Handy, froh, dass Gavin sich nicht gemeldet hat. »Was bin ich dir schuldig?«

Er blickt entrüstet. »Oh Gott, nichts.« Ich mache den Mund auf, um zu protestieren. »Sie lassen mich hier nie zahlen, das hier ist Familie.«

Ich bin sicher, er lügt, aber ich würde meinen Abgang lieber nicht noch länger hinauszögern. Daher nehme ich mein Pintglas und frage: »Lassen wir das einfach stehen, oder …«

Jamie nimmt es mir ab, verhakt seine Finger mit meinen. »Ich mache das schon.« Ich brauche eine Sekunde, um das Glas loszulassen.

Wir verlassen die Klause, und die kühle Luft des Pubs erfrischt mich. Jamie stellt unsere Gläser auf dem Tresen ab, und ich winke Lizzie und Bernard und Ricky zum Abschied zu. Dieser Laden war perfekt. Hier werde ich eindeutig wieder herkommen. Das heißt, falls ich ihn je wiederfinden kann. Während ich zum Ausgang gehe, höre ich hinter mir: »Ich komme mit hinaus.« Er holt mich ein.

Ich bleibe stehen, eine Hand auf der Türklinke. »Oh, du musst doch nicht gehen.«

»Ich habe morgen auch etwas vor.« Ich riskiere einen Blick auf ihn. Er muss den Zweifel in meinem Gesicht sehen können. »Wirklich. Ich habe eine frühe Vorlesung. Die Tage, an denen ich noch betrunken zu einer Vorlesung erschienen bin, sind lange vorbei, fürchte ich.« Er schenkt mir ein Grinsen, und ich drücke die Tür auf.

Es nieselt noch immer, und die Straße ist leer. Jamie nähert sich der Bordsteinkante und sieht die Straße hinauf, hält nach Scheinwerfern Ausschau, nach der kastenartigen schwarzen Form eines herannahenden Taxis.

»Worum geht es?«, teste ich ihn.

»Entschuldigung?«

»In deiner Vorlesung. Morgen?«

»Ach, du weißt schon.« Er seufzt. »Tennyson. Er ist mein Thema.« Er hebt die Hand, als ein Taxi an uns vorbeifährt.

»Warum Tennyson?«, frage ich. »Warum nicht, ich weiß nicht ... Byron? Keats? Shelley?«

Jamie zuckt mit einer Schulter. »Ich bin kein Romantiker.«

Stille herrscht zwischen uns. »Erzähl mir von ihm. Tennyson. Dem Mann.«

Er scheint erleichtert, von etwas anderem als sich selbst reden zu können. »Na ja, lass mich überlegen. Viertes Kind in einer zwölfköpfigen Familie. Daddyprobleme. Ist nach Cambridge gegangen, hat Gedichte geschrieben, Erfolge gefeiert, einen Sombrero und einen Umhang getragen.«

»Klingt nach einem schillernden Leben.«

»Aber er war ein komplizierter, schwieriger Mann. Er hat in seinen frühen Zwanzigern ein Trauma erlitten. Sein bester Freund, Arthur Hallam, starb.« Jamie verdreht die Augen. »Bester Freund. Das ist eine unzureichende Bezeichnung. Sie waren eher wie ...«

»Brüder?«

Jamie schüttelt den Kopf. »Er hatte Brüder.«

»Liebende?«

»Das sagen manche. Ich habe nie einen Beweis dafür gefunden. Ich denke, so ist es bequemer für Leute, die die Tiefe ihrer Verbindung nicht begreifen können. Der Verlust einer platonischen Liebe zwingt einen nicht fast zwei Jahrzehnte lang in die Knie. Er führt nicht dazu, dass man sein Leben nicht lebt, Leute ausschließt, siebzehn Jahre lang fast ausschließlich über Tod und Trauer schreibt. Verdammte Taxis!« Noch eines fährt an seiner ausgestreckten Hand vorbei.

»Wollen wir vielleicht einfach zu Fuß gehen? Der Regen macht mir nichts aus.«

»Das ist viel zu weit. Ich werde schon eines für dich kriegen.« Ich möchte sagen: *Was, wenn ich gar keins will?* Aber ich tue es nicht. Er fährt fröhlich fort. »Nicht einmal geheiratet hat Tennyson, bis er einundvierzig war, und als er es schließlich tat, heiratete er die Frau, mit der er verlobt gewesen war, als Hallam starb. Die Frau, von der Hallam gedacht hatte, sie würde ihm guttun. Sie bekamen zwei Söhne. Und natürlich nannten sie den ältesten Hallam.« Jamies Hand schnellt wieder hoch, aber noch ein Taxi, überfüllt mit ausgelassenen Studenten, rauscht vorbei. Er sieht mich an. »Würde es dir etwas ausmachen, wenn wir uns ein Taxi teilen? Es ist schon schwierig genug, eins zu kriegen, geschweige denn zwei.«

»Kein Problem.« Ich zucke die Schultern. »Und worum genau geht es bei deiner Arbeit?« Ich mache nicht mehr nur Small Talk, ich genieße die Unterhaltung.

»In meiner Dissertation ging es um *In Memoriam,* die Trauergedichte. Ich habe mir eines von Tennysons sehr spezifischen physischen Merkmalen angesehen und überlegt, wie es seine Poesie beeinflusst haben könnte.«

»Und das war?«

»Er war furchtbar kurzsichtig. Konnte ohne Monokel nicht weiter als einen Meter sehen. Daher habe ich untersucht, wie seine poetischen Schilderungen im Allgemeinen entweder zum Mikro- oder zum Makrokosmos der Existenz neigen. Es gibt bei ihm nur sehr wenig dazwischen. Es ist entweder die Äderung auf einem Blütenblatt oder das, du weißt schon, universelle Leid des Todes …« Jamies Stimme verliert sich, und er tritt tollkühn auf die Straße. »Ach komm schon!«, ruft er, als ein Taxi einen Bogen um ihn fährt. Unwillkürlich lächele ich über die Widersprüchlichkeit von Akademikern. Er kann die Details seiner Forschung nach weiß Gott wie vielen Schnäpsen und zwei Pints erörtern, aber der Akt, ein Taxi heranzuwinken, erweist sich als zu schwierig.

Jamie seufzt, kommt zurück auf den Gehsteig und fährt fort. »Selbst seine letzten Worte. Da kommt es besonders stark zum Ausdruck. Auf seinem Sterbebett, unmittelbar bevor er das Bewusstsein verlor, sagte er: ›Hallam. Hallam.‹ Nun, auf welchen Hallam hat er sich da bezogen? Hat er die andere Seite gerufen, die spirituelle Ebene der Existenz? Oder hat er lediglich nach seinem Sohn gefragt? War es der Hallam, den er in dem Moment verließ, oder der Hallam, zu dem er ging?«

»Ist es möglich, dass er beide gerufen hat?«

»Schon klar. Aber ich neige dazu, Letzteres zu glauben. Wenn man mehr fühlt, als man sagen kann, wenn die Worte einen im Stich lassen, wenn Syntax und Grammatik und schön geschliffene Redewendungen in deinem Verstand erstickt werden und nur noch pures Gefühl vorhanden ist, dann dringen einige wenige Worte hervor. Ich möchte gern glauben, dass diese Worte, wenn alles andere ausgelöscht ist, der Schlüssel sein könnten. Zum Sinn des Lebens. Ich stelle mir gern vor, dass es möglich ist, der Erinnerung an jemanden so treu zu bleiben, dass neunundfünfzig Jahre später, wenn der ganze Lärm des Lebens verstummt ist, der letzte Atemhauch, der einem über die Lippen kommt, der Name dieser Person ist.« Jamie hebt den Blick. Ich starre ihn nur an. »Was ist?«

»Und du bist kein Romantiker.«

Er lächelt. Ich lächele zurück. Ich stelle mir vor, dass er mich küsst. Nicht fragt, sondern es einfach tut. Wie durch Zwang.

Das Geräusch einer Hupe lässt uns beide zusammenzucken. Als wir herumschnellen, sehen wir ein schwarzes Taxi, das geduldig auf uns wartet.

Ich bemerke eine Spur von Bedauern in Jamies Miene, als er den Blick von mir abwendet und auf das Taxi zugeht. An den Taxifahrer gewandt, sagt er: »Magdalen zuerst, und dann hoch in Richtung Norham Gardens.« Geben Sie dem Alkohol die Schuld, aber dieser Moment scheint sich in die Länge zu ziehen, als ob ich ihn mir bewusst ins Gedächtnis einprägte. Ich betrachte seelenruhig Jamies Rücken, während er unter dem nebligen Schimmer der antiken Straßenlaterne die Tür des Taxis öffnet, sein feuchtes Haar, das sich am Wollkragen seiner Jacke ringelt, seine breiten Schultern und seine schmal zulaufende Taille, den klappernden Absatz eines gut gearbeiteten Brogueschuhs auf dem nassen Gehsteig, als er sich umwendet. Als ich den Blick hebe, sehe ich seine Augen, die auf mir ruhen, und seine ausgestreckte Hand. »Wollen wir?«

Ein Mann entsagte
allem anderen Glück
Und allem irdischen Besitz hierfür,
Um sein ganzes Herz hinzugeben
in nur einem Kuss
Auf ihre makellosen Lippen.

Alfred Lord Tennyson,
»Sir Lancelot und Queen Guinevere«, 1842

Kapitel 11

»Schönen guten Morgen, Mädchen!«

Ich höre die Stimme einer Frau. Warum höre ich die Stimme einer Frau? Träume ich? Ich muss träumen.

»Immer alles so ordentlich bei Ihnen! Wollen Sie mir nicht irgendetwas lassen, das ich aufräumen kann?«

Meine Augen gehen schlagartig auf, und ich fahre im Bett hoch, viel zu schnell für meinen armen Kopf. »Eugenia«, stößt der Frosch in meinem Hals hervor. Meine getreue Zugehfrau bewegt sich durchs Zimmer, murmelt vor sich hin, während ich versuche, wach zu werden. Mein Blick beginnt sich zu klären, und ich sehe an mir hinunter.

Ich bin nackt.

Ich reiße mir die Bettdecke an die Brust.

Okay. Keine Panik. Setz alles zusammen. Pub. Klause. Taxi. Dann nichts. Nichts ist passiert. Richtig?

Eugenia öffnet meine Badezimmertür. »Guten Morgen.«

Nicht Eugenias Stimme.

Der honigsüße Ton versetzt meinem Gedächtnis einen Ruck. Irgendetwas ist eindeutig passiert. Bilder von gestern Nacht tauchen vor mir auf. Nette Bilder. Sehr nette Bilder.

»Guten Morgen, mein Lieber«, trällert Eugenia. »Ist irgendwas im Abfalleimer?«

»Kein Krümelchen«, antwortet er lässig.

Eugenia seufzt. »Es ist, als ob die kleine Miss überhaupt nicht hier leben würde.« Sie wuselt aus dem Bad, zwinkert mir verschwörerisch zu und ist verschwunden.

Ich mache mich auf die bevorstehende Peinlichkeit gefasst. Hey, wenigstens ist er nicht gegangen, bevor ich aufgewacht bin. Ich mache den Mund auf, um etwas zu sagen, egal was, als ich aus dem Bad höre: »Wenn du deinen Abfalleimer vor die Tür stellst, kommen sie nicht herein.«

»Wie eine Socke am Türknauf?«, krächze ich.

»Was?«

»Egal.«

»Entschuldige, ich hätte dich ja geweckt, aber du hast so friedlich geschlafen.« Er kommt aus dem Bad, und alles scheint so seltsam normal. Ach nichts, es ist nur Jamie Davenport, der aus meinem Bad kommt, in denselben Kleidern, die er gestern getragen hat, mit Samthose und allem. Gott, war das Tutorium erst gestern?

Ich nehme mich zusammen, räuspere mich. »Wie geht es Dr. Davenport heute Morgen?«

Er krempelt die Ärmel herunter und knöpft die Manschetten zu. »Gut. Prima. Sehr gut, um genau zu sein.«

Erleichtert atme ich aus. »Toll. Mir auch.«

Schweigend schlüpft er in seine Jacke. Fährt sich mit einer Hand durchs Haar. Er greift nach dem Türknauf, aber dann wendet er sich noch einmal zu mir um. »Entschuldige, ich muss wirklich los. Diese Vorlesung.«

»Natürlich«, antworte ich leichthin.

Er wendet sich wieder zur Tür um, legt eine Hand auf den Knauf. Er dreht sich noch einmal zu mir um, heftet den Blick auf den Boden. »Ella, ich will dir etwas erklären …«

Ich schneide ihm das Wort ab. »Studentinnen sind tabu?«

Er hält einen Moment inne. »Ehrlich gesagt, streng genommen, nein.« Er sieht auf und grinst mich an. »Im Gegensatz zu manch anderen ist England keine Nation von Puritanern, wenn es um die fleischlichen Gelüste zwischen zwei Erwachsenen geht.«

Ich lächele ihn an. »Du suchst keine Beziehung?«

Seufzend tut er einen Schritt zurück in mein Zimmer. »So könnte man sagen. Genau.«

Ich reiße mir die Bettdecke an die Brust und springe wütend aus dem Bett. »Wie kannst du es wagen?«, rufe ich. »Ich dachte, du magst mich! Ich dachte, das zwischen uns wäre etwas Besonderes! Du bist genau wie alle anderen!«

Jamie wird blass, streckt die Hände aus, als wolle er eine Naturgewalt aufhalten. »Oh, großer Gott, bitte«, sagt er untröstlich. »Ich wollte – will – dir in keiner Weise das Gefühl geben …«

Ich kann mich nicht länger verstellen. Ich lache schallend auf. »Du solltest dein Gesicht sehen!« Jamie blinzelt, begreift schließlich, dass ich einen Witz mache. Er versucht zu kichern, aber es klingt eher, als ob er erwürgt würde. Vielleicht kennen wir uns nicht gut genug für Morgen-danach-Humor. »Keine Sorge«, versichere ich ihm. »Wirklich. Ich will auch keine Beziehung.« Dann, aus Gründen, die mir nicht ganz klar sind, lasse ich die Bettdecke fallen. Nackt greife ich nach dem Slip, der irgendwie den Weg zur Lehne meines Schreibtischstuhls gefunden hat.

»Na ja«, haucht Jamie. »Wunderbar. Schön, dass wir beide …« Ich bücke mich und hebe meinen BH auf. »… auf derselben Wellenlänge sind.«

»Absolut«, sage ich, während ich mir die Haare auf dem Kopf zusammenbinde.

»Ich will nicht, dass es irgendwelche Komplikationen zwischen uns gibt.«

»Geht klar.«

Er nickt steif und wendet sich wieder zu dem ihm inzwischen allzu vertrauten Türknauf um. Er hält inne und sagt, zur Tür gewandt: »Wir sehen uns im Kurs.«

Er geht.

Ich weigere mich, enttäuscht zu sein.

Abgesehen von meinem rasenden Kater, sind meine Schritte den ganzen Tag über eindeutig beschwingt. Tatsächlich ist es mir unmöglich, lange genug still zu sitzen, um irgendwelche Arbeit zu erledigen, daher gebe ich schließlich auf und bummele ein paar Stunden durch die Stadt, nehme die Bilder, Geräusche und Gerüche begierig in mich auf, wie ein Tier, das aus einem langen, seelentiefen Winterschlaf erwacht ist. Am Cornmarket schlendere ich von einem Straßenmusiker zum nächsten, werfe Münzen in ihre offenen Instrumentenkoffer, genieße die Vielfalt, das internationale Flair. Der Typ mit der Sitar. Der Blues-Gitarrist. Der Flötist, der Mozart spielt. Der afrokaribische Trommler. Sie alle sind hier zu Hause.

Allmählich fühlt es sich auch für mich wie ein Zuhause an.
Mein Handy summt. Eine SMS von Charlie.

Dinner im Speisesaal um 7. Komm nicht zu spät. Akademischer Talar erforderlich.

Ich habe mir noch immer keinen Talar gekauft (der eher eine Art ärmellose schwarze Weste mit Zipfeln an den Schultern ist). Hugh hatte erwähnt, ich könnte in der Turl einen bekommen, also gehe ich dorthin, finde den Laden genau gegenüber der Pforte des Lincoln College. Jamies Pforte. Ich schaue durch die bleiverglasten Scheiben hinaus, während der Ladeninhaber meinen Betrag eintippt, und ich kann nicht sagen, ob ich enttäuscht oder erleichtert bin, als ich ihn nicht sehe. Ich gehe zurück zum Magdalen, während die Kirchenglocken der Stadt zu läuten beginnen.

Eine gelangweilt dreinblickende Frau auf einem Hocker neben der Tür scannt meinen Collegeausweis, und ich betrete den Speisesaal, was sich wie ein Übergangsritus anfühlt. Ich zwinge mich, weiterzugehen und nicht im Eingang stehen zu bleiben wie ein gaffender Tourist. Der Saal ist atemberaubend. Hohe gotische Decken, Strebebögen, dunkle Holztäfelung und drei raumlange Tische. An der Stirnseite des Saals steht auf einem Podium ein weiterer Tisch im rechten Winkel zu allen anderen, offensichtlich reserviert für geladene Gäste. Noch sitzt niemand dort, aber die drei anderen Tische füllen sich bereits mit Studenten. Obwohl ich ganz damit beschäftigt bin, die überwältigenden Eindrücke in mich aufzunehmen, kann ich Maggie vom vorderen Ende eines Tischs winken sehen. Ich winke zurück und eile zu ihr, nehme im Vorbeigehen das weiße Geschirr, das funkelnde Kristall und die dreiarmigen Kerzenleuchter wahr.

Maggie, die ihren Talar über einem grünen Vintage-Pullover mit Eulen trägt, klopft auf den Platz neben sich, und ich setze mich und gebe ihr einen Kuss auf die Wange. Charlie und Tom sitzen mir gegenüber und lächeln mich freundlich an.

»Das ist ja unglaublich«, sage ich ehrfürchtig, während ich mich noch immer in dem Saal umsehe. »Warum sind wir nicht schon längst zum Dinner hierhergekommen?«

»Weil das Essen größtenteils ungenießbar ist«, antwortet Charlie. »Du musst dir die Karte vorher ansehen. Nur für Lasagne bemühen wir uns her.«

Maggie berührt meine Hand. »Wie geht es dir?«

»Gut.«

»Selbst nach gestern Abend?«

Ich erstarre. Ich verbiete meiner Stimme, auch nur ein klein wenig zu zittern, und mein Ton ist nicht mehr als fragend. »Gestern Abend?«

Charlie beugt sich vor. »Der Depp Ian hat dir nicht den Abend ruiniert?«

»Oh!« Fast muss ich kichern. Ich schenke mir ein großzügiges Glas Wein aus der Flasche ein, die sie offen vor sich stehen haben. »Längst vergessen.«

Maggie seufzt erleichtert auf. »Gott sei Dank. Wir haben uns solche Sorgen gemacht.« Tom und Charlie nicken synchron.

Charlie ergänzt: »Ridley und Ahmed haben ihn nach Hause gebracht, nachdem sie ihn eine Stunde lang zwangshydriert hatten.«

»Ridley!«, rufe ich aus. »Wie ist es mit dem Ruderjungen gelaufen? Paddelt er in derselben Strömung?« Ich wackele mit den Augenbrauen und nehme einen Schluck Wein.

»Das bleibt abzuwarten. Im Moment will er nur, dass ich ihm die Pinne halte.«

Ich verschlucke mich fast an meinem Wein. Charlie wirft mir mit zusammengekniffenen Augen einen vernichtenden Blick zu. »Beim Rudern, Darling«, erklärt er lakonisch. Er leert den Rest seines Weins und schenkt sich nach. »Wie dem auch sei. Hattest du für den Abend endgültig genug, oder hast du dich noch auf die Suche nach einem anderen Zeitvertreib gemacht?«

Alle im Saal hören auf einmal auf zu reden und erheben sich. Maggie, Charlie und Tom springen auf und stehen stocksteif da, wie Soldaten bei der Musterung. Einen Augenblick später schreitet eine Prozession, in weitaus eleganteren Talaren als unseren, den Mittelgang hinunter. Es sind hauptsächlich ältere und distinguiert aussehende Leute, bis auf einen zerzausten braunen Haarschopf, der …

Was tut er denn hier? Das hier ist nicht sein College. Er sieht mich nicht, aber ich halte den Blick auf ihn geheftet, während irgendein irrationaler Teil meines Gehirns sich fragt, ob er das hier geplant hat. Ob er versucht, mich wiederzusehen.

Die Prozession versammelt sich an dem Tisch am vorderen Ende, dem »wichtigen« Tisch. Dann beginnt eine

Stimme am hinteren Ende, schnell, aber entschlossen auf Lateinisch zu sprechen, und alle neigen das Kinn zur Brust und schließen die Augen. Das Gebet ist lang. So lang, dass ich nicht umhinkann, die Augen ein klein wenig zu öffnen. Sein schöner Kopf ist zum Gebet gesenkt, aber er hat die Augen geöffnet und starrt auf den Tisch vor sich, mit dem Anflug eines Lächelns auf den Lippen.

Als das Gebet zu Ende ist, nehmen alle wieder Platz, und die Gespräche beginnen von Neuem. Ich riskiere noch einen Blick und sehe, dass Jamie mit der Frau zu seiner Rechten spricht. Sie lacht.

»Also«, sagt Charlie, und ich wende meine Aufmerksamkeit wieder ihm zu. »Gestern Abend?«

»Ach, ich bin einfach nach Hause gegangen. Habe ein bisschen Schlaf nachgeholt. Den habe ich wirklich gebraucht.«

Das Essen, das in diesem Moment aufgetischt wird, rettet mich. Kellnerinnen umschwärmen uns, stellen Teller ab. Mein Blick schweift wieder zu dem Tisch am vorderen Ende. Jamie schenkt der Frau an seiner Seite ein Glas Wein ein. Als ich mich wieder umwende, sehe ich einen Teller mit kleinen Fischen, die vorwurfsvoll zu mir hochstarren. Anchovis. Ganze Anchovis. Noch mit den Köpfen dran. »Die haben ja noch Augen«, murmele ich.

Tom, der bereits zuschlägt, nickt fröhlich. »Der beste Teil!«

Ich schiebe meinen Teller zu ihm hinüber. »Ich werde auf die Lasagne warten.«

»Du hast ihn also gebraucht?«, hakt Charlie nach.

»Ja! Ich war erschöpft. Vermutlich Adrenalin oder so.« Ich bin mir nicht sicher, ob das, was gestern Nacht passiert ist, ein Geheimnis bleiben soll, ich gehe einfach davon aus, dass Jamie nicht wollen würde, dass seine Studenten wissen, dass er mit einer von ihnen geschlafen hat. Aber Charlie ist ein Bluthund. Wenn es auch nur den leisesten Hauch eines Skandals im Raum gibt, wird Charlie ihn erschnuppern.

Er nippt an seinem Wein. »Dann hast du wohl nicht dieses katzenartige Kreischen in den frühen Morgenstunden gehört?«

Die Lasagne kommt, und ich schlage zu, schinde Zeit. »Äh, nein.«

»Nein? Es hat sich angehört, als ob sie genau vor unseren Fenstern zerfleischt würde. Vielleicht war sie einfach rollig.«

Unvermittelt huscht mein Blick wieder hinüber zu Jamie, und ich nehme einen kräftigen Schluck von meinem Wein. Er ist noch immer mit der Frau zu seiner Rechten ins Gespräch vertieft. Er hat mich nicht gesehen. Was gut ist. Vermutlich wäre es ihm peinlich.

»Hat es sich zufällig ungefähr so angehört?«, fragt Tom, und dann beginnt er, ein absolut unerträgliches Geräusch zu machen, eine Mischung zwischen einer Katze, einer Sirene und durchdrehenden Reifen. Es ist auch unerträglich laut, und es lenkt die allgemeine Aufmerksamkeit auf unseren Tisch. Ich verlagere meinen Oberkörper rasch nach hinten, aus Jamies Sichtlinie.

Maggie unterdrückt ein Lachen und gibt Tom einen Klaps auf die Schulter. »Tom! Wir sind im Speisesaal. Zeig ein bisschen Anstand, Herrgott noch mal.«

Tom sieht nichts ahnend Charlie und mich an, sucht nach Bestätigung. »Das wäre dann ein Berglöwe gewesen …«

»Vielleicht war es der Troll an der Magdalen Bridge«, sagt Charlie gedehnt. »Vielleicht hat er keine Kinder in seiner Speisekammer vorgefunden und ist rasch hinüber zu Sainsbury's gelaufen.«

Tom schüttelt den Kopf, leckt seine Gabel ab. »Trolle essen keine Kinder. Das tun Hexen.« Ich lächele. Ich könnte stundenlang zuhören, wie Tom einfach nur Tom ist. Und ich bin froh, dass sich die Aufmerksamkeit einstweilen von mir weg verlagert hat. Die Kellnerinnen kommen wieder, räumen unsere halb leeren Teller ab. »Entschuldigung?«, wendet sich Tom an eine von ihnen. »Was gibt es heute Abend zum Dessert?«

»Vanillepudding«, antwortet sie, bereits halb abgewandt.

»Der steht mir bis hier«, ruft Tom aus und wirft seine Serviette auf den Tisch. »Ich könnte jetzt ein paar Pommes frites mit Käse und Bohnen vertragen. Ich bin am Verhungern.«

»Ich habe Schokolade«, schlägt Maggie vor. »Mein Dad ist eben erst aus Brüssel zurückgekommen. Soll ich sie holen?«

»Mach das.« Charlie schaltet sich ein. »Tom, hol deine Herzinfarkt-Spezialität von der Kebabbude, und wir treffen uns alle bei mir. Oh, und bring deinen Scotch mit, Maggie, ja? Wir werden uns einen richtig schönen Abend zu Hause machen.« Er lächelt mich an. »Ella? Wirst du uns Gesellschaft leisten? Du hattest schließlich genug Ruhe. Hast bekommen, was du gebraucht hast.«

»Das ist ein Plan!« Ich lächele ihn an.

Während wir aufstehen, hält Charlie inne, legt den Kopf schräg und starrt auf den Tisch. »Da war noch etwas anderes«, murmelt er. »Etwas, das ich ... Maggie, hilf mir. Erinnerst du dich noch?« Er sieht Maggie an. »Ach komm schon, ich habe gesagt, wir dürfen nicht vergessen, es Ella zu erzählen.«

Maggie kneift die Augen zusammen. »Tom, weißt du es noch? Ich bin sicher, ich habe dir gesagt, du sollst mich daran erinnern.«

Tom stemmt die Hände in die Hüften und blickt zur Decke hoch.

»Mist, was war das gleich wieder? Augenblick! Könnte es irgendwas mit Lyrik zu tun haben?«

Charlie schnippt mit den Fingern. »Ich hab's.« Er sieht mich an. »Ich habe heute Davenport gesehen.«

»Ja, das war's!«, kreischt Maggie.

»Volltreffer!«, ruft Tom aus.

Ich schlucke. »Ach ja? Wann denn?«

»Heute Morgen, um genau zu sein. Aber wo?« Er richtet den Blick nachdenklich zur Decke. »Ja, genau.« Er schaut mir in die Augen. »Auf unserem Treppenabsatz.«

Ich mache den Mund auf, um etwas zu sagen.

»Wie er aus deinem Zimmer gekommen ist.«

Ich erstarre.

»Noch immer in dieser Samthose.«

Mir klappt der Kiefer herunter. Charlie, Maggie und Tom grinsen wie drei Katzen, die gerade einen Kanarienvogel gefressen haben. Charlie streckt eine Hand aus und klopft mit dem Finger von unten gegen mein Kinn. »Mund zu, Darling, sonst werden die Milchzähne sauer.«

Sie brechen in Gegacker aus. Wenigstens Maggie blickt ein klein wenig reumütig, hält sich die Hände über ihren lachenden Mund, während sie sagt: »Entschuldige.« Aber Tom springt fröhlich den Gang hinunter, hüpft und dreht sich auf einem Bein wie ein Rattenfänger mit mieser Koordination. Charlie schlendert einfach vor sich hin, seine Jacke lässig über eine Schulter geworfen, ein Bild der Selbstgefälligkeit.

Ich kann nicht sagen, welches Gefühl stärker ist: meine Scham oder die Erleichterung darüber, dass es heraus ist. Ich hole tief Luft, um mich zu wappnen, blicke noch einmal zurück zu dem Tisch am vorderen Ende.

Jamie sieht mich genau an, während alle anderen schon aufstehen. Er wischt sich den Mund ab, gibt irgendjemandem die Hand und fängt meinen Blick wieder auf, als er sich erhebt. Er zeigt verstohlen in Richtung Tür. Ich nicke.

Ich nehme einen kräftigen Schluck von meinem Wein, um mir Mut anzutrinken, und dann, bevor ich allen anderen nach draußen folge, entscheide ich, das Glas zu leeren.

Als ich aus dem Speisesaal trete, erscheint wie durch Zauber Jamie an meiner Seite. Er berührt mich nur knapp am Ellenbogen, während er mich zu einer geschlossenen Tür mit der Aufschrift WIRTSCHAFTSRAUM führt. Er öffnet sie, schiebt mich sanft hinein und schließt rasch die Tür hinter uns. Schränke und Regale sind mit Gläsern und anderen Dinner-Utensilien gefüllt: Serviettenringe, Kerzenleuchter, Salzstreuer. Es riecht wie in einer Waschküche.

»Hi«, sagt er leise.

»Hi«, antworte ich. »Was tust du denn hier?«

Er seufzt, und dann sagt er überstürzt: »Styan hat vergessen, dass sie eine Einladung zum Hohen Tisch angenommen hatte, daher bin ich eingesprungen. Ella, hör zu …« Er hebt eine Hand, sieht mir genau in die Augen. »Gestern Nacht war berauschend. Und verblüffend. Wirklich. Alles davon. Ich hatte schon verdammt lange nicht mehr so viel Spaß, und das habe ich heute Morgen nicht angemessen zum Ausdruck gebracht.« Das alles kommt in einem einzigen Atemzug. Dann bricht er den Blickkontakt ab, sieht sich in dem Wirtschaftsraum um, als würde er in Gedanken Gläser für eine Dinnerparty auswählen. Schließlich sagt er: »Verzeih mir, wenn ich so unverblümt bin, aber …«

»Du willst eine Wiederholung?«

»Nein, ich würde niemals …« Aber sein Blick huscht zu meinem, überrascht. »Ehrlich gesagt, ja.« Er holt einmal tief Luft. »Aber ich kann nicht. Das ist der Punkt.«

Ich sehe ihm fest in die Augen, treffe eine Entscheidung. »Jamie«, sage ich vorsichtig, »meine Zeit hier ist begrenzt. Ich reiche meine Abschlussarbeit ein, und dann sitze ich in einem Flugzeug nach Washington. Egal was passiert.«

Er schüttelt den Kopf. »Arrangements dieser Art scheinen nie so zu klappen wie geplant.«

»Sie klappen nicht, weil die Leute nicht wissen, was sie wollen. Wir wissen es. Oder vielmehr, wir wissen, was wir nicht wollen. Eine Beziehung.« Wir sehen uns an. »Aber unter einer Bedingung.« Prompt blickt er panisch, wie ein streunender Hund, der überzeugt ist, dass das Futter in meiner Hand nur ein Trick ist und ich ihn am Genick packen werde, sobald er mir nahe genug kommt. »Wenn wir das hier tun, dann müssen wir aufrichtig zueinander sein. Wenn einer von uns anfängt, sich zu langweilen oder Gefühle zu entwickeln, die er nicht haben sollte … Keine Lügen. Wir müssen aufrichtig sein.«

»Du willst Aufrichtigkeit?« Er sieht mir in die Augen, mit funkelndem Blick, genau wie gestern Nacht. »Als du heute Morgen diese Bettdecke fallen gelassen hast, da musste ich jedes bisschen meiner Willenskraft zusammennehmen, um zu gehen.«

Wir starren uns an, bis alles um uns herum verschwimmt und ich nur noch ihn sehen kann. Diese Wasserfall-Augen. Ich befeuchte meine Lippen, strecke die Hand aus, mit einem herausfordernden Lächeln. »Und, was sagst du?«

Er betrachtet meine Hand, in Versuchung. Aber er schüttelt den Kopf. »Ich denke nicht, dass es eine gute Idee ist.«

»Nicht denken, Professor. Fühlen.«

Er seufzt, *touché*, ein reumütiges Eingeständnis, aber er weicht einen Schritt vor mir zurück, und ich wünsche mir unwillkürlich, er würde mich küssen. Wenn das hier alles war, dann will ich eine genaue, nüchterne Erinnerung daran, wie seine Lippen sich anfühlen. Unsere Küsse gestern Nacht waren hastig, gierig, Mittel zum Zweck. Ich bin besser als das, und ich würde gern denken, dass er es auch ist.

Aber er wendet sich ab, zur Tür hin.

Er bleibt stehen. Er hält inne.

Er wendet sich um, kommt zu mir zurück, nimmt meine wartende Hand, zieht mich an sich, neigt den Kopf und gibt mir recht.

Und dann noch etwas mehr.

Deine Zigeunerseele hat
Mein sieches Herz berührt
Und eine Feuersbrunst
Der gehässigsten Art gezähmt.

»Fragment«, Unbekannt

Kapitel 12

Sagen wir, du bist nicht unbedingt die erfahrenste aller Frauen. Du kannst die Männer, mit denen du zusammen warst, an einer Hand abzählen. (Na gut, an beiden Händen, aber du weißt die genaue Anzahl.) Du hattest nur zwei One-Night-Stands, aber du hattest auch noch nie einen »richtigen« Freund. Aus freien Stücken, wohlgemerkt. Du bist schlau, und deshalb behältst du die eine Sache unter Kontrolle, die, wie du gesehen hast, alle anderen aus dem Gleis wirft: Liebe.

Vielleicht wurdest du ein bisschen beschädigt (nicht schwer, wir sollten es nicht überbewerten). Vielleicht hat es irgendetwas mit deiner Familie zu tun. Vielleicht ist jemand gegangen. Vielleicht ist jemand gestorben, und quasi über Nacht wurden die normalen Zielpfosten der Jugend verschoben. Vielleicht wurden Jungs bedeutungslos.

Und dann, sagen wir der Einfachheit halber, ein Jahrzehnt später, triffst du diesen Typen, und er ist anders als alle Typen, die du bisher getroffen hast, bis auf eine Sache: Er will keine Beziehung. Was sich gut trifft, denn du auch nicht. Für euch beide sind Beziehungen wie koffeinfreier Kaffee: sinnlos.

Daher lässt du dich locker darauf ein.

Na ja. Relativ. Er ist wie die frühmorgendliche Sonne in deinem Nacken. Trotz der Kühle weißt du, dass der Tag eine Affenhitze bringen wird.

Im Wirtschaftsraum wurdet ihr vom College-Butler unterbrochen, der euch mit einem vernichtenden Blick nachstarrt, während ihr beide flüchtet. Als du eine halbe Stunde später für Scotch und Schokolade zu deinen Freunden stößt, fällt dir ein, dass du nicht gefragt hast, wann ihr euch wiederseht. Was genau richtig ist.

Dann rollt der Montag heran, und du hast deinen wöchentlichen Kurs bei ihm. Er ist professionell; du stellst ein Pokerface zur Schau. Aber nach dem Kurs bittet er dich zu bleiben, und dann flüstert er dir ins Ohr, dass er während seiner Vorlesung nicht aufhören konnte, auf deine Beine zu starren. (Vielleicht hast du an diesem Tag einen Rock getragen.) Du schlägst vor, dass ihr beide zu diesem Thema ein Tutorium abhaltet. Schließlich darf es nicht sein, dass du im Kurs eine Ablenkung bist. Er hält das für eine ziemlich gute Idee, und eine Stunde später trefft ihr euch in seinen Räumlichkeiten, wo ihr euch in den nächsten sechs Wochen nach dem Kurs weiterhin treffen werdet. Abgesehen von diesem Montagnachmittagsritual weißt du nie, wann du ihn sehen wirst. Du machst nie Pläne mit ihm, denn Pläne beinhalten Erwartungen, und damit diese Sache zwischen euch klappt, dürft ihr euch einander nicht verpflichtet fühlen. Du schickst ihm eine SMS:

Hi. Ich habe vor meiner Vorlesung eine Stunde.

Manchmal bleibt deine SMS unbeantwortet. Was völlig in Ordnung ist.

Was sicher ist.

Du triffst ihn immer in seinen Räumlichkeiten auf dem College, die du deiner bescheidenen Dachstube vorziehst. Schließlich hast du ein Einzelbett und eine Dusche, in die du selbst kaum passt; er hat ein Doppelbett, eine Klauenfuß-Badewanne und einen Korkenzieher. Was braucht ihr mehr?

Du dehnst deinen Besuch nie über Gebühr aus. Nach euren Begegnungen, egal wie leidenschaftlich, egal wie erschöpfend, bleibst du nie. Du findest immer von selbst hinaus. Nicht dass er dich bittet zu bleiben. Was völlig in Ordnung ist.

Sicher.

Dann, irgendwann, beschränken sich eure Eskapaden nicht länger auf sein Büro. Er kennt jeden. Er kann überall hineingelangen, jederzeit. Fast jedes College hat eine Kapelle, und sie sind fast immer leer, und sagen wir so: In einer Kirche kann man auf den Knien mehr tun als nur beten. Oder vielleicht seid ihr an dem mittleren Tisch in der Bibliothek der Oxford Union, ganz allein mit den Wandgemälden von Camelot, gemalt von jungen Präraffaeliten, die, wie er dir erklärt, während er sich zwischen deine Beine sinken lässt und du zu den Fresken hochstarrst, die Art Männer waren, die von Herzen gutgeheißen hätten, was ihr zwei in diesem Augenblick tut. Oder vielleicht ist es ein Uhr morgens, und auf einmal fragt er dich: »Warst du eigentlich schon mal auf dem Turm von St. Mary's, der

Kirche der Jungfrau?« Und eine Stunde später findest du dich zwanzig Meter hoch in der Luft wieder, an eine steinerne Balustrade geklammert, und schreist auf den leeren Radcliffe Square unter dir hinunter.

Manche Leute haben Freunde mit gewissen Vorzügen. Du hast Sex mit gewissen Vorzügen. Du tust nie so, als ob es hier um irgendetwas anderes ginge als das. Zu den Vorzügen, die du genießt, gehört alles, was du aufrichtig an ihm magst: seine Stimme, sein Humor, sein Verstand. Hinterher fragst du ihn manchmal nach seiner Forschung, und du lernst mehr über Tennyson und Queen Victoria, als du je dachtest, wissen zu wollen. Aber du willst es tatsächlich wissen. Du willst alles wissen.

Du lernst. Du lernst auch viel über Wein, und erstaunlicherweise findest du es nicht langweilig. Du lernst, eine Flasche mit einem Schraubverschluss nicht vorschnell zu verurteilen, und wie man nur ein Glas trinkt anstatt drei. Du lernst, dass er – abgesehen von eurem ersten Abend – nicht übermäßig viel trinkt, und du lernst, dass du es auch nicht willst. Du willst alles in Erinnerung behalten. Wie diese eine Sache, die er mit seinem Finger macht, die dich jedes Mal in den Wahnsinn treibt. Du lernst, wie du schmeckst.

Du redest nie über die Vergangenheit, deine Familie oder Exfreunde, frühere Demütigungen, und er auch nicht. Es ist, als ob ihr beide einfach auf der Türschwelle des jeweils anderen Gestalt annähmt, frisch ausgepackt. Dieser Neues-Spielzeug-Geruch.

Manchmal ertappst du ihn dabei, wie er dich ansieht, und dein Magen sackt weg wie in der Achterbahn. Das da in seinen Augen ist keine Lust; Lust könntest du verstehen. Es ist Wertschätzung. Sie kommt mit einem fast unmerklichen Lächeln daher, wenn er denkt, dass du gerade nicht hinsiehst. Es ist diese Wertschätzung, die ihn von all den anderen Jungen unterscheidet, mit denen du zusammen warst. Es ist die Wertschätzung, die ihn zu einem Mann macht. Und du wiederum schätzt ihn wie wahnsinnig. Für all das.

Es ist kein Geheimnis, was ihr beide tut. Deine Freunde haben ihren Spaß daran, dich damit aufzuziehen. Er hat dir gesagt, dass er an gewissen Tagen Verpflichtungen hat. Du weißt nie im Voraus, wann, du stellst keine Fragen, und es besänftigt deine Freunde, dass du diese Zeit mit ihnen verbringst. Zeit, die sie damit verbringen, dir zu sagen, dass du eine Idiotin bist, dass du dabei bist, dich in ihn zu verknallen, dass du ein gebrochenes Herz davontragen wirst. Du lächelst, denn du weißt, dass du in Sicherheit bist. Du weißt, dass das hier anders ist. Du weißt, dass du weggehen wirst. Du weißt, dass es für dich einfach in Ordnung sein wird, und für ihn auch.

Du hast nie geglaubt, ein sexuelles Wesen zu sein. Du konntest Sex immer haben oder sein lassen. Jetzt wird dir bewusst, dass das nicht stimmt. Du willst den anderen Männern, mit denen du zusammen warst, nicht die Schuld geben, aber es genügt zu sagen, dass das, was du mit ihnen hattest, nicht als Sex bezeichnet werden sollte. Es ist, als würde man einen Monet neben irgendein Kindergarten-Gekritzel hängen. Ist beides Kunst? Vielleicht. Aber du wirst den Monet nehmen.

Dann, eines Tages, fragt er dich, was du am nächsten Abend vorhast. Du sagst: Nichts. Er bittet dich, den Abend mit ihm zu verbringen. Er sagt, er wird dich abholen, was er nie tut, und er sagt dir, dass du dich warm anziehen sollst, was naturgemäß das Gegenteil deiner üblichen Garderobenauswahl ist, wenn du vorhast, Zeit mit ihm zu verbringen: Weniger ist mehr. Es klingt nicht nach dem, was ihr zwei normalerweise tut. Es klingt nach einem Date.

Am nächsten Abend hörst du, wie er deine Treppe hochkommt, die eifrigen Schritte, die schweren Atemzüge. Du öffnest deine Tür, und an der letzten Biegung hält er inne. Er sieht hinreißend atemlos aus, und er äugt mit dieser Wertschätzung zu dir hoch, bei der sich dein Magen wie eine Zentrifuge anfühlt.

Dann, mit dieser Stimme, fragt er: »Wollen wir?«, und du weißt, dass du nie aufhören wirst, auf diese Frage mit Ja zu antworten.

Wir woll'n den Würfel
ruhen lassen,
frei zu kommen, frei zu gehn:
denn ich kann nichts von dir wissen,
und du kannst mich auch nicht verstehn.

Christina Rossetti,
»Versprechungen«, 1861

Kapitel 13

»Jamie«, flüstere ich nervös, während ich zusehe, wie er im Mondlicht umherhuscht, »ich bin mir ziemlich sicher, dass die Bedingungen meines Visums es mir nicht gestatten, ein Boot zu stehlen.«

»Na, dann ist es ja ein Glück, dass es ein Stechkahn ist und dass wir ihn uns nur borgen.« Er mustert eine Reihe umgedrehter Holzboote, die wie eine Kreuzung zwischen Floß, Kanu und Gondel aussehen. Er geht auf eines davon zu, beugt sich darüber und stöhnt leise auf, während er es an einem Ende anhebt und damit an der Böschung entlanggeht, es von dem Stapel wegzieht. Das Holz knirscht laut. Ich zucke zusammen und eile an seine Seite.

Er dreht den Kahn herum und lässt ihn ins Wasser gleiten, stellt einen Fuß auf die Kante, bevor er davontreiben kann, eindeutig ein Stechkahn-Experte. Er sieht zu mir her, streicht sich die Haare aus den Augen und verbeugt sich leicht.

Ich reiche ihm die Hand, und er hilft mir, an Bord zu klettern, stützt meinen Arm, während ich annähernd etwas wie Gleichgewicht finde. Er zeigt auf die beiden niedrigen

Bänke in der Mitte. Ich greife auf meine Grundschul-Ballettausbildung zurück, versuche einen Jeté, aber stattdessen lande ich auf dem Boden des Kahns, ungefähr so anmutig wie ein Elefantenbaby, das in ein Schlammloch fällt. Ich lasse alle Haltung und Würde fahren, krieche zu der hinteren Bank, richte mich auf und lande unsicher auf dem gepolsterten Sitz. Ich höre Jamie leise kichern.

»Fang.« Er wirft mir seine Kuriertasche zu, dann nimmt er die lange Stange vom Boden des Kahns, stößt sie ins Wasser und schiebt uns in die Nacht hinaus.

Wir treiben unter die Magdalen Bridge, und er hebt die Stange, schiebt uns weiter und am anderen Ende wieder hinaus. »Würdest du so lieb sein, die Tasche zu öffnen?«, bittet er mich. »Hol die Decke raus und rolle sie aus.« Als ich die Tasche öffne, sehe ich, dass eine karierte Wolldecke um eine silberne Thermoskanne gewickelt ist. Ich halte sie fragend hoch. Jamie lächelt. »Wäre das hier ein Sommernachmittag, dann hätten wir eine Karaffe Pimm's. Wir scheinen das Konzept der Normalität zu meiden.«

Tatsächlich ist die Nacht sehr mild; kein Regen, keine Brise. Jamie lässt die Stange durchs Wasser gleiten, schiebt uns sanft vorwärts. Er beobachtet mich, schätzt meine Reaktion ab. Ich liebe das hier. Ich liebe alles daran.

Ich strecke die Beine aus, rutsche nach unten, bis ich auf dem Boden des Kahns fast flach auf dem Rücken liege, den Kopf auf die Bank gestützt. Ich klopfe auf den Boden des Kahns, meine Absichten sind klar.

Eine verräterische Hitze lässt Jamies Augen aufleuchten. »Lass uns noch ein bisschen weiter hinausfahren«, murmelt er. »Hinter die Biegungen. Ich weiß eine wundervolle Stelle. Lehn dich zurück.« Er schlägt einen sonoren Ton an, wie die Stimme in einem Meditationsvideo. »Hör zu, wie das Wasser gegen das Boot schlägt. Verliere dich in den Sternen.«

Ich rolle mich auf den Bauch und richte den Blick nach vorn. Unser kleiner Fluss nähert sich einem weitaus größeren, der Isis, die rasch vor den Wiesen von Christ Church dahinfließt. Der Mond schimmert auf der weitläufigen Fläche. Ich lasse mich mit dem Rhythmus – dem Schwappen des Wassers, dem leisen Knarren der Planken – treiben. Jamies verträumte Stimme durchschneidet die Stille. »Im Spätfrühling musst du wiederkommen und richtig Stechkahn fahren. Bevor du nach Hause fährst.«

Mir fällt auf, dass er sich selbst nicht in diesen künftigen Ausflug einbezieht. Ich wende mich nicht zu ihm um.

Kurz vor der Isis steuert er uns nach links in einen seichten Seitenarm, lässt uns auf den weichen, schlammigen Grund des Flusses gleiten. Eichen strecken ihre kahlen, spätherbstlichen Äste über unseren Köpfen aus. Ich rolle mich herum, als Jamie die Stange ablegt und neben mich kommt. Seine Wärme strömt in meine Seite, während wir beide zu dem Gittermuster aus Zweigen und Sternen hochblicken. Unsere Oberkörper heben und senken sich in einem gemeinsamen Rhythmus, synchronisiert von irgendeiner unbekannten Macht.

Es gibt keinen Grund zu reden, aber ich tue es trotzdem. »Schreibst du je Gedichte?«

»Oh Gott, nein. Ich bin kein Schöpfer, ich bin ein Genießer.«

Ich schnaube spöttisch. Unsere Hände finden zusammen, unsere Finger verhaken sich ineinander. Mein Kopf wendet sich träge in seine Richtung. Ich starre auf sein Profil. Diese gerade Nase, diese hohen Wangenknochen, berührt von vereinzelten Haarsträhnen, diese vollkommene Kieferpartie. »Du siehst auf jeden Fall danach aus.«

»Ja, na ja, man soll ein Buch nicht nach seinem Einband bewerten und so weiter. Auffällige Einbände verbergen oft leere Seiten.«

Ich knuffe ihn scherzhaft in die Schulter. »Ich möchte wetten, du wärst ein Naturtalent. Hast du es je versucht?«

Er schüttelt den Kopf. »Das Problem ist, ich habe Standards. Ich habe Geschmack. Das ist es, was ein verdammter Dr. Phil mir eingebracht hat. Ich würde mich wie ein Schwindler fühlen, wenn ich etwas schreiben würde.« Er wendet sich zu mir um. »Weißt du überhaupt, wie schwer das ist? Gute Gedichte zu schreiben? Die Fülle menschlicher Emotion in die spärlichste Sprache zu destillieren? Das ist eine Alchemie, die sich mir entzieht. Den Inhalt immer weiter reduzieren, bis nur noch flüssiges Gold zurückbleibt. Es ist das, was Picasso mit dem Stift getan hat. Eine einzige perfekt geschwungene Linie, und du hast eine Frau im Profil.«

»Das heißt nicht, dass du es nicht versuchen kannst.«

Er seufzt. »Genau das passiert mit den Leuten, wenn sie hier sind. Götter leben zwischen diesen Türmen. Ich verbringe meine Tage mit Tennyson, er ist ein anständiger alter Bursche, und ich lerne viel von ihm. Wir verstehen uns prächtig. Aber er schüchtert mich trotzdem höllisch ein.«

»Er ist tot.«

Er schüttelt den Kopf. »Wir werden Oxford verlassen, wir werden sterben. Aber sie bleiben. Sie bleiben immer. Sie sind unsterblich.«

»Aber warum nicht du?« Er schnaubt spöttisch, wendet sich von mir ab. »Im Ernst. Du weißt es nicht, bevor du es nicht versucht hast. Du könntest der nächste Tenny…«

Auf einmal streckt Jamie die Arme aus und packt mich, zieht mich auf sich. Der Kahn schaukelt, fast kentern wir. Ich öffne den Mund, um aufzuschreien, aber Jamie umschließt ihn mit seinem. Wir verlieren uns für einen Moment in dem Kuss, bevor wir ihn beide unterbrechen und zurückweichen, als ob wir etwas zu sagen hätten. Aber Jamie spricht nicht. Ich starre auf seine Unterlippe und berühre sie leicht, murmele, da ich nichts Wichtigeres zu sagen habe: »Na ja, ich glaube, du würdest einen verdammt guten Dichter abgeben.«

Er sieht mich an, seine Augen alt und doch irgendwie unschuldig. Dann küsst er mich sanft. Kleine Küsse landen auf verschiedenen Teilen meines Gesichts, wie einzelne Regentropfen. Dann wirft er mich ohne Umschweife auf die Seite.

»Hey!«, kreische ich, als der Kahn wieder schaukelt.

Er grinst, richtet sich ein wenig auf und fördert die Thermosflasche zutage. »Und jetzt müssen wir das hier kosten. Meine Spezialität.«

»Was ist das?« Ich stütze mich auf die Ellenbogen auf.

»Zum Teufel mit der Poesie, sehr gut möglich, dass ich hierfür in Erinnerung bleiben werde. Flüssiger Winter«, sagt er und schraubt den Deckel ab. »Das trinke ich vom Guy-Fawkes-Day bis zum Ende des Frühjahrssemesters. Koste.« Er hält mir die Thermosflasche hin.

Ich nehme sie und schnuppere daran. Prompt, wie ein pawlow'scher Reflex, schnürt sich mir die Kehle zu, und mir stockt der Atem. »Was ist das?«

»Rate mal.«

»Schokolade, heiße Schokolade«, stoße ich hervor, noch immer mit stockendem Atem und zugeschnürter Kehle.

»Ja, hauptsächlich, aber dazu habe ich außerdem ...«

»Ich will das nicht.« Ich halte ihm die Thermoskanne hin.

Er nimmt sie wieder an sich. »Oh nein, bist du etwa allergisch?«

»Nein.«

»Dann musst du einfach ...« Er hält sie mir wieder hin. »Es gibt eine spezielle Zutat, weißt du, die niemand ... Ella? Was ist denn los?«

Obwohl ich mich abgewandt habe, kann ich spüren, dass Jamie mich betrachtet. Ich zwinge mich, tief zu atmen, und wende mich wieder zu ihm um. »Nichts.«

»Komm, sag's mir. Was ist los?«

»Ach, nur mein Dad.« Ich bekomme die Worte kaum heraus und will sie am liebsten gleich wieder zurücknehmen. Ich blicke aufs Wasser hinaus. Am Rande meines Blickfelds kann ich sehen, wie Jamie die Stirn runzelt. »Es ist schon gut«, versichere ich ihm. »Wirklich.«

Er nimmt es mir nicht ab. »Erzähl's mir.«

»Es ist nicht wichtig.«

»Dann versichere mir wenigstens, dass er nicht auf dem

Weg hierher ist, um mich zusammenzuschlagen, weil ich sein kleines Mädchen ausnutze.«

Es gelingt ihm, den Moment aufzulockern. Wir lachen leise, und ich sage: »Nein, du bist in Sicherheit, er ist tot.«

Ich kann nicht glauben, dass ich es einfach so gesagt habe. Für einen Moment verfallen wir beide in ein verblüfftes Schweigen.

»Stimmt das?«, fragt Jamie leise. Ich kann nur nicken. Er rollt sich auf den Rücken, kuschelt sich an mich. Ich tue es ihm gleich, strecke mich auf dem Boden aus und stütze den Kopf auf die Bank. Schließlich ergreift Jamie das Wort. »Wie war er denn so?«

Ich habe diesen Ton noch nie bei ihm gehört. Er ist nicht sexuell oder verspielt oder schelmisch. Er ist tröstlich. Er ist die Wolldecke, die Jamie um die Thermoskanne gewickelt hat. Und er ist anders als bei jedem anderen, der erfährt, dass mein Vater gestorben ist. Die erste Frage lautet immer: »Wie ist er gestorben?« Jamie will wissen, wie er gelebt hat. »Er war der Beste«, sage ich schlicht. »Ich weiß, das denkt jedes kleine Mädchen von seinem Dad, aber meiner war es wirklich. Er war witzig und gut aussehend, und er hatte diese Energie, und ich war seine Komplizin.« Die Worte kommen leicht. Verblüffend leicht. »Er sagte immer, darauf zu warten, dass ich sprechen lerne, sei gewesen, als würde er darauf warten, dass ein lange verschollener Freund zurückkehrt.«

»Das ist doch wundervoll. Und so, wie es sein sollte. Aber ...« Irgendetwas haftet Jamies Stimme an. Ich glaube, es hat seinen Ursprung in den Fragmenten des Wortwechsels, den ich zwischen ihm und seinem Vater mit angehört habe.

»Aber meistens ist es anders?«, frage ich vorsichtig. Jamie schweigt. Ich taste mich zögernd vor. »Standet ihr euch je nahe?«

Er seufzt. »Wenn man meinem Vater nahekommt, läuft man Gefahr, zerfleischt zu werden.«

»Das tut mir leid.« Ich halte inne. »Warum ist er …«

»Darüber zu reden wäre verschwendeter Atem. Aber das hier ist es nicht. Was war dein Vater von Beruf?«

Das Gespräch über seinen Vater ist offensichtlich für einen anderen Zeitpunkt bestimmt. Ich hole tief Luft. »Er hat eine Bar geführt. Hat hauptsächlich abends gearbeitet. Ein echter Ire, weißt du? Aber er war ein Kämpfer für das Gute, politisch sehr engagiert. Ist bei Sitzungen des Schulausschusses aufgekreuzt, um auf Qualität zu pochen. Wenn es irgendwo eine gefährliche Straßenkreuzung gab, hat er dafür gesorgt, dass eine Ampel installiert wurde. Wenn die örtliche Polizei bestechliche Cops in ihren Reihen hatte – was der Fall war –, hat er es aufgedeckt. Er war knallhart. Und ich habe ihm geholfen. Habe Unterschriften gesammelt, Leute vor den Lebensmittelgeschäften angesprochen. Leute, die sich sicher waren, ich wollte ihnen Pfadfinder-Kekse verkaufen.«

Jamie rollt sich auf die Seite, stützt den Kopf auf eine Hand. Schweigen tritt ein, nur das Knarren der Planken und das Klatschen des Wassers sind zu hören. »Wann ist er gestorben?«

»Vor knapp zwölf Jahren.«

Jamie schweigt einen Moment. Ich kann sehen, dass er seine Worte vorsichtig wählt. »Krankheit?«

»Meine, nicht seine.« Jamies verwirrte Miene drängt mich, fortzufahren. »Es war die Party zu meinem dreizehnten Geburtstag. Nur dass es keine Party gab. Wir mussten sie absagen. Ich war seit über einer Woche krank, und ich bin die Wände hochgegangen. Kein Drachentöten mit Dad, nur Bett.« Ich habe diese Geschichte noch nie jemandem erzählt, aber ich rede weiter, ehe ich es mir anders überlegen kann. »Ihm hat leidgetan, dass ich keine Party hatte, also haben wir den Tag damit zugebracht, uns unsere Lieblings-Komikerduos anzusehen. Wir konnten die Nummern auswendig mitsprechen und wurden nie damit fertig, weil wir aus dem Lachen gar nicht mehr herauskamen.« Es laut auszusprechen genügt, damit ich wie ein Idiot grinse. »Abbott und Costello, Laurel und Hardy, Martin und Lewis, Burns und ...« Ich bremse mich, schüttele den Kopf. »Diese Namen bedeuten dir nichts, aber für uns ...«

»Allen?«

Ich halte inne. »Du kennst Burns und Allen?«

»Abbott und Costello mag ich lieber.«

Dieser knisternde Draht zwischen uns lädt sich wieder auf. Dass es ausgerechnet passiert, während ich dabei bin, Jamie vom Tod meines Vaters zu erzählen, ist, gelinde gesagt, seltsam.

»Entschuldige, bitte red weiter«, drängt mich Jamie.

»Aber wir werden das Komikergespräch später nachholen«, murmele ich.

»Abgemacht.«

Ich hole einmal tief Luft. »Also, es gab da in der Stadt dieses Café, in dem es meine absolute Lieblingsnascherei gab, und mein Dad wollte, dass ich sie zu meinem Geburtstag bekam. Nachdem wir uns die Videos angesehen hatten, hatte er nur noch etwa eine Stunde, bevor er in der Bar sein musste, aber er war entschlossen, mir die Geburtstagsnascherei zu besorgen. Schließlich bin ich auf der Couch eingeschlafen. Ein Klopfen an der Tür hat mich geweckt. Rote und blaue Lichter von der Straße blinkten überall in unserem Wohnzimmer. Meine Mom ging zur Tür. Und dann begann sie zu schreien, wie von Sinnen zu schreien. Ich kann mich nicht erinnern, aufgestanden oder zur Tür gegangen zu sein. Nur dass meine Mutter auf dem Boden lag und ein Polizist neben ihr kniete und sie zu beruhigen versuchte.« Ich halte einen Moment inne, denke über diesen Moment nach, in dem sich die Kluft zwischen meiner Mutter und mir auftat.

Sie ist völlig zusammengebrochen. Was ich verstehe. In gewisser Weise ist sie nie wieder von diesem Boden aufgestanden. Einer der Polizisten hat sie weggebracht, in die Küche, und ein anderer hat mich hinaus in den spätwinterlichen Sturm und zum Haus meiner Tante gebracht, und ich sah meine Mutter fast drei Wochen lang nicht. Ich wartete immer darauf, dass sie kommen und mich nach Hause holen würde. Ich ging wieder zur Schule, wo ich auf einmal das Mädchen war, dessen Vater gestorben ist. Ich zog mich von allen zurück. Am Ende des Schultages schlüpfte ich durch die Turnhalle hinaus, damit ich niemanden sehen musste, und ging zu Fuß zurück zum Haus meiner Tante, und dann setzte ich mich auf die Veranda und wartete darauf, dass meine Mutter kommen würde. Das tat ich zwei Wochen lang. Eines Tages, ich nehme an, um mich aufzumuntern, kaufte meine Tante mir eine Ausgabe der Zeitschrift *Seventeen.*

Als meine Mutter schließlich doch kam, stieg sie aus ihrem Wagen, und ich sprang auf, die blauen Farbsplitter, die ich von der Veranda gekratzt hatte, noch immer unter meinen Fingernägeln. Sie kam auf mich zu, und ich streckte die Arme nach ihr aus, aber sie blieb stehen, fing an zu schluchzen und hielt sich die Hände vors Gesicht. Ich trat auf sie zu. Ich umarmte sie, denn ich wollte – musste – ihre Arme um mich spüren. Aber ihre Arme bewegten sich nicht. Ich hielt sie, während sie ihr Gesicht in den Händen vergraben hatte und schluchzte, und als sie schließlich sprechen konnte, war alles, was sie sagte: »Hilf mir, Eleanor«, immer und immer wieder, wie ein Sprechgesang.

Das war das letzte Mal, dass ich mir gestattete, irgendetwas von irgendjemandem zu brauchen.

Mir wird bewusst, dass ich seit einer Weile nichts gesagt habe. Jamie hat still gewartet. Ich erinnere mich, wo ich in der Geschichte abgebrochen habe; Cops an der Tür, Mutter weinend, Vater tot. Ich räuspere mich. »Das Erste, was ich, soweit ich mich erinnern kann, dachte, war: *Ich werde niemals diese heiße Schokolade zu meinem Geburtstag haben.*« Ich habe deswegen geweint. Ich habe deswegen geschluchzt. Ich fixierte mich darauf, dass ich diese heiße Schokolade nicht haben würde, um nicht darüber nachdenken zu müssen, was ich sonst noch alles nie wieder haben würde.

Ich riskiere einen Blick auf Jamie. Er sieht mich nachdenklich an. Ich beginne wieder zu sprechen. »Sie haben gesagt, dass er bei dem Aufprall getötet wurde. Das heißt, es hätte schlimmer kommen können.« Jamie schaut mich nur an, und ich schaue ihn an, versuche zu entziffern, was ich in seinem Blick sehe. Es ist nicht unbedingt Mitleid. Es ist Verständnis. Aber auch ein zögerndes Bedauern schwingt darin mit. So wie man ein alterndes Haustier ansieht, das bald eingeschläfert werden muss.

»Wie auch immer«, hauche ich, stemme mich hoch und setze mich mit einer einzigen glatten Bewegung rittlings auf ihn, wiege uns ganz sanft. Ich beuge mich hinunter und gebe ihm einen Kuss, einen Kuss, der sagt, dass ich noch ein paar gute Monate habe, bitte schläfere mich noch nicht ein. Ich löse hastig seinen Gürtel und hebe meinen Rock um meine Hüften, greife nach dem Bund meiner wollenen Strumpfhose.

»Ella …«, flüstert er an meinen Mund.

»Ja?«, keuche ich.

Er schiebt mich sanft ein wenig zurück. Sieht mich an. »Du musst das jetzt nicht tun. Wir müssen das nicht tun.«

»Das ist, was wir tun.« Ich küsse ihn wieder, aber er erwidert den Kuss nicht.

Seine Hände finden meine Hüften, halten mich still. »Ella, entschuldige bitte, aber … na ja, man sollte sich schützen, um Sex zu haben. Nicht umgekehrt.«

Wut steigt in mir auf. »Was soll das denn heißen?« Ich klettere von Jamie herunter und verschränke die Arme vor der Brust.

Jamie stützt sich auf die Ellenbogen auf, schüttelt den Kopf. »Du hast mir gesagt, dass dir noch nie das Herz gebrochen wurde, und offensichtlich …«

»Oh Gott, das ist der Grund, weshalb ich nicht von mir rede! *Arme Ella, hat ihren Dad verloren und ihr Herz verschlossen, um nie wieder zu lieben.* Genial, Jamie. Wirklich, sehr scharfsinnig. Du hast dir da eine schöne Geschichte zusammengereimt. Dann sag mir jetzt aber auch, warum willst *du* keine Beziehung? Was ist *deine* Ausrede, hä?«

Jamies Augen bohren sich in meine, er hat die Hände flehend gespreizt, und seine Stimme ist leise, als er sagt: »Ich will dich nicht verletzen.«

Ich weiß nicht, ob er meine Frage beantwortet oder ob er nur versucht, die Auseinandersetzung zu beenden, aber sein sanftes Mitgefühl beschwichtigt mich ein wenig. Nach einem Moment des Schweigens sehen wir uns an. Er lächelt zögernd. »War das unser erster Streit?«, fragt er. Ich kichere. Er nimmt meine Hand. »Ich habe eine Idee«, murmelt er. »Lass uns etwas Albernes tun. Ich lege mich wieder hin, und du legst dich neben mich. Ich werde den Kahn abstoßen, und wir werden uns dorthin treiben lassen, wohin die Strömung uns führt.«

»Ohne zu reden?«

»Ohne zu reden.«

Jamie stößt uns vom Ufer ab, und ich rutsche wieder auf den Boden des Kahns. Nachdem ich einen Moment zu den Sternen hochgeblickt habe, spüre ich, wie sich mein Kopf zu ihm umdreht und an seiner Brust zu ruhen kommt. Mein Körper dreht sich ebenfalls um, findet Jamies Seite.

Sein Arm legt sich prompt um mich, wie ein beschützender Flügel. Ich lasse zu, dass sich mein Arm über seinen Körper ausstreckt, und meine Hand findet die Rundung seiner Schulter und bleibt dort ruhen. »Darf ich noch etwas sagen?« Jamies kräftige Stimme rumort in seiner Brust, vibriert durch meinen Kopf, sodass mir fast schwindelig wird.

»Solange ich nichts sagen muss.«

»Dann sag einfach Ja.«

Ich halte einen Moment inne. »Kommt drauf an, was …«

»Sag es.«

Das bringt mich zum Lächeln. Ich beiße an. »Ja.«

»Abgemacht. Bei mir zu Hause. Morgen. Sieben.«

Ich hebe den Kopf, um ihn anzusehen. »Bei dir zu Hause?«

»Du sagst es.«

»Ich bringe das Dessert mit«, flüstere ich.

Seine Hände finden eine perfekte Stelle, ruhen auf der Wölbung meines Hinterns, als er murmelt: »Das solltest du auch.« Seine andere Hand streicht mir die Haare nach hinten. Mit sanftem Druck legt er meinen Kopf wieder an seine Brust. Ich schließe die Augen.

Die Geräusche von Wasser, Wind, Bäumen und Nachtinsekten nehmen zu. Darunter höre ich Jamies Herzschlag in meinem Ohr, seinen Atem, der meinen Kopf hebt und senkt. Ein Duft liegt in der Luft, der mir bis jetzt noch gar nicht aufgefallen ist, ein beklemmender Geruch. Die Erde, die sich auf den Winter vorbereitet. Als ich die Augen einen Spaltbreit öffne, kann ich das Wasser über dem Rand des Kahns knapp erkennen, das Mondlicht auf seiner Oberfläche eine Studie in Licht und Dunkel. Ich reibe sanft über den Wollpullover an Jamies Schulter, betaste geistesabwesend die kleinen Knoten.

Es ist erstaunlich, wie viel einem auffällt, wenn man keinen Sex hat.

Würd' ich und sie vielleicht darein
Verwickelt und verfahren,
Vertraut er dir, sie zu befrei'n,
Gerade wie wir waren.

Charles Lutwidge Dodgson (Lewis Carroll),
»Unbetitelt«, 1855

Kapitel 14

»Das ist doch verrückt.«

»Ja.« Jamie kratzt sich an der Augenbraue.

»Nein, ich meine …« Ich trete in die Mitte des leeren Ballsaals, breite die Arme aus. »Das ist doch verrückt, Jamie.«

»Da gebe ich dir völlig recht.« Er nickt.

»Du hast einen Ballsaal.« Ich starre ihn an. »Wie ist es dazu gekommen?«

Jamie gleitet mit einem Finger über eine angeschlagene Stelle in dem gemeißelten Marmorkamin. »Die Tante meiner Mutter, Charlotte. Sie hatte keine Kinder. Als ich für mein Grundstudium nach Oxford kam, hab ich mich ein bisschen gekümmert. Bin für sie auf den Markt gegangen, habe Glühbirnen ausgewechselt, den Abwasch gemacht, solche Dinge. Sie ist letztes Jahr gestorben. Ich hatte keine Ahnung, dass sie es mir vermacht hatte. Ich fing an, an den Wochenenden von Cambridge hochzukommen, um daran zu arbeiten.«

Ich betrachte den großen Raum mit dem glänzenden Holzboden, den riesigen Fenstern mit Blick auf die malerische Straße und dem sehr echten Kristallleuchter. »Es ist wunderschön erhalten. Es ist wie ein Set von einem Jane-Austen-Film.«

»Ehrlich gesagt, bin ich ziemlich stolz darauf. Charlotte war eine herzensgute Frau, aber sie hatte keinen Sinn für Geschichte. Ich habe mich bemüht, den ursprünglichen Zustand wiederherzustellen. Jetzt ist es fast fertig. Ich arbeite mit einem Denkmalschutzexperten zusammen, der mir anerkannte Holzhandwerker, Steinmetze, Schmiede und dergleichen empfiehlt. Und ein gutes Stück Arbeit erledige ich selbst.« Er sieht zur Decke hoch.

»Und jetzt darfst du es genießen. Hier leben. Hier eine Familie gründen.« Er zuckt die Schultern. Ich blinzele. »Du wirst es doch nicht etwa verkaufen, oder?«

»Nein.« Ich entspanne mich ein wenig. »Ich werde es spenden. Es wird ein schönes Museum werden, wenn ich fertig bin. Wenn es fertig ist.« Für einen stillen Moment blickt er an die Decke.

Einen Moment, den ich einfach unterbrechen muss. »Im Ernst? Aber warum solltest du …«

Er schneidet mir das Wort ab, sieht auf seine Uhr. »Muss nach dem Essen sehen. Kommst du mit?« Er streckt die Hand aus, und ich ergreife sie und folge ihm durch die vergoldeten Flügeltüren und das prächtige Treppenhaus wieder hinunter ins Erdgeschoss.

»Sind diese ganzen alten Porträts nur zur Dekoration oder echte Familie?«, rufe ich vom Salon aus Jamie zu, der in der Küche irgendetwas mit Huhn zaubert.

»Familie«, ruft er zurück.

Zwischen all den seriös wirkenden Gemälden von Frauen in Rüschengewändern und Herren, die die Hände auf Schwertgriffe gestützt haben, hängt ein Foto über dem Kamin. Eine elegante Frau sitzt in einem Sessel, und drei Männer stehen im Halbkreis hinter ihr. Die Umgebung ist ein von Büchern überladener Raum. Ich erkenne Jamie, im Smoking, in seinen späten Teenagerjahren. Die Inszenierung spiegelt den Stoizismus der Gestalten auf den altertümlichen Porträts wider, aber mit einem großen Unterschied: Diese Familie sieht glücklich aus. Liebevoll. Stolz. Leicht schelmisch. Jamies Gesicht ist voller Leichtigkeit, etwas, das ich bei dem erwachsenen Jamie nur selten und flüchtig sehe. Die Mutter und der Vater sind der Inbegriff von dem, was die Viktorianer »ein stattliches Paar« nennen würden.

Ich betrachte den Vater genauer, den Mann, den ich am Tag unseres ersten Tutoriums aus Jamies Büro stürmen sah. Auf dem Foto ist er ungefähr zwanzig Pfund leichter, die Haare nur an den Schläfen ergraut. Beim Anblick der Entspanntheit dieser Familie, selbst mit der gekünstelten Distanziertheit der Umgebung und der Garderobe, frage ich mich unwillkürlich, was passiert ist.

»Deine Mutter ist hinreißend«, rufe ich.

»Sie ist vergeben, leider.«

Auf dem Bild ist noch ein anderer Junge, ein sportlich aussehender, jüngerer, ebenfalls im Smoking. »Wer ist der gut aussehende Typ?«

»Ich.«

»Nein, der gut aussehende.«

»Richtig, mein Bruder.«

Ich wende mich vom Kamin ab, blicke ins Esszimmer. Der Tisch bietet Platz für vierzehn Personen. Jamie hat an beiden Enden ein Gedeck aufgelegt, mit vollen Weingläsern, Silberbesteck und Servietten, alles fachmännisch arrangiert. Und er hat eine Reihe hoher Kerzen in der Mitte angezündet, die die schnörkelige Maserung des Mahagonitischs erhellen.

Wenn ich es nicht besser wüsste, würde ich denken, dass das hier seltsam romantisch ist. Zeug, mit dem man jemanden umwerben würde. Zeug, das vor sechs Wochen hätte passieren sollen. Hätten wir entschieden, tatsächlich miteinander zu gehen, meine ich. Ich sage mir, dass die Umgebung irreführend ist. Kein Wunder, dass wir noch nie hierhergekommen sind. Vermutlich wollte er nicht, dass ich irgendwelche falschen Schlüsse ziehe.

»Bitte zu Tisch«, verkündet Jamie. Er rauscht ins Zimmer, zwei Teller in den Händen, bringt einen absolut köstlichen Duft mit sich. Knoblauch und Zwiebeln, Wein und Feuer. »Bitte.« Er weist mit einem Nicken auf den Stuhl, während er einen Teller abstellt. Ich nehme erwartungsvoll meinen Platz ein. Jamie schwebt ans andere Ende und macht es sich bequem. Er gehört hierher. Die Umgebung erdrückt ihn absolut nicht. Er passt dazu.

»Jamie«, sage ich, während ich ehrfürchtig auf meinen Teller starre. »Das ist wundervoll. Alles. Vielen Dank.«

»Das sagst du jetzt«, witzelt er. »Du hast es doch noch nicht gekostet.« Er schneidet vorsichtig in das zarte Huhn.

»Was ist das?«, frage ich.

»Coq au vin«, antwortet er, während er ein Stück Fleisch auf seiner Gabel inspiziert.

Ich nippe an meinem Wein. Köstlich. Ich nehme einen Bissen Huhn. Ich hatte keine Ahnung, dass Huhn so schmecken kann. »Oh, mein Gott«, hauche ich. »Jamie!«

»Sag noch ein einziges Mal auf diese Weise meinen Namen, dann werden wir es nicht bis zum Dessert schaffen«, warnt er mich.

Ich sehe ihn mit einer hochgezogenen Augenbraue an. »Es ist bereit, wenn du es bist.« Selbst aus fünf Metern Entfernung prallen unsere Blicke genau aufeinander … Ich breche den Blickkontakt als Erste ab, wende mich wieder meinem Teller zu. »Wo hast du gelernt, das zu kochen?«

»Smithy.«

»Und wer ist Smithy?« Aber Jamie ist im Moment mehr an seinem Huhn interessiert als an einer Unterhaltung. »Jamie?«

»Hm?«

»Wer ist Smithy?«

»Die Köchin«, sagt er geistesabwesend.

»Was für eine Köchin?«

»Unsere Köchin.«

»Ihr hattet eine Köchin?«

»Haben wir. Arbeitet noch immer für meine Eltern.«

Ich kneife die Augen zusammen. »Habt ihr auch einen Butler?«

Jamie nimmt seinen Wein und sagt lächelnd: »Wer hat denn eine Köchin und keinen Butler? Also wirklich, Darling.«

Ich lächele zu ihm zurück. »Was ist mit einem Kammerdiener? Einem Küchenmädchen? Einem ersten und zweiten Hausburschen?«

Er seufzt schwer. »Vielleicht sollten wir einfach festhalten, dass meine Familie, ich glaube, ihr Amerikaner würdet sagen, stinkreich ist, und es dabei bewenden lassen, ja?« Jamie prostet mir zu, dieses charmante Lächeln noch immer im Gesicht.

»Arbeitet deine Mom?«

»Ah!«, sagt Jamie, während er abrupt aufsteht. »Ich weiß, was ich vergessen habe.« Er verschwindet um die Ecke in den Salon. Augenblicke später hallt die Oper *La Traviata* leise durchs Haus.

Ich habe Gänsehaut. Überall.

Jamie kommt zurück und wendet sich wieder seinem Essen zu. Ich wende mich wieder meinem zu. »Also …«, nehme ich einen neuen Anlauf, »ist deine Mutter berufstätig?«

»Sie …« Er sucht nach dem richtigen Wort, während er Soße von seinem Teller löffelt. »Organisiert.«

»Was heißt das?«

Er macht eine wegwerfende Handbewegung. »Charity-Zeug. Events. Leben.«

Ich bin nicht schwer von Begriff. Offensichtlich will er dieses Thema nicht weiter vertiefen. Aber ich habe mir gestern Abend eine spektakuläre Blöße gegeben, und seine Zugeknöpftheit geht mir gegen den Strich. Daher ändere ich meine Taktik. »Apropos Mütter …« – ich wende mich wieder meinem Teller zu –, »… ich habe heute mit meiner gesprochen.«

»Ach ja?« Jamie hält sein Weinglas ins Kerzenlicht, mustert die »Kirchenfenster«, wie er es mir vor ein paar Wochen beigebracht hat. Ich nicke begeistert. »Sie hat sich gefreut, dass du mich endlich zu dir nach Hause eingeladen hast.«

Jetzt schnellt sein Kopf hoch. »Du hast mit ihr über uns geredet?«

»Jamie. Sie ist meine Mutter.«

Er hört auf zu kauen. »Was hat sie gesagt?« Er nimmt zögernd einen Schluck Wein.

Ich lächele breit. »Sie ist außer sich! Sie hat es ihrer ganzen Quiltgruppe erzählt. Sie sucht schon Strampelanzüge aus.«

Jamie verschluckt sich fast an seinem Wein.

Ich lache. »Als ob ich mit meiner Mutter über uns reden würde! Bist du übergeschnappt?«

Jamie funkelt mich über den Tisch hinweg an, sodass ich nur noch heftiger lachen muss. »Nicht sehr nett«, trällert er warnend.

Ich hebe mein Weinglas, tue so, als würde ich ebenfalls die Kirchenfenster mustern. »Ich denke, wir können uns darauf einigen, Dr. Davenport, dass nett das Letzte ist, was ich bin.« Mein Ton ist auf jeden Fall alles andere als nett.

»Ich mag das«, murmelt er. Unsere Blicke treffen sich wieder. »Ich mag dich.«

Ich sehe hinunter auf meinen Teller. Er ist leer. Ich wundere mich, dass überhaupt Knochen darauf liegen. Ich wundere mich, dass ich aufgehört habe, als ich auf den Boden des Tellers gestoßen bin, und mich nicht einfach bis zu dem Mahagoni durchgegessen habe. Ich kann spüren, dass Jamie mich anstarrt.

Warum soll ich es nicht sagen? Ich blicke auf. Ich zucke die Schultern. »Ich mag dich auch.« Er starrt mich noch immer an. Ich blicke hinunter auf meinen Wein, trinke ihn aus. »Alles war köstlich.«

Jamie steht auf, nimmt sein Glas und kommt zu mir herüber. Er setzt sich auf den Stuhl zu meiner Linken, die Tischecke trennt uns. »Du hast mir ein Dessert versprochen«, murmelt er.

»Das habe ich«, bestätige ich, und mein Atem ist flach.

»Und?«

»Wie ich bereits sagte, es ist bereit, wenn du es bist.«

Am nächsten Morgen bimmelt die Glocke über der Tür, als Jamie und ich aus dem Regen hineinstürzen.

»JD!«, bellt Simon.

»Simon, mein guter Mann«, begrüßt ihn Jamie und tritt zur Seite, sodass ich zum Vorschein komme. Ich sehe zu, wie Simons einladendes Lächeln erstarrt und dann zu etwas noch Größerem aufblüht.

»Ella aus Ohio!«, ruft er, während wir an den Tresen treten.

Ich komme mindestens einmal die Woche hierher, aber nie mit Jamie. Simon und ich haben nie über Jamie gesprochen, daher ist seine Miene in diesem Moment wirklich einmalig.

»Fish and Chips zum Frühstück, ja? Ich wusste es!« Er schlägt mit einer Faust auf den Tresen. »An dem ersten Tag damals sind ja ganz schön die Funken geflogen!«

»Wir sind nur Freunde«, sage ich. »Er ist mein Professor.«

Simon legt den Kopf schräg, beäugt uns misstrauisch. »Und ich bin Bonnie Prince Charlie.«

Jamie zuckt die Schultern. »Was soll ich sagen? Sie weist mich immer wieder ab. Kannst du dir das vorstellen?«

Simon seufzt und stemmt die Hände in die Hüften, gibt auf. »Das Übliche?«

»Danke«, sagt Jamie und schiebt Geld über den Tresen. Ich greife nach meiner Brieftasche, aber Jamie winkt ab. Ich zögere, frage mich, ob ich deswegen einen Streit vom Zaun brechen soll. Ich kenne die Regeln nicht mehr. Vor allem nicht nach gestern Nacht.

Ich bin geblieben. Habe tatsächlich geschlafen. In seinem Bett.

Zwei Minuten später kommt Simon mit unserem Essen zu unserer Sitznische geschlendert. Er legt eine fleischige Hand auf den Tisch und beugt sich zu mir vor. »Er ist ein anständiger Bursche, weißt du. Er hat einen gewissen Ruf und so, aber lass dir von ihm nichts vormachen. Es lohnt sich.« Simon gibt Jamie einen festen Klaps auf die Schulter. »Stimmt's, alter Knabe?«

»Ich werde es im Hinterkopf behalten«, sage ich, ernster als beabsichtigt. Simon nickt kurz, als wollte er sagen: *Hat mich gefreut, mit Ihnen Geschäfte zu machen*, und bezieht dann wieder seinen Posten hinter dem Tresen.

Die Glocke über der Tür bimmelt, und bevor ich die Chance habe, auch nur einen Bissen zu essen, taucht ein Mann an unserem Tisch auf. »Jamie!«

»Martin!«, ruft Jamie verblüfft. Eine Sekunde später hat er ein etwas künstliches Lächeln aufgesetzt.

»Verdammt schön, dich zu sehen!« Martin strahlt, streckt eifrig eine Hand aus. Er ist ein stämmiger Typ, kräftig gebaut, aber mit einem irgendwie dümmlichen Gesichtsausdruck. Jamie nimmt seine Hand, und Martin drückt sie fest. »Wie geht's denn so?«

»Gut, gut.« Jamie nickt krampfhaft.

Martin wendet sich zur Tür. »Soph! Schatz! Komm her und sag Hallo!«

Neben der Tür steht ein hübsches Mädchen, tadellos geschminkt und gekleidet. Sie löst sich von ihrem Posten und kommt an unseren Tisch getrippelt.

»Jamie, lern meine Verlobte kennen, Sophie Elphick!«

»Freut mich.« Jamie nimmt ihre Hand. »Und herzlichen Glückwunsch.« Er wendet sich zu mir um. »Das hier ist …«

Martin unterbricht ihn. »Wie geht's dir, mein Lieber? Alles in Ordnung?«

»Gut, gut!«, trällert Jamie. »Martin, Sophie. Das hier ist Ella. Ella Durran.«

Sie wenden ihre eifrigen, lächelnden Gesichter mir zu, neigen synchron den Kopf. »Angenehm«, sagen sie einstimmig. Ich winke leicht.

Martin will eben etwas sagen, aber Jamie kommt ihm zuvor. »Martin ist ein alter Schulkumpel von mir.«

Martins Lachen klingt wie ein Maschinengewehr. »Schulkumpel! Als ob wir Seilhüpfen gespielt und uns gegenseitig die Haare geflochten hätten.« Jamie kichert unbehaglich und sieht auf den Tisch hinunter. »Wir waren Teufelskerle! Weißt du, erst neulich musste ich an diese deutschen Mädchen denken, die wir damals in Paris kennengelernt und ins

Les Chandelles eingeladen haben! Wir waren, was, neunzehn?« Unbeirrt lacht er sein Rat-a-tat-Lachen.

Sophie gibt Martin einen verspielten Klaps, lässt (möglicherweise in prahlerischer Absicht) einen ziemlich großen Diamantring aufblitzen. »Martin, du bist unverbesserlich.«

Rat-a-tat. »Das ist alles viel zu lange her, alter Knabe!« Er lässt eine Hand auf Jamies Schulter fallen. »Prächtig siehst du aus. Wollte mich dir nicht aufdrängen. Du warst ja ziemlich auf Tauchstation.«

Jamie nickt und lächelt, als ob sein Leben davon abhinge. »In der Tat, in der Tat, das war ich. Tut mir leid, es war einfach die Hölle los. Ich wollte mich …«

Martin reißt prompt die Hände hoch. »Nein, nein!«, erklärt er. »Das ist völlig verständlich.«

»Oh!« Sophie klatscht in die Hände. »Wir haben nächsten Mittwoch unseren Braut- und Junggesellenabschied. Einen gemeinsamen.«

Martin hebt einen Finger. »Den ersten. Ganz zwanglos, nur für die Oxford-Leute. Wir geben nächsten Monat in London eine richtige Feier.« Er grinst Sophie an. »Getrennt, wie sich das gehört.«

Sie ignoriert ihn. »Kommt doch auch, ihr zwei!«

»Ja, na ja, ich rufe dich auf jeden Fall an«, beeilt sich Jamie zu sagen. »Ella, wir müssen jetzt wirklich los.« Und mit diesen Worten erhebt er sich rasch.

Ich sehe hinunter auf meine nicht angerührten Fish and Chips.

»Ah. Fröhlicher Fisch zum Frühstück«, sagt Martin mit

einem wehmütigen Seufzer. »Das war immer ein Meilenstein, stimmt's?« Er zwinkert mir zu.

»Ihr müsst kommen!«, bekräftigt Sophie, während sie meine Hand in ihre diamantbesetzte nimmt.

Ich lächele sie an. Ich sehe hinunter auf unsere Hände. »Was für ein wunderschöner Ring.«

»Ist er nicht einfach herrlich?«, stürzt sie sich begierig auf das Kompliment.

»Wo wird die Party denn …«

»Bitte«, schaltet sich Jamie ein, »würde es dir etwas ausmachen, mir die Details per SMS zu schicken? Wir müssen jetzt wirklich los.« Jamie nimmt unsere beiden Frühstücksbouquets. »Wir werden das hier mitnehmen, Ella. Tut mir leid wegen der Eile. Hab nicht auf die Zeit geachtet.«

Mein Magen verkrampft sich. Bin ich ihm peinlich? Schämt er sich für mich?

»Ich habe vor einer Weile versucht, dir eine SMS zu schicken …« Martin hält sein Handy hoch.

»Wirklich? Hab nichts bekommen. Vodaphone war eine Zeit lang eine Katastrophe, habe schließlich gewechselt, war nicht mehr zum Aushalten. Ella?« Er sieht mich flehend an. Ich stehe rasch auf und schlüpfe aus der Nische. »Tut mir leid, muss Ella zu ihrer Vorlesung bringen.«

Sophie wendet sich strahlend zu mir um. »Oh, was unterrichtest du denn?«

»Ich … ich unterrichte nicht, ich bin Studentin«, stammele ich.

Sie sehen beide Jamie an.

»Aufbaustudentin«, stelle ich klar, bemüht, es irgendwie in ein besseres Licht zu rücken. Warum ist das alles so unangenehm?

»Jedenfalls, hat mich gefreut, euch zu sehen«, sagt Jamie, während er erst Sophie und dann Martin die Hand gibt. Ihre Blicke treffen sich, und es scheint, als ob Jamie ihn zum ersten Mal richtig ansähe, seit er den Fröhlichen Fisch betreten hat. »Du siehst glücklich aus«, murmelt er.

Martin schlägt einen ernsten Ton an. »Das bin ich. Das sind wir. Danke.«

Jamie lächelt noch einmal angespannt, und wir steuern auf die Tür zu. »Kumpel?«, ruft Martin ihm nach. »Irgendeine Verbesserung?«

Ohne stehen zu bleiben, sieht Jamie kurz über die Schulter, wirft ihm zu: »Alles blendend. Danke.«

Du warst schon mein zuvor.
Nur vor wie lang, aus dem Gedächtnis schwand:
Doch grad als du zum Schwalbenzug empor
Den Hals gewandt,
Fiels ab und alles war mir vorgekannt.

Dante Gabriel Rossetti,
»Plötzlich Licht«, 1863

Kapitel 15

Wir sitzen in Jamies Oldtimer-Cabrio – das, wie ich inzwischen herausgefunden habe, ein Aston Martin ist – und sind fast bei der englischen Fakultät angekommen, als ich endlich zu dem Schluss komme, dass er mir keine Erklärung für den Elefanten im Imbiss geben wird. Also frage ich: »Was hat Martin denn damit gemeint?«

»Entschuldigung?«

»Martin hat gefragt, ob es *irgendeine Verbesserung* gibt«, schnaube ich, »und ich habe keine Ahnung, wovon er geredet hat, aber du offenbar schon.«

Wir halten an einer roten Ampel, und Jamie starrt stur geradeaus. Schließlich murmelt er: »Es geht um meinen Bruder. Oliver. Er ist wegen eines multiplen Myeloms in Behandlung.«

»Das tut mir leid.« Und dann, als er nichts weiter sagt, frage ich: »Was genau ist das denn?«

»Das ist ein verdammter Krebs. Der Plasmazellen, um genau zu sein.«

»Oh Gott«, stöhne ich auf. »Das tut mir so leid.«

»Am besten denkt man nicht darüber nach.«

»Aber er ist so jung.«

»Krankheiten folgen keiner Logik.« Jamie hält vor dem St.-Cross-Gebäude.

Ich stelle die naheliegende Anschlussfrage, obwohl mir davor graut. »Und? Gab es irgendeine Verbesserung?«

»Nein«, antwortet Jamie rundheraus. »Um genau zu sein, gibt es keine Heilung.« Ich unterdrücke ein Stöhnen, fühle das auf Oliver lastende Urteil in meinem Innersten. Jamie blickt aufs Lenkrad. »Es tut mir leid, Ella, ich hätte etwas mitteilsamer sein sollen. Ich bin einfach nicht der Typ, der sich lang und breit über solche Dinge auslässt. Aber jetzt kannst du besser verstehen, wovon meine Zeit in Anspruch genommen wird. Ich bringe ihn zur Behandlung nach London und bleibe danach bei ihm.«

Ich strecke eine Hand nach seiner aus. Sie ruht noch immer auf dem Schaltknüppel des Aston. »Du musst nichts vor mir verbergen, Jamie. Ich bin ein großes Mädchen. Ich kann damit umgehen.« Jamie nickt, aber er sieht mich dabei nicht an. »Jamie«, versuche ich es noch einmal, während ich mich an ihn lehne. »Wenn du irgendetwas brauchst, ich bin für dich da. Ich könnte dich nach London begleiten, um bei dir zu sein. Besorgungen erledigen, Mahlzeiten kochen, ich weiß nicht, eine Runde Abbott und Costello ansehen?«

»Schon gut.« Er riskiert einen kurzen Blick auf mich und lächelt leicht. »Das weiß ich zu schätzen, wirklich, aber wir haben eine Routine. Und Oliver will die ganze Geschichte lieber für sich behalten.« Er sieht auf unsere Hände auf dem Schaltknüppel. Er dreht seine Hand in meiner um und ergreift sie. »Ehrlich gesagt«, beginnt er zögernd, »wenn wir schon dabei sind, Klartext zu reden – ich bin mit meiner Arbeit furchtbar im Rückstand, und Oliver hat demnächst eine Pause in seiner Behandlung. Ich zögere, dich auch nur zu fragen, aber wärst du schrecklich beleidigt, wenn wir ...« Er zeigt zwischen uns beiden hin und her. »... dieser Sache ... uns, eine kleine Auszeit gönnen?«

»Natürlich nicht. Wie ich bereits sagte, was immer du brauchst.« Meine Antwort kommt so automatisch wie die Ansage in einem Callcenter. Drücken Sie die Eins für unaufrichtiges Entgegenkommen, drücken Sie die Zwei für passiv-aggressiven Schwachsinn ...

»Du bist einfach eine viel zu starke Ablenkung, weißt du.« Er beugt sich charmant zu mir herüber.

Ich richte den Blick aus dem Fenster. »Ehrlich gesagt, könnte ich auch etwas Zeit gebrauchen. Ich muss anfangen, über das Thema meiner Abschlussarbeit nachzudenken, und ich habe *Middlemarch* noch kaum in Angriff genommen.«

»Ah, mein Lieblingsbuch«, seufzt Jamie.

»Aber das ist keine Poesie«, necke ich ihn.

»Da wage ich zu widersprechen. Du wirst schon sehen. Für wessen Kurs?«

»Hughes.«

Jamie verdreht die Augen. »Da kann ich dir ein witziges Spiel vorschlagen. Zähl mit, wie oft er ohne jeden Zusammenhang das Bedürfnis verspürt, jedem in Erinnerung zu rufen, wie außerordentlich unattraktiv George Eliot war.«

Ich kichere und hebe meine Tasche vom Boden auf, während ich seine Hand noch immer halte. »Und, was meinst du, wie viel Zeit du brauchen wirst?«

Jamie sieht aus dem Fenster, denkt darüber nach. »Einen Monat?«

»Einen Monat!« Der überraschte Aufschrei rutscht mir heraus, bevor ich es verhindern kann. Jamie zeigt keine Reaktion, starrt nur weiter aus dem Fenster. Ich bin machtlos gegen den hässlichen Anfall von Verletztheit, der sich in meinem Magen bemerkbar macht. Ich bin nicht stolz darauf. Ich weiß, dass ich unverzeihlich egoistisch bin. Aber ich muss es wissen. »Jamie. Bist du fertig mit mir? Denn wir haben gesagt, wir würden aufrichtig zueinander sein, wenn es vorbei ist. Was schön und gut ist. Und verständlich. Ich meine, du hast offensichtlich …«

Ohne Vorwarnung packt Jamie mich am Nacken, schließt den Abstand zwischen uns und zieht mich zu einem Kuss an sich. Ich schmelze dahin, vergesse alles, was ich vielleicht sagen wollte. Schließlich löst er sich von mir, sieht mir in die Augen und sagt: »Ich bin noch nicht fertig mit dir.« Das heisere Versprechen setzt sich tief in mir fest.

»Okay«, flüstere ich. Er lässt meinen Nacken los, und ich öffne die Tür, steige widerstrebend aus. Ich hänge mir meine Tasche über die Schulter, beuge mich hinunter und sehe ihn an. »Also. Ich werde mir Saunders' Vorlesung über die Bedeutung der Randnotizen in Manuskripten der frühen Neuzeit anhören, und du wirst sehen, dass du mit deinem Tennyson weiterkommst, und wir … bleiben in Verbindung.«

»Das ist ein Plan«, zitiert er meinen Standardspruch, während ein Lächeln seine Lippen umspielt.

Das Wochenende verbringe ich damit, mich mit Charlie, Maggie und Tom ein bisschen zu sehr zu betrinken. Ich schicke Jamie keine SMS und rufe ihn nicht an, und er schickt mir keine SMS und ruft mich nicht an. Ich habe die fehlende Kommunikation in ein Trinkspiel verwandelt: Wenn du auf dein Handy schaust und er dich noch immer nicht kontaktiert hat, trink. Es ist sehr effektiv.

Gavin überschüttet mich mit Arbeit. Es ist seltsam, sich vorzustellen, wo ich nächstes Jahr um diese Zeit sein werde, ob ich noch immer für die Senatorin arbeiten werde oder ob sie die designierte Präsidentin sein wird. Oder ob ich bis dahin irgendeinen anderen Auftraggeber haben werde. Die neuen Leute, die ich kennenlernen werde. Werde ich noch immer mit denen in Verbindung sein, die ich hier kennengelernt habe?

Ich skype mit meiner Mutter und erfahre alles darüber, wie es bereits einmal geschneit hat, nicht viel, nur ungefähr zwei Zentimeter, und dass der Schnee nicht liegen geblieben ist, sie aber in Panik die Winterreifen hatte aufziehen lassen und jetzt mit Winterreifen durch die Gegend fährt und nicht weiß, ob sie die Winterreifen wieder abnehmen oder einfach darauf warten soll, dass es richtig zu schneien anfängt, und warum haben sie noch keine provisorischen Schneeketten erfunden? Sie können einen Mann auf den Mond schießen, aber sie können keine provisorischen Schneeketten erfinden? Ich sage ihr, sie können, und sie haben. Ich sage ihr, dass mein Satz aus D.C. in diesem Moment in ihrer Garage steht, zusammen mit meinem ganzen anderen Zeug, das ich zusammengepackt habe, bevor ich das Land verlassen habe. Das Gespräch dauert eine gute halbe Stunde, ohne dass irgendetwas von Bedeutung gesagt wurde. Dann schwingt meine Tür auf, und Charlie kommt hereinspaziert, in einem neuen Hemd und ohne Hose (was meine Mutter nicht sehen kann). Er will wissen, ob der Kragen aufgestellt oder umgeschlagen werden sollte. Meine Mutter sagt, umgeschlagen. Zufrieden mit der Antwort, verschwindet er wieder. Meine Mutter sagt, dass er niedlich ist, und fragt mich, ob ich mit ihm gehe. Ich sage ihr, noch nicht, aber dass ich mir gute Chancen ausrechne.

Nach dem Kurs am Montag (bei dem ich von Jamie nichts Intimeres als ein verstohlenes Augenzwinkern bekomme) und ein paar Stunden Arbeit in der Bibliothek zieht es mich mit Maggie, Charlie und Tom in den Pub. Wir sitzen vor dem Turf im Freien um die provisorische Feuerstelle und trinken Cider, als ich ein vertrautes Gesicht durch die Tür und heraus auf die Terrasse kommen sehe.

Im ersten Moment kann ich ihn nicht einordnen. Er sieht gut aus. Könnte es so einfach sein? Mir ist eine Weile nicht mehr der Kopf verdreht worden, und ich verwechsele das mit Vertrautheit? Aber seine Augen finden meine, und dann, nach einem Moment, erkennt er mich und lächelt. Er prostet mir mit seinem Bier zu.

Es ist das Bier, das mir auf die Sprünge hilft. Er ist der niedliche D.C.-Typ vom Rhodes House. Sein Haar ist länger als vor sieben Wochen, lässt ihn weicher wirken. Ich erhebe mich unwillkürlich, sage meinen Freunden, dass ich gleich wieder da bin. In dem Augenblick, in dem ich auf ihn zutrete, schießt mir sein Name durch den Kopf, und ich spreche ihn aus. »Connor Harrison-Smith.«

Er wendet sich von der Gruppe ab, mit der er da ist. »Ella Durran, lange nicht gesehen.« Ein Lächeln erhellt sein ganzes hinreißendes Gesicht, und auf einmal fällt mir wieder ein, dass ich seine Nummer in meinem Handy habe. Ich habe sie nie benutzt. Bedauern wallt in mir auf. Jamie hat mein Leben gekapert. Connor mustert mich. »Du bist nie zu einem der Rhodes-Events gekommen.«

»Ja, ich ... Ich glaube, ich habe es genossen, nicht in der Nähe anderer Amerikaner zu sein.«

Er zieht eine Augenbraue hoch und nickt. »Verständlich. Wie ist die englische Literatur und Sprache von 1830 bis 1914 bislang zu dir gewesen?«

Sich an meinen Namen zu erinnern ist eine Sache; sich genau zu erinnern, was ich studiere, eine andere. Ich bin beeindruckt. »Gut«, antworte ich mit einem Nicken. »Wie geht's der globalen Gesundheit?«

»Katastrophal. Ständig Aids und verunreinigtes Trinkwasser«, antwortet er. »Ich bin nur für das Bier hier.«

Ich hebe einen Finger. »Lass uns das überteuerte Essen nicht vergessen.«

Connor grinst, nimmt einen Schluck von seinem Bier. Er ist wirklich süß. Er reibt sich geistesabwesend das Kinn, und als er die Hand fortnimmt, bemerke ich eine schmale weiße Narbe. Genau mein Typ – der Typ mit Charakter, der Typ mit einem Gesicht, das eine Geschichte erzählt.

»Hey, apropos Essen«, sagt er, »ich habe am Donnerstag keine Kurse. Ich habe mir überlegt, für Thanksgiving nach London zu fahren. In Mayfair gibt es ein Hotel, das ein komplettes Truthahndinner anbietet. *Mit allem Drum und Dran,* hieß es im Internet. Hast du Lust, mitzukommen?«

Ich bin überrumpelt. »Ist das ein Rhodes-Gruppenausflug?«, frage ich vorsichtig.

»Nein. Nur ich.« Er grinst. »Wer will schon von einem Haufen Amerikaner umgeben sein?«

Ich mag ihn. Er ist nett, er ist witzig, er ist niedlich. Das könnte mir guttun. »Ich war noch immer nicht in London«, gebe ich zu.

Connors Augen treten hervor. »Was?«

Ich schüttele den Kopf. »Keine Zeit.«

»Hm. Keine amerikanischen Freunde. Keine Zeit. War noch nicht in London.« Er legt den Kopf schräg, beäugt mich von der Seite. »Gibt es einen Typen, von dem ich wissen sollte?«

Das Wort »Nein« kriecht mir in der Kehle hoch, verwandelt sich unterwegs in ein »eigentlich nicht«, aber auch das bringe ich nicht über die Lippen. Connor muss mein Zögern sehen, denn er fährt fort: »Keine Sorge, alles ganz unverbindlich. Es ist Thanksgiving. Es ist ein Truthahn. Es ist *mit allem Drum und Dran.*« Wieder dieses Lächeln.

Ich lächele zurück. »Okay, ich gebe dir Bescheid.«

Connor schneidet eine Grimasse, denkt darüber nach. »Ich habe einmal den Ball in deinem Feld gelassen, und er wurde nie zurückgespielt. Wie wär's, wenn du diesmal den

Aufschlag machst, und ich erwidere ihn am Mittwoch?« Er zückt bereits sein Handy. »Okay?«

Das bringt mich zum Lachen. »Na schön. Das ist ein Plan«, sage ich und gebe ihm meine Nummer.

An dem Abend holen Charlie, Maggie und ich uns Pizzas und eine große Karaffe Wein, setzen uns in Charlies Zimmer auf den Boden und essen uns Kummerspeck an. Das Thema des Abends ist *Wände.* Charlie ist mit Ridley dem Ruderer gegen eine Wand gelaufen, Maggie schlägt wegen Tom den Kopf gegen die Wand, und ich ignoriere jene Wand, die sich auf einmal zwischen Jamie und mir aufgebaut hat.

Ich liebe Charlies Zimmer. Es sieht aus wie etwas aus *Wiedersehen mit Brideshead.* Orientteppiche, die den Hartholzboden bedecken, ein Wandschirm, der das Bett von allen vier Seiten verbirgt, eine rote Samtcouch und antike Stehlampen. Bei ihm stehen Tropfkerzen auf Weinflaschen (bestimmt gegen die Vorschriften) herum, und in einer Ecke rumpelt eine kleine Waschmaschine mit integriertem Trockner. Er hat sogar ein Teekästchen mit einer Auswahl an losen Teesorten, durch die ich mich unter seiner Anleitung langsam hindurcharbeite. Er hat die ganzen drei Jahre seines Grundstudiums in diesem Zimmer gewohnt und es geschafft, es auch dieses Jahr zu behalten. Das College verlangt von den Studenten im Allgemeinen, dass sie ihre Zimmer nicht nur über den Sommer, sondern auch zwischen den Semestern räumen, damit sie an Touristen oder Konferenzteilnehmer vermietet werden können. Um bleiben zu können, muss Charlie irgendetwas für irgendjemanden (oder mit irgendjemandem) getan haben, und ich will lieber nicht wissen, was.

»Wie kann er nur so bescheuert sein?«, winselt Maggie nach einem kräftigen Schluck aus der Flasche.

»Hast du Tom eigentlich je richtig kennengelernt?«, gibt Charlie zurück.

»Ich weiß einfach nicht, was ich sonst noch tun kann. Es ist peinlich, wie forsch ich ihm gegenüber war!«

»Was hast du denn gemacht?«, frage ich.

»Na ja, wir haben zum Beispiel darüber geredet, diesen einen besonderen Menschen zu finden, und ich habe zu ihm gesagt, vielleicht ist sie genau vor dir, wenn du nur die Augen aufschlagen würdest!« Sie sieht zwischen uns hin und her. »Ich war in dem Moment genau vor ihm, wisst ihr.«

»Warst du nackt?«

»Ella!«, ruft Maggie.

»Sieh mal, deine Seele zu entblößen klappt offenbar nicht. Ich würde vorschlagen, entblöße deinen Hintern.«

»Das ist die richtige Vorgehensweise«, wirft Charlie ein. »Er muss dich so sehen, wie er dich noch nie gesehen hat. Du weißt schon. Attraktiv.« Ich verpasse ihm einen Tritt. »Was ich sagen will: Es gibt nicht den leisesten Grund, uns nicht von unserer besten Seite zu zeigen. Ich meine«, sagt er und zupft am Revers seines Tweedjacketts, »man versucht es ja die ganze Zeit, aber unter diesen Troglodyten in Trainingsanzügen und Turnschuhen sind die Möglichkeiten begrenzt. Nein, wir müssen einen Anlass finden, uns herauszuputzen.«

Ich nicke. »Ja, wir brauchen ein Event. Eine Gelegenheit zur Verwandlung. Wie Aschenputtel auf dem Ball.«

»Ja!«, japst Charlie, von Inspiration durchzuckt. »Der Blenheim-Ball!«

»Gibt es einen richtigen Ball? Ich hatte das eigentlich metaphorisch gemeint.«

»Gibt es einen Ball, fragt sie. Lies deinen *Tatler.* Das ist *das* gesellschaftliche Ereignis des Winters, ein piekfeines Event, mit den ganzen unerhört reichen Leuten aus London.«

»Wofür?«

»Irgendeine bedauernswerte Hilfsorganisation.«

Ich zucke die Schultern. »Okay, machen wir das.«

Maggies Stirn furcht sich noch tiefer, während Charlie spottet: »So läuft das nicht. Man braucht eine Einladung.«

»Na ja, und wie kommt man an eine Einladung?«

»Das weiß niemand. Es ist wie mit dem MI6 ... sie finden dich.«

Maggie stützt betrübt den Kopf in die Hände. »Oh, Charlie, halt mir nicht das vor die Nase, was ich nicht haben kann.«

»Ja, das hat Tom schon zur Genüge getan«, entgegnet Charlie gedehnt. »Sieh's positiv. Wenigstens weiß dein Typ, für welches Team er spielt. Hundertpro hetero.«

»Deiner auch«, rufe ich ihm in Erinnerung.

»Flasche, bitte«, stöhnt Charlie. Ich reiche ihm die Flasche, und er nimmt einen kräftigen Schluck.

»Du könntest dir das Leben so viel leichter machen, wenn du einfach in vertrauteren Gewässern fischen würdest.«

Charlie kontert knochentrocken. »Wo bleibt denn der Spaß dabei, in einem Zuchtteich zu fischen? Das offene Meer ist mir weitaus lieber.« Er beäugt mich. »Und, wo könnte unser lieber Professor heute Abend seine Angel auswerfen?«

Einen Moment lang herrscht Schweigen. Charlie reicht mir wissend die Flasche.

»Wir haben zu viel Zeit zusammen verbracht«, erwidere ich und nehme einen Schluck. »Wir gönnen uns eine Auszeit. Das ist etwas Gutes.« Charlie macht den Mund auf, um etwas zu sagen, aber ich schneide ihm das Wort ab. »Maggie, du brauchst einen Plan.«

Es ist spät am Mittwochnachmittag, und nachdem ich den ganzen Tag auf meinem Hintern gesessen und über die Darstellung weiblicher Schönheit in *Bleak House* und *Middlemarch* geschrieben habe, fühle ich mich alles andere als schön. Also unternehme ich einen langen Spaziergang hinüber zu dem Hippie-Salatstand im Covered Market und gönne mir ein frühes Quinoa-Falafel-Dinner. Richtig schön gesund. Und dann mache ich einen Abstecher zu dem heimlichen Grund, weshalb ich überhaupt erst zum Covered Market gegangen bin: Moo-Moo's. Ich hole mir meinen Cadbury-Karamellmilchshake und schlendere ziellos an den Ständen entlang, während die Verkäufer für den Abend schließen. Ich nuckele an dem rosa Strohhalm, bis die einzigen Geräusche im Gebäude das Fegen von Besen, das Scheppern von Sicherheitsgittern und mein Schlürfen sind.

Als ich in das Dämmerlicht der Market Street trete und nach rechts in die Turl einbiege, finde ich mich vor der Pforte des Lincoln College wieder. Zufall? Ja. Nein. Vielleicht.

Die Tür in der Pforte öffnet sich vor mir. Ich halte nicht inne, um zu überlegen, was ich tue (oder warum), stürze hinüber und fange sie eben noch rechtzeitig auf, um in die Loge zu schlüpfen. Der Pförtner, der mich inzwischen gut kennt, nickt zum Gruß, und ich gehe lässig an ihm vorbei. Ich husche hinüber zum Chapel-Kolleghof und Aufgang acht hoch, finde mich vor Jamies Tür wieder. Ich hole einmal tief Luft. Ich klopfe.

Keine Antwort.

Enttäuscht und erleichtert zugleich steige ich die Treppe wieder hinunter. Im Schatten des Kolleghofs halte ich inne. Was tue ich hier eigentlich? Ich hätte ihn zuerst anrufen sollen.

Ich zücke mein Handy und suche in meiner Anruferliste nach seiner Nummer. Ich muss sechs Tage zurückscrollen. Ich zögere. Ich hole einmal tief Luft und drücke auf die Taste.

Wenn er sich seltsam anhört, werde ich ihm sagen, dass ich eine Frage zu der Lektüre habe. Warum lesen wir William Barnes? (Im Ernst, Jamie, warum?) Ich werde keine Nachricht hinterlassen, wenn er nicht abnimmt …

»Na, aber hallo, Fremde. Was für eine angenehme Überraschung«, flüstert er.

Seine Stimme entfacht das stets bereite Anmachholz in meinem Magen. »Warum flüsterst du denn?«, frage ich anstelle einer Million anderer Dinge.

»Ich bin in der Bibliothek.«

»In der Bod?«, frage ich.

»Nein, Lincoln's«, haucht er, und ich setze mich in Bewegung. Ich weiß nicht einmal, wohin ich gehe (Jamie hat mich noch nie auf dem College herumgeführt), aber ich weiß, dass die Bibliothek die große Kirche an der Ecke High und Turl Street ist.

Ich trete durch einen schmalen Torbogen und auf den Kolleghof. »Arbeitest du an deiner Dissertation?«

»Ewiglich«, seufzt Jamie.

»Und, wie kommt sie voran?«, frage ich, während ich die Loge verlasse und auf der Turl links abbiege.

»Hervorragend.«

»Wirklich? Freut mich zu hören!«

»Nein, nicht wirklich«, flüstert Jamie. »Ich denke, an diesem Punkt wäre es nur angemessen, meine Doktorwürde zurückzugeben und die Schmach des selbst gewählten Exils auf der Insel Elba anzutreten.«

Ich erreiche ein Eisentor, das so aussieht, als ob es zu der Kirche führte. Ich drücke dagegen. Es bewegt sich nicht. Das ist der Moment, in dem ich den Kartenleser bemerke, der an dem Schloss befestigt ist und mich mit seinem roten Auge anblinkt. *Verdammt.* »Ich bin sicher, so schlimm ist es nicht«, sage ich, während ich hoffe, dass irgendjemand durch das Tor herauskommen wird, damit ich hineinschlüpfen kann.

»Wie ergeht es dir und George Eliot?«, erkundigt sich Jamie in dem Moment, in dem sich ein Mädchen dem Tor nähert und es öffnet. Ich lächele sie selbstbewusst an, als ob ich hierhergehörte, und schlüpfe hinein.

»Ich bin verliebt«, antworte ich wahrheitsgemäß, aber abgelenkt. »Sie ist die Stimme Gottes in meinem Kopf.« Ich gehe hoch zu der Glasschiebetür der Bibliothek und finde mich vor noch einem Kartenleser wieder. Ich knirsche mit den Zähnen.

»Das habe ich dir ja gesagt«, schnurrt Jamie.

»Karte vergessen?«, höre ich eine Stimme hinter mir. Ich wende mich um, und ein schlaksiger, akneübersäter Junge steht da und grinst mich verlegen an.

Ich lege eine Hand auf das Sprechteil meines Handys und schenke ihm mein einnehmendstes Lächeln. »Ja! Ich bin so doof. Du bist mein Held.«

Er läuft rot an, neigt den Kopf und zieht seine Karte durch. Die Türen gleiten auf. »Danke«, hauche ich.

»Gern geschehen«, flüstert er.

»Was ist das denn? Wo bist du?«, fragt Jamie.

»Ich hole mir nur etwas zu essen«, lüge ich, während ich mich weiter an mein ahnungsloses Opfer heranpirsche.

»Schließt Moo-Moo's nicht um fünf?«

Sie glauben, Sie kennen mich so gut, Dr. Davenport. »Sag mir, wo genau in der Bibliothek du bist, den exakten Ort«, flüstere ich, während ich den Hauptraum der umgebauten Kirche betrete.

Wow. Das habe ich nicht erwartet. Sie ist prachtvoll. Hohe weiße Marmordecke mit gemalten blauen Einsätzen, riesige Bogenfenster, ein offener Raum mit Holzregalen, die wie Rippen nach innen ragen, und ein langer Tisch in der Mitte. Religion für Bibliophile. Es gibt sogar ein spätmittelalterliches Grabmal mit dem gemeißelten Bildnis eines Ritters auf der Grabplatte, der sich sein Schwert an die Brust drückt, ein Spiegelbild der Gebeine, die der Sarkophag enthält. Gruselig, aber ich liebe die Tatsache, dass er noch immer hier ist. Irgendjemand hatte offensichtlich Zweifel, ob es in spiritueller Hinsicht weise wäre, ihn zu entfernen. Ein paar Bücher liegen obenauf, warten darauf, wieder in die Regale geräumt zu werden.

»Soll ich dir auch sagen, was ich anhabe?«, kichert Jamie.

»Das törnt mich tatsächlich irgendwie an. Die Vorstellung, wie du dort sitzt und vor dich hin arbeitest.«

»Okay.« Jamie hüstelt. »Na dann, lass mich dir behilflich sein.« Er dämpft die Stimme, murmelt leise und zuckersüß: »Zwischen den Regalen sind Lesenischen. Letzte Reihe hinten. Ich mag die auf der rechten Seite, genau am Fenster, mit Blick auf die High. Manchmal sitzt ein bedauernswerter Frischling an meinem Platz, und dann fordere ich ihn zu einem Duell heraus.«

»Oh, wie blutrünstig. Das ist heiß«, säusele ich, während ich mit leichten Schritten den Mittelgang hinuntergehe.

»Ich nehme meinen Stuhl, lege mir meine Notizblöcke und Bücher zurecht … äh, knöpfe meine Jacke auf, und dann, na ja, ich nehme an, dann setze ich mich …« Er bricht abrupt ab. Seine Stimme klingt auf einmal weniger nach Telefonsex und mehr nach einem unbeholfenen Telefonverkäufer. »Das kann nicht im Entferntesten erregend sein.«

»Du hast ja keine Ahnung.«

»Ich will dich sehen«, stöhnt er. »Ich hoffe, bald.«

»Früher, als du denkst«, sage ich selbstgefällig, während ich mich dem letzten Regal nähere.

»Unsinn. Der Bibliothekar sitzt mir im Nacken. Ich muss Schluss machen. Wir sprechen uns bald, ja?«

»Oh-oh«, antworte ich grinsend. Ich lege in dem Moment auf, in dem ich um die Ecke biege und seine Lesenische, keine fünfzehn Schritte entfernt, in Sicht kommt.

Sie ist leer.

Wenn sie auch scheinbar heiter
ihre Rolle spielt
Bei all den Tänzen, dem Gelächter hier,
Und nimmt sie auch von manchem jungen Mann
höflich die dargebot'ne Hand,
Liebt sie nur ihn, um ihn sorgt sie sich nur.

Charles (Tennyson) Turner,
»Ein Landtanz«, 1880

Kapitel 16

Was habe ich zu ihm gesagt? Was habe ich gesagt, als diese ganze Geschichte angefangen hat? Ich habe gesagt, lüg mich nicht an. Ganz einfach. Ich habe gesagt, Aufrichtigkeit ist die einzige Möglichkeit, wie das hier klappen kann. Aufrichtigkeit darüber, wann wir das Ende der Straße erreicht haben, Aufrichtigkeit darüber, was wir füreinander fühlen. Ich ignoriere die widerwärtige kleine Stimme in meinem Kopf, die mich darauf aufmerksam macht, dass ich bei diesem letzten Teil selbst nicht gänzlich aufrichtig war, und konzentriere mich stattdessen auf Jamies Doppelzüngigkeit.

Ich habe sogar die Zweifel zu seinen Gunsten sprechen lassen. Ich bin jeden Gang abgelaufen, habe in jeder Lesenische nachgesehen. Er hat mich angelogen.

Während ich mich durch das Gedränge auf der High schlängele, schicke ich Charlie, Maggie und Tom eine Gruppen-SMS:

Trefft mich in 20 Min. Wir gehen aus.

»Hugh!«, rufe ich, während ich in die Loge stürze. »Stellen Sie den Champagner kalt! Ella Durran macht heute Abend die Stadt unsicher!«

Er unterbricht sein allabendliches Ritual, alle Geräte herunterzufahren, und starrt mich über den Rand seiner Brille hinweg an. »Tatsächlich, Miss Durran?«

Ich gehe weiter. »Ta-hat-sächlich, Hugh! Ich werde so richtig auf die Pauke hauen!« Ich bleibe abrupt stehen. Eine langstielige Rose steckt in einem der Postfächer.

Meinem Postfach.

»Hugh«, hauche ich. »Wann ist …«

»Heute Morgen, Miss Durran. Ich war allmählich etwas besorgt, sie könnte verwelken. Ehrlich gesagt, wollte ich sie für Sie eben ins Wasser stellen …«

Ich reiße die Rose aus meinem Postfach, schleudere sie auf den Boden und stampfe darauf herum. Mehrmals. Er wagt es, mein Postfach mit seinen Lügen zu besudeln? Eine Frechheit!

Der süße Rosenduft bringt mich wieder zu Verstand. Keuchend sehe ich Hugh an. Seine Miene hat sich während meines Tobsuchtsanfalls nicht im Geringsten verändert. Er betrachtet mich noch immer, als hätte ich die Loge allein zu dem Zweck betreten, ihn zu langweilen. »Also kein Wasser?«

Ich starre fassungslos hinunter auf die Rose. »Entschuldigung«, murmele ich, während ich mich bücke, um ihre verstümmelten Blütenblätter einzusammeln.

»Ich mache das schon«, sagt Hugh leise.

»Es tut mir so leid, ich weiß gar nicht, was …«

»Miss Durran.« Als ich aufsehe, steht Hugh über mir,

mit derselben abgestumpften Miene. »Gestatten Sie«, sagt er sanft. Er kauert sich neben mich, mit einem leisen Knurren und knacksenden Knien.

Seine Freundlichkeit überwältigt mich, und meine Kehle ist wie zugeschnürt. »Es tut mir so leid …«, beginne ich noch einmal, aber Hugh schüttelt den Kopf.

»Schon gut. Gehen Sie nur, Miss Durran. Da warten Pauken, auf die Sie hauen müssen.«

Dieser freundliche Mann greift in die Asche und zaubert ein Lächeln aus mir hervor. »Danke, Hugh. Sie sind ein Mann fürs Leben, wissen Sie das?«

»Meine Exfrau würde Ihnen da widersprechen, Miss Durran.«

Ich bringe noch ein weiteres Lächeln zustande und flüchte aus der Loge.

Ich trabe meine Treppe hoch. Charlies Tür steht offen, und als er meine Schritte hört, taucht er auf, in seinem Gatsby-Anzug. Der Gute riecht wie eine französische Hure, und er hält eine Flasche Whiskey am Hals fest, wie eine tote Ente. Maggie, die Stirn wie üblich besorgt gefurcht, taucht hinter ihm auf, mit Tom – noch immer den Fahrradhelm auf dem Kopf – an ihrer Seite.

Ich lächele breit. Zu breit. »Toll, ihr seid alle hier! Gehen wir! Gehen wir tanzen!« Ich beginne, die Treppe hinunterzusteigen, aber als ich die anderen nicht hinter mir höre, wende ich mich um. »Was ist los?«

Maggie lächelt beschwichtigend, als wollte sie einen Selbstmörder davon abhalten, von der Dachkante zu springen. »Entschuldige, Süße, aber es ist halb sechs.«

»Und?«

»Kein Club ist um halb sechs offen, Süße.«

Ich stöhne entnervt auf. »Na ja …« Meine Stimme bricht, während ich die Hände hilflos hochreiße. »Was sollen wir machen?«

Sie sehen sich alle an und dann zu mir zurück. Charlie hält die Whiskeyflasche hoch. »Beten?«

Bis der Club öffnet, sind wir bereits betrunken. Betrunken genug, um zu glauben, dass es eine gute Idee ist, mit unseren Fahrrädern dorthin zu fahren. Nur dass Charlie kein Fahrrad hat, daher setzt er sich auf die Lenkstange von Toms Fahrrad, Pippa. Auf der ganzen Fahrt dorthin schwadroniert Charlie über den Niedergang der Monarchie und den Aufstieg der »nichtsnutzigen bourgeoisen Heiden« (ich kann nur vermuten, dass er die Middletons meint).

Wir lassen unsere Fahrräder in der Gasse stehen, die zu dem Club führt, und taumeln zum Eingang, wo mich ein gut aussehendes, lächelndes Gesicht erwartet. »Ella«, sagt er warmherzig, »was für ein wunderschöner Abend für eine Radtour.«

Ich vergaß zu erwähnen, dass es wie aus Eimern schüttet.

Ich vergaß ebenfalls zu erwähnen, dass mir Connor vor ungefähr einer Stunde eine SMS geschickt hat, um mich zu fragen, ob ich darüber nachgedacht hätte, für Thanksgiving morgen mit ihm nach London zu fahren. Ich habe seine Frage nicht beantwortet, aber ich habe ihm gesagt, dass er uns im Club treffen soll.

Offensichtlich ist er gekommen.

Ich wische mir den Regen aus dem Gesicht und stelle meine Freunde vor. Maggie errötet schüchtern, und Tom macht einen auf Kumpel, schlägt Connor auf die Schulter und erklärt ihm seinen Standpunkt zum Thema Frauen und Tanzen, was sich ungefähr so anhört: »Was willst du machen, hey? Sie mögen es, wenn wir das Tanzbein schwingen.« Ich achte nicht wirklich darauf, denn ich bin damit beschäftigt zuzusehen, wie Charlie Connor von Kopf bis Fuß mustert. Gründlich. Als er schließlich die Hand ausstreckt, beäugt er mich von der Seite, vermittelt mir ein schweigendes, aber dennoch sehr lautes *Er ist kein Jamie Davenport.* Ich sehe wütend zu ihm zurück, mit einem ebenso lauten Blick, der besagt: *Halt die Klappe.*

Charlie drängt an mir vorbei. »Solange du es erkennst«, murmelt er und geht dann weiter vor in den dunklen Eingang des Clubs. Wir alle folgen ihm.

Ich bin kein Clubexperte, aber sobald wir drin sind, ist mir klar, dass das hier ein richtig übler Laden ist. Erstens ist es ein Club in der Stadt mit dem wohl höchsten Streber-pro-Einwohner-Verhältnis auf der ganzen Welt. Daher würde ich das, was auf der Tanzfläche passiert, nicht als Tanzen, sondern eher als kontrolliertes Verkrampfen bezeichnen. Zweitens, anstatt glühend heiß zu sein, ist dieser britisch kalt. Drittens, es ist Mittwoch. Wer hier ist, hat entweder einen sehr guten oder einen sehr schlechten Grund.

Angesichts des Zustands, in dem ich mich befinde, ist es perfekt.

»Drink?«, brüllt Connor mir ins Ohr.

»Im Moment nicht«, rufe ich zurück.

»Bist du sicher?«

»Ja, wir haben uns schon warm getrunken.«

»Gib mir einfach Bescheid, wenn du irgendwas willst.« Er wendet sich zur Bar um.

Connor ist so nett. So ungekünstelt. Ich vermisse die amerikanischen Männer.

Ich sollte tanzen. Tanzen wäre jetzt genau das Richtige.

Ich lasse alle anderen an der Bar stehen und schlüpfe in das Gedränge, lasse mich von der Körperwärme (so minimal sie auch sein mag) in die Mitte der Tanzfläche locken. Binnen einer Minute bin ich völlig assimiliert, nur noch ein weiterer regenglitschiger Körper in der Menge.

Ich liebe Tanzen. Schon seit ich ein Kind war. Es war therapeutisch. Warum habe ich damit aufgehört? Früher habe ich jeden Tag nach der Schule getanzt. Habe das Radio eingeschaltet und einfach losgelegt. Wann wurde ich eigentlich diese ernste Erwachsene, die jeden Tag fünf Meilen joggt, anstatt in ihrem eigenen verdammten Apartment allein zu tanzen?

Ich weiß nicht, wie viel Zeit verstreicht, aber genug, um ins Schwitzen zu kommen und mich nicht mehr ganz so beschwipst zu fühlen. Zwischen zwei Songs tauche ich langsam wieder an die Oberfläche, schlage die Augen auf und finde mich in diesem grauenhaften Club wieder. Ich sehe meine Freunde an der Bar. Mit Connor.

Ich fange seinen Blick auf. Er lächelt mich an, stellt seinen Drink auf dem Tresen ab, scheint der Gruppe zu sagen, dass er gleich wieder da ist, und kommt genau auf mich zu.

Ein warmes Gefühl durchströmt mich. In diesem Moment ist die Tatsache, dass er kein Jamie Davenport ist, etwas Gutes. Etwas sehr Gutes. Er streicht mir kühn eine noch immer feuchte Locke aus dem Gesicht und sagt warmherzig: »Tanzen steht dir. Du siehst glücklich aus.«

Ein Lächeln übernimmt die Kontrolle über mein Gesicht. »Tanzt du gern?«, frage ich ihn.

»Tanzt irgendein Mann gern?«

Ich fange wieder an, mich zu bewegen, und er macht mit. Er ist gar nicht schlecht. Wer hätte das gedacht? Wir lächeln uns an. Er beugt sich vor, um gehört zu werden, und sein Atem bewegt die Haare an meinem Ohr. »Du hast ein paar richtig gute Schritte drauf.« Er hält einen Moment inne. »Und es ist unmöglich, das zu sagen, ohne wie ein absoluter Widerling zu klingen. Entschuldige.« Ich lache. Ich lehne mich ein Stück zurück und wedele mit einer Hand vor meinem Gesicht wie mit einem Fächer aus der Vorkriegszeit. Er schenkt mir ein breites, sinnliches Lächeln. Jetzt brüllt er: »Ich mag deine Freunde. Wer braucht schon Amerikaner?«

Ich lache und lehne mich wieder zu ihm vor. Er senkt die Hände auf meinen Körper. Sie ruhen in diesem Niemandsland zwischen unterem Rücken und Hintern. Es ist neutrales Gebiet auf die Art, auf die entmilitarisierte Zonen neutrales Gebiet sind: haarscharf davor, es nicht zu sein. In diesem Moment bin ich seltsam stolz auf Connor. Er hat eindeutig mehr Jagdfieber, als er durchblicken lässt. Meine Vermutung? Er hatte ein paar ernsthafte Freundinnen, jede für ein paar Jahre. Er ist erfahren, aber nicht auf eine promiske Art, anders als Jamie mit den zahllosen eroberten Höschen. Connor hat einfach etwas Solides an sich. Etwas Berechenbares.

Jemand tippt mir auf die Schulter. Ich drehe mich um.

Ein niedliches Mädchen in einem schulterfreien weißen Kleid und mit einem neonrosa Schleier strahlt mich an. Ich brauche einen Moment, um zu begreifen, dass es Sophie aus dem Fröhlichen Fisch ist. »Hi!«, kreische ich, während mein Verstand rast. *Oh Gott. Es ist Mittwoch. Es ist Martins und Sophies gemeinsamer Braut-/Junggesellenabschied.* Ich zügele meine Panik. Na und, selbst wenn Jamie hier ist? Ich habe keinen Grund, ein schlechtes Gewissen zu haben.

Sophies Wangen sind apfelrot, ihr Blick leicht verschwommen. Aber nicht zu verschwommen, um Connors Hände zu ertappen, die sich langsam von meinem Körper lösen. Für einen Moment blickt sie verwirrt drein, aber sie lächelt noch immer. Nichts kann sie aus ihrer Feierstimmung bringen. »Du bist gekommen!«, ruft sie.

»Ich bin gekommen!«, rufe ich zurück, während ich mir ein Lächeln ins Gesicht klebe.

»Wo ist Jamie? Martin wird außer sich sein vor Freude!«, ruft sie fröhlich und sieht sich um.

»Jamie ist nicht mitgekommen.« Ich belasse es dabei.

Offenbar kann etwas sie doch aus ihrer Feierstimmung bringen, und dieses Etwas ist die Abwesenheit von Jamie Davenport. Sie sieht aus, als ob sie gleich in Tränen ausbrechen würde. Schweigend nimmt sie meine Hand (oder sie versucht es zumindest; sie findet meinen Ellenbogen und tastet sich stockend hinunter zu meiner Hand) und zieht mich auf schwankenden, zehn Zentimeter hohen Absätzen von der Tanzfläche. Ich sehe zurück zu Connor, schenke ihm ein entschuldigendes Lächeln. Er zeigt zur Bar und geht in diese Richtung davon.

Sophie reißt die Toilettentür auf (wobei sie für einen Moment das Gleichgewicht verliert), dreht sich zu mir um und blickt mich nur an. Als ich das unangenehme Schweigen eben brechen will, platzt sie heraus: »Martin hat mir alles erzählt, Emma.«

Da sie so aussieht, als ob sie den Tränen nahe wäre, entscheide ich, sie bezüglich meines Namens nicht zu berichtigen. Und da ich keine Ahnung habe, wovon sie überhaupt redet, kann ich nur sagen: »Oh?«

Sie nickt nachdrücklich. »Das ist schrecklich. Einfach schrecklich.«

Ich bin absolut nicht in Stimmung hierfür, was immer es ist. Ich will einfach nur zurück zu meinen Freunden, zu Connor. Zu einem Cocktail. »Es tut mir leid«, sage ich, was stets die passende Antwort ist, wenn man nicht weiß, was man sagen soll.

Sie kommt auf mich zu, mit ausgestreckten Armen. Sie wickelt sich um mich und tätschelt mir den Hinterkopf. Der Wodka wabert aus ihren Poren.

»Die Dinge, die wir erdulden«, murmelt sie in meine Haare. Ah, ich glaube, jetzt verstehe ich es. Martin hat sie betrogen. Das muss es sein. Ich hebe die Arme, lege ihr die Hände auf den Rücken und tätschele sie ein paarmal freundschaftlich. Sie fährt fort. »Ich habe es bei meiner Mutter und meinem Vater selbst erlebt.« Ich stöhne innerlich auf. *Armes Mädchen.* »Meine Mutter hat ständig gefragt: ›Warum ich?‹ Warum sie, allerdings. Warum irgendeine von uns? Und was tut man unter solchen Umständen?«

Ich löse mich aus unserer Umarmung und sehe ihr in die Augen. »Man geht. Man geht, das ist, was man tut.«

Sophie scheint entsetzt von der Vorstellung. »Es ist ja nicht so, dass es seine Schuld ist.« *Armes, gehirngewaschenes Mädchen.*

Ich halte sie an den Oberarmen fest. »Na ja, es ist mit Sicherheit nicht deine Schuld!«

Sie umklammert meine Arme ebenso kräftig. »Es ist niemandes Schuld. Außerdem hat Martin mir gesagt, wie er ist. Dass er sich zurückzieht, dass er die, die er am meisten liebt, am weitesten wegschiebt.«

Ich schüttele den Kopf. »Das ist keine Entschuldigung!«

Jetzt weicht sie einen Schritt zurück, wird wieder ganz emotional, fuchtelt mit einer Hand durch die Luft. »Nein, natürlich nicht, es ist nur ... Hier bist du mit einem neuen Mann – der übrigens ein schrecklich toller Typ ist, aber das nur am Rande –, und es ... es macht mich einfach ... so ...« Sie hört auf, herumzufuchteln, und steht nur da, in der Mitte des Waschraums, die Arme schlaff an ihren Seiten, wie ein kleines Mädchen, das seine Puppe verloren hat. Ihre Stimme steigt um eine Oktave. »Traurig!«

Ich nehme ihre Hände. Das ist normalerweise nicht meine Art, aber sie ist so aufgelöst. Und es ist ihr Brautabschied. Und Martin ist ein Idiot. »Verlass ihn, Sophie. Das hast du nicht verdient. Das hat keine von uns verdient.«

Meine weisen Worte scheinen zu helfen. Sie hört auf zu weinen. Sie schnieft. Sie sieht mich an. Sie klingt, als ob sie eine Wäscheklammer auf der Nase hätte, als sie sagt: »Was?«

Ihr Ton ist eine Mischung aus Verblüffung und Verwirrung, als hätte ich soeben eine absolut zusammenhangslose Aussage gemacht. Als hätten wir über den Zustand der Welt geredet und ich auf einmal geschmettert: »Schuhe, Schuhe, Schuhe, ich liebe Schuhe!« Wir starren uns eine Sekunde an, und was ich in Sophies Augen sehe, sorgt dafür, dass mir der Magen wegsackt. »Du redest doch von Martin, oder?«

»Nein! Oh Gott, nein, ich weiß nicht, was ich tun würde, wenn es Martin wäre. Nein, Jamie.«

Jamie? Ich gehe das Gespräch in Gedanken rasch noch einmal durch. »Was genau hat Martin zu dir gesagt?«

»Alles. Jedes Detail, fürchte ich. Jamie hat Martin später an diesem Tag angerufen, dem Tag, an dem wir euch in dem Imbiss getroffen haben, und ihm alles erzählt.«

»Und das wäre?«

Sophie seufzt betrübt auf. »Wie gotterbärmlich das alles war. Und noch immer ist, um genau zu sein. Und dieses arme Mädchen, wie hieß sie gleich wieder?«

Ich wusste es. Ichwussteesichwussteesichwussteesichwusstees. Ich tue mein Bestes, um ruhig zu bleiben. »Wer ist Wie-hieß-sie-gleich-wieder?«

Sophie seufzt, ihre Lippen beben. »Ich kann mich nicht erinnern.«

Ich beschwöre sie, mit zusammengebissenen Zähnen. »Versuch es.«

Sie fuchtelt in der Luft herum. »Sarah?« Es gibt eine Sarah? »Nein, das war es nicht. Es war irgendwas mit C.«

Es werde Licht. »C? Cecelia?«

Sophie schnippt mit den Fingern. Oder sie versucht es zumindest. Eigentlich reibt sie sie nur aneinander. »Celia. Martin hat gesagt, sie sei nach der Beerdigung untröstlich gewesen, und dass Jamie sie unter seine Fittiche genommen hat, mehr oder weniger. Offenbar geht das schon seit Jahren so.«

Mein Magen verkrampft sich. Ich wusste es. Natürlich. Cecelia. Seit Jahren! Warum habe ich ihm je geglaubt? Er ist ein solcher ... »Beerdigung?«, frage ich. »Was denn für eine Beerdigung?«

»Na ja, Olivers natürlich.« Sophie schüttelt den Kopf, blickt verwirrt.

Mir klappt der Kiefer herunter, aber davon abgesehen, bin ich vom Hals an abwärts gelähmt. Ich kann mich nicht bewegen. Ich kann nicht einmal atmen.

Oliver ist tot?

Jamies Bruder, den er die ganze Zeit gewissenhaft zu seinen Behandlungen nach London gefahren hat, ist tot?

Ich will schreien, aber um das zu tun, müsste ich atmen können, Sauerstoff in meine Lungen ziehen. Stattdessen purzeln Worte heraus. »Oliver ist tot?«

»Schrecklich, nicht wahr?«, erwidert sie, als hätte ich nur eine Tatsache ausgesprochen, keine Frage gestellt.

Benommen, wie ich bin, fällt mir kaum auf, dass Sophie zum Waschbecken taumelt, den schmuddeligen Hahn aufdreht und sich kaltes Wasser ins Gesicht spritzt.

Ich entschuldige mich und verlasse die Damentoilette. Ich bin die Ruhe selbst. Die Ruhe des Schocks. Die Ruhe des Verrats. Die Ruhe vor dem Sturm.

Ein Gedanke durchbricht diese Ruhe, die erste dunkle Wolke am Horizont, die verräterische elektrische Spannung, die die Härchen auf deinen Armen aufstellt. Jamies leise, flehende, mondbeschienene Stimme in unserem still dahintreibenden Kahn.

Ich will dich nicht verletzen.

Kein anderer Mann
Kann einen Mann
Auf diese Weise kennen.
Denn eine Frau kennt einen Mann
Auf Arten, von denen ein Mann
Nicht einmal ahnt.
Ja, sie kennt ihren Mann,
So wie er ist.

Unbekannt

Kapitel 17

Eine Viertelstunde nachdem ich Sophie auf der schmuddeligen Damentoilette zurückgelassen habe, stehe ich vor Jamies Tür, triefend nass und nicht länger ruhig. Diese Ruhe verflog, als ich von der Banbury Road auf die Norham Gardens abbog, während meine nassen Kleider bei jedem Schritt an meiner Haut scheuerten und der Wind mir die Haare um Hals und Gesicht wickelte. Stattdessen verspüre ich eine zielstrebige, fast mörderische Wut.

Wir waren besser als das, Jamie und ich. Wir waren vielleicht nicht viel, aber das hier waren wir nicht. Dieses Klischee. Diese Statistik. Diese bedauerlicherweise vorhersehbare Zwangsläufigkeit. Wie Jamie bei unserem ersten Tutorium gesagt hatte: »Wir sind die Schlauen. Wir sind Oxonianer.«

Das ist nicht die Art, wie die Schlauen enden.

Ich klopfe nicht an. Ich drücke nicht auf die Klingel. Ich fühle mich berechtigt, sein Gefühl von Sicherheit so zu zertrümmern, wie er meines zertrümmert hat. Daher greife ich nach dem Türknauf. Zu meiner Verblüffung lässt er sich drehen, als wäre das alles vorherbestimmt.

Ich drücke die Tür auf und trete ein, gehe von der Eingangsdiele nach links in den Salon, folge den leisen Stimmen. Männlich und weiblich. Cecelia? Unter dem Türbogen bleibe ich stehen und starre auf die Szene vor mir.

Jamie sitzt in einem Sessel. Ohne Hemd. Er starrt zu einem Mädchen hoch. In einer Schwesternuniform, tolles Klischee. Sie hält Jamies Hand.

Sowohl Jamie als auch das Krankenschwesterchen zucken zusammen und wenden sich zu mir um.

»Ella«, haucht Jamie, und eine Fülle von Emotionen huscht über sein Gesicht.

Das Mädchen lässt Jamies Hand sinken. In ihrer eigenen hält sie irgendeine Art Schlauch, und sie tritt einen Schritt auf mich zu. »Miss, es tut mir leid, Mr. Davenport darf im Moment nicht gestört werden.«

»Stephanie«, sagt Jamie leise, »das ist schon in Ordnung.« Die Anspannung in seiner Stimme, ihr dünner, schwacher Klang, veranlassen mich, einen genaueren Blick auf ihn zu werfen. Ich habe ihn seit fast einer Woche nicht gesehen. Er ist verändert. Neugierig gehe ich einen Schritt auf ihn zu, während das Krankenschwesterchen zur Seite tritt. Ihre Bewegung bringt noch etwas anderes im Zimmer zum Vorschein, etwas, das bis dahin meinen Blicken verborgen war.

Ein Infusionsständer.

Ich betrachte die Schwester genauer, und jetzt erkenne ich, dass die Uniform, die sie trägt, nicht im Entferntesten sexy ist. Ich hatte das Stethoskop um ihren Hals und ihr kleines weißes Kleid mit den schwarzen Paspelierungen bemerkt, aber die sittsame Länge, der strapazierfähige Stoff, die vernünftigen, breiten Sneakers waren mir gar nicht aufgefallen.

Ich konzentriere mich wieder auf Jamie. »Was ist los?«

»Du hättest nicht …«

»Was zum Teufel ist los?!« Ich beginne zu zittern, Regentropfen fliegen mit jedem Zucken von mir. Mein Herzschlag beschleunigt sich rasant und ist so laut, dass ich mir sicher bin, dass er es durchs Zimmer hören kann.

»Verdammt!«, bellt Jamie so laut, dass die Schwester wieder einen Schritt auf ihn zutritt, eine Hand beschwichtigend ausgestreckt, bemüht, ihn zu beruhigen. »Das ist nicht das, was ich wollte …«

Ich schneide ihm das Wort ab. »Ich dachte, wir wollten beide Aufrichtigkeit! Schon vergessen?«

Jamie schluckt. Er sieht aus, als ob alles Blut aus seinem Körper gewichen wäre. »Gott, Ella, jetzt ist nicht der richtige Zeitpunkt. Bitte geh einfach.«

»Gehen?! Meinst du nicht, du schuldest mir …«

»Ella …«

»Weißt du was?«, brülle ich. »Es spielt keine Rolle. Es interessiert mich nicht mehr …«

Ein Grollen beginnt hinten in Jamies Kehle, und schließlich speit er mir das Wort entgegen: »Verschwinde!«

Ich habe ihn noch nie brüllen hören. Es macht mir Angst. Ich hatte noch nie Angst vor Jamie. Schweigend, taumelnd wende ich mich ab und verlasse den Salon.

Ich kann Jamies Stöhnen bis in die Diele hören. »Komm zurück! Ella, es tut mir leid, warte!«

Zu spät.

Auf dem Weg nach draußen knalle ich die Tür zu, sodass das ganze Haus hinter mir erbebt.

Mein Schatz, weine nicht um das,
Was nicht sein kann,
Was Gott uns nicht gegeben hat.
Wär der geringste Traum von Liebe wahr,
Dann, mein Schatz, sollten wir im Himmel sein.
Doch hier ist nur die Erde,
Wo wahre Liebe nicht gegeben wird.

Elizabeth Rossetti,
»Tote Liebe«, 1899

Kapitel 18

Ich stürze die Eingangsstufen hinunter, aber unten angekommen, halte ich inne. Ich fühle mich völlig verloren, als wäre ich in ein anderes Universum geglitten und hätte mich auf diesem verregneten Gehsteig wiedergefunden. Soll ich nach links oder rechts gehen? Oder hinauf oder hinunter?

Die Tür hinter mir geht auf.

»Ella, bitte, es tut mir leid.«

Ich höre seine Stimme, aber sie hat keine Wirkung. Ich versuche noch immer, aus diesem schwarzen Loch herauszufinden.

»Ella, bitte, du musst es mich erklären lassen.«

Meine Wut wallt wieder auf, holt mich in die Wirklichkeit zurück. Ich wende mich zu ihm um. »Ach ja, muss ich das?«

»Ich bitte dich nur …« Er hört auf zu sprechen, schwankt gegen den Türrahmen. Er ist blass, zittrig. Er versucht, es herunterzuspielen, richtet sich wieder auf, zeigt ins Haus. »Ich setze Wasser auf, okay?«

»Ich will keinen Tee, Jamie!«

»Kann ich dir vielleicht etwas Stärkeres anbieten?«

Ich verschränke die Arme vor der Brust. »Eine Erklärung. Biete mir das an.«

Seine Augen sind sanft und erschöpft, sein Gesicht ist schmal und ausgezehrt. Ich kann nicht aufhören, ihn anzustarren. Er hat sich in einer Woche völlig verwandelt, aber ich weiß nicht, wie genau. Ist es nur, weil ich jetzt die Person sehe, die er wirklich ist, nicht die Person, für die ich ihn gehalten habe? Oder ist da noch irgendetwas anderes?

»Na schön.« Er tut einen flachen Atemzug, entfernt sich von der Tür und steigt vorsichtig eine Stufe zu mir herunter. »Ich bin mitten in einer durchaus ernsten medizinischen Behandlung. Es ist …«

»Weißt du, wer nicht mitten in einer durchaus ernsten medizinischen Behandlung ist? Dein Bruder. Dein toter Bruder.« Ich beiße mir auf die Lippe. Das klang härter als beabsichtigt.

»Woher weißt du das?«

Ich schüttele den Kopf. »Ich stelle hier die Fragen.« Ich beginne auf und ab zu gehen, ordne meine Gedanken. Oder ich versuche es zumindest. »Was ist es? Was hast du?«

»Ein multiples Myelom.«

Ich bleibe stehen. »Ist das nicht das … was Oliver hatte?«

Jamie nickt.

»Ist das nicht das, woran er gestorben ist?«

Jamie nickt wieder.

»Das heißt, du stirbst?« Wie kann es sein, dass meine Stimme so ruhig ist? Ich könnte ihn genauso gut fragen, warum er heute diese bestimmte Hose trägt. Ich weiß, dass ich nicht sehr gut mit dieser Sache umgehe, aber ich kann keine Klarheit finden, keine Objektivität, nichts von dem, worüber ich im Allgemeinen verfüge. Ich habe mich noch nie so losgelöst von allem gefühlt. Na ja, jedenfalls nicht seit dem Tod meines Vaters.

Jamie schaut mich einfach nur an, die Antwort unvermeidlich in seinen Augen. Ich kann da nicht hinsehen. Er tut noch einen zögernden Schritt die Stufen herunter. Unsicher hält er sich an dem Eisengeländer fest. Alt und rostig und gefährlich lose, neigt es sich unter seinem Gewicht. Er umklammert es mit beiden Händen, versucht, sein Gleichgewicht zu finden. Ich will die Stufen hochspringen und ihm helfen, aber ich tue es nicht. Das kann ich in diesem Moment nicht. Ich sehe auf seine Hände. Ein Heftpflaster klebt auf einer, mit einem purpurroten Punkt in der Mitte. »War das da vorhin die Chemo?«

»Kochsalzlösung.«

»Kochsalzlösung?«

»Die Chemo – diese spezielle Chemo – ist eine schnelle Injektion. Und Pillen. Aber danach ist eine Kochsalzspülung erforderlich ...«

»Wie lange bist du schon in Behandlung?«

»Sechs Wochen. Das hier ist meine dritte Runde. Können wir vielleicht wieder hineingehen?« Er trägt kein Hemd. Der Regen hat nachgelassen, aber dafür hat der Wind aufgefrischt.

»Geh ruhig, wenn du willst.«

»Nein, war nur ein Vorschlag.« Mit diesen Worten tut er zögernd noch einen Schritt. Das Geländer könnte jeden

Moment wegbrechen. Jamie, im Bewusstsein dieser Tatsache, murmelt: »Das muss ich wirklich reparieren.«

Ein Tsunami von Fragen wallt in mir auf. Ich bin unerbittlich, rede wie ein Prozessanwalt. »Warum hast du dann noch deine Haare?«

»Ich ... ich weiß nicht. Manche Leute haben Glück.«

»Glück?« Ein sarkastisches Lachen entfährt mir. »Warum bist du nicht kränker?«

»Ich bin sehr krank, Ella.«

»Na ja, aber warum ist es mir nicht aufgefallen? Warum hast du dich nicht übergeben? Bist nicht im Bett geblieben? Und wer hat denn eine Chemo zu Hause? Mit seiner eigenen persönlichen Krankenschwester ...«

Die Sanftheit in Jamies Augen weicht einer erschöpften Gereiztheit. »Ella, willst du echte Antworten auf diese Fragen? Denn ich bin gern bereit, mich mit dir hinzusetzen und mich zu erklären, aber ich bitte dich zu versuchen, ein Mindestmaß an Sanftmut zu wahren. Bitte. Im Moment habe ich unerträgliche Kopfschmerzen.«

Ich höre ihn kaum, denn etwas, das er gesagt hat, trifft mich zutiefst. »Du bist seit sechs Wochen in Behandlung«, wiederhole ich. »Das heißt, so ziemlich die ganze Zeit, die wir zusammen waren?« Die Worte »zusammen waren« sind ein Platzhalter ohne wirkliche Bedeutung. Sie könnten alles oder nichts heißen.

Der Anflug eines Lächelns umspielt seine Lippen. Wehmütig, vielleicht auch reuevoll. »Um genau zu sein, hatte ich meine erste Behandlung an dem Abend, nachdem wir ... nach dem Wirtschaftsraum. Wenn du mich bitte entschuldigst, aber ich muss mich setzen.« Er benutzt das instabile Geländer, um sich niederzulassen, hockt auf der dritten Stufe von unten, sodass wir auf eine seltsame Weise auf Augenhöhe sind.

Ich erinnere mich an seine Protestbekundungen im Wirtschaftsraum. *Ich kann nicht. Das ist der Punkt. Ich denke nicht, dass es eine gute Idee ist.* »Warum hast du überhaupt etwas angefangen …«

»Du solltest mein letztes Hurra sein.« Er riskiert einen Blick auf mich. Dann, entsetzlicherweise, kichert er. »Mein Abschied. Meine Abschiedsparty.« Er lacht noch immer, und dann vergräbt er das Gesicht in den Händen. »Oh, verdammt, wie idiotisch von mir.«

Ich lache nicht. »Warum hast du es mir nicht gesagt?«

»Warum sollte ich?«

Ich bin völlig geplättet. »Weil es mich auch betrifft!«

Er sieht zu mir hoch, mit wässerigen Augen, lacht nicht mehr. Seine Stimme ist heiser. »Wieso das denn? Du willst keine Beziehung. Du gehst fort. Du hast einen Plan. Und ich hatte auch einen.«

In der darauffolgenden Stille kratzt Jamie an dem Heftpflaster, und mir fällt auf, dass der rote Punkt größer geworden ist. Ich fühle, wie ich zersplittere, zu einer gähnenden Kluft aufbreche, und in diesem Augenblick wird mir bewusst, dass ich noch nie jemanden so sehr gehasst habe, wie ich ihn hasse.

Als mein Dad starb, da stellte meine Mutter deutlich klar, dass ich die Starke sein müsste. Dass ich nicht zusammenbrechen durfte, da sie mich brauchte. Zwölf Jahre lang war sie die Mom gewesen und ich das Kind; das waren die Regeln unserer Welt. Und sie entschied einfach so, dass diese Regeln nicht mehr galten. Ich starre Jamie an. Wieder eine Regeländerung.

»Du wolltest mich in die Falle locken«, schleudere ich ihm entgegen.

Er schaut verständnislos. »Dich in die Falle locken?«

»Dass ich mich in dich verknalle. Dass ich bleibe. Dass ich mich um dich kümmere.«

Ihm klappt der Kiefer herunter, und mein Bauchgefühl verrät mir prompt, dass ich mich täusche. »So denkst du von mir?«

Die Verletztheit in seinen Augen schürt nur meine Wut. Jetzt bin ich also der Buhmann? »Wie hast du eigentlich von mir gedacht«, fauche ich.

Auf einmal stemmt er sich von der Stufe hoch, und ich bin sicher, dass das Geländer jeden Moment aus dem Putz brechen wird. Ich versteife mich. Er will etwas sagen. »Du …« Aber er kann nicht weitersprechen. Sein Gesicht wird blass, er krümmt sich, umklammert das nutzlose Geländer. Lässt den Kopf sinken, versucht zu atmen. Der rote Punkt auf seinem Heftpflaster wird größer. *Hör auf!*, schreie ich innerlich.

Jamie gibt auf, setzt sich wieder, atmet mit bebenden Nasenflügeln, wie ein Stier, der von zu vielen Banderillas getroffen ist. Schließlich sieht er zu mir hoch. Er streckt seine einbandagierte Hand aus. Winkt mir zu. »Bitte.«

Anstatt die drei scheinbar bedeutungslosen Stufen zwischen uns hochzusteigen, trete ich zurück, der Matador nach dem tödlichen Stoß. Jamie beobachtet, wie ich zurückweiche, sieht mich mit schräg gelegtem Kopf an, wie er es immer tut. Nur dass die Geste diesmal nichts Liebevolles an sich hat. Sie enthält nur Verwirrung. Und Verletztheit.

Ich kann mit seiner Verletztheit im Moment nicht umgehen; ich versuche noch immer, meine eigene zu verstehen. Warum tut das hier so weh?

»Wow«, höre ich mich sagen. »Ein Glück, dass ich dich nicht liebe.«

»Magdalen« ist alles, was ich zu dem Taxifahrer sage.

Ich fühle mich wie eine Wachsfigur von mir selbst, als ob mein ganzer Körper mit dem Verarbeiten des Geschehenen beschäftigt wäre und nicht einmal mehr die banale Aufgabe des Sprechens absolvieren könnte. Fragen türmen sich auf, drängen auf mich ein, drücken mich gegen die Rückbank dieses Taxis, ersticken mich. Ich kann keinen Gedanken zu Ende führen, bevor schon der nächste auf mich einstürmt.

Dann dieser eine Gedanke, ein blendendes Licht, das all die anderen verscheucht wie Kakerlaken: Ich habe soeben einen sterbenden Mann allein zurückgelassen.

Berichtigung: Ich habe soeben einem sterbenden Mann gesagt, dass es ein Glück ist, dass ich ihn nicht liebe, und ihn dann allein zurückgelassen.

Mein Handy klingelt. Roboterartig fische ich es aus meiner Jackentasche, obwohl ich nicht abnehmen werde. Ich werde nie wieder mit ihm reden.

Aber es ist nicht Jamie. Es ist Gavin.

»Gavin«, krächze ich.

»Dachte nur, ich rufe dich vor dem Feiertag an, falls es irgendetwas gibt, das wir besprechen müssen. Ich fahre zu meiner Schwester, und sie wird mich mein Handy morgen nicht einmal einschalten lassen.«

Was ist morgen? Dann fällt es mir wieder ein. Thanksgiving.

Thanksgiving! Scheiße! Connor! »Nein, ja, ich – ich glaube, es ist so weit alles klar«, stammele ich. Eine Sekunde lang herrscht Schweigen.

»Alles okay mit dir?«

»Ja! Es ist nur ...« *Was?* Alle Gedanken haben sich verflüchtigt. »Entschuldige, Gavin, kannst du kurz dranbleiben?«

»Na klar.«

Ich beuge mich zu dem Fahrer vor. »Hallo? Entschuldigung, aber können Sie umkehren? Ich muss zu ...« Ich kann mich an den Namen des Clubs nicht erinnern. Im Moment kann ich mich an gar nichts erinnern. »Wie heißt dieser Club? Drüben bei der Burg?«

»Die Burg.«

»Ja, neben der Burg von Oxford.«

»Die Burg.«

Ich seufze genervt. »Sie wissen schon, mit dieser Mördergasse ...«

»Das ist die Burg, Kleine.«

Oh. Na schön. Meine umfassende Abbott-und-Costello-Ausbildung hat mich hier im Stich gelassen. »Okay, ja, danke, genau da will ich hin.« Ich lehne mich wieder zurück und versuche, mich auf einen Gedanken, nur einen, zu konzentrieren. Es klappt nicht. Ich bin noch nie so neben der Spur gewesen. Ich habe noch nie Drogen genommen, aber ich stelle mir vor, so fühlt sich ein Horrortrip an. Einer dieser Albträume, wo Treppen nirgends hinführen und Türen dich zurück zu Orten bringen, die du tatsächlich nie verlassen hast. Ich bin in einer Escher-Zeichnung gefangen.

Dann verschärft sich das Surreale noch mehr, als ich meinen Namen höre. Leise. Fern. Wie unter Wasser. »Ella? Hallo?«

Ich blicke hinunter auf mein Handy. »Hi, entschuldige!«, brülle ich, während ich es mir mühsam ans Ohr halte. »Ich ... ich bin hier.«

»Hör zu«, sagt Gavin. »Ich will, dass du anfängst, über ein paar Neueinstellungen nachzudenken, okay? Vor allem einen stellvertretenden Politikchef. Wir brauchen einen jungen, aber erfahrenen Kandidaten. Irgendeine Ahnung, wo wir dieses Einhorn finden könnten?«

»Lass mich darüber nachdenken«, sage ich, während ich denke: *Warum stellst du nicht einfach mich ein?* Aber würde ich diesen Job wirklich wollen? Ich dachte, ich hätte genug von der Wahlkampfseite der Politik.

»Wer weiß«, sagt er. »Vielleicht werde ich einfach dich einstellen.« Er lacht. »Okay, schönen Feiertag. Viel Glück dabei, in diesem Land einen Truthahn zu finden.«

Er legt auf. Ich starre auf mein Telefon. War das sein Ernst? Mein Telefon klingelt wieder, erschreckt mich so sehr, dass ich es auf den Boden des Taxis fallen lasse. Ich hebe es zitternd auf, bemerke die Anruferanzeige. »Es tut mir so, so, so, so leid«, antworte ich vorwegnehmend.

»Sie lebt!«, ruft Connor in einer schlechten Dr.-Frankenstein-Parodie, aber der aufrichtig besorgte Ton in seiner Stimme ist nicht zu überhören.

»Es geht mir gut, ich bin auf die Toilette gegangen, und …« Ausgeschlossen, dass ich ihn in diese Geschichte hineinziehen werde. Ich wünschte, ich könnte mich selbst aus ihr hinausschieben. »Ich habe mich nicht gut gefühlt. Also bin ich lieber gegangen.« Die schlimmste Lüge aller Zeiten. Ich sollte bei Dr. Davenport Unterricht nehmen.

»Warum bist du denn nicht zu mir gekommen? Ich hätte dich doch nach Hause gebracht«, sagt Connor. Was für ein guter Typ. Was für ein gut aussehender, guter Typ. Connor Wie-immer-er-weiter-heißt weiß einfach genau, was er sagen muss. »Also«, fährt er fort, »ich stehe hier mit Charlie, und wir starren auf eine sehr traurige, sehr im Stich gelassene Gräfin. Soll ich sie dir vorbeibringen?«

»Das heißt, du … du bist noch immer im Club?« Wie der letzte Depp fange ich an, vor dem Taxifahrer mit den Fingern zu schnippen. Er blickt nur verwirrt.

»Ja, wir sind alle noch hier. Charlie hat dir eine SMS geschickt.«

Verdammt! Ich höre auf zu schnippen, schalte mein Handy stumm und wende mich an den Taxifahrer: »Halten Sie an! Ich meine, fahren Sie weiter! Magdalen! Nicht zur Burg!«

»Aber wir sind fast da, Miss.«

Ich kann die Gasse, wo sie alle warten, schon vor uns sehen. »Nein, ich weiß, ich will nicht … einfach nicht zur Burg! Magdalen!«

Der Taxifahrer tritt die Bremse durch, beginnt, in drei Zügen zu wenden. »Schon gut, schon gut«, murmelt er. »Bleiben Sie entspannt.«

Ich stelle mein Handy wieder laut. Connor sagt: »Ella? Ella, bist du noch dran?«

»Entschuldige, hör zu, könntest du Charlie bitten, mir mein Fahrrad morgen zum College zu bringen?«

Ich höre Gemurmel, bevor Connor wieder in die Leitung kommt: »Ja, kein Problem. Bist du sicher, du …«

»Es geht mir gut. Danke, Connor. Noch mal, tut mir leid. Ich wünsche dir eine gute …«

»Ella, warte.« Er kichert. »Du hast mir nie eine Antwort gegeben.«

»Worauf?« Ich habe keine Ahnung, wovon er redet.

»London? Thanksgiving? Du, ich, *mit allem Drum und Dran?*«

Jetzt ist nicht der richtige Zeitpunkt, denke ich. *Ich kann nicht. Ich kann einfach nicht. Vielleicht ein andermal, wenn ich …*

»Ella? Das ist keine große …«

»Ja, sehr gern.«

In dem Moment, in dem ich es sage, in der Sekunde, in der mir die Worte über die Lippen kommen, will ich am liebsten sterben. Ich lege auf. Ich werfe das Telefon auf den Sitz. Ich blicke hinaus in die verschwommene Dunkelheit, während der Regen an den Scheiben des Taxis herunterprasselt.

Dann kommen die Tränen.

Bald kann ich die Schluchzer nicht mehr im Zaum halten. Das Geräusch prallt überall im Taxi ab.

Der Taxifahrer beäugt mich im Rückspiegel. »Kopf hoch, Kleine«, versucht er. »Was immer es ist, das Leben ist zu kurz für Trauer deswegen, okay?«

London fühlt sich wie ein anderes Land an. Ich habe mich in Oxford so gut eingelebt, dass mir erst in einer neuen Stadt bewusst wird, wie sehr es für mich zu einem Zuhause geworden ist. London erinnert mich an Washington, eine lebendige, pulsierende, globale Metropole. Und doch gibt es hier und da ein paar malerische Ecken, unerwarteten Charme, der einen unversehens überrumpelt. *Oh, sieh mal da, ein Palast! Oh, sieh mal da, ein Doppeldeckerbus! Oh, sieh mal da, eine veraltete-und-doch-immer-noch-typische Telefonzelle!* Connor war schon mal in London und ist ein exzellenter Stadtführer. Und er ist auch ein exzellenter Gesprächspartner. Es gab nur eine Handvoll Momente verlegenen Schweigens zwischen uns, was unter normalen Umständen ein gutes Zeichen wäre. Aber das hier sind keine normalen Umstände. Es gibt viel zu viele Situationen, in denen er sagt: »Ella, hast du mich gehört?«, und ich sage: »Entschuldige, wie bitte?«

Ich habe letzte Nacht nicht viel geschlafen.

Nachdem wir uns stundenlang einen kräftigen Appetit angelaufen haben, sind wir froh, als wir uns endlich zu unserem Dinner in einem schicken Hotel in Mayfair mit Blick über den Grosvenor Square setzen können. Es ist fast leer, bis auf ein paar amerikanische Touristen und, genau neben uns, eine vierköpfige Familie. Eine amerikanische Mutter versucht, ihren sehr, sehr britischen Kindern Thanksgiving zu erklären.

»Aber, Mummy, warum essen wir Truthahn? Truthahn ist doch für Weihnachten«, sagen sie. Ich stelle mir mich selbst in ihrer Lage vor: britischer Ehemann, britische Kinder, fremd in einem fremden Land. Ich wundere mich, dass die Vorstellung etwas Verlockendes hat. Aber als der Ehemann sich vorbeugt und sie auf die Stirn küsst, wende ich den Blick ab.

»Ella?« Connors Stimme holt mich in die Wirklichkeit zurück. Wieder einmal. Der Kellner steht mit einem Tablett mit zwei Gläsern Champagner neben mir. »Das Hotel bietet uns Schampus auf Kosten des Hauses an. Möchtest du einen?«

»Wer sind wir, dazu Nein zu sagen?«, sage ich, bemüht, begeistert zu klingen. Wir stoßen an. Wir sehen uns in die Augen und trinken einen Schluck. Ich kann sehen, dass Connor sich amüsiert. Und ich tue es auch. Wirklich. Er ist ein interessanter Typ. Auf unserem Spaziergang haben wir über unsere Schulausbildung geredet, frühere Jobs, Wohngegenden, Restaurants, Bars in D.C. Ich glaube, diese Details, die dich nach außen hin definieren, sind das, was du den Leuten im Tausch dafür gibst, dass du nicht über die wirklich wichtigen Dinge redest.

Connor kommt aus einer guten Familie. Sein Vater ist Richter und seine Mutter Chirurgin. Er hatte zwei erwähnenswerte Freundinnen (ich hatte recht), er ist tadellos gebildet, politisch gemäßigt, weit gereist, belesen, spricht fließend Spanisch, mag äthiopisches Essen und verbringt jeden Sommer zwei Wochen im »Cottage« der Familie auf Martha's Vineyard. Seine Pläne für die Zeit nach Oxford sind unsicher. Während wir Champagner schlürfen und Harfenmusik lauschen, die von der Lobby hereindriftet, schildert Connor sein Dilemma: nach Washington zurückkehren und tonnenweise Geld scheffeln oder auf eigene Kosten als Freiwilliger nach Indien gehen, »nur noch ein weiterer weißer Typ, der meint, den Leuten erklären zu müssen, wie man Wasserfilter benutzt und ein Kondom überzieht«. Sein abfälliger Ton straft das aufgeregte Funkeln, das ich in seinen Augen sehe, Lügen.

»Hast du *Middlemarch* gelesen?«, platze ich auf einmal heraus.

»Nein«, antwortet er, offenbar erleichtert, dass ich entschieden habe, das Wort zu ergreifen, sodass er einmal Luft holen und einen Schluck von seinem Champagner trinken kann.

»Erstens solltest du das tun. Und zweitens gibt es da diese eine Passage«, beginne ich, aber in diesem Moment unterbricht uns der Kellner und stellt uns einen Thanksgiving-Teller hin. Es ist ein anständiger Versuch, aber wie Bentsen in der Vizepräsidentschaftsdebatte 1988 zu Quayle sagte: »Ich kannte Jack Kennedy, und Sie, Senator, sind kein Jack Kennedy.« Ja, da ist ein Truthahn, aber die Kartoffeln sind geröstete rote. Eine Pfütze aus glibberiger rosa Soße (die Cranberrysoße, nehme ich an?) schließt langsam mit allem anderen auf dem Teller Freundschaft, darunter etwas wie nasses Brot (Füllung?) und, natürlich, Zucchini. Immer mit Zucchini in diesem Land. Abgerundet wird das alles mit einem kulturell unpassenden Yorkshirepudding.

»Fröhliches Thanksgiving.« Connor erhebt sein Glas.

Ich erhebe meines, bemüht, den Blickkontakt zu halten. »Fröhliches Thanksgiving.« Wir lächeln uns an. Ich stelle mein Glas ab, ohne zu trinken. Mir dreht sich schon jetzt der Magen um, und offenbar habe ich allein von dem Anblick Kopfschmerzen bekommen.

Er schneidet in seinen Truthahn. »Also, *Middlemarch*?«

»Richtig! Also, das Buch hat, na ja, ungefähr achthundert Seiten, und die Hauptfigur ist verliebt …« Neben meinem Teller klingelt mein Handy. »Entschuldigung. Dachte, ich hätte es ausgeschaltet.« Als ich es in die Hand nehme, sehe ich *Mom* auf dem Display aufleuchten.

Connor kann es ebenfalls sehen. »Nimm ruhig ab«, sagt er.

»Nicht nötig.«

»Ella, das ist deine Mutter. Es ist ein nationaler Feiertag. Willst du nicht wenigstens Hi sagen? Wirklich, es macht mir nichts aus.«

Er denkt, dass ich höflich sein will. Er hat ja keine Ahnung. Connor redet vermutlich ständig mit seinen Eltern. Vermutlich hat er ihnen ein Thanksgiving-Päckchen geschickt. Na toll. Jetzt muss ich rangehen.

»Hi, Mom.«

»Hi, Schatz!«, blökt sie, offenbar überrascht, dass ich abgenommen habe. Ein angespanntes Schweigen liegt in der Luft. »Na ja, fröhliches Thanksgiving!«

Ich reiße ein Stück von meinem Yorkshirepudding ab und stecke es mir in den Mund. »Dir auch fröhliches Thanksgiving. Fährst du heute zu Tante Mal?«

»Ja, bald. Und, wie geht es dir? Feierst du dort drüben Thanksgiving? Du klingst, als ob du irgendetwas isst.«

»Das tue ich. Ich esse in einem Hotel in Mayfair Truthahn. Was ein Satz ist, von dem ich nie gedacht hätte, dass ich ihn einmal sagen würde.«

»Du bist doch nicht etwa ganz allein, oder?« Ihr auf einmal besorgter Ton geht mir prompt gegen den Strich.

»Nein«, antworte ich, denn jetzt ist es auch schon egal. »Um genau zu sein, habe ich ein Date.« Connors Kopf hebt sich, und er lächelt mich an.

»Ooh!«, ruft sie aus, ganz kribbelig vor Aufregung. Über einen Ozean hinweg kann ich all die Fragen spüren, die sich in ihrem Kopf aufreihen. Ich rede nie über mein Liebesleben. Falls man überhaupt von Liebesleben reden kann. »Wie heißt er, ist er Engländer, was …«

»Er heißt Connor, er ist Amerikaner, er ist Doktor.« Connor zieht angesichts dieser Ungenauigkeit eine Augenbraue hoch. Ich mache eine wegwerfende Handbewegung; egal, passt schon.

»Er klingt perfekt«, haucht Mom. »Ich wusste gar nicht, dass du jemanden siehst, El. Du erzählst mir ja nie …«

»Wir *sehen* uns nicht, Mom. Es sei denn, du meinst, nackt.« Connor verschluckt sich fast an seinem Champagner.

»Ach du lieber Himmel«, seufzt Mom, wohlvertraut mit meiner Respektlosigkeit. Prüde ist meine Mutter nicht. Sie arbeitet schließlich in einer Arztpraxis.

»Du kennst mich ja. Keine Verpflichtungen, nur Sex.« Connor lehnt sich mit seinem Champagner und einem breiten Lächeln auf seinem Platz zurück.

»Eleanor! Du und dein loses Mundwerk.«

»Was für ein Zufall, genau das hat er letzte Nacht auch gesagt!«

Sie macht ein Ts-ts-ts-Geräusch. »Ich weiß, du alberst nur herum, aber sei nett zu ihm. Du weißt doch, wie du sein kannst.«

Ja, das weiß ich. Ich verletze Männer. Ich verlasse Männer. Ich verführe sie, und dann gehe ich. *Ein Glück, dass ich dich nicht liebe,* trampelt mir durch den Kopf wie eine Büffelherde. Ich ignoriere es. Soweit man eine wild gewordene Büffelherde ignorieren kann. »Es geht ihm gut«, knirsche ich. »Er kann selbst auf sich aufpassen.« Ich versuche, mich zusammenzureißen und ein bisschen netter zu ihr zu sein. Es ist nicht fair, ihr die Schuld zu geben. Ich bin vierundzwanzig Jahre alt. Ich sollte darüber hinweg sein.

Der Schampus scheint auf einmal doch eine gute Idee zu sein. Ich nehme einen kräftigen Schluck und fahre dann freundlicher fort: »Sieh mal, am Ende des Jahres hören wir beide hier auf und gehen getrennter Wege. Es wäre töricht, eine Beziehung anzufangen.« Ich vergesse fast, von wem ich rede, aber Connor gibt mir ein freches Daumen-hoch-Zeichen, und ich versuche zu lächeln.

»Na ja, hab keine Angst davor, das Beste daraus zu machen«, trällert sie. Ich unterdrücke einen Seufzer. Jetzt kommt die unvermeidliche Lektion. Und tatsächlich: »Es ist so, wie dieser eine Typ sagt. Du weißt schon. ›Es ist besser, deine Liebe verloren zu haben‹ … nein, warte. Wie ging das gleich wieder? ›Es ist besser …‹«

Sie versucht sich in Lyrik? Wirklich? »›Besser, geliebt und verloren, als niemals je geliebt‹, Mom.«

»Ja, genau, das ist es. Und er hatte recht. Glaub mir. Ich sollte es wissen.« Sie wird still, dann seufzt sie. »An den Feiertagen ist es am schlimmsten.« Ich nehme noch einen Schluck Champagner, während sie fragt: »Wer hat das gleich wieder geschrieben?«

Wer hat das gleich wieder geschrieben? Bevor ich den Gedanken zu Ende führen kann, kommt mir die Antwort, zusammen mit einem Engegefühl in der Kehle. Ich schlucke den Champagner wie Kies. »Tennyson. Alfred Lord Tennyson, Mom.«

»Richtig, richtig. Hör zu, Schatz, ich muss los. Sie haben gesagt, es könnte schneien, und ich will nicht auf der Straße unterwegs sein, wenn es losgeht. Grüß Connor von mir. Ich liebe dich.«

»Ich dich auch«, erwidere ich. Ich wünschte, es wäre keine so mechanische Antwort, aber ich kann aufrichtig sagen, dass es zumindest keine Lüge ist. Ich liebe sie wirklich. Auf meine Art. Was auch immer das heißt. Wie auch immer ich liebe.

Ich lege auf und sehe auf das Telefon. »Schöne Grüße von meiner Mom.«

Wir nehmen uns einen Moment Zeit, um uns neu zu sortieren. Wir nehmen beide ein paar Bissen und essen schweigend. Schließlich sagt Connor: »Also, ein Achthundert-Seiten-Buch, das ich lesen muss …«

»Richtig.« Ich hole tief Luft. Ich könnte das Thema an diesem Punkt einfach fallen lassen, aber irgendetwas zwingt mich, fortzufahren. »Also, die Hauptfigur ist im Grunde die ganzen achthundert Seiten in diesen Typen verliebt, obwohl sie mit diesem anderen Typen verheiratet ist. Dann stirbt dieser Typ, aber sie kann trotzdem nicht mit dem Typen zusammen sein, den sie immer geliebt hat, da ihr verstorbener Ehemann in seinem Testament verfügt hat, dass sie, wenn sie ihn heiratet – er ist ein hungerleidender Künstler –, mittellos sein wird.«

»Was für ein Idiot«, sagt Connor, während er eine Kartoffel aufspießt.

»Da sagst du was. Aber schließlich, als die Liebe ihres Lebens im Begriff ist, sich endgültig abzuwenden, bricht Dorothea – das ist das Mädchen – letztendlich zusammen, scheißt auf das Geld und lässt alles zurück, um mit ihm zusammen zu sein.«

»Warum?«

Ich sehe ihn an. Warum? »Der Liebe wegen.« Connor nimmt noch einen Bissen. Ich kann spüren, wie ich zu schwafeln beginne. Ich bin machtlos dagegen. »Es regnet und stürmt, und er ist im Begriff zu gehen, und sie fängt einfach an zu schluchzen. In diesem Augenblick wird ihr bewusst, dass die Liebe einen Preis hat. Und sie weiß, dass sie endlich herausfinden muss, was dieser Preis ist. Und das ist genau das, was Dorothea sagt: ›Ich will lernen, was alles kostet.‹ Ende des Kapitels.«

Connor nickt, führt das Glas an seine Lippen. »Weil sie arm sein muss, um mit ihm zusammen zu sein.«

Ich halte inne. »Na ja, schon, aber es ist auch eine Metapher.« Ich nehme einen großen Bissen Truthahn und rede mit vollem Mund weiter. »Weißt du, Dorothea gestattet sich nie wirklich, etwas zu fühlen. Sie ist fromm und nachdenklich und tut ständig Dinge, um die Menschheit zum Besseren zu verändern, aber das bedeutet nur, dass sie dem, was wirklich wichtig ist, nie allzu nahe kommt. Das heißt, persönlich wichtig. Die Distanz schützt sie. Ich meine, man kann nicht so sehr leiden, wenn man nicht so viel verloren hat, oder?«

Connor grübelt darüber nach. »Richtig, okay.«

»Aber das ist ein kosmischer Witz! Weil wir letztendlich sowieso alles verlieren werden. Es gibt keinen Schutz! Es gibt nur den Tod! Das ist der Preis!«

Connor starrt auf die Tischdecke, während ich durchatme, bemüht, endlich mit dem Reden aufzuhören. Er lächelt verlegen zu mir hoch. »Entschuldige. Das letzte Buch, das ich wirklich verstanden habe, war *Die kleine Raupe Nimmersatt.* Ich bin furchtbar schlecht darin, Literatur zu analysieren.«

»Allmählich beginne ich zu glauben, dass ich das auch bin. Hier geht es um Indien. Um dich und Indien. Du wirst lernen, was alles kostet. Darum geht es.« Er nickt freundlich. Ich wende mich wieder meinem Teller zu, denke an Dorothea, an *Middlemarch,* an die grauenhafte Analyse, die ich soeben verzapft habe. Ich wünschte, Jamie wäre hier. Er würde den Roman verstehen, wenn ich ihn ihm erkläre. Was sage ich da? Es gibt einen Grund, weshalb *Middlemarch* sein Lieblingsbuch ist. Er versteht es schon jetzt. Zutiefst.

»Weißt du«, beginnt Connor, »dein Gespräch mit deiner Mom … Ich hatte noch nie eine Affäre, etwas ohne Verpflichtungen. Vielleicht sollte ich das mal ausprobieren.« Er neckt mich, ja, aber er streckt auch die Fühler aus. Hier bin ich und denke über Liebe und Tod nach und darüber, was alles kostet, und Connor denkt darüber nach, mich flachzulegen. Ich mache ihm keinen Vorwurf. Verdammt, ich wünschte, ich könnte auch darüber nachdenken.

Ich schiebe meinen Stuhl vom Tisch zurück und knülle meine Serviette zusammen, während ich mich etwas verspätet frage, was genau ich hier eigentlich tue. Ich wühle in meiner Handtasche nach Geld, während ich mich sagen höre: »Connor, wenn ich mit irgendjemandem noch einmal eine Affäre haben wollte, dann eindeutig mit dir. Ich meine, sieh dich doch an. Aber das werde ich nicht.« Dann ergänze ich, wobei ich seltsam verblüfft klinge: »Ich werde gehen.«

Er blickt tief beschämt. »Ella, ich habe nicht gemeint … warte, bleib, es tut mir so leid …«

Ich lege einen Fünfzigpfundschein auf den Tisch. Meine Hand zittert leicht. »Nein, nein, es hat nichts mit dir zu tun. Glaub mir, es hat absolut nichts mit dir zu tun. Es gibt etwas, worum ich mich … kümmern muss.«

Er entspannt sich ein klein wenig. Wir sehen uns an. »Du meinst, jemanden?«, fragt er. Ich nicke widerstrebend. Er grinst. »Was werden wir deiner Mutter sagen?«

Wir kichern beide, froh, die Anspannung aufzulockern. Ich halte einen Moment inne. »Das hier war sehr nett. Du bist sehr nett. Es tut mir leid, Connor.«

»Nicht doch«, sagt er, ein bisschen zu lässig, und fügt großmütig hinzu: »Er ist ein Glückspilz.«

Auf dem Weg nach draußen drücke ich Connors Schulter, und dann gehe ich hinaus in die neue Nacht, während ich denke: *Jamie ist eher das Gegenteil von einem Glückspilz.*

Wie viele liebten dich
im heitren Licht
Und, weil du schön warst,
sahn dich mit Begier,
Doch einer liebt' das Pilgerherz in dir,
Die Trauer in dem wechselnden Gesicht …

William Butler Yeats,
»Wenn du alt bist«, 1891

Kapitel 19

Jamie scheint nicht überrascht, mich auf seiner Schwelle zu sehen. Er öffnet die Tür (diesmal habe ich geklopft) und tritt zur Seite, bittet mich mit einer Handbewegung herein. Er trägt eine Flanell-Pyjamahose und ein zerschlissenes Christ-Church-College-T-Shirt. Ich habe ihn noch nie in solchen Kleidern gesehen. Nach meiner Erfahrung sieht er entweder aus wie für ein Fotoshooting zurechtgemacht, oder er ist nackt. Als ich an ihm vorbeigehe, fällt mir auf, dass er schon wieder an Farbe verloren hat. Er sieht noch dünner aus als gestern, geradezu ausgehöhlt.

Schweigend führt er mich in die Küche, geht hinüber an die Spüle. Ich bleibe an der Kücheninsel stehen. Er drückt auf den Schalter des Wasserkochers, die britische Vorstellung von Tee. Dann wendet er sich wieder um, und wir sehen uns an.

»Wie geht es dir?«, frage ich.

Er zuckt die Schultern, legt einen Arm über seinen Bauch und reibt sich den Unterarm. »Fröhliches Thanksgiving.«

»Danke.«

Wir gehen steif miteinander um. Förmlich. Zum ersten

Mal fühle ich mich eher englisch als amerikanisch. Ich sehe zu, wie meine Hand über die Marmoroberfläche der Kücheninsel gleitet, studiere die weißen und grauen und schwarzen Adern. »Es tut mir leid.«

»Mir auch.«

Ich sehe zu ihm hoch. Er sieht zu Boden. »Wie ich reagiert habe«, ergänze ich.

Er sieht zu mir hoch. »Mir tut alles leid.« Seine Augen sagen mir, dass die schlichte Entschuldigung vorläufig genügt, und ich gebe ihm recht. Das Problem ist, jetzt will ich zu ihm gehen, ihn umarmen, ihn halten. Aber ich bleibe, wo ich bin. Ich weiß nicht mehr, was wir füreinander sind.

Der Wasserkocher beginnt zu summen, heizt sich auf.

»Wirst du mir die Geschichte erzählen?«, frage ich.

Vor vier Jahren, als er einundzwanzig war, wurde bei Oliver ein multiples Myelom diagnostiziert. Zwei Jahre danach starb er. Auch wenn die Krankheit genetisch bedingt sein kann, sagt Jamie, dass das selten der Fall ist, außerdem war er getestet worden, als Oliver mögliche Stammzellspender brauchte, und seine Ergebnisse waren sauber, daher sah er keinen Grund zur Besorgnis. Binnen eines Jahres nach Olivers Tod wurde bei Jamie – damals in Cambridge und dabei, einer Freundin bei der Forschung für ihre Doktorarbeit in Biologie zu helfen – ein Bluttest durchgeführt. So fand er es heraus. Jamies Krebs ist genauso aggressiv, wie es Olivers war, wurde aber früher entdeckt. Er erklärt mir, dass er sofort mit der Behandlung begann und dasselbe bekam wie Oliver: Stammzelltherapie. Das beinhaltete mehrere Runden Chemo, die Entnahme seiner eigenen Zellen und ein Implantationsverfahren, für das er einen Monat lang völlig isoliert im Krankenhaus bleiben musste, um sich keine Infektion zuzuziehen. Das gewährte ihm ein Jahr in Remission.

Der Tag, an dem ich in Oxford ankam, war zufällig der Tag, an dem Jamie erfuhr, dass das Myelom zurückgekommen war. Er ging in den Varsity Club für einen Drink auf der Dachterrasse, traf eine blonde Ablenkung, lud sie zu Fish and Chips in das »beste Restaurant von Oxford« ein und lief buchstäblich einer Ella aus Ohio im Jetlag in die Arme.

Der Wasserkocher blubbert, das Zischeln wird lauter. Ich muss mich über die Kücheninsel vorbeugen, um Jamies leise Stimme zu verstehen.

Er erklärt seine Entscheidung, sich vor einer Woche von mir zurückzuziehen. Er macht eine achtwöchige »Erhaltungs«-Chemo, bevor er im Dezember entscheiden wird, ob er es noch einmal mit einer Stammzelltherapie versuchen wird. Bei der zweiten Runde dieser Behandlung verlor er allmählich die Fähigkeit, die Auswirkungen zu verbergen. Er war ständig müde, er konnte sich nicht mehr darauf verlassen, dass er sein Essen bei sich behalten würde, und die Haare begannen ihm auszufallen. Er war besorgt, er könnte impotent werden. Er bat mich um eine Auszeit von einem Monat, da das die restliche Dauer seiner Behandlung war.

Jamie weiß alles über diese Krankheit und ihre Zyklen. Er hat es mit Oliver durchgemacht, und jetzt ist er gezwungen, es selbst durchzumachen. Er ist ein Profi. Er hat seine

Behandlung so organisiert, wie er sie haben will: zu Hause, nach seinem Zeitplan. Natürlich, Geld zu haben hilft. Er kann eine Krankenschwester bezahlen, die nachts kommt, sodass er, sobald die Infusion beendet ist, sofort schlafen kann. Er kann sie beispielsweise an einem Sonntag kommen lassen, sodass er am nächsten Tag seinen Kurs abhalten kann, bevor er die Auswirkungen spürt.

Jamie, den ich immer als spontan und planlos ansah, ist tatsächlich ein Planer beispielloser Art. Er stellt meine Fähigkeiten in den Schatten.

Die Abschaltautomatik des Wasserkochers knallt wie ein Pistolenschuss. Angespannt, wie wir sind, zucken wir beide zusammen. Aber anstatt den Wasserkocher von seinem Sockel zu nehmen und den Tee aufzugießen, steht Jamie einfach nur da, gegen den Kühlschrank gelehnt, den Blick zu Boden gesenkt. »Ich nehme an, du willst wissen, warum ich es dir nicht erzählt habe«, sagt er.

Ehrlich gesagt, weiß ich schon, warum er es mir nicht erzählt hat. Ich bin in meiner schlaflosen Nacht darauf gekommen und während ich mit Connor durch London gelaufen bin und auf der endlosen Busfahrt zurück nach Oxford heute Abend. »Du dachtest, das mit uns würde vorbei sein, bevor du irgendetwas erklären müsstest. Was auch beinahe geklappt hätte.« Deutlicher kann ich ihm nicht sagen, was ich für ihn fühle. Dass das hier für mich mehr, erstaunlich viel mehr, geworden ist als das, worauf wir uns damals im Wirtschaftsraum geeinigt hatten.

Jamie schüttelt den Kopf. »Ich wünschte, ich könnte sagen, das stimmt. Aber ich fürchte, meine Gründe waren etwas egoistischer.« Er sieht zu mir hoch. Ich halte den Atem an. »Bei dir konnte ich so tun, als wäre ich nicht krank. Die Krankheit existierte nicht. Es ist erbärmlich, wirklich.« Seine Stimme bricht. »Ich habe mir eingeredet, ich hätte dich verdient. Nicht nur wegen der letzten achtzehn Monate, sondern wegen der letzten vier Jahre. Und auch wegen der Zukunft, nehme ich an. Du warst meine Belohnung. Mein Geschenk. Meine letzte Chance, das hier zu fühlen, diese ...« Er hält einen Moment inne, und ich beginne, die Lücke zu füllen. Lust? Aufregung? Hitze? Er entscheidet sich für: »Das hier ... noch einmal zu fühlen. Ein letztes Mal.« Er wendet sich rasch zum Tresen um, wo eine Schachtel Kleenex steht, zieht ein paar Tücher heraus und dreht sich wieder zu mir um. Mir war gar nicht aufgefallen, dass er weint. »Gott, Ella, es tut mir so leid.« Er hält mir die Taschentücher hin, und das ist der Moment, in dem mir bewusst wird, dass mein eigenes Gesicht nass ist. Ich bin diejenige, die weint.

»Aber du stirbst nicht wirklich«, sage ich.

Er sieht mich mit schräg gelegtem Kopf an, wie er es immer tut. »Was meinst du damit?«

»Ich meine, wenn du in Behandlung bist, dann stirbst du nicht. Du kämpfst.« Es will mir einfach nicht in den Kopf. Wie bei jemandem, der so voller Leben ist, dieses Leben einfach wegsickern kann.

»Es gibt Phasen«, sagt er, »aber diese spezielle Krankheit ist ein Todesurteil. Es gibt keine Heilung.« Er rasselt Gemeinplätze herunter, damit ich mich besser fühle. Das Glas ist halb voll, das letzte Wort ist noch nicht gesprochen, nur nicht das Handtuch werfen et cetera. »Der Trick«, sagt Jamie, »besteht darin, von einer Behandlung zur nächsten zu springen, so wie man bei einem Tennismatch übers Netz spielt. Den Ball im Spiel behalten, Schläger gegen Schläger. Ihn nur nicht an sich vorbeifliegen lassen, sonst ist das Spiel aus. Lange genug im Netzangriff bleiben und auf einen Durchbruch hoffen. Einen Punktabschluss. Das ist die Strategie.«

Er sieht die Frage in meinen Augen: Wenn das die Strategie ist, wie kann es dann sein, dass Oliver tot ist?

»Bei ihm war die Krankheit weiter vorangeschritten als bei mir. Außerdem wurden in den Jahren seit Olivers Diagnose bei der Behandlung exponentielle Fortschritte erzielt.« Er hält einen Moment inne, schluckt. »Wenn Oliver seine Diagnose bekommen hätte, als ich meine bekam, wenn die Reihenfolge umgekehrt gewesen wäre, dann wäre er vielleicht noch am Leben.« Alle Farbe weicht auf einmal aus seinem Gesicht. Seine Augen werden glasig, und als ich ihm eben ein Taschentuch reichen will, wird mir bewusst, dass das hier nichts Emotionales ist. »Würdest du mich bitte entschuldigen?« Er schlüpft aus der Küche, den Flur hinunter, und ich höre, wie die Toilettentür zugeht. Dann ein würgendes Geräusch.

Mein eigener Magen verkrampft sich. Mein Gesicht beginnt zu glühen. Wir haben alles – alles – zusammen getan, aber das hier fühlt sich irgendwie zu intim an. Ich versuche zu atmen. Tränen steigen wieder in mir auf. Meine Hand fährt an meine Augen, dann an meinen Mund, dann an meine Brust.

Ich konzentriere mich auf das, was Jamie eben gesagt hat. Wenn Oliver seine Diagnose als Letzter bekommen hätte, dann wäre er vielleicht noch am Leben. Was heißt, dass es andersherum ebenfalls stimmt: Wenn Jamie seine Diagnose als Erster bekommen hätte, dann wäre er jetzt tot. Ich hätte ihn nie kennengelernt. Ich wäre nach Oxford gekommen, hätte in Oxford gelebt, in Oxford studiert, mich in Oxford betrunken, in Oxford Sex gehabt, aber ich hätte nicht Jamies Oxford gehabt. Die Vorstellung, dass ich ihn in diesem Leben um zwei kleine, bedeutungslose Jahre, einen winzigen Moment in der Geschichte der Erde, einen geologischen Lidschlag, hätte verpassen können, lähmt mich.

Die Spülung geht, eine Tür wird geöffnet, Füße in Socken tappen den Flur herunter, und Jamie kommt wieder, sein zuvor blasses Gesicht jetzt gerötet und verquollen. »Entschuldigung«, sagt er.

Ich schüttele rasch den Kopf. »Bitte. Willst du dich setzen?«

»Ja, sehr gern. Danke.« Wir gehen in den Salon, und er sagt: »Morgens geht es mir besser.« Wir setzen uns an die beiden gegenüberliegenden Enden der Couch. Ich ziehe die Beine unter mir an. Jamie beugt sich vor, stützt die Ellenbogen auf die Knie. Ich starre auf sein Profil, klein in diesem weitläufigen Haus. Er sieht so verloren aus, so allein. »Was ist mit deinen Eltern?«, frage ich.

»Was soll mit ihnen sein?«

Ehrlich gesagt, weiß ich es nicht. Ich habe einfach das Gefühl, dass ich nach ihnen fragen sollte. Er redet nie über sie, will nicht über sie reden. Wie konnte es so schlimm kommen? »Es muss die Hölle für sie sein«, sage ich. Er bestätigt es nicht, streitet es aber auch nicht ab. Ein entsetzlicher Gedanke geht mir durch den Kopf. »Sie wissen aber schon, dass du krank bist, oder?«

»Ja.«

»Sind sie einbezogen in …«

»Ella«, sagt Jamie, »das Zimmer beginnt sich zu drehen. Könnten wir dieses Gespräch vielleicht morgen fortsetzen?«

»Natürlich.«

»Ich rufe dich an, wenn ich wach bin.«

»Nein, das wirst du nicht.«

Er nickt angespannt, als hätte er das erwartet. »Ich verspreche es. Ich werde nicht wieder in der Versenkung verschwinden. Wir haben noch mehr zu …«

»Du wirst mich nicht anrufen, weil ich genau hier bleibe.« Ich kann nicht auf Anhieb entziffern, was ich in seinen Augen sehe. Erleichterung? Bedauern? Hoffnung? Angst? Vielleicht ein klein wenig von allem. »Willst du nach oben gehen?«, frage ich leise.

Er schüttelt langsam den Kopf. »Ich schlafe gern hier unten. Ich hebe mir mein Schlafzimmer für die Zeiten auf, zu denen ich mich gut fühle.« Sein Blick verschränkt sich mit meinem, und auf einmal muss ich an das letzte Mal denken, als wir zusammen waren, in genau diesem Schlafzimmer oben. Ist das erst eine Woche her? »Wenn der Salon das Krankenzimmer ist, dann bleibt das Schlafzimmer ein Schlafzimmer.« Er lehnt sich zurück, dreht sich halb zu mir um. Die Augen beginnen ihm zuzufallen. Ich mache es mir auf der Couch bequem, strecke die Arme aus und nehme seine Beine. Er öffnet seine schläfrigen Augen. »So«, sage ich leise, »mach dich lang.« Er seufzt vor Erleichterung und Wohlbehagen angesichts meiner Berührung.

»Du kannst oben schlafen. Nimm dir irgendein Shirt. Die Fernbedienung für den Fernseher liegt in der Nachttischschublade.« Und schon ist er eingenickt.

Er sieht friedlich aus, wie die Skulptur auf dem Sarkophag des Ritters in der Lincoln-Bibliothek. Seine langen, schmalen Finger liegen ineinander verhakt auf seinem Bauch; sein Kopf ruht in der Mitte eines Sofakissens. Entschlossen schiebe ich das Bild des Grabmals beiseite, schaue auf seine Füße. Lang. Dünn. Das perfekte Satzzeichen für seine elegante Gesamterscheinung. Ich habe mir seine Füße noch nie angesehen. Wie kann das sein? Ich denke unwillkürlich an Dinge, die er gesagt hat. Scheinbar bedeutungslose Dinge wie zum Beispiel, dass er sein Haus spenden wird oder dass ich im Frühjahr Kahn fahren soll, ohne sich selbst einzubeziehen. Jetzt, mit einem flauen Gefühl im Magen, wird mir klar, dass er nicht damit rechnet, dann noch hier zu sein.

Fragen beginnen auf mich einzuprasseln. Wie verändert das hier alles andere? Kann ich immer noch mit ihm zusammen sein, wenn ich das weiß? Wie könnte ich nicht? Und wie geht es weiter? Offensichtlich werde ich immer noch im Juni weggehen, aber was passiert in den nächsten sechs Monaten? Im Dezember zum Beispiel werde ich verreisen. Werde ich wirklich einfach wegfahren, in dem

Wissen, dass er krank in Oxford ist? Will ich jetzt überhaupt noch wegfahren?

Während Jamies Atem gleichmäßig wird und die Standuhr in der Eingangsdiele vor sich hin tickt, versuche ich, eine Bestandsaufnahme von allem zu machen, was mich hierher geführt hat, in diese Stadt, zu diesem Mann. Zu dem hier. Meiner Einmal-im-Leben-Erfahrung.

Das Individuum; wahrer Mann;
Individualität.
Ein Mann ist eine Hälfte nur; eine Frau
Muss die andere Hälfte sein.

James Thomson,
»Mr. MacCall in Cleveland Hall«, 1866

Kapitel 20

»Ella?«

Ich bin in einem Traum, und ich höre meinen Namen in schokoladeumhüllten Karamelltönen.

»Entschuldige, aber mein Bein ist eingeschlafen.«

Als ich die Augen aufschlage, sehe ich einen schlaftrunkenen Jamie am anderen Ende der Couch. Wir haben uns in der Nacht ineinander verheddert. »Entschuldige«, murmele ich. Ich verlagere meine Haltung so, dass er sein Bein befreien kann.

Während ich richtig wach werde, fällt mir auf, dass er fast völlig normal aussieht. Als ob ihn eine Nacht Schlaf wie durch ein Wunder geheilt hätte. Mir wird bewusst, dass das der Grund ist, weshalb mir nie aufgefallen ist, dass er krank ist; wenn er mich an gewissen Tagen gemieden hat, konnte ich es wirklich unmöglich wissen. Ich mache den Mund auf, um ihm einen guten Morgen zu wünschen, aber Jamies Lächeln schwindet, und er murmelt: »Ich habe nicht versucht, dich in die Falle zu locken.«

Ich lasse mir eine Sekunde Zeit. »Ich weiß.« Ich räuspere mich. »Ich wusste es schon, als ich es gesagt habe.«

Jamie streckt zögernd eine Hand aus und lässt sie auf meinem Knöchel ruhen. »Bitte versteh das, du bist kein Teil von dem hier. Du und ich, wir sind getrennt von dem hier.«

Ich schlucke. In gewisser Weise hat er völlig recht. Was, wenn er seine Krankheit weiterhin vor mir verborgen hätte? Dann wäre das mit uns vielleicht einfach im Sande verlaufen. Vielleicht wäre ich am elften Juni abgereist, ohne irgendetwas zu ahnen. Das hier ist seine Krankheit, nicht unsere.

»Es muss sich nichts ändern«, fährt er fort. »Nur dass ich jetzt nicht mehr lügen muss.« Er grinst. »Wir können so weitermachen wie bisher. Wenn du willst. Es braucht sich nichts zu ändern«, sagt er noch einmal.

Ich muss an etwas denken, was er neulich abends gesagt hat, dass das hier – ich – sein letztes Hurra sein sollte. Mir wird bewusst, dass ich genauso empfinde. Bevor ich zu meinem Leben zurückkehre, bevor ich meinen vorgezeichneten Weg, meinen Plan weiterverfolge ... will ich das hier. Was immer das hier ist. Mein erster Instinkt war es, davor wegzulaufen, aber jetzt ist es genau umgekehrt. Mit ihm zusammen zu sein erscheint mir plötzlich zwingend notwendig. Als würde ich die Gelegenheit bekommen, Zeit in meiner Hand zu halten.

Als ich nichts entgegne, sagt Jamie eilig: »Ich verstehe natürlich, wenn du nichts damit zu tun haben willst. Wenn du die Intimität nicht fortsetzen willst, mit der ...« Er hält einen Moment inne. »Vielleicht können wir Freunde sein?« Mit leerem Blick sieht er hinunter auf seine Hand, die auf meinem Knöchel ruht.

»Ich will nicht, dass wir Freunde sind.«

Er nimmt seine Hand fort, nickt reflexartig.

»Ich will deine Freundin sein.«

Er sieht zu mir hoch. »Wirklich?«

»Was sagst du dazu?« Ich strecke meine Hand aus.

Er nimmt sie, strahlt mich an und zieht mich sanft an sich. »Das ist ein Plan.«

Nach einem Frühstück (das für Jamie nur aus Kaffee und zwei dicken Scheiben Speck auf Toast bestand) hängen wir am Küchentisch herum. Jamie sieht aus, als könnte er gleich wieder einschlafen. Ich denke nach. Vor allem über die Reise, die ich für Dezember geplant habe. Ich will noch immer unbedingt fahren, aber ist das egoistisch von mir? Es wäre wundervoll, wenn er mich begleiten könnte, aber es ist über die Feiertage, und da hat er bestimmt andere Pläne. Und würde es ihm überhaupt gut genug gehen, um zu verreisen?

Jamie durchbricht das Schweigen. »Einen Penny für deine Gedanken.«

Ich schüttele den Kopf. »Ich habe nur eben ... an eine Reise gedacht, die ich in den Ferien unternehmen wollte.«

Er horcht auf. »Wohin soll es denn gehen? Zurück nach Amerika über die Feiertage?«

»Nein. Europa, um genau zu sein.«

»Ganz Europa? Wirklich?« Ich werfe ein Stück Speck nach ihm, und wir lächeln beide. »Wohin genau fährst du?«

»Überallhin.«

»Du hast das ganz offensichtlich gründlich durchdacht.«

»Wenn man bedenkt, dass ich noch nie irgendwo war, ist überallhin doch eine völlig logische Antwort.«

»Augenblick.« Jamie richtet sich auf. »Was meinst du damit, du warst noch nie irgendwo?«

»Ella aus Ohio war noch nie irgendwo außerhalb der guten alten USA. Bis sie am 28. September in Heathrow gelandet ist.«

Jetzt sitzt Jamie stocksteif da. »Verarschst du mich?«

»Nein.«

»Aber du scheinst so ...«

»Weltgewandt?«, frage ich, während ich eine entsprechende Miene aufsetze. »Kultiviert?«

»Sturköpfig.«

Es tut so gut, wieder zusammen zu lachen. »Willst du den Plan hören?«, frage ich.

»Absolut.«

»Okay, am zwanzigsten Dezember nehme ich den Eurostar nach Paris, wo ich Weihnachten verbringen werde, und dann fahre ich mit dem Zug für drei Tage nach Brüssel ...«

»Brüssel? Warum Brüssel?«

Ich zucke die Schultern. »Es ist Brüssel.«

Jamie schaut verwirrt drein. Es ist derselbe Blick, den ich ihm zuwerfen würde, wenn er sagen würde, er will nach Amerika kommen und Ohio sehen. »Dann fahre ich für Silvester nach Amsterdam, verbringe vier Nächte ...«

Jamie unterbricht mich wieder. »Was ist aus dem Rest von Frankreich geworden?«

»Ich will keinen Wagen mieten. Zu teuer.«

Jamie macht wieder ein verwirrtes Gesicht. Ich rede weiter. »Dann, von Amsterdam, nehme ich den Nachtzug nach Venedig ...«

»Augenblick, du wirst so nah bei Brügge sein und nicht dorthin fahren?« Ich stöhne auf, allmählich genervt. »Sag mir, dass du wenigstens nach Gent fahren wirst?«, drängt er. Ich funkele ihn an. Er zuckt die Schultern. »Entschuldige, aber das scheint mir eine solche Vergeudung zu sein. Das Frühjahrssemester beginnt erst am achtzehnten Januar, du hast fast einen Monat Zeit, und du wirst einfach nur Züge zwischen den größeren Städten nehmen, die alle das gleiche McDonald's und die gleichen billigen T-Shirt-Shops und falsches Gelato haben und Irish Pubs, die Blarney Stone heißen, und jeder, den du triffst, spricht Englisch?«

Schweigen hängt in der Luft, wie dieser erwartungsvolle Moment im Theater, kurz bevor sich der Vorhang hebt. Und dann endlich spreche ich es aus: »Na ja, wenn du so feste Vorstellungen davon hast, solltest du vielleicht mitkommen.«

Ohne eine Sekunde zu zögern, streckt Jamie eine Hand über den Tisch aus und schnappt sich sein Handy, tippt auf das Display und studiert es. »Meine letzte Behandlung ist am sechzehnten Dezember. Aller Voraussicht nach werde ich drei Tage brauchen, um mich davon zu erholen.« Er sieht von seinem Kalender zu mir hoch. »Ah. Was für ein Zufall. Das ist der Zwanzigste. Wollen wir an dem Tag losfahren?«

Mein Herzschlag beschleunigt sich. »Wohin?«

»Überallhin. Oder war es irgendwohin?«

»Jamie, Augenblick. Wir tun hier so, als ob du gesund wärst, als ob alles normal wäre. Ich denke, nur um sicher zu sein …«

Er beugt sich über den Tisch zu mir vor. »Nichts. Ändert. Sich. Das war der Deal.«

Ich reibe mir die Stirn, will ihm so gern glauben. Aber noch etwas anderes geht mir durch den Kopf. »Außerdem kann ich mir die Jamie-Davenport-Version dieser Reise unmöglich leisten.« Wir haben noch nie über Geld geredet, und Jamie protzt nicht damit, aber es ist offensichtlich, dass er es hat, dass es von irgendwo anders als seinem bescheidenen Forschungsstipendium kommt. Der Oldtimer (den er, wie er gesagt hat, seit seinem achtzehnten Lebensjahr besitzt), die Tatsache, dass er das Stadthaus so renovieren kann, wie es ihm gefällt, das Weintrinken. Die Samthose.

Er tut mich mit einer Handbewegung ab. »Ich übernehme das.«

»Nein«, empöre ich mich. »Absolut nicht. Bist du verrückt?«

»Was denn?«

»Ich nehme dein Geld nicht.«

»Wer hat denn etwas davon gesagt, dass du es nimmst? Ich teile es. Kann's eh nicht mit ins Grab nehmen.«

»Hör auf«, fauche ich ihn an. »Das ist nicht witzig.« Ich bin nicht bereit für Witze über seine Krankheit. »Hör zu, für mich hat noch nie irgendjemand irgendetwas bezahlt. Wenn du mit mir mitkommst, dann werden wir uns nach meinem Budget richten. Ich werde keine Frau sein, die … sich aushalten lässt.«

Er verdreht nicht die Augen, redet nicht klein, was für mich offensichtlich eine Frage des Stolzes ist. Ich freue mich zu sehen, dass er es versteht. Er nickt, denkt darüber nach. Noch bevor er den Mund aufmacht, weiß ich, dass ein Verhandlungsvorschlag kommt. »Wenn du für irgendetwas, das du bereits gebucht hast, keine Rückerstattung bekommen kannst, werde ich dafür aufkommen.«

»Na schön.«

»Wir werden den Aston nehmen. Ein Wagen ist die einzige Möglichkeit, um einige der entlegeneren Städte zu erreichen. Du kannst das Benzin bezahlen?«

Ich nicke. »Abgemacht.«

»Und ich bekomme fünf Trumpfkarten.«

»Was heißt das?«

»Fünf Fälle, bei denen ich, wenn du jammerst, wie viel irgendetwas kostet – Hotels, Erfahrungen –, einen Trumpf ausspielen darf und wir es tun müssen. Denn es gibt ein paar Dinge, bei denen du bedauern würdest, sie nicht getan zu haben, als du die Gelegenheit hattest, und das kann ich nicht zulassen.«

Ich kneife die Augen zusammen. »Drei Trumpfkarten.«

»Bin ich ein Flaschengeist?«

»Die Zahl Drei hat eine hübsche, märchenhafte Symmetrie, findest du nicht?«

Er schnaubt spöttisch. »Abgemacht. Und noch etwas. Wenn ich unterwegs irgendetwas für dich tun will, dir eine Kleinigkeit kaufen, dich schön zum Essen einladen, dann wirst du mich das tun lassen, da ich jetzt dein Freund bin und das die Art Vorzugsbehandlung ist, die einem Freund gewährt wird.«

Ich bin außerstande, mein Lächeln im Zaum zu halten, und die Aufregung schießt durch mich hindurch wie eine Supernova. Aber sie wird fast augenblicklich abgewürgt. Ich beäuge ihn. »Musst du über die Feiertage nicht bei deiner Familie sein?« Ein Geräusch wie ein Flüstern kommt aus der Eingangsdiele, gefolgt von einem sanften Klatschen von irgendetwas, das auf dem Boden landet. Bevor ich fragen kann, was es ist, steht Jamie unbeirrt auf und verlässt die Küche. Ich rufe ihm nach. »Denn wir könnten auch nach den …«

»Zurzeit habe ich wirklich nicht das Bedürfnis, mit meiner Familie zusammen zu sein.« Er kommt wieder in die Küche, einen Stapel Post in den Händen.

»Aber du … du weißt schon«, beharre ich.

»Dass ich sterbe?«

Ich werfe ihm einen vorwurfsvollen Blick zu, und er lässt sich auf seinen Stuhl fallen und beginnt, die Post zu drei ordentlichen Stapeln zu sortieren. »Ich sage nur, wenn meine Mom im selben Land leben würde wie ich und ich mich zu Weihnachten nicht blicken lassen würde, dann würde ich das für den Rest meines Lebens aufs Butterbrot geschmiert kriegen.«

»Ja, aber wenn du wüsstest, dass der Rest deines Lebens ziemlich kurz sein wird, vermute ich, du könntest es ertragen.«

Da hat er allerdings recht. Auf eine sarkastische, makabre

Weise, aber trotzdem. Irgendwann will ich über seine Familie, vor allem seinen Vater, mit ihm reden, aber nicht im Moment. Im Moment bin ich zu aufgeregt. Die Aussicht, mit ihm zu verreisen, ist ein wahr gewordener Traum, von dem ich nicht einmal wusste, dass ich ihn geträumt hatte.

Jamie wirft die letzte Karte auf den Haufen, der offenbar fürs Altpapier bestimmt ist, steht auf und geht an den Tresen, um noch mehr Kaffee zu holen. Die Karte ist zu elegant, um so achtlos auf den Altpapierstapel geworfen zu werden. Sie ist quadratisch, mit einem Goldrand versehen und aus einem dicken, cremefarbenen Karton. Auf der Vorderseite steht etwas in kunstvoller Schrift. Ich nehme sie in die Hand. Jamie sagt: »Willst du noch einen Schluck?«

»Hm?« Ich drehe die Karte um.

»Kaffee.« Und dann, in einem schlechten Truckstop-Diner-Akzent: »Tässchen zum Aufwärmen, Darlin'?«

Ich lächele, aber ich sehe nicht auf. Die Karte, die ich in der Hand halte, ist eine letzte Einladung. Eine Einladungserinnerung. Zu genau dem Ball, den Charlie erwähnte, als wir versuchten, Maggie zu helfen: dem Blenheim-Ball. Dem »Halt mir nicht das vor die Nase, was ich nicht haben kann«-Blenheim-Ball, der in zwei Wochen stattfindet. »Jamie?«

Mein Tonfall hat dafür gesorgt, dass er mich misstrauisch von der Seite beäugt. »Gehe ich recht in der Annahme, dass auf meinen Namen irgendeine Art Bitte folgen wird?«

Ich halte die Karte hoch. »Diese Einladung, sie ist für den

Blenheim-Ball. Davon habe ich gehört, und ich, na ja … ich war noch nie auf einem Ball. Und ehrlich gesagt …«

»Du kannst dir gar nicht vorstellen, wie sehr ich so was verabscheue«, unterbricht er mich.

Ich lasse nicht locker. »Aber das ist ein Palast. Und ich war noch nie in einem Palast.«

Jamie schwenkt mit einer wegwerfenden Handbewegung seine Tasse. Ein Tropfen spritzt auf den Boden. Er wischt ihn mit einer strumpfsockigen Zehe auf und sagt: »Wir werden noch viele Paläste sehen. Warte, bis du Versailles siehst. Ehrlich gesagt, sollten wir dort zuerst hinfahren. Wir werden in Paris starten, mit dem Zug hinausfahren. Ich kenne in dem Dorf dort einen entzückenden kleinen Gasthof.«

»Ich will dorthin.«

»Und wir werden dorthin fahren. Das Wetter könnte beschissen sein, aber …«

»Jamie!« Schließlich sieht er mich an. Ich halte die Einladung eindringlich hoch, als wäre sie die Landkarte zu irgendeinem vergrabenen Schatz. »Ich will. Auf den. Ball gehen.«

Er blickt entsetzt. »Aber warum?«

»Weil ich das schon immer einmal wollte!« Das stimmt vermutlich. Nehme ich an. Ich meine, wer will denn nicht auf einen Ball gehen? »Ich bin aus Ohio!«

Jamie schüttelt den Kopf, setzt sich wieder. »Ella, Bälle sind grauenhaft. Furchtbar reiche Leute, die sich gegenseitig bestätigen, wie furchtbar und reich sie sind.«

»Sehr schön! Wunderbar!«

»Und meine Eltern werden da sein.« Er sagt es wie zur Warnung.

»Na und?« Jamie seufzt, sieht zu Boden. Ich mache einen auf verschämt. »Es sei denn … du willst nicht, dass sie mich kennenlernen.«

»Oh, du bist ja raffiniert. Du weißt genau, dass es mir darum nicht geht.«

Ich wechsele mühelos in den schmeichlerischen Politikberater-Modus. »Ist das mit ihnen denn wirklich so schlimm, dass du deiner amerikanischen Freundin nicht ihren größten Traum erfüllen kannst, nur weil deine Eltern am anderen Ende des Saals sein könnten?« Jamie starrt mich an. Ich treibe es noch weiter. »Entweder sagst du mir jetzt, warum es dir nicht möglich ist, mit ihnen in einem Raum zu sein, oder du gehst mit mir auf den Ball. Deine Entscheidung.«

Jamies Kiefer mahlt. Dann seufzt er. »Na schön. Wir gehen hin.«

»Wirklich?!« Ich bin verblüfft über seine Reaktion – und noch verblüffter darüber, dass ich wirklich aufgeregt bin.

»Lass mich nur kurz …« Aber ich springe bereits auf seinen Schoß, sodass Kaffee in alle Richtungen spritzt. Jamie lacht auf, während ich sein Gesicht mit Küssen bedecke.

»Danke, Jamie. Vielen, vielen Dank.«

Jamie schlägt einen prinzenhaften Ton an. »Es wird mir ein aufrichtiges Vergnügen sein, Sie zu eskortieren, Madame.« Dann legt er sein Gehabe ab, sieht mich ernst an. »Aber versteh bitte, dass ich es für notwendig erachten könnte, früher zu gehen. Wenn ich mich nicht gut fühle, werde ich nicht bleiben, um mich zum Affen zu machen und den Gerüchten neue Nahrung zu geben.« Das kann ich verstehen. Das sind die Dinge, die ich künftig in Betracht ziehen werde. Jamie neigt den Kopf leicht nach hinten, mit nachdenklicher Miene. »Weißt du, du könntest gut beraten sein, eine Begleitung für dich mitzubringen, nur für alle Fälle. Eine Art Puffer.«

Ich beiße mir auf die Lippe. Jetzt oder nie. »Kann ich mehr als nur einen Puffer mitbringen?«

»Wie viele Puffer?«

»Ich weiß von drei Puffern, die regelrecht faustische Pakte schließen würden, um hinzugelangen.«

»Ich wusste es!«, sagt er mit einem seltsam triumphierenden Lächeln. »Ich wusste, du hattest Hintergedanken.«

»Nein, ich will wirklich hingehen, es ist nur so, dass ...«

Sein Lächeln wird breiter. »Ich werde die Eintrittskarten auf die Rechnung meiner Eltern setzen lassen.«

»Bist du sicher?«

»Absolut. Der Schock meiner Anwesenheit wird sie dazu bringen, bei der Stillen Auktion alles aufzukaufen. Eine Kiste Rothschild, ein privates Chefkoch-Dinner im Dorchester, eine weitere Runde Golf in St. Andrews, die mein Vater nie einlösen wird. Wir sorgen im Alleingang für das Wohlergehen der Stiftung.«

Ich schlinge ihm die Arme um den Hals.

Er murmelt in meine Haare: »Ich sollte sehen, ob Cecelia kommen wird.«

»Cecelia?« Selbst jetzt fühle ich mich bei der Erwähnung ihres Namens nicht so wohl, wie ich gern würde.

»Ja. Ich bin sicher, mein Vater hat sich darum gekümmert, aber ich werde trotzdem nachfragen.«

Ich lehne mich zurück und sehe ihn an. »Warum sollte sich dein Vater um Cecelia kümmern?«

»Er tut, was er kann, um nett zu ihr zu sein.«

»Aber warum?«

»Weil Cecelia Olivers Verlobte war.«

Was flüstert er mir da?
»Jetzt, da erlischt mein Licht,
Seh ich die Welt als Tränental?«
Ah, ehrwürdiger Sir, nicht ich!

Robert Browning,
»Geständnisse«, 1864

Kapitel 21

Blenheim Palace ist gigantisch. Begreifen zu wollen, wie dieser riesige Bau früher einmal ein Zuhause war – und es zum Teil noch immer ist –, bereitet meinem Gehirn Schmerzen. Ja, Amerika hat seine stattlichen Herrenhäuser, aber sie sind provinziell im Vergleich. Niedliche koloniale Versuche. Sommercottages. Hütten im Wald. Und wir sind nur zwölf Meilen von Oxford entfernt. Es war eine viertelstündige Fahrt. Eine Fahrt in einer eleganten schwarzen Mercedes-Limousine.

Mit Jamies Familienwappen an der Tür.

Auf das er mir die Sicht zu versperren versuchte, indem er sich davor aufbaute und beharrte: »Nein, ich bitte dich, nach dir.«

Heute ist ein »guter Tag«. Als er aufgewacht ist, hat er sich normal gefühlt, zu seinem großen Leidwesen. Ich weiß, er hätte nur zu gern eine Ausrede gehabt, um zu kneifen.

Aber verdammt, er sieht einfach so gut aus in seinem Smoking.

Alle hier sehen gut aus. Die Kleider sind nicht funkelnd und glitzernd, sie sind dezent, die Stoffe schwer und kostbar, die Schnitte tadellos. Die Anzüge verweisen auf die Zweireiher längst vergangener Zeiten. Während wir der Menge zum Eingang folgen, werfen zwei mächtige Feuerschalen zu beiden Seiten einen hellen Schein über dic Gäste. Maggie legt ihre Hand in meine und drückt sie fest.

Wir waren im Speisesaal, als ich Maggie, Charlie und Tom erzählte, dass Jamie und ich offiziell zusammen sind, und sie haben sich für mich gefreut. Als ich ihnen sagte, ich hätte uns Eintrittskarten für den Ball besorgt, bekamen sie einen kollektiven psychotischen Zusammenbruch. Tom ließ sich ausgestreckt auf den Boden fallen wie eine Giraffe, Charlie stand auf, stieg auf die Tischplatte und sang mit ausgestreckten Armen *Jerusalem,* und Maggie schluchzte einfach nur leise.

Ich sehe hinüber zu Charlie in seinem Frack und mit dem Salvador-Dalí-Schnurrbart, den er sich für den Anlass hat wachsen lassen (oder versucht hat, wachsen zu lassen). Tom, mit einem Zylinder, der seine Größe um unnötige zwanzig Zentimeter verlängert, wippt auf den Fußballen und stößt um ein Haar mit der kleinen blauhaarigen Hausangestellten vor ihm zusammen. Er ist abgelenkt. Immer wieder blickt er zu Maggie und dann rasch zur Seite, bevor er ertappt wird. Sie sieht aber auch aus wie Veronica Lake, wunderschön herausgeputzt in einem knöchellangen rubinroten Satinkleid mit Wasserfallausschnitt. Ihre Haare sind für den Abend platinblond gefärbt und zu langen Vierzigerjahre-Wellen frisiert, die ihr über eine Schulter fallen. Als Tom sie das erste Mal sah, quollen ihm fast die Augen aus dem Kopf, und er schrie: »Hey, Mags, du bist hinreißend!

Du siehst gar nicht aus wie du selbst!« Charlie und ich gaben ihm beide einen Klaps, und er verstummte prompt. Auf dem ganzen Weg zu der Limousine starrte er sie mit offenem Mund an, bevor er offenbar entschied, sie nie wieder anzusehen. Aber jetzt hält er es offensichtlich nicht länger aus. Ich fange Charlies Blick auf, und wir grinsen uns hoffnungsvoll an. So weit, so gut.

Ich selbst trage ein gelbes Vintagekleid, das Charlie für mich ausgewählt hat, und Maggie hat meine Haare zu irgendeiner komplizierten Hochsteckfrisur gestylt. Und sie hat mir Smokey Eyes geschminkt, was ich allein nie gewagt hätte. Bei jedem Spiegel, an dem ich vorbeikomme, muss ich mich unwillkürlich betrachten. *Ich* sehe eindeutig nicht aus wie ich selbst.

Wir betreten den Palast, und ich muss mir in Erinnerung rufen, das Atmen nicht zu vergessen.

Er ist weihnachtlich geschmückt. Die glänzenden Marmorböden reflektieren das Licht von zwei sechs Meter hohen Weihnachtsbäumen, die wie zwei Wachposten in der Eingangshalle stehen, und von den Girlanden, die über dem Geländer der Galerie aufgehängt sind. Der weiche orangefarbene Schimmer von der gewölbten Freskendecke zwölf Meter über uns spiegelt sich auf den Steinsäulen und in den hohen Sprossenfenstern.

Wohin ich mich auch wende, überall ist noch eine Statue, noch ein Kunstwerk, noch ein Wandteppich, ein Bücherschrank, Alkoven, Wandgemälde. Jamie führt uns durch die Räume und Flure (jene, zu denen uns der Zutritt gestattet ist), als wäre er hier aufgewachsen, macht uns auf historische Details der Architektur aufmerksam, erzählt uns die alten Skandale des Palastes, deutet an, dass ein oder zwei seiner Vorfahren dabei Schlüsselrollen gespielt haben könnten. Es ist nervenaufreibend, wie unbeeindruckt er von alledem scheint, wie leicht er sich in diese Umgebung einfügt. Bedienstete öffnen ihm die Tür, nehmen ihm die Jacke ab, reichen ihm Champagner, und Jamie bewegt sich gewandt zwischen ihnen. Im Gegensatz dazu habe ich mich in einen Papageien verwandelt und kreische zwanghaft: »Danke! Danke! Nicht nötig, danke!« Er trägt seinen Smoking wie eine zweite Haut; seine Haltung ist aufrecht, sein Kopf erhoben. Er ist wie ein Schauspieler, der in eine Rolle geschlüpft ist und sie perfekt ausfüllt.

Ich muss an Jamies Worte denken: Es sind nur furchtbar reiche Leute, die sich gegenseitig bestätigen, wie furchtbar und reich sie sind. Als jemand, der nicht mit Geld oder auch nur annähernd in der Nähe davon groß geworden ist, fühle ich mich überwältigt von dieser Art Reichtum, aber zugleich extrem unbehaglich damit. So gern ich es vielleicht ignorieren würde, kommt Jamie aus dieser Welt. Und doch hat er sich entschieden, in der akademischen Welt vor sich hin zu ackern, zu forschen, zu schreiben, zu lehren. Ich frage mich, ob hierin zum Teil der Ursprung für seine angespannte familiäre Situation liegt. Vielleicht wollten sie, dass er irgendetwas anderes mit seinem Leben anfängt? Etwas Einträglicheres? Angeseheneres? Wo ich herkomme, wäre es unvorstellbar, einen Doktortitel zu tragen, in Oxford Lyrik zu lehren, in einem viktorianischen Stadthaus zu leben; aber vielleicht ist dieses Leben genauso unvorstellbar in der Welt, aus der Jamie kommt, nur aus dem gegenteiligen Grund: Es ist ein Scheitern.

Jamie muss etwas von meinen Gedanken erahnen können, denn er beäugt mich und fragt: »Geht es dir gut?« Wir sind jetzt allein. Maggie, Charlie und Tom sind davongeschlendert, um eine Bar zu finden, und wir sehen uns nach einem Platz um.

Ich will ihm gerade antworten, aber mein Blick wird von einer Frau in mittleren Jahren etwa zehn Schritte hinter ihm abgelenkt. Sie trägt eines der eher farbenfrohen Kleider, mit einem Paisley-Blumenmuster. Und sie hält einen Fächer in der Hand. Ich meine, einen richtigen Fächer. Als wären wir in *Vom Winde verweht* und sie im Begriff, jemandem damit kokett auf die Schulter zu klopfen. Ihre ganze Erscheinung strahlt Reichtum aus.

»Sieh jetzt nicht hin«, murmele ich leise, »aber die Verkörperung von *furchtbar und reich* steht genau hinter … Oh, Scheiße, sie sieht uns an. Gehen wir.«

»Immer mit der Ruhe«, murmelt Jamie. Ein Lächeln umspielt seine Lippen. »Ich bin sicher, wer immer sie ist, sie denkt nur, wie umwerfend du heute Abend aussiehst.« Ich beuge mich vor, um ihn zu küssen, aber die Frau steuert entschlossen auf uns zu. Sie zwinkert mir zu (seltsam), dann fällt sie in einen Sprint und attackiert Jamie, umschlingt von hinten seine Taille. Jamies Miene verrät Schock, aber dann sieht er hinunter auf die juwelenbesetzten Finger, die sich um seinen Bauch gelegt haben, und lächelt. Er dreht sich um, drückt die Frau zu einer Umarmung an sich. Sie lösen sich voneinander, und sie legt ihm die Hände an die

Wangen. Sie blickt ihm in die Augen, ihr Gesicht erhellt von dieser Mischung aus Liebe, Stolz und Freude, die es nur bei einer einzigen Person geben kann: einer Mutter, die ihr Kind ansieht.

»Mein hinreißender Junge«, haucht sie.

»Meine wunderschöne Mum«, sagt er, offensichtlich irgendein altes Kindheitsspiel. Ihre Liebe zu ihm zu sehen ist, als würde man genau in die Sonne blicken. Sie tritt einen Schritt zurück wie ein General, mustert ihren Sohn von Kopf bis Fuß. »Gut siehst du aus, mein Schatz, richtig gut.« Sie knufft ihn in den Bauch. »Ich kann dir gar nicht sagen, wie sehr ich mich freue, dass du gekommen bist.«

Wie immer ich mir Jamies Mutter – die Beziehung der beiden – vorgestellt habe, das hier war es nicht. Absolut nicht. Ich bin so verwirrt, dass ich mit offenem Mund dastehe, seit sie ihn sich geschnappt hat.

Sie betrachtet mich. »Wirst du mich vorstellen, oder muss ich mich um alles selbst kümmern?«

»Ja, natürlich.« Jamie berührt meine Schulter. »Eleanor Durran, darf ich dir meine Mutter vorstellen, Antonia Davenport.«

Sie nimmt schwungvoll meine Hand. »Eleanor! Wie entzückend! Diesen Namen hört man nicht mehr sehr oft.«

Ich lächele. »Deswegen werde ich Ella genannt.«

Sie kichert. »Welcher Familienname?«

»Eleanor Roosevelt«, antworte ich. »Mein Vater neigte ein wenig zu Größenwahn.«

Jamie schaltet sich ein. »Du wirst dich freuen, das zu hören, Mutter, Ella hat dich eben gesehen, wie du …«

Ich reiße ihm den Satz aus dem Mund. »Wie Sie dort drüben standen, und ich wollte Ihnen sagen, dass ich Ihr Kleid absolut liebe!« Ich lächele breit und werfe einen raschen Blick auf Jamie, drohe ihm schweigend mit dem Tod, falls er meiner Geschichte widerspricht.

»Und ich Ihres«, erwidert sie, noch immer lächelnd. Es ist, als ob sie physisch außerstande wäre, nicht zu lächeln. Dabei ist ihr Lächeln natürlich, echt, mit einer liebevollen Handschrift in ihr Gesicht gezeichnet. Sie hat etwas Verschmitztes an sich, das ich bei ihrem Sohn gesehen habe, wenn er am glücklichsten war. Es ist ansteckend. »Dieses Gelb ist unvergleichlich. Ehrlich gesagt, war es das Erste, was mir aufgefallen ist, und ich dachte mir, wer ist diese hinreißende Frau. Und dann wurde mir klar, dass Sie neben meinem Sohn stehen.« Sie knufft Jamie wieder in den Bauch. »Gut gemacht, du!«

Jamie umfasst ihre Taille und beäugt den Fächer, der an ihrer Seite herunterbaumelt. »Und was ist das hier?«

»Oh, Jamie, ich habe eine absolut fabelhafte Fluchtluke entdeckt.« Ihre großen Augen und ihre offene Begeisterung lassen sie beinahe jugendlich wirken. »Wenn die Notwendigkeit besteht, mich einem besonders unerfreulichen Gespräch zu entziehen, winke ich einfach hiermit und bestehe darauf, dass ich etwas frische Luft brauche. Die Menopause ist wirklich die wunderbarste Ausrede.«

Jamie zieht eine Augenbraue hoch. »Wirklich? Dann muss ich das auch einmal versuchen.«

Ihr Blick huscht hinter mich, und sie ruft: »William! Komm her und sag Hallo!«

Als ich über meine Schulter blicke, sehe ich den Mann, der damals aus Jamies Büro gestürmt ist. Er sieht aus, als wäre er mit Gewalt in einen Smoking gesteckt worden. Ein schroffer, wilder Mann, zu Eleganz gezwungen. Ich lächele ihn an, als er sich nähert. Er erwidert mein Lächeln kaum, nur ein Mundwinkel zuckt krampfhaft nach links. Ich warte nicht darauf, vorgestellt zu werden, sondern strecke beherzt die Hand aus. »Ella Durran. Freut mich, Sie kennenzulernen, Sir.«

Er ergreift sie kurz, aber fest. Geschlechtsneutral. Er ändert seine Begrüßung nicht, nur weil ich eine Frau oder gar die Freundin seines Sohns bin. Damit komme ich klar. »William Davenport«, intoniert er mit einem leisen Brummen, wie ein Zeichentrick-Löwe. »Ich hatte schon gehört, dass mein Sohn mit einem schönen amerikanischen Mädchen geht«, fährt er fort, bemüht, charmant zu sein, aber genau wie sein Smoking wirkt auch das unnatürlich. Er sieht mich nicht an. Er wirft einen Blick auf seinen Sohn. »Jamie.« Ich kann nicht sagen, ob es ein Gruß oder ein Tadel ist.

»Vater«, erwidert Jamie, auf einmal streng, als würde er William nachahmen.

Antonia geht dazwischen. »Eleanor, waren Sie je in Schottland?«

»Nein, Ma'am.«

Sie wendet sich an Jamie. »Lade sie zu Weihnachten ein! Wir hätten sie liebend gern bei uns.«

»Sehr freundlich von dir, Mutter, aber ehrlich gesagt ...« – Jamies Ton wird etwas sanfter – »... verreisen Ella und ich.«

Ein Anflug von Enttäuschung huscht über Antonias Miene, und sie wendet sich wieder zu mir um.

Ich zögere einen Moment, in die Enge getrieben. Jamie hat nicht mit ihnen darüber gesprochen? »Vielen Dank, wirklich, aber wissen Sie, ich war noch nie in Europa«, sage ich. »Es könnte die einzige Chance sein, die ich dazu bekomme, während ich hier drüben bin.«

Ihr Lächeln kehrt wieder. »Oh, dann müssen Sie natürlich fahren!«, ruft sie aus. »Ein andermal.« Was für eine liebenswürdige, entzückende Frau. Antonias Blick fängt irgendetwas hinter mir auf, und sie verdreht leicht die Augen. »Wenn ihr mich bitte entschuldigt, die Pflicht ruft. Da muss ich wirklich Hallo sagen. Bin gleich wieder da.« Sie entfernt sich, lässt Jamie, William und mich in einem losen Dreieck stehen.

William verschwendet keine Zeit und beugt sich zu Jamie vor. »Dr. Solomon hat gesagt, du seist nicht gewillt zu noch einer Runde Stammzelltherapie.«

Obwohl er noch eine Runde Chemo vor sich hat und vor Januar keine aussagekräftigen Testergebnisse bekommen wird, hat Jamie entschieden, es nicht noch einmal mit der Stammzelltherapie zu versuchen. Er sagt, dass sie ihm das letzte Mal nur ein Jahr in Remission gewährt hat und dass sie schmerzhaft und kräftezehrend war und dass er einen Monat in völliger Isolation im Krankenhaus verbringen musste. Die einzige andere Option ist eine andere Art Chemo, die Jamie vorzuziehen scheint. Ich halte mich da besser raus.

Als Jamie schweigt, hakt William nach: »Würdest du mir das bitte erklären?«

Jede Leichtigkeit, die Jamie an sich hatte, ist mit seiner Mutter verschwunden. Er starrt dumpf an Williams Schulter vorbei auf die Party. »Nein.«

»Obwohl es deine beste Chance auf eine Remission ist?« William würdigt mich keines Blickes. Offenbar gehöre ich nicht in dieses Gespräch.

Aber Jamie murmelt: »Da ist Cecelia«, und winkt ihr durch den Raum zu. »Komm, Ella. Lass uns Hallo sagen.«

»Jamie«, sagt William leise, angespannt. »Jetzt ist nicht der richtige Zeitpunkt, um zu pokern, um waghalsig zu sein. Was ist mit der …«

Jamie dreht sich zu mir um, als hätte sich sein Vater in Luft aufgelöst. »Wollen wir?«

Ich werfe einen schuldbewussten Blick auf William und wende mich dann an Jamie: »Ich komme gleich nach.«

»Aber beeil dich.« Jamie geht, bevor ich meinen Ärger über seinen Befehlston auch nur verdauen kann.

Ich hole tief Luft und wende mich lächelnd zu William um, bereit, ihn zu besänftigen, ihm zu versichern, dass ich für seinen Sohn da bin. »Ich nehme an, man kann zu Recht behaupten, dass Jamie bezüglich seiner medizinischen Entscheidungen ein bisschen sturköpfig ist. Aber wir schaffen das schon. Ehrlich gesagt, hatte er noch keine Gelegenheit, es Ihnen zu sagen, aber seine Werte sind im Moment wirklich vielversprechend …«

»Sind Sie fertig?« Williams Blick ist hart wie ein Laserstrahl. Ich erstarre. Bevor ich meine Fassung zurückgewinnen kann, ist Antonia wieder da, mit einem breiten Lächeln im Gesicht, und berührt ihren Mann am Arm.

»Ich störe ja nur ungern, aber wir müssen jetzt wirklich zu unserem Tisch. Die Beauchamps warten, und du weißt doch, dass Matthew seinen Scotch nicht trinken wird, bevor du es tust, und du weißt auch, wie unerträglich Caroline ihn findet, wenn er nichts getrunken hat. Bitte suchen Sie uns später noch einmal auf, Eleanor«, sagt sie lächelnd. »Und bitte nehmen Sie meine Einladung ernst. Wir würden uns so freuen, wenn Sie uns besuchten. Wäre das nicht wundervoll, William?«

William wendet den Blick ab, und dann, als wäre nichts als Wärme zwischen uns gewesen, sagt er: »Wundervoll.«

Antonia führt ihn fort, und ich gehe, während ich noch immer über diese Begegnung nachdenke, hinüber zu Jamie und Cecelia, die etwa zehn Meter weiter beisammenstehen, die Köpfe zusammengesteckt. Das unbehagliche Gefühl, das ich bei William hatte, weicht einer plötzlichen Nervosität, als ich mich Cecelia nähere.

Ich habe keine Ahnung, was ich zu ihr sagen soll.

Jamie hat mir erzählt, dass Cecelia Oliver, der damals am King's College in London studierte, in ihrem zweiten Jahr in Oxford kennenlernte. Sie saßen in demselben Zug, der irgendwo zwischen London und Reading stecken blieb, und da sie nichts Besseres zu tun hatten, fingen sie an, sich zu unterhalten. Jamie zufolge rief sein Bruder ihn an, als der Zug sich wieder in Bewegung setzte, und sagte nur: »Ich habe sie gefunden. Die Eine.« Sie waren seit einem halben Jahr zusammen, als Oliver seine Diagnose bekam. Sie verlobten sich prompt. »Der romantische Impuls der Jugend«, hat Jamie gesagt und dabei die Augen verdreht.

Aber ich fand die Geschichte bemerkenswert. Dass sich eine junge Frau, einundzwanzig, offensichtlich superschlau, die ihr ganzes Leben noch vor sich hat, für eine Zukunft entscheidet, die es schlicht und ergreifend nicht gibt.

Was soll man dazu sagen?

Ich lächele, während ich mich zu den beiden geselle, und Jamie legt seine Hand in meine. »Tut mir leid, dass ich abgehauen bin«, murmelt er, während er meine nackte Schulter küsst. »Aber ich kann ihm einfach nicht zuhören.«

Ich streite mich nicht mit ihm, und ich spreche ihn auch nicht frei. Wir werden später darüber reden. Ich wende mich an Cecelia. »Hinreißendes Kleid. Tolle Farbe!« Ehrlich gesagt, habe ich noch nicht einmal einen Blick auf ihr Kleid geworfen. Oder die Farbe.

»Deines auch«, sagt sie mit diesem Lächeln, das Lava zu Eis gefrieren lassen könnte.

»Ich hole uns ein paar Drinks«, sagt Jamie, während er uns beide an den Ellenbogen berührt. »Ich brauche jetzt einen. Was darf es für euch sein?«

»Grey Goose Martini, extra dirty, drei Oliven«, antworte ich. Jamie lächelt und wendet sich an Cecelia.

»Irgendeinen Weißwein, den sie dahaben.«

»Sauv blanc?«, fragt Jamie, während er sich bereits entfernt. »Chard, wenn er nicht zu eichig ist? Gewürztraminer?«

Sie sieht ihn gleichmütig an. »Weiß.«

Er entfernt sich kichernd. Cecelia wendet sich mit einem etwas aufrichtigeren Lächeln an mich. »Jamie und sein Wein.«

»Ja, geradezu eine Wissenschaft.« Ich habe mir nie die Zeit genommen, sie richtig anzusehen, über ihr hübsches Aussehen hinaus zu erkennen, wer sie wirklich ist. Ich versuche es jetzt. Es ist ein bisschen leichter als bisher. Die Tür ist nicht mehr verrammelt und verriegelt, nur noch geschlossen.

»Für ihn mit Sicherheit«, sagt sie wissend. In ihrer Stimme liegt eine Aufrichtigkeit, die sich wie ein Angebot anfühlt.

Ich packe es beim Schopf. »Hör zu. Ich kann mir nicht vorstellen, was du durchgemacht hast, ich würde nicht einmal so tun, als ob ich es wüsste ... aber ich habe ... auch schon einen Verlust erlitten. Und wenn ...«

Sie legt mir eine Hand auf den Arm. »Schon verstanden. Ich stehe dir gern zur Verfügung. Wenn du irgendwelche Fragen hast oder einfach nur reden willst. Ich wünschte nur, ich hätte jemanden gehabt.«

Eine Weichheit liegt in ihrer Stimme. Ich mag sie, wird mir auf einmal bewusst. Ihre Kälte, ihre Unnahbarkeit, das, was ich fälschlicherweise für Eifersucht gehalten habe, war, wie ich jetzt sehen kann, nur ihre Art, Jamie zu schützen. Gott, wo bleibt denn Jamie mit den Drinks? Mit Wodka wäre das hier so viel einfacher. Ich schlucke. »Es tut mir einfach sehr, sehr leid.«

»Danke«, erwidert sie, und ich kann sehen, dass sie »mein Beileid« zu jeder einzelnen Stunde jedes einzelnen Tages gehört hat und es für sie jede Bedeutung verloren hat. Aber der Blick in ihren Augen sagt mir, dass sie weiß, dass aufrichtig gemeint ist, was ich gesagt habe.

Aber dann schlägt sie auf einmal eine völlig andere

Richtung ein. »Welchen C-Kurs wirst du nächstes Semester belegen?«

»W-was?«

»Ich habe mir überlegt, ›Formen des Humors: von Wordsworth bis Eliot‹ zu belegen.« Sie sieht mich an, und schließlich lächelt sie leicht. »Ich würde gern wieder lernen, wie man lacht.«

Ich glaube, ich habe in meinem ganzen Leben noch nie so viel gelacht. Mein Unbehagen von vorhin ist verflogen. Ich habe mich an den Pomp gewöhnt, und das nicht nur, weil ich ein paar Drinks intus habe. Wir haben in einer Ecke in der Nähe der Tanzfläche unser Revier abgesteckt. Jamie erzählt uns, wer wer ist, und dann gibt Charlie irgendwelche absolut lächerlichen Unwahrheiten über sie von sich. Jamie zeigt zum Beispiel auf einen beleibten Mann mit Halbglatze, sagt so etwas wie: »Das ist Geoffrey Mondale, siebter Earl of Sheffield«, und Charlie ergänzt prompt: »Geoffy Sheffy für seine Freunde, er ist dafür bekannt, dass er mit einer von Maoris inspirierten Gesichtsbemalung nackt durch seine Wälder rennt und Eichhörnchen nachstellt, denen es naturgemäß gelingt, ihm zu entwischen.« Selbst Cecelia lacht, schüttelt den Kopf und murmelt: »Oh Gott, genug.« Als Jamie die Leute ausgehen, über die er reden kann, fordert Maggie Charlie zum Tanzen auf. Sie wenden sich eben zum Gehen, als Tom – ja, Tom! – vortritt und grimmig sagt: »Ich mache das schon«, als wäre es eine lästige Aufgabe. Als wäre er ein Soldat im Schützengraben, und irgendjemand müsste hinter die feindlichen

Linien laufen, um einen gefallenen Kameraden zu retten. Wir sehen ihn alle an. »Was denn? Ich bin …« Er zögert kurz. »Größer.« Charlie weicht zurück, mit erhobenen Händen. Maggie errötet prompt und reicht Tom ihre Hand, nur dass Tom sich bereits auf dem Absatz umgedreht hat und geradewegs auf die Tanzfläche zusteuert. Sie sieht mich hoffnungsvoll an. Ich lächele ihr aufmunternd zu, und sie dreht sich um, stöckelt auf ihren Absätzen Tom hinterher. Charlie und ich sehen uns mit hochgezogenen Augenbrauen an. Wir schauen zu, wie sie zu tanzen beginnen, die Arme weit vor sich ausgestreckt, wie auf der Schule, einen Meter Abstand zwischen sich. Maggie beginnt in dem Moment etwas zu sagen, in dem Tom etwas zu sagen beginnt. Sie entschuldigt sich, und Tom sieht hinunter auf seine Füße. Von denen er nicht wieder hochsieht. Maggies verzweifelte Blicke finden uns.

»Ich gebe auf.« Charlie wendet sich seufzend zu mir um. »Los, an die Bar. Auf der ganzen Welt gibt es nicht genug Alkohol, um diesen Anblick …« – er zeigt auf unsere Freunde – »… erträglich zu machen, aber ich werde so viel trinken, wie da ist.« Jamie streckt einen Arm aus. »Wollen wir?«

Als ich eben Ja sagen will, erhasche ich einen Blick auf Cecelia. Wehmütig beobachtet sie die tanzenden Paare. Ich stoße Jamie an und weise mit einem Nicken auf sie. Er sieht mich mit schräg gelegtem Kopf an. Ich versuche es noch einmal. Er legt den Kopf noch schräger. Ich neige meinen ganzen Kopf in Cecelias Richtung. Diesmal versteht er es. »Ce?« Sie sieht mit dieser gleichmütigen Miene zu ihm hinüber. »Möchtest du vielleicht tanzen?«

Ich erwarte halb, dass sie ablehnt, aber ihre Miene hellt sich auf. Sie nickt verlegen. »Sehr gern.«

Jamie bietet ihr seinen Arm, und während ich zusehe, wie die beiden die Tanzfläche betreten, kann ich nicht glauben, wie glücklich ich auf einmal bin, weil all diese Menschen, die mir inzwischen so ans Herz gewachsen sind, auf einer Tanzfläche zusammenkommen. Es hat etwas Magisches.

Seufzend wende ich mich ab, um mich auf die Suche nach Charlie zu machen, und laufe genau gegen Jamies Vater.

»Hoppla!«, rufe ich. Ich halte mein Glas fest und mache einen Schritt zurück. »Entschuldigung.«

»Wollte Sie nicht erschrecken«, sagt er.

»Nein, schon gut!« Ich ermahne mich, zu lächeln. »Ich war nur eben auf dem Weg zu …«

»Tanzen Sie mit mir.« Er bietet mir seinen Arm, sieht zur Tanzfläche.

»Sehr gern.« Und ich meine es ernst. Größtenteils. Ich will einen Neuanfang mit ihm, will ihn kennenlernen. Ich stelle meinen Drink auf einem Tisch ab.

In dem Augenblick, in dem ich die Hand nach ihm ausstrecke, vibriert meine Handtasche. *Mist.*

»Entschuldigung«, sage ich zu William, und er dreht den Kopf zu mir um. »Ich muss nur rasch …« Ich krame mein Handy hervor und sehe auf das Display. Gavin. Natürlich. »Nur ganz schnell.«

»Ich werde warten«, sagt William, und es klingt irgendwie unheilvoll.

Ja, es ist Samstagabend, und ja, ich bin auf einem Ball in einem Palast in England, aber so bin ich nun einmal. Ich bin die Person, die den Anruf annimmt. Außerdem weiß ich, worum es geht, und es wird nicht lange dauern. »Gavin.«

»Hast du die Zahlen gesehen, die ich dir geschickt habe?«

»Habe ich.« In der Limousine auf dem Weg hierher. »Sie sind toll.«

»Nur toll?« Er klingt so aufgeregt, dass ich das Gefühl habe, er könnte an diesem Abend schon ein paar Manhattans gekippt haben.

Ich werfe einen Blick auf William. Er beobachtet die Menge, aber ich kann förmlich sehen, wie er die Ohren in meine Richtung gespitzt hat wie ein Hund. »Im Grunde fragen wir die Leute, ob sie für den Weihnachtsmann oder die Zahnfee stimmen würden. Es ist Fiktion.« Ich bemerke den Anflug eines widerstrebenden Grinsens in Williams Gesicht. Beherzt werde ich ein bisschen lauter. Werfe ich mich in die Brust? Na klar. »Komm schon, Gavin, du bist in dem Spiel der kampferprobte Veteran, der den Tag nicht vor dem Abend lobt, ich bin die blauäugige Idealistin, nicht umgekehrt.«

Gavin lacht. »Ach, was weißt du denn schon, du bist doch nur der blauäugige Bildungsconsultant.«

»Warum hast du mir dann die Zahlen geschickt?«, feuere ich zurück. »Warum rufst du mich an?«

»Weil du die Einzige bist, bei der ich weiß, dass sie abnehmen wird.« Einen Moment lang herrscht Stille, und ich schwöre, ich höre Eis in einem Glas klirren. Es ist fünf

Uhr nachmittags an einem Samstag, und Janet ist vermutlich mit ihrem Freund und ihrem jüngsten Sohn in Florida. Der dreimal geschiedene Gavin ruft mich an. »Du machst deine Sache sehr gut, Kleine«, sagt er. »Wirklich. Du leistest gute – nein, du leistest großartige – Arbeit für uns.«

»Danke«, sage ich.

»Wir werden dich in der Regierung brauchen.«

Ich tue es mit einem Lachen ab. »Fang besser noch nicht an, die Vorhänge fürs Oval Office abzumessen.«

Er kichert. »Ich rufe dich morgen an. Ich habe eine Liste möglicher Neueinstellungen, die ich mit dir durchgehen will.« Wie üblich verabschiedet er sich nicht. Er legt einfach auf.

Ich stecke mein Telefon wieder in meine Handtasche. Ich wende mich zu William um und klopfe ihm auf den Arm, und er blickt, als ob er sich wunderte, mich dort zu sehen, als hätte er nicht mein ganzes Gespräch belauscht. Ein guter Schauspieler ist er nicht. »Tut mir leid, das eben.«

»Keine Ursache«, sagt er, bietet mir wieder seinen Arm, und wir treten an den Rand der tanzenden Menge. William wendet sich zu mir um, nimmt meine rechte Hand leicht in seine. Meine linke legt sich auf seine Schulter, und seine andere Hand findet meine Taille. Ich schicke einen stillen Dank an meine Mutter dafür, dass sie mich gezwungen hat, in meinem zweiten Highschooljahr Gesellschaftstanz als Wahlfach zu belegen.

Ich suche die Menge nach Jamie und Cecelia ab, aber sie müssen auf die andere Seite der Tanzfläche entschwunden sein. Ich sehe, dass Maggie und Tom ein paar Zentimeter näher aneinander herangerückt sind, aber sie starren in entgegengesetzte Richtungen, wagen von Zeit zu Zeit einen Blick auf den anderen und sehen rasch weg, sobald ihre Blicke sich treffen. Natürlich wechseln sie kein Wort. Ich schaue zu William hoch, in der Hoffnung, dass er mich anlächeln wird. Er tut nichts dergleichen, daher studiere ich ihn. Für sein Alter ist er eine durchaus auffällige Erscheinung. Er hat Jamies Kiefer und Schultern. Aber seine Augen sind dunkel. Undurchsichtig. Er beginnt den Nacken zu drehen, hin und her, wie ein Boxer, der sich für einen Kampf aufwärmt. Bevor ich ihn fragen kann, ob es ihm gut geht, lässt er meine Hand los und greift nach seiner Fliege. Wir halten in unserem Tanz inne, während er angestrengt versucht, den Knoten zu lockern, ohne ihn vollständig zu lösen. »Verdammt einengend«, murmelt er.

Ich lächele ihn an und sage versehentlich das Erste, was mir in den Sinn kommt: »Wenn Sie das schlimm finden, versuchen Sie's mal mit einem BH.«

Er sieht mich mit zusammengekniffenen Augen an – es war nicht witzig, ich weiß, dass es nicht witzig war – und nimmt meine Hand. Wir fangen wieder an, uns zu bewegen. Schweigend. Als ich eben etwas sagen will, um die Verlegenheit zu verscheuchen, kommt er mir zuvor.

»Genießen Sie Ihre Zeit in England?«

»Ja, sehr. Ich liebe es.« Wir tanzen. »Das hier ist eine wundervolle Veranstaltung. Vielen Dank, dass Sie es meinen Freunden ermöglicht haben, heute Abend daran teilzunehmen. Sie haben die beste …«

»Ich habe mich in Antonia verliebt, bevor ich wusste,

dass sie eine Lady Duncan war. Sie war einfach ein Unimädchen in einer Disco, das mir um drei Uhr morgens einen Tee gemacht hat. Wir waren seit einem halben Jahr zusammen, als ich herausfand, dass ihr Titel fünfzehn Generationen zurückreichte und sie Hunderttausende Hektar und fünf Landsitze auf dieser gottverlassenen Insel verstreut besaß. Ich dachte, ich wäre auf Gold gestoßen.« Er sieht mich nicht an. Er starrt über meine Schulter ins Leere. Ich warte darauf, dass er fortfährt. Er hat offensichtlich einen Grund, weshalb er zu dieser Geschichte ausholt. Nicht dass ich diesen Grund kenne. »Ich war damals fünfundzwanzig. Ich besaß nichts, alles Geld, das ich verdiente, floss sofort zurück ins Geschäft. Der erste Ball, zu dem sie mich mitnahm? Ich musste mir einen Anzug ihres Vaters borgen.« Ein Lächeln findet den Weg zu seinen Lippen, verschwindet aber rasch wieder. »Wir sind durchgebrannt. Ich habe ihr einen Ring geschenkt, den ich aus einer Chipstüte gebastelt hatte.«

Ich mag diesen William, den jungen Romantiker.

»Aber im Jahr darauf starb ihr Vater, und ich stellte fest, was Hunderttausende Hektar und fünf Landsitze so an Kosten verursachen. Wir lebten zwei Jahre in den Argyll Kitchens – das ist das Haus in Schottland –, da es zuverlässig warm war. Was man vom Rest der alten Gemäuer nicht behaupten konnte. Toni brachte Jamie da zur Welt. Nichts als ein Eimer kochendes Wasser, ich und Smithy, die in einem fort davon redete, ein Messer unter unsere Matratze zu legen, um den Schmerz zu durchschneiden. Das war 1989, wohlgemerkt, nicht 1389. Dann ging meine Firma an die Börse. Diese fünfzig Pfund, die ich meinem Vater aus der Kasse geklaut hatte, als ich sechzehn war, hatten sich um eine Million vervielfacht. Oliver wurde in einer privaten Suite im St. Mary's in Paddington geboren.«

Warum erzählt er mir das alles? Ich sage nicht, dass ich nicht fasziniert bin, aber was ist der Anlass?

Er sieht mich zum ersten Mal an, seit wir zu tanzen begonnen haben. Es ist fesselnd. »Wissen Sie, warum Jamie nicht noch einmal mit der Stammzelltherapie anfangen will? Nicht weil es schmerzlich und langwierig und, ihm zufolge, sinnlos wäre. Sondern Ihretwegen. Er will nicht einen Monat lang von Ihnen getrennt sein. Damit müssen Sie sich doch sehr geschätzt fühlen?«

Ich stimme seiner Einschätzung absolut nicht zu, aber ich weiß, dass er mich zu provozieren versucht, und ich beiße nicht an. »Das ist Jamies Entscheidung.«

Einer seiner Mundwinkel wandert nach oben. Ich kann nicht sagen, ob es ein Lächeln oder ein höhnisches Grinsen ist. »Verstehe. Sie haben noch nie jemanden geliebt.« Seine Worte ärgern mich. Es ist so, wie wenn ich die Kinder meiner Cousine kritisiere und meine Mutter die »Du weißt doch gar nicht, was es heißt, Eltern zu sein«-Karte ausspielt. Nichts bringt mich mehr auf die Palme. Bis auf das hier. Wieder mache ich den Mund auf, aber William redet einfach weiter: »Schon gut. Sie sind noch jung. Bei der Liebe geht es noch ausschließlich um Hormone.« Alles, was dieser Mann sagt, ist in Kritik verwurzelt. »Sie sind eine Rhodes-Stipendiatin, richtig?«

»Ja«, antworte ich vorsichtig.

»Gut. Ich habe es gern mit schlauen Leuten zu tun. Sie haben ein Ticket zurück in die Staaten für den elften Juni, wenn ich mich nicht irre? Sie werden wieder in Amerika sein, zwanzig Stunden am Tag arbeiten, jeden Abend in einer anderen Stadt, und, möglicherweise, dafür sorgen, dass Janet Wilkes zur Präsidentin gewählt wird.« Ich will ihn fragen, woher zum Teufel er all das weiß, aber ich bin zu verdattert. Er prescht weiter vor. »Können Sie sich vorstellen, wie Sie und mein Sohn bis dahin durch Europa ziehen? Auf der Seine herumgondeln? In den Alpen Ski fahren? Lassen Sie mich diese Seifenblase zerstechen. Er wird entweder zu krank sein, um zu reisen, oder er wird tot sein. Wenn Sie mit ihm fertig sind, werden Sie immer noch ein Leben vor sich haben. Er aller Wahrscheinlichkeit nach nicht.«

Meine Schritte stocken. William verstärkt den Griff um meine Taille, hält mich in Bewegung. Ich versuche, zwischen meiner verblüfften Wut hindurch zu atmen. Man wird nicht oft in Zeitlupe überrumpelt.

»Ich verstehe die Anziehungskraft der Abstammung«, murmelt er. »Privilegien. Zugangsmöglichkeiten. Glauben Sie mir. Wir sind uns ähnlicher, als Ihnen bewusst ist. Mein Vater war auch Barmann.«

Das Herz springt mir fast aus der Brust. Woher weiß er das?

»Wir wissen beide, wie beschämend es sein kann, aus bescheidenen Verhältnissen zu stammen.«

»Ich schäme mich nicht für meinen Vater.«

»Hätte er länger gelebt, hätten Sie es vielleicht getan.«

Ich höre auf zu tanzen und beginne, meine Hand aus Williams Umklammerung zu winden. Sein Griff wird eisern, und er spuckt hervor: »Tanzen Sie weiter, Eleanor. Wir wollen doch keine unnötige Aufmerksamkeit auf uns ziehen.«

Er hat recht. Ich kann die Blicke auf uns spüren, die neugierigen Augen. Ich koche innerlich, während wir weitertanzen. Von Angesicht zu Angesicht. Auge in Auge. Ich fordere ihn schweigend heraus, mehr zu sagen. Schließlich fährt er fort. »Was ich sagen will, ist, dass wir einander verstehen können. Wir haben beide einen schweren Verlust im Leben erlitten …«

»Wir werden nicht über meinen Vater reden.« Meine Stimme ist stählern. »William.« Ich nenne ihn bei seinem Vornamen, denn wenn er so mit mir reden kann, dann darf ich wohl auf den förmlichen Scheiß verzichten. »Dass Sie irgendwie ein paar Fakten über mein Leben herausgefunden haben, heißt nicht, dass Sie mich kennen. Oder wissen, was ich für Ihren Sohn fühle. Ich bin nicht interessiert an Ihrem Geld. Oder an Ihnen, um genau zu sein.«

»Ach ja, Sie fühlen etwas für meinen Sohn?« Das Wort »fühlen« trieft vor Verachtung. »Sie haben sich mitten in unser Leben gedrängt. Aber Sie sind hier nur auf der Durchreise, eine Hausbesetzerin auf unserem Familiensitz. Wir, Antonia und ich, sind auf Dauer hier. Wir sind für das Leben unseres Sohns verantwortlich. Für sein Leben. Haben Sie mich verstanden? Hören Sie gut zu: Sie werden nicht einen Sohn, einen kranken Sohn, meinen bedauerlicherweise einzigen Sohn, seiner Mutter über Weihnachten wegnehmen. Sie werden nicht einem Vater, der diesen verdammten Weg schon einmal gegangen ist, sagen, dass Sie ›das schon schaffen‹. Sie sind eine flüchtige Erscheinung. Sie, mein liebes Mädchen, sind eine Ablenkung. Und zwar eine potenziell tödliche. Können Sie damit leben? Ist es das wert? In Limousinen mit Familienwappen herumkutschieren und in gelben Kleidern auf Bälle gehen und Ihre Kavaliersreise für kleine Leute unternehmen? Ist das das Leben meines Sohns wert?«

Ich hole tief Luft, um mich zu beruhigen. Er ist brutal, unfair und beleidigend, aber ich verstehe, was ihn dazu treibt. Ich in seiner Position wäre auch besorgt, wenn auf einmal ein Mädchen im Leben meines reichen, sterbenskranken Sohns auftauchen würde. Rückblickend betrachtet, weiß ich, dass diese Reaktion zu erwarten war. Unverständlich war eher Antonias überschwängliche Begrüßung.

Ich sammele mich, lege mir zurecht, was ich sagen will. Aber dann sehe ich ihm in die Augen, und ich sehe die Kälte darin, die Überheblichkeit, die Selbstgerechtigkeit, alles, wogegen Jamie ständig ankämpft, statt sich einfach nur der Liebe seines Vaters gewiss sein zu können, und ich sage: »Wissen Sie, es ist schon seltsam. Ich habe nie verstanden, wie Jamie so wenig Respekt vor seinem eigenen Vater haben konnte. Bis jetzt.«

Williams Gesicht läuft rot an. Diese toten Augen erwachen funkelnd zum Leben. »Was glauben Sie eigentlich, wer Sie sind?«, schäumt er. »Ich habe bereits einen Sohn verloren. Ich habe nicht die Absicht, noch einen zu verlieren.«

Seine Augen werden feucht von wütenden, frustrierten

Tränen, die ihm peinlich sein müssen. Das besänftigt mich ein wenig. Aber nur ein wenig. »Sie verstehen überhaupt nichts. Wenn Jamie eine Chemo machen will, werde ich an seiner Seite sein. Wenn er eine Stammzelltherapie machen will, werde ich auf ihn warten. Wenn er mit Delfinen schwimmen will, werde ich mein Handtuch holen. Hier geht es nicht um mich. Es ist Jamies Entscheidung, nicht meine. Sie müssen zulassen …«

»Ich muss zulassen, dass diese Entscheidungen von einem gerissenen kleinen Mädchen beeinflusst werden, das nicht die geringste verdammte Ahnung hat, wovon sie redet? Nein, Süße, ich glaube nicht, dass ich das muss.«

Und jetzt pfeife ich darauf, den Anstand zu wahren. Ich bin fertig mit Tanzen. Ich beginne mich von ihm zu lösen, aber er verstärkt den Griff um meine Taille. »Warten Sie …«

»Nein, Süßer, ich glaube nicht, dass ich warte«, zische ich, während ich mich aus seinem Griff befreie und die Tanzfläche verlasse. William folgt mir prompt. Er wird nicht hinnehmen, dass man ihn stehen lässt. Die Illusion klappt nur, wenn wir beide gleichzeitig gehen.

Ich bin fast in der Sicherheit der Damentoilette, als ich William genau hinter mir spüre. Seine Stimme, wenn auch leise, dringt scharf durch den Lärm. »Hören Sie mir überhaupt zu?«

Ich öffne die Tür, während ich über die Schulter sage: »Nein. Und Jamie tut es auch nicht.«

Madame Leben steht in voller Blüte,
Der Tod folgt ihr stets bis zur Tür;
Sie hat den hellen Raum zur Miete,
Er ist der Rohling drauß' im Flur.

William Ernest Henley,
»IX – Für W. R.«, 1877

Kapitel 22

Wir sind ungefähr dreißig Meilen hinter Oxford, als Jamie zu mir sagt: »Hast du deinen Pass?«

Ich lasse mir einen Moment Zeit, als würde ich darüber nachdenken. Dann beuge ich mich abrupt vor, hänge mich in den Gurt, taste panisch die Taschen meiner Jeans und meiner Jacke ab. »Oh, nein!«

Jamie versucht, ruhig zu bleiben. Sein Blick schnellt zu mir herüber. Ich ziehe ironisch eine Augenbraue hoch. Er atmet erschöpft aus und richtet den Blick wieder nach vorn. »Ist wohl nicht das erste Mal, dass ich gefragt habe.«

»Allerdings nicht.«

»Entschuldige«, murmelt er.

Wir nennen das hier das »Chemo-Hirn«, seine untypische Vergesslichkeit. Manchmal ist es nur so, dass er sich nicht erinnern kann, eine Frage schon einmal gestellt zu haben; manchmal ist es so, dass er stundenlang seine Schlüssel nicht finden kann, nur um dann den Kühlschrank zu öffnen und sie neben der Sahne zu entdecken, die noch immer in einer Einkaufstüte liegt.

Ich strecke eine Hand aus und zerzause ihm scherzhaft

die Haare. Als ich die Hand zurückziehe, bemerke ich ein paar Strähnen zwischen meinen Fingern. Jamies letzte Behandlungsrunde war vor drei Tagen, und ich weiß, dass er sich kränker fühlt, als er sich anmerken lässt. Trotzdem, im Wagen herrscht eine Art Siegesstimmung, und wir könnten nichts Besseres für ihn, für uns, tun, als durch die Landschaft nach Dover zu fahren, um eine Fähre nach Frankreich zu nehmen.

Wir fahren über die Feiertage weg.

Im Blenheim in einer Toilettenkabine eingeschlossen, dachte ich lange und angestrengt darüber nach, ob ich Jamie erzählen sollte, was zwischen William und mir vorgefallen war. Ich entschied mich dagegen. Ich weigere mich, noch mehr Öl in dieses schwelende Feuer zwischen Jamie und seinem Vater zu gießen, aber ich weigere mich auch, Jamies Entscheidungen in irgendeiner Weise zu manipulieren. Damit würde ich William nur in die Hände spielen, und so wird diese Sache nicht laufen. Nicht, wenn es nach mir geht.

Also leerte ich ein Glas Champagner und tanzte mit Jamie, bis er sagte, er sei »ziemlich müde«, und wir gingen. Jamie fand Antonia – die zum Glück ein ganzes Stück entfernt von William stand – und gab ihr einen Abschiedskuss. Dann wandte sie ihr warmes, lächelndes Gesicht mir zu und gab mir ihre Karte, damit ich sie anrufen und sie mich zum Tee einladen kann. Ich speicherte ihre Nummer in meinem Handy, aber ich habe sie noch nicht angerufen. Denn eine Sache, die William gesagt hat, ist bei mir doch hängen geblieben: dass ich, zu einem gewissen Grad, auf der Durchreise bin. Ich werde keinen Kontakt zu Jamies Vater haben, und zu seiner Mutter sollte ich vielleicht auch keinen haben. Aber wenn es Jamie recht ist, die Feiertage nicht mit seinen Eltern zu verbringen, dann ist mir das auch recht. Tatsächlich bin ich wahnsinnig aufgeregt.

Wir beginnen mit zwei Tagen in der Normandie, dann fahren wir für vier nach Paris. Dann geht es nach Süden, in Jamies geliebte Weingegend, und schließlich für Silvester hinunter an die Riviera. Jedes Mal, wenn ich das (laut oder im Stillen) sage, kichere ich. Ich kichere mit gutem Recht. Nach Silvester werden wir nämlich entscheiden, wohin wir für die nächsten zwei Wochen fahren. Keine Pläne, nur Herumgondeln. Vielleicht in die Schweiz oder hinunter nach Italien, wo es wärmer sein wird. Ich bin für alles zu haben.

Ich blicke aus meinem Fenster auf die vorbeiziehende Landschaft. Es ist wunderschön. Wogende grüne Hügel, gesprenkelt mit Eichen und flauschigen Schafen. Ein zarter Winternebel umschmiegt alles. Der Himmel besteht aus Flecken von Hellgrau und Sturmblau, wie eine Quiltdecke. »Ich liebe das hier«, murmele ich. »Dieses Land ist wie ein Roman, der zum Leben erwacht ist. Es ist zeitlos. Es ist schroff und ein wenig wild, aber zugleich elegant. Hm, ich kenne noch jemanden, der so aussieht«, sage ich genüsslich. Jamie zeigt keine Reaktion. »Hey, willst du vielleicht auf deiner Spur bleiben, Kumpel?« Wir beginnen, um die durchgehende weiße Linie am Seitenstreifen der Autobahn zu schlenkern. In einer leichten Biegung in der Straße überfahren wir sie komplett. »Jamie, im Ernst.« Ich sehe zu ihm hinüber. Sein Gesicht ist kreidebleich, seine Augen sind halb geschlossen, und eine Schweißschicht bedeckt seine Stirn. »Jamie?«

Der Kopf sackt ihm auf die Brust.

»Jamie!«, rufe ich, während ich eine Hand nach dem Lenkrad ausstrecke. Er kommt mit einem Ruck zu sich, ist aber ebenso schnell wieder weggetreten. »Jamie, brems! Brems!« Er reißt den Kopf hoch und tritt mit dem Fuß auf den Boden, verfehlt die Bremse. Instinktiv umklammere ich mit einer Hand das Lenkrad, während ich mit der anderen seinen Fuß auf das Bremspedal hebe. Der Wagen wirbelt auf dem Seitenstreifen Kies hoch, während ich auf Jamies Bein drücke, so fest ich kann, und wir werden allmählich langsamer, aber es ist nicht genug. Ich reiße die Handbremse hoch. In einer Staubwolke kommen wir schlitternd zum Stehen.

Jamie sackt nach vorn wie eine Stoffpuppe.

Ich schnalle mich los und packe ihn, nehme seinen Kopf in meine Hände und zwinge ihn, mich anzusehen. »Jamie!« Er murmelt irgendetwas, das wie »Entschuldigung« klingt. Ich lege eine Hand an seine Brust, um ihn aufrecht zu halten, und wühle in meiner Gesäßtasche nach meinem Handy. »Jamie. Jamie! Bleib wach! Bitte!« Er versucht zu sprechen, aber sein Kopf sackt wieder auf seine Brust.

Ich lehne ihn sanft gegen das Fahrerfenster. »Es ist gut, es wird alles gut!« Mit zitternden Händen beginne ich, die 911 zu wählen, aber dann bremse ich mich. *Verdammt!* Ist 911 überhaupt die Notrufnummer in diesem Land? Wieso weiß ich das nicht?! Wie kann ich einen kranken Freund haben und nicht wissen, wie ich Hilfe rufen soll?! *Ich Idiotin!*

Ich beginne, sanft gegen Jamies Wange zu schlagen, um ihn zu wecken. »Jamie, Jamie!« Seine Augen gehen auf. Ein bisschen nur, aber immerhin. »Wie kann ich einen Krankenwagen rufen?« Er murmelt irgendetwas. »Einen Krankenwagen, Jamie! Wie kann ich einen rufen?!« Ich klatsche wieder gegen seine Wange. Härter diesmal.

»Neun-neun-neun ... und hör auf. Mich zu hauen.« Und wieder ist er weggetreten, diesmal mit dem Anflug eines Lächelns.

»Sehr witzig«, krächze ich. »Idiot.« Aber es gibt mir eine kurze Verschnaufpause von meiner Panik, während ich wähle. Ich halte mir das Telefon ans Ohr, nehme eine seiner Hände und führe sie an meinen Mund, um sie zu küssen. »Es wird alles gut, versuch einfach zu atmen. Okay? Keine Sorge. Hilfe ist unterwegs. Bleib bei mir, Jam... Ja, hallo!«

In dem Moment, in dem ich mit der Rettungsstelle verbunden werde, drückt Jamie schwach meine Hand. Ich sehe ihm in die Augen, forsche darin. »Ruf meine Eltern nicht an«, haucht er mit letzter Kraft.

Und dann verliert er endgültig das Bewusstsein.

Sag nicht, der Kampf nütze nichts,
die Mühe und die Wunden seien vergeblich,
der Feind lasse ohnehin nicht nach, noch versage er,
und die Dinge blieben, wie sie schon immer waren.

Arthur Hugh Clough,
»Sag nicht, der Kampf nütze nichts«, 1862

Kapitel 23

Du schaffst das. Es ist nur ein Wagen.

Ein Wagen, der vermutlich mehr gekostet hat als meine ganze Ausbildung, aber trotzdem, nur ein Wagen.

Ein Wagen, bei dem alles verkehrt herum ist. Wie ein verdammtes Gruselkabinett.

Ich sehe wieder in die Spiegel, greife automatisch und geistesabwesend rechts nach dem Schaltknüppel. Stattdessen trifft meine Hand die Tür.

Los, konzentriere dich.

Als die Rettungssanitäter mich fragten, ob ich ihnen folgen will, habe ich genickt. Warum habe ich genickt? Weil ich mich nützlich fühlen musste. Sie sagten, das Krankenhaus sei nur drei Meilen entfernt. Drei Meilen weit kann ich alles schaffen.

Aber jetzt blinken die Lichter des Krankenwagens, und die Sirene heult auf, und es ist Zeit, loszufahren. Ich lasse die Kupplung kommen und lege mit der linken Hand den Gang ein. Ich folge dem Krankenwagen zurück auf die Autobahn, und wir beschleunigen langsam unser Tempo. Das Getriebe knirscht, und ich winde mich innerlich.

Als wäre es nicht schon schlimm genug, zum ersten Mal, seit ich mit dem alten Käfer meiner Tante Autofahren gelernt habe, mit Schaltung zu fahren, muss ich meine ganze Konzentration dafür aufbringen, auf der anderen Seite des Wagens zu sitzen und auf der anderen Seite der Straße zu fahren. Das Problem ist nur, ich habe keine Konzentration mehr. Mein Verstand ist komplett mit Jamie beschäftigt. Welche Anzeichen habe ich übersehen? Ist das hier normal? Geht es ihm inzwischen wieder gut? Ist das hier nur ein Vorgeschmack auf das, was kommen wird?

Wir müssen die Spur wechseln, und mein Blick huscht instinktiv hoch und nach rechts, sieht nichts als Wolkenfetzen. Ich zwinge mich, nach links zu sehen, in den Rückspiegel.

Ich habe nicht das Zeug für das hier. Ich habe noch nie mit irgendwelchen Krankheiten zu tun gehabt. Ich bin zu nichts zu gebrauchen. Und aus irgendeinem unerfindlichen Grund bin ich die Einzige, die Jamie in seiner Nähe haben will.

Und ich werde weggehen.

Irgendjemand wird sich um Jamie kümmern müssen, wenn ich nicht mehr hier bin. Ob er es zugeben will oder nicht, wenn sein Zustand sich weiter verschlimmert, wird er mehr Hilfe benötigen. Das ist eine Tatsache. Entscheidungen müssen getroffen werden.

Jamie wird seine Familie brauchen.

Oh Gott. Ein Kreisverkehr. Mit weißen Knöcheln umklammere ich das Lenkrad und folge dem Krankenwagen hinüber.

So läuft das eben in einer Krise, denke ich. Von einem Augenblick zum nächsten ändern sich die Prioritäten.

Überzeugungen können sich umkehren. Irgendwie, auf irgendeine Weise, muss seine Beziehung zu seinen Eltern wieder eingerenkt werden. Ich kann ihn nicht einfach so am elften Juni verlassen, wie irgendein Tier, das sich in den Wald verkriecht, um allein zu sterben.

Wie durch ein Wunder haben wir es zum Krankenhaus geschafft. Die Fahrerin des Krankenwagens streckt die Hand aus dem Fenster und zeigt auf den angrenzenden, fast leeren Parkplatz. Wir sind irgendwo in der Wildnis von Kent. Obwohl der Parkplatz leer ist, fahre ich in einem zu weiten Bogen in die Parklücke und lande genau auf der Mittellinie. Scheiß drauf. Sollen sie mich doch bitten, umzuparken. Ich stehe genau vor einem Schild, das Parken über Nacht verbietet, und ich denke: Oh Gott, vielleicht werde ich nachts fahren müssen. Mit Jamie im Wagen.

Gedankenverloren stelle ich den Motor des Aston ab, öffne die Tür, trete hinaus in die frische Winterluft. Das ferne Geräusch eines pfeifenden Zuges erinnert mich zum ersten Mal an die Fähre, die wir nicht nehmen. Soll ich das Fährunternehmen anrufen? Ich habe die Nummer nicht. Ich werde sie in meinem Handy nachschlagen …

Der Boden bewegt sich unter meinen Füßen. Eine optische Täuschung. Oder doch nicht, der Wagen rollt wirklich vorwärts. »Scheiße!« Ich springe wieder hinein und reiße die Handbremse hoch. Aber nicht bevor der Aston gegen das »Parken über Nacht verboten«-Schild rollt und es mit einem traurigen Quietschen um dreißig Grad nach hinten biegt.

Ich lasse den Kopf auf die Mittelkonsole sinken. Ich will die Stoßstange nicht einmal ansehen. Ich hole tief Luft.

Dann weiß ich, was zu tun ist. Ich zücke mein Handy.

»Es tut mir so verdammt leid«, murmelt Jamie wieder, während ich ein Kissen aufschüttele und es ihm in den Rücken stopfe. Ich tue mein Bestes, um es ihm auf der Couch im Salon bequem zu machen.

»Wenn du nicht wegfahren wolltest, hättest du es einfach sagen sollen«, witzele ich. »Du hättest nicht eine solche Show abziehen müssen.«

Er seufzt einmal tief auf, mit dem hauchdünnen Anflug eines Lachens.

Anämie. Schwere Anämie. Wie sich herausstellt, hat er sich die ganze letzte Woche schwach und lethargisch gefühlt, er hat es nur niemandem (also mir jedenfalls nicht) gesagt. Bevor wir heute Morgen losfuhren, war er schwerfällig, was mir aufgefallen war, aber ich dachte, es sei eine Nebenwirkung der Chemo. Oder vielleicht wollte ich es auch einfach nicht sehen. Er sagte mir nicht, dass er unter der Dusche beinahe das Bewusstsein verloren hätte. Ich fühle mich fürchterlich, als ob das alles meine Schuld wäre. War ich egoistisch oder dumm oder …?

Die Ärzte wollten ihm eine Bluttransfusion geben, was einen Aufenthalt im Krankenhaus erfordert und mögliche Auswirkungen gehabt hätte, die seinen Onkologen nervös machten. Plan B war eine Reihe von Spritzen, um seinen Körper anzuregen, mehr eigene rote Blutkörperchen zu bilden. Was toll ist. Nur dass es zwei Wochen dauern wird, bevor sie sagen können, ob es irgendeine Verbesserung gibt. Daher hat sich Jamie auf die Couch zurückgezogen. Auf unbestimmte Zeit. Wir sind seit ungefähr einer Stunde zu Hause, und bis jetzt ist Jamie richtig sauer, und ich bin richtig enttäuscht, und wir beide fühlen uns schuldig damit, wie wir uns fühlen. So weit sind wir gekommen.

»Es hat keinen Sinn, dass du hierbleibst. Du solltest fahren«, sagt er.

»Wohin fahren?«

»In Urlaub, du Dummerchen!«

»Nenn mich nicht Dummerchen!«, fauche ich ihn an, mit den Nerven am Ende. Das freundliche Grinsen in Jamies bleichem Gesicht schwindet prompt, und ich hole einmal tief Luft. »Es tut mir leid. Alles, okay? Mir hätte klar sein müssen, dass du nicht …«

»Nein, bitte. Hör sofort auf. Wir werden uns jetzt nicht gegenseitig mit absurden Schuldgefühlen quälen.« Er sieht mir in die Augen. »Du und ich, wir ziehen das durch. Wenn wir innehalten, dann nur, um Atem zu schöpfen. Okay, Atem geschöpft.«

»Jamie, ich verlasse dich nicht.«

Er stöhnt leise auf. »Du hast unsere Reiseroute, alles ist bestätigt. Bitte.« Ich richte mich seufzend auf. Er nimmt meine Hand. »Ich könnte nicht mehr in den Spiegel schauen, wenn du wegen dieser Sache deine Reise nicht antrittst.«

»So viel zu *keine Schuldgefühle,* was?«, sage ich. Er verdreht die Augen. »Wir haben immer noch die Osterferien im März. Lass es uns verschieben. Das ist keine große Sache.«

»Nein, Ella.« Er zeigt auf sich. »*Das hier* ist keine große Sache. Ich habe mich überanstrengt, das ist alles. Bis du in einem Monat zurück bist, werde ich wieder putzmunter sein.«

In diesem Augenblick sieht er so sehr wie ein kleiner Junge aus – hoffnungsfroh, verletzlich und so völlig losgelöst von der Wirklichkeit –, dass mir die Tränen in die Augen treten. Tränen, bei denen ich mich von ihm abwende, um sie zu verbergen. »Wir werden sehen.«

Er zieht an meiner Hand, zwingt mich, ihn anzusehen. »Wir ziehen das durch. Ja?«

Bevor ich antworten kann, klopft es an der Tür. »Das ist das Essen, ich bin gleich ... sitzen bleiben!«, belle ich fassungslos, als er Anstalten macht, aufzustehen. Der schlimmste Patient aller Zeiten.

Wir haben uns indisches Essen bestellt, sobald wir nach Hause kamen. Für Jamies Appetit kann ich nicht sprechen, aber ich selbst bin am Verhungern. Alles, was ich will, ist eine Riesenschüssel Reis mit Tikka Masala und ungefähr vierzehn Stück Naan. Ich greife in meine Hosentasche und öffne die Tür, murmele: »Entschuldigung, ich hab's nicht kleiner, nur ein Fünfziger« ... und bleibe wie angewurzelt stehen.

Antonia.

Und William.

Jamies Mutter strahlt Ruhe aus, aber ihr Gesicht ist von Sorge zerfurcht. »Mein liebes Mädchen, wie geht es dir? Geht es ihm gut?«

»Ja, ja, es geht ihm gut.« Dann, reflexartig, fallen wir

uns in die Arme. Ich weiß nicht, wer von uns beiden den Anstoß dazu gegeben hat, aber es sorgt dafür, dass mir gleich wieder die Tränen in die Augen treten. Ich hatte längst vergessen, wie viel Erleichterung und Trost eine Mutter in eine Situation bringen kann. Ich bin schockiert festzustellen, wie sehr ich das gebraucht habe. »Es geht mir gut«, hauche ich in ihre Haare. »Ich habe nur nicht erwartet …«

»Wenn Sie mich bitte entschuldigen.« William drängt an uns vorbei, seine Ungeduld ebenso offensichtlich wie seine Wut. »James?«

Antonia löst sich rasch aus unserer Umarmung, drückt meinen Arm und murmelt: »Entschuldigung«, bevor sie ihrem Mann hinterhereilt. »William, zwing mich nicht, dich zu bitten, draußen zu warten.«

Ich schließe die Tür und folge ihr rasch. Als ich um die Ecke zum Salon biege, ruft Jamie aus: »Was soll das!«

William steht vor Jamies auf der Couch ausgestreckter Gestalt. »Genießt du deinen Urlaub?«

»Was willst du hier …«

»Bist du jetzt zufrieden?«, schäumt William. »Siehst du jetzt, was du mit deiner Tollkühnheit angerichtet hast?«

Jamie stemmt sich so weit hoch, dass er richtig sitzt, beinahe auf Augenhöhe mit seinem Vater ist. »Was willst du denn hier?« Er sieht mich wütend an. »Ich habe doch gesagt, sie sollen nicht verständigt werden.«

Antonia geht dazwischen, errettet mich. »Ja, und ich könnte dich dafür erwürgen, dass du sie darum gebeten hast.« Sie lässt sich neben ihm auf die Couch fallen, nimmt sein Gesicht in ihre Hände, zwingt ihn, sie anzusehen. »Geht es dir gut?«

Jamie nimmt ihre Hände und senkt sie sanft, während sein erregter Blick hinüber zu William huscht. »Es geht mir gut. Wirklich. Es war nur ein Schwindelanfall. Kein Grund für die Kavallerie.«

Meine Augen treten hervor. Ein Schwindelanfall?

Das ist der Grund, weshalb ich Antonia gebeten hatte, geduldig zu sein, mich mit Jamie reden zu lassen, ihn für die Idee zu erwärmen, dass sie hierherkommen. Aus einem einzigen, sehr offensichtlichen Grund, der zufällig in diesem Moment mit finsterer Miene hinter ihr steht. Ich hätte nie gedacht, dass sie einfach so auftauchen würden. Schottland ist mit dem Auto sechs Stunden entfernt. Sie müssen sofort in ihren Wagen gesprungen sein, nachdem wir aufgelegt hatten. Oder vielleicht gibt es ein Privatflugzeug, von dem ich nichts weiß.

William lässt sich nicht beirren. »Gegen jede Vernunft und jeden Rat hast du darauf bestanden, in Richtung Kontinent davonzukutschieren«, donnert er. »Wann wolltest du deine nächste Behandlung haben? Hm?«

»Nach meiner Rückkehr logischerweise«, stößt Jamie hervor.

»Im Januar? Nach einem Monat? Na großartig! Einem Monat, in dem du ungesund isst, dich völlig verausgabst, über die Maßen trinkst und rammelst wie ein Teenager, der eben seinen Schwanz entdeckt hat?«

Ich zucke zusammen. Nicht wegen Williams Derbheit, sondern wegen seiner Treffsicherheit. So ausgedrückt, klingt es tatsächlich verrückt, für einen Monat zu verreisen. Jamie springt von der Couch hoch und beginnt auf und ab zu laufen, von Adrenalin beflügelt.

»Jamie, was für eine Behandlung wirst du im Januar beginnen? William, sei nicht grob«, sagt Antonia, die Stimme der Vernunft.

»Chemo«, antwortet Jamie knapp.

»Chemo?«, bellt William. »Was ist mit der Stammzelltherapie?«

Jamie holt einmal tief Luft. »Ich habe dir bereits gesagt …«

»Dr. Solomon hat gesagt, er hätte dich überzeugt, noch einmal darüber nachzudenken …«

»Ich habe noch einmal darüber nachgedacht und bin zu demselben Schluss gekommen.« Ich sehe Jamie an. Das habe ich nicht gewusst. Er sieht mich kurz an, blickt leicht verlegen, als er sagt: »Ich werde mich noch einmal mit der Idee befassen, wenn Ella nach Amerika zurückgekehrt ist …«

»Falls du dann noch nicht tot bist.«

»William«, fährt Antonia ihn an. »Ich verbiete dir, so zu sprechen. Hast du mich verstanden? Ich werde das nicht zulassen.«

William verdreht die Augen und wendet sich ab, starrt auf die gegenüberliegende Wand.

Stimmt das, was er auf dem Ball zu mir gesagt hat? Macht Jamie die Stammzelltherapie deshalb nicht, weil er nicht von mir getrennt sein will? Ein flaues Gefühl macht sich in meinem Magen breit.

Antonia seufzt. »Was ist dein Plan, mein Schatz?«

Jamie macht vor seiner Mutter eine wegwerfende Handbewegung. »Ich mache mit der Erhaltungschemo weiter. In sechs Monaten werde ich meine Optionen neu abwägen.«

»Das darfst du nicht!«, bellt William. Er kommt auf ihn zu, schlägt bei jedem Schritt mit einer Faust in die geöffnete andere Hand. »Man hält den tollwütigen Hund nicht in Schach, man dreht ihm den verdammten Hals um!«

Jamie, von aller Kraft verlassen, lässt sich auf die Couch zurücksinken.

»Nimm wenigstens an der Studie teil«, fleht William ihn an.

»Was für eine Studie?«, höre ich mich fragen.

Eine selbstgefälliges, überlegenes Grinsen breitet sich auf Williams Gesicht aus. »Offenbar teilt Jamie doch nicht alles mit Ihnen.« Ich muss meine ganze Selbstbeherrschung zusammennehmen, um ihm nicht in Erinnerung zu rufen, dass er nur meinetwegen hier steht. Er sieht zurück zu Jamie. »Soll ich es ihr sagen? Oder würdest du es lieber selbst tun?«

Jamie spannt den Kiefer an. Er spricht mit leiser Stimme. »Das ist ein neues Medikament, für Leute, die unheilbar krank sind. Mein Vater will dich glauben machen, dass es das Blatt wenden könnte …«

»Man hat sehr vielversprechende …«

»Herrgott noch mal!«, faucht Jamie erschöpft. »Das ist kein Heilmittel. Es *gibt* kein Heilmittel. Wir reden hier von etwas, das mir vielleicht, *vielleicht* mehr Zeit verschaffen könnte.«

»Warum habe ich nichts davon gewusst?«, frage ich. »Warum hast du nichts davon erwähnt?«

Jamie starrt auf den Couchtisch. »Wegen der Kosten.«

»Der Kosten!«, rufe ich aus, lauter als beabsichtigt. »Ist das dein Ernst …«

Jamie presst die Augen zusammen. »Nicht finanzielle Kosten, persönliche Kosten. Nebenwirkungen.«

»Und die wären?«

»Sie haben keine verdammte Ahnung! Es ist eine Studie. Genau darum geht es doch.« Auf einmal beugt er sich vor, stützt die Ellenbogen auf die Knie. Er starrt William an, während er tief Luft holt, um sich zu beruhigen. »Oliver hat an einer Studie teilgenommen, und sie hat ihn getötet. Langsam und qualvoll. Er ist innerlich verblutet, ertrunken, an seinem eigenen Blut erstickt …«

»Das Medikament hat Oliver nicht getötet«, unterbricht William ihn wieder.

Auf einmal schießt Jamies Finger vor wie eine Pistole, vorwurfsvoll auf William gerichtet. Seine Hand zittert vor unterdrückter Wut, während er seinen Vater anfunkelt. Ich bin völlig perplex. Ich habe ihn noch nie so zornig gesehen.

William schlägt einen anderen Ton an. »Ich sage nur, dass Olivers Krankheit zu weit fortgeschritten war. Du bist dafür der ideale Kandidat.«

Jamies Stimme zittert, als er leise sagt: »Ich werde Ella keinen unbekannten Nebenwirkungen aussetzen. Ich werde nicht mit ansehen, wie sie zu einer Pflegekraft wird …«

»Hier geht es nicht um mich!«, rufe ich aus, entsetzt von seiner Überlegung, während William brüllt: »Hier geht es nicht um sie!« Wir beäugen uns misstrauisch, unbehaglich in unserer Einigkeit.

Antonia schüttelt den Kopf. »Man möchte meinen, wir hätten vom letzten Mal alle etwas gelernt.« Als sie das ausspricht, lösen sich Jamie und sein Vater voneinander wie zwei Boxer, die sich in die entgegengesetzten Ecken zurückziehen, sobald der Ringrichter dazwischengeht. Schweigen tritt ein. Es fühlt sich an, als ob diese Achterbahn ihr Tempo allmählich verlangsamte, in die Station einführe. Auch wenn ich mich lieber noch nicht losschnalle.

Antonia sieht zwischen den beiden hin und her. »Diese Krankheit ist für keinen von uns leicht. Entscheidungen sind für keinen von uns leicht. Ja, Jamie, du wirst selbst über deine Zukunft entscheiden, aber wir werden alle mit deiner Entscheidung leben. Es gibt keine richtige Antwort. Wäre es nicht befreiend, wenn es so wäre?«

Ihre Diplomatie ist inspirierend. Ich könnte Unterricht bei ihr nehmen.

»Also, mein Schatz. Hör zu. Denk noch einmal darüber nach. Lehne nichts ab, nur weil dein Vater es vorschlägt. Und dann triff deine Entscheidung. Und wie immer sie aussieht, wir werden sie unterstützen.«

William hat den Blick zu Boden gesenkt. Jamie reibt sich geistesabwesend die Stirn. Er sieht erschöpft und nachdenklich aus. Ich bin noch immer voller Ehrfurcht vor Jamies Mutter.

Jamie schweigt lange, bevor er sagt: »Ich werde an der Studie teilnehmen. Unter einer Bedingung.« Er sieht zu seinem Vater hoch. »Du hältst dich da raus. Du wirst nicht mit meinen Ärzten reden. Du wirst mich weder anrufen noch besuchen. Ich will die nächsten drei Monate in Ruhe gelassen werden.«

William sieht aus, als würde er gleich in die Luft gehen.

»Jamie, muss das wirklich sein?«, frage ich.

Jamie wendet den Blick nicht eine Sekunde von William ab. »Ja.«

»Warum?«

Er antwortet nicht. Schließlich ergreift William das Wort. »Ich warte draußen.« Er geht ohne ein weiteres Wort. Kein »Es tut mir leid«. Kein »Jamie, bitte«. Kein »Ich liebe dich«. Er sieht niemanden an. Er verlässt einfach den Raum.

Antonia wendet sich auf der Couch zu Jamie um. Sie küsst ihm die Wange. Ihre Lippen verweilen dort. Dann umarmen sie sich. Halten sich einfach nur. Ich stehe hinter ihnen und sehe, wie die Tränen aus Antonias geschlossenen Augen sickern. Ich höre eine erstickte, gebrochene Stimme sagen: »Ich liebe dich«, und in diesem Moment kann ich nicht sagen, ob Jamie oder Antonia das gesagt hat. Es spielt keine Rolle.

Ich habe nur ein einziges Mal im Leben eine solche Liebe verspürt, und im Moment kann ich es nicht ertragen, daran zu denken.

Antonia tätschelt Jamie den Rücken und löst sich von ihm. »Mein hinreißender Junge.«

»Meine wunderschöne Mum.«

Sie steht auf und streckt eine Hand nach meiner aus. Wir wagen es nicht, uns zu umarmen. Ich glaube, wir wissen beide, dass wir zusammenbrechen würden. Sie neigt den

Kopf in die Richtung, in die William verschwunden ist. »Ich bitte um Entschuldigung, Eleanor.«

Ich schüttele den Kopf, versuche, die Stimmung aufzulockern. »Er ist ein bisschen wie ein Elefant im Porzellanladen, stimmt's?«

»Das ist milde ausgedrückt, meine Liebe.« Sie lächelt leicht, scheint darüber nachzudenken. »Auch wenn man sich manchmal fragen muss, warum der Elefant überhaupt im Porzellanladen ist.« Sie verlässt das Zimmer.

Während ihre Schritte sich entfernen, überlege ich, ob ich ihr nachlaufen soll. Ich will wissen, warum er im Porzellanladen ist. Ich will wissen, was zwischen Vater und Sohn los ist. Als ich einen Blick auf Jamie werfe, sehe ich, dass er den Kopf nach hinten gelegt hat, die Augen geschlossen.

»Jamie ...«, beginne ich.

»Ich brauche einen Moment.«

Er ist wütend. Das verstehe ich. Ich bin auch wütend. Ich trete in dem Moment in den Flur hinaus, in dem sich die Haustür hinter Antonia schließt. Zu spät. Sie ist gegangen.

Ich werde nicht zu ihnen hinausgehen. Das würde nur Ärger provozieren, und davon hatten wir für einen Tag genug. Aber es zieht mich unwillkürlich zu dem Fenster neben der Tür, vor dem ein schlichter Musselinvorhang hängt. Während ich da stehe und durch den Spalt zwischen Fenster und Vorhang äuge, kann ich genau auf die Eingangsstufe blicken, ohne den Stoff zurückschieben zu müssen. Ich weiß, dass ich schnüffele, aber ich kann nicht anders. Das hier scheint notwendig.

Antonia ist auf der obersten Stufe stehen geblieben und starrt auf William hinunter, der am Fuß der Treppe steht, das Geländer umklammert hat und heftig daran rüttelt, bis es sich schließlich aus seiner rostigen Verankerung löst. Er wirft es in das Gebüsch neben der Treppe. Einen Moment steht er reglos da, keuchend, mit bebenden Nasenflügeln. Er tritt zur Betonung gegen das Geländer, dann starrt er es einfach nur an. Schließlich greift er in seine Jackentasche, holt eine Zigarette heraus, zündet sie an und beginnt auf und ab zu gehen. Atmet Luft und Rauch ein und aus, will offensichtlich noch mehr Schaden zufügen, ist sich aber nicht sicher, wem oder was.

Antonia steigt langsam, aber entschlossen die Stufen hinunter. William richtet seine Zigarette auf sie, das Gesicht wutverzerrt.

Ich greife nach dem Türknauf, aber dann besinne ich mich eines Besseren. Denn Antonia geht seelenruhig noch eine Stufe hinunter, auf William zu, bis sie auf Augenhöhe mit ihm ist.

Ich habe noch nie zwei Leute so deutlich und doch wortlos miteinander reden sehen.

Schließlich setzt sich William in Bewegung. Er geht, um seine Zigarette wegzuwerfen, aber Antonia reißt sie ihm aus der Hand. Sie nimmt einen tiefen Zug, legt den Kopf in den Nacken und atmet aus. Sie sieht zurück zu William und wirft die Zigarette auf den Boden. William lässt den Kopf hängen, sieht aber zu seiner Frau hoch, ein Eroberer, der erobert wurde. Sie ist für ihn da.

Sie umfasst seine Schultern, als er nach vorn sackt, und

sein Kopf ruht zwischen ihren Brüsten. Seine Hände finden ihre Hüften, bleiben mit alter Vertrautheit darauf liegen. Sie gleitet mit den Händen über seinen Rücken, auf und ab, auf und ab. William wendet sich nach links, in meine Richtung, und ich sehe, dass seine Augen geschlossen sind, seine Lippen eine schmale, gerade Linie, eine Maske der Anspannung. Antonia blickt zum Himmel hoch, den Mund geöffnet, atmet tief ein.

Ich weiß nicht, ob es der Anblick ihres unverhüllten Schmerzes oder ihrer Intimität ist, der mich schließlich veranlasst, mich abzuwenden, aber ich tue es.

Ich gehe zurück in den Salon, wo Jamie noch immer auf der Couch sitzt. Er schlägt die Augen auf, als ich mich nähere. »Hör zu«, beginnt er.

»Nein, hör auf. Hör einfach auf, Jamie. Es reicht. Es tut mir leid, dass sie dich so überfallen haben. Nur um das klarzustellen, ich habe sie nicht gebeten zu kommen. Aber es tut mir nicht leid, dass ich sie angerufen habe. Sie haben ein Recht zu wissen, was mit ihrem Sohn los ist.«

»Du solltest dich da lieber nicht einmischen, Ella. Das betrifft dich nicht.«

»Oh doch, das tut es. Und weißt du, warum? Weil ich diejenige bin, die jetzt hier ist.« Ich bin inspiriert von Antonia. Daher fahre ich, als Jamie den Mund aufmacht, um zu protestieren, fort: »Du hast mir gesagt, dass sich nichts geändert hat. Und in dem Moment habe ich dir geglaubt, weil ich es wollte, aber, Jamie, alles hat sich geändert.« Ich sehe zu, wie die traurige Erkenntnis einer geleugneten Wahrheit seine Augen erreicht. »Es muss uns, das hier, nicht aufhalten.« Ich zeige zwischen uns beiden hin und her. »Aber wir können es auch nicht ignorieren.«

Ich setze mich auf die Kante des Couchtischs, genau vor ihn, Knie an Knie. »Du kennst mich inzwischen gut genug, um zu wissen, dass ich gern Meinungen habe.« Er schnaubt spöttisch. »Und ich bin gut darin. So gut, dass Leute mich für meine Meinungen bezahlen, aber dir gebe ich sie umsonst. Das heißt, Dinge vor mir zu verbergen wird mich nicht davon abhalten, Meinungen zu haben. Es wird mich nur davon abhalten, fundierte Meinungen zu haben.« Ich nehme seine Hand. »Willst du mich hierhaben?«

Er sieht mir in die Augen, und ich erhasche einen flüchtigen Blick auf den Jamie von unserem ersten Tutorium. »Natürlich.«

»Dann schließ mich nicht aus. Tu nicht so, als ob bereits der elfte Juni wäre. Denn der wird noch früh genug kommen.«

Nach einem Moment seufzt Jamie. »Das heißt, wir ziehen das durch, zusammen?«

Ich nicke. »Zusammen. Wir werden im März fahren. Das Wetter wird sowieso besser sein.« *Alles wird besser sein,* sage ich mir.

Nach einem Moment nimmt er meine Hand, biegt sie am Handgelenk nach hinten und küsst die Innenfläche. Er lässt seine Lippen dort verweilen. Die Augen fallen ihm zu. Er murmelt: »›Wir stehn hier wie auf dem dunklen Pass, wo sich Heere blind bekriegen in der Nacht.‹« Er schlägt die Augen auf, sieht mich über meine Hand hinweg an. Seine

Augen sind wie mitternächtliche Seen. Das Schlimmste für mich ist die Zerbrechlichkeit. Der Schleier des »Nur ansehen, nicht anfassen« über diesen Momenten der Verbundenheit. Der »Geht's dir gut, wie fühlst du dich«-Filter.

Er lässt den Kopf sinken. Ich strecke eine Hand aus und streiche ihm damit durchs Haar. Er schmiegt den Kopf in meine hohle Hand, wie eine Katze. Er beugt sich vor und legt den Kopf zwischen meine Brüste.

»Ich schwöre«, murmelt er, »wenn dieser Mann der Tag ist, dann bin ich die Nacht.«

Seine Hände finden meine Hüften.

Er wendet den Kopf nach links.

Während ich beginne, mit den Händen über seinen Rücken zu reiben, ist alles, was ich denken kann: *Tag und Nacht sind nur zwei Seiten desselben Planeten.*

Sei bei mir,
wenn Vertrauen niederzwingend
Der Schmerz im Körper wühlet;
wenn die Zeit
Ein rasend Weib mir dünkt,
die Staub verstreut,
Das Leben eine Furie,
Flammen schwingend.

Alfred Lord Tennyson,
»In Memoriam«, L., 1850

Kapitel 24

Haben Sie je darüber nachgedacht, wie es wäre, auf einem Badezimmerboden seine Zelte aufzuschlagen? Ich auch nicht. Jetzt bin ich eine Expertin.

Das Geheimnis sind Polster. Daunenkissen sind für Amateure. Man braucht ein großes Polsterkissen mit einer einteiligen Sitz- und Rückenfläche von einer Oxfam-Couch, das senkrecht vor der Toilette platziert wird. Man braucht eine atmungsaktive Decke (keine Mikrofaser, auch wenn das leichter zu reinigen wäre), die er zurückschlagen kann, je nach seiner Körpertemperatur. Außerdem braucht man ein Heizgerät für die kalten Tage, einen Ventilator für die Tage, an denen er an adrenaler Erschöpfung leidet, und – das ist entscheidend – ein Reinigungsmittel mit einem Duft, von dem er nicht noch kränker wird, als er ohnehin schon ist. Zu guter Letzt muss man ein Online-Video finden, das einem (Schritt für Schritt, es ist schwieriger, als man denkt) zeigt, wie man in einen normalen Lichtschalter einen Dimmer einbaut. Warum? Damit er, wenn er um drei Uhr morgens zur Toilette stürzt, nicht Flutlicht ausgesetzt ist. Licht kann schmerzhaft sein.

Ich sitze gern, so wie jetzt, auf dem marmornen Waschtisch, mit dem Rücken an den Spiegel gelehnt, ein Buch über das Reformgesetz von 1832 in meinem Schoß. Jamie bewegt sich leicht, rastlos. Meine Sinne sind geschärft, daher weiß ich, was als Nächstes kommt. Er schlägt die Decke zurück und dreht sich zur Toilette. Ich beuge mich vor, aber er hebt eine Hand. Wartet ab. Er verharrt einen Moment über der Schüssel, testet die Stimmung, gewissermaßen. Ich lasse ihm Raum, aber ich beobachte ihn mit Argusaugen. Manchmal wird Jamie schwach, wenn er sich übergibt, und ungefähr einen Monat nachdem er mit der Studie begonnen hatte, hat er einmal das Bewusstsein verloren und sich die Stirn an der Kante des Toilettenpapierhalters aufgeschnitten. In diesem Gesicht, das ich einmal für zu perfekt hielt, um gut aussehend zu sein, verläuft jetzt eine weiße Narbe genau durch die linke Augenbraue. Danach bestand ich darauf, ihm hier drinnen Gesellschaft zu leisten (und er nahm es letztendlich hin).

Wie sich herausstellt, führen wir einige unserer besten Gespräche in diesem Badezimmer. Wir reden über Geschichte (die der Welt und unsere eigene), George Eliot (ich schreibe meine Abschlussarbeit über das Konzept der Bildung in *Middlemarch*), Kultur, Naturwissenschaft, Philosophie und, natürlich, Literatur. Hin und wieder sehen wir uns Abbott und Costello an. Ich lasse mich auf den Hintern fallen. Hart. Für einen Lacher tue ich derzeit alles.

Jamie lehnt sich wieder gegen die Wand zurück. Es war falscher Alarm. Er spreizt die Beine zu einem breiten V, als wäre er eben einen Marathon gelaufen. Irgendwie ist er das auch.

Jamie zufolge sind die Nebenwirkungen der Studie »ziemlich gut beherrschbar«. Im Schnitt kommen fünf gute Tage auf zwei schlechte, und er war nur zweimal im Krankenhaus (wieder Anämie und ein Sepsis-Verdacht). Er hat es geschafft, sich keine Knochen zu brechen (ein häufiges Vorkommnis, wenn ein knochenschwächendes Myelom wütet), und auch wenn er viel schläft, ist sein Energiepegel, sobald er wach ist, fast normal. Er unterrichtet in diesem Semester nicht, aber er erledigt Korrekturarbeiten, und er hat sogar ein paar Vorlesungen gehalten. Ich glaube, am meisten ärgert er sich darüber, dass er sich nie auf die Kooperation seines Körpers verlassen kann. An einem Tag fühlt er sich gut, aber am nächsten hat er dieses lähmende Sodbrennen, dann einen guten Tag, dann Verstopfung. Das Unbekannte ist gnadenlos.

Irgendwie hat er noch immer seine Haare, was ihn bei den Gruppensitzungen als Paria brandmarkt. Er versucht, den Leuten zu zeigen, wo es sich am Hinterkopf ausdünnt. Er ist wie die werdende Mom mit den schmalen Hüften und nur einem dicken Bauch, die den anderen Frauen im Geburtsvorbereitungskurs versichert, dass sie diese Woche in den Oberarmen ein klein wenig zugenommen hat, und von allen gehasst wird. Ich bringe es nicht über mich, ihm zu sagen, dass seine Schleimerei es nur noch schlimmer macht.

»Kennst du eigentlich das Geschichtszentrum von Oxfordshire?«, fragt mich Jamie mit leiser Stimme, wie zur Geisterstunde.

So läuft das; lange Phasen des Schweigens, durchbrochen von zusammenhangslosen Aussagen. Wir tun es beide. In den letzten drei Monaten haben wir VIP-Backstagepässe zum Gehirn des jeweils anderen bekommen.

»War nie da«, antworte ich.

»Wir sollten hinfahren.«

Ich springe vom Waschtisch. »Ich hole meine Handtasche.«

Er kichert. Der war gut. Dann übergibt er sich. Nicht so gut. Ich warte. Er atmet durch. Er redet weiter. »Ich war seit einer Ewigkeit nicht mehr dort, aber da gibt es dieses ... Ding, diese ... historische Fußnote, die mir richtig gut gefallen hat. Ich muss ständig daran denken.« Er lehnt sich wieder zurück, gegen die Wand.

Ich rutsche ihm gegenüber auf den Boden. Ich reiche ihm die Wasserflasche, er spült sich den Mund aus, wendet sich ab, spuckt in die Toilette aus. Rituale. Ich lege zögernd seine Füße in meinen Schoß und massiere sie ein bisschen. Ich beobachte sein Gesicht, suche nach irgendeinem Anzeichen von Unbehagen. Eine der eher seltsamen Nebenwirkungen ist ein Nervenschmerz, der kommt und geht. Wenn er da ist, darf Jamie nicht berührt werden. Er darf nicht einmal Oberflächen – einen Stuhl, die Couch, das Bett – berühren, alles tut weh. Dann schleicht er wie ein Zombie von einem Zimmer zum anderen, verlässt sich darauf, dass seine Ausdauer länger anhalten wird als die Neuropathie. Jetzt stöhnt er vor Behagen, gibt mir zu verstehen, dass ich seine Füße weiter reiben kann. »Gott, ich vermisse dich«, haucht er.

Impotenz. Dieses große, unheimliche, Dämonen heraufbeschwörende Wort, in den Gruppensitzungen geflüstert. Die Ehefrauen schleichen sich an mich heran. »Und wie lange seid ihr zwei schon zusammen?« Bei der Antwort quellen ihnen die Augen aus dem Kopf, diesen Frauen, die ihre Beziehungen in Jahren, sogar Jahrzehnten messen, nicht in Monaten. »Was, so kurz? Armes Ding.« Ihr Rat: Rede nicht darüber. Quäle nicht sein Ego. Nimm einen Liebesroman mit ins Bad, haben sie gesagt. Daher habe ich es getan. Nur dass ich es leicht abgewandelt habe: Wenn ich einen Liebesroman mit ins Bad genommen habe, habe ich ihn mir von Jamie vorlesen lassen.

Auf Teufel komm raus, in diesem Fall mit einem Buch, haben wir Möglichkeiten gefunden, wie es klappt. Aber ganz ehrlich? Es ist noch immer nicht genug. Ich fühle mich absolut leer. Ich kann nur ahnen, wie er sich fühlen muss. Welche Ironie, wenn man bedenkt, wie diese Beziehung angefangen hat.

Aber gestern hatte Jamie seine letzte Behandlung. Es gibt ein Licht am Ende des Tunnels. Ein großes rotes Licht im Amsterdam-Stil.

Jamie schweigt, und mir wird bewusst, dass er eingenickt sein könnte. Das passiert manchmal. An manchen Tagen schläft er rund um die Uhr (buchstäblich, von zehn Uhr abends bis zehn am nächsten Abend). Wir haben das Krankenlager längst vom Salon in sein richtiges Bett verlegt. So viel zu negativen Assoziationen. Während er schläft, sitze ich in seinem Bett und arbeite, entweder an meiner Abschlussarbeit oder an der Wahlkampagne. Oder ich setze meine

Kopfhörer auf und sehe mir zum tausendsten Mal *The West Wing – Im Zentrum der Macht* an. An den schlechten Tagen lasse ich ihn nicht gern allein, während er schläft.

Aber an den guten Tagen bin ich draußen unterwegs, in der Bod oder der Bibliothek der englischen Fakultät, treffe meinen Studienberater, gehe zu Kursen und Vorlesungen, trinke mit Maggie, Charlie und Tom ein Pint. Ich verbringe etwa die Hälfte der Zeit im Magdalen, und wenn ich dort bin, tausche ich Neuigkeiten mit Hugh aus, während ich mein Postfach sichte, und plaudere frühmorgens mit Eugenia. Meine drei Musketiere sind begeistert davon, dass Jamie und ich zusammen sind, aber auf Jamies Bitte hin wissen sie noch immer nichts von seiner Krankheit. Er lebt extrem zurückgezogen, und das sollte er auch. Wegen Oliver entlockt es den Leuten keine mitleidvollen Blicke, wenn sie hören, dass Jamie ein Myelom hat; es entlockt ihnen Blicke schaurigen Entsetzens, als würden sie einem Gespenst gegenüberstehen.

Charlies Plan mit dem Blenheim-Ball ist nach hinten losgegangen. Jetzt scheint Tom in Maggies Nähe einfach nur verwirrt. Er spricht kaum mit ihr, gibt sich unnahbar und distanziert, was Maggie vermuten lässt, dass er in eine andere verknallt ist. Wir hatten uns das so toll vorgestellt … Mit meinen Freunden zu Abend zu essen, Collegetratsch zu hören, über ihre Abschlussarbeiten zu reden, zuzusehen, wie Charlie versucht, Ridley eifersüchtig zu machen, indem er andere Typen vor ihm aufmarschieren lässt … all das gibt mir eine Gelegenheit, mich normal zu fühlen. Ich bin einfach nur ein Mädchen, das im Ausland studiert, unbewusst einen unerträglichen Mittelatlantik-Akzent annimmt (vor allem nach ein paar Drinks) und mit nicht mehr als dem Allernötigsten in einem Dachzimmer zur Miete wohnt. Aber ich schlage keine Wurzeln in diesen Momenten, sondern lasse das alles im Nu hinter mir, um zurück zu Jamie und dem alten viktorianischen Haus in North Oxford zu kommen.

An manchen Tagen scheint alles gut mit ihm zu sein. Fast normal. Wir lachen. Wir berühren uns. Wir trinken ein Glas Wein zusammen. Wir gehen aus dem Haus. Wir spazieren durch den Park, nach Port Meadow hoch. Wir besuchen Lizzie, Bernard und Ricky, trinken einen Fingerbreit von Jamies Whiskey und essen Popcorn. Wir gehen zum Fröhlichen Fisch und teilen uns eine Portion Pommes frites. Wenn es (wie so oft) regnet, gehen wir ins Ashmolean Museum oder ins Naturkundemuseum und bewundern angelsächsische Kostbarkeiten, Bilderhandschriften, Dinosaurierknochen.

Zuzusehen, wie Jamie das alles durchsteht, ist eine Lektion in Tapferkeit. Er stellt nicht die großen Fragen. Warum ich? Warum mein Bruder? Was hat das alles für einen Sinn? Was kommt als Nächstes? Ich habe nie gehört, dass er grübelt, zweifelt, flucht. Ich kann nur vermuten, dass er das alles beim ersten Mal, mit Oliver, hinter sich gebracht hat. Es ist dieser erste große Verlust, wie eine erste Liebe, nehme ich an, der die Fragen aufwirft. Vielleicht lernt man, sobald man begriffen hat, dass es keine Antworten gibt, mit den Fragen zu leben.

Mindestens einmal die Woche treffe ich mich mit Cecelia

zum Lunch. Ganz ehrlich, ich weiß nicht, was ich ohne ihr Wissen und ihren Rat tun würde. (Es schadet auch nichts, dass sie zufällig alles über die Eigentumsrechte von Frauen im England des neunzehnten Jahrhunderts weiß, wegen ihrer Arbeit über Elizabeth Gaskell, daher hat sie mir bei einigen Aspekten meiner Forschung echt helfen können.)

Offen gestanden, bin ich irgendwie verliebt in sie.

Offen gestanden, bin ich irgendwie verliebt in dieses Leben.

Dieses unerwartete Leben.

Man könnte meinen, dass ich in die entgegengesetzte Richtung davonlaufen würde, dass ich auf den Kalender sehen würde, auf diesen Bus warten würde, der mich am elften Juni zurück nach Heathrow bringen wird. Aber das Gegenteil ist der Fall. Ich weiß nicht, warum; ich kann es nicht erklären.

Vor allem, da ich meinen Job noch immer liebe. Ich bekomme einen Anruf von Gavin, und die Aufregung schaltet sich ein, beflügelt mich wie eine Droge. Die letzte Debatte ist heute Abend, und Dienstag in einer Woche sind die Vorwahlen in fünf Staaten.

Alles scheint sich zuzuspitzen. Die letzte Debatte, Jamies letzte Behandlung, mein letztes Semester hier … und ich habe keine Ahnung, wie irgendetwas von alledem ausgehen wird.

Das Leben.

Jamies Augen sind offen, und er redet weiter, als hätte er nie innegehalten. »Im Geschichtszentrum von Oxfordshire gibt es einen alten Stadtplan, auf dem man sieht, wie

Oxford früher ausgesehen hat, ganz zu Beginn der Universität. Ungefähr fünftausend Einwohner, was nicht unbeträchtlich ist, wenn man bedenkt, dass London damals um die zwanzigtausend hatte. Der Fluss verlieh der Stadt strategische Bedeutung, und die Normannen errichteten hier eine Burg, auf einem Hügel, der bereits von den Dänen genutzt worden war, als sie die Stadt im …« Jamie bricht ab wie meistens, wenn ihm bewusst wird, dass er doziert. Er denkt, dass es mich stört. Aber das tut es nicht. Ich finde es niedlich. »Was ich sagen will, ist, dieser Ort muss schon damals irgendetwas an sich gehabt haben, irgendetwas Einzigartiges. Die Sachsen nutzten Oxford als Handels- und Verkehrszentrum. Insbesondere, um die Themse mit Lebendvieh, wie zum Beispiel Ochsen, zu durchqueren. Was offenkundig der Grund ist, wie Oxford zu seinem Namen gekommen ist.«

Ich nicke, noch immer darauf konzentriert, seine Füße zu reiben. »Oxenford.«

»Richtig«, murmelt er, als würde er aus einem Traum wieder zu sich kommen. »Genau das ist es. Die Idee einer Furt im Fluss. Die Stelle, die genaue Stelle, an der er am leichtesten zu durchqueren ist. Wie erstrebenswert das war. Ist.« Er legt eine Hand sanft auf meinen Schenkel. Es fühlt sich so gut an, dass ich fast schnurre. Aber er spricht nicht weiter, und ich blicke auf.

Er sieht mich mit einem Ausdruck an, den ich nur als erschöpfte Resignation bezeichnen kann. Diesen Ausdruck wollte ich nie in seinen Augen sehen. Es macht mir schreckliche Angst. Mein Herz schlägt laut.

»Oliver wurde gezwungen, diesen Ort zu verlassen«, murmelt Jamie, und ich balle die Hand zur Faust, um sie nicht auszustrecken und ihm den Mund zuzuhalten. »Schreiend und um sich tretend, wurde er weggeschleift. Gezwungen, einen Kampf fortzuführen, den er bereits verloren hatte. Er hatte nicht die Kraft, sich dem Beharren meines Vaters zu widersetzen. Seiner Dominanz. Seinen Lügen. ›Du bist noch stark, Ollie, du bist jung, mein Bursche, du bist es uns, die wir dich lieben, schuldig. Komm schon, mein Junge, einen letzten Kampf noch.‹ Er hat sich gefügt. Und er hat gelitten. Mein Bruder, der Rugbyspieler, wurde zu einem Skelett. Er hat Blut geschissen. Er hat Höllenfeuer halluziniert. Er hat versucht, sich umzubringen, und sie haben ihn wiederbelebt. Er wurde immer weiter und weiter flussaufwärts geschleift. Fort von seinem Oxenford.« Jamie weigert sich, den Blickkontakt zu mir abzubrechen, sein Kiefer mahlt, und seine Zähne knirschen. »Das wird nicht noch einmal passieren.«

Ich kann nichts erwidern. In diesen letzten paar Monaten war Jamie so ausgeglichen, stoischer, als ich je sein könnte. Ich weiß, dass er es leid ist, krank zu sein; ich weiß, dass er von dieser ganzen Sache niedergekämpft ist. Vom Kopf her weiß ich das alles. Aber bis jetzt habe ich es nicht gefühlt, nicht wirklich verstanden.

»Es heißt, dass wir heutzutage länger leben. Doch das ist ein Irrglaube. Wir werden nur länger am Leben erhalten. Sterben in Würde. Jede Kultur hatte das. Die Griechen haben den Schierlingsbecher geleert. Die Römer haben sich in ihr Schwert gestürzt. Samurai und Seppuku.

Mittelalterliche Ritter, so gepanzert, dass es auf dem Schlachtfeld keine denkbare Möglichkeit zum Selbstmord gab, überließen diese Ehre einander, einen Gnadendolch zwischen den Panzerplatten genau ins Herz zu stoßen. Aber wir? Kein Gnadendolch für uns. Wir heilen die Leute zu Tode.« Er hält einen Moment inne. »Das ist der Punkt, an dem jene, die einen wirklich lieben, einschreiten sollten, Partei ergreifen sollten. Das sollten sie wirklich.« Jamie schluckt. »In jenen entsetzlichen letzten Tagen hat Ollie die eine Frau, die ihm vielleicht etwas Trost hätte spenden können, die, die er am meisten geliebt hat, Ce, nicht mehr an sich herangelassen. Er konnte es nicht ertragen, dass sie sieht, worauf er reduziert worden war. Durch meinen Vater.«

In der nachfolgenden Stille kann ich hören, wie Jamies Atem stockend wird, lauter, krächzend, während er an der lange unterdrückten Emotion würgt. Schließlich sagt er mit dünner Stimme: »Er hätte ihn bis in alle Ewigkeit an diese verdammten Apparate angeschlossen gelassen. Daher hat Oliver mir eine Vollmacht erteilt. Eine Vorsorgevollmacht.« Jamie schluckt. »Willst du die Wahrheit wissen? Ich hatte gehofft, Oliver würde sterben, bevor ich die Entscheidung treffen musste. Feigheit? Ja. Aber wir hätten das ganze Theater vielleicht überstanden, ohne dass William je erfahren hätte, dass wir die Unterlagen unterzeichnet hatten. Wir hätten den Schein wahren können, dass er noch immer das Sagen hatte. Als er es herausfand ... wurden Dinge gesagt.« Er bricht ab. Genauer wird er es nicht erklären. Jamie kann undeutlich sein, vor allem, was Gefühle betrifft. Er spricht in Fragmenten, Bruchstücken, die ich mir selbst zusammenfügen muss.

Man muss William zugutehalten, dass er seinen Teil ihrer Abmachung eingehalten hat. In den letzten drei Monaten war es, als ob er nicht existierte. Antonia kommt zwar oft zu Besuch, und ich weiß, dass William immer wieder geschäftlich in London zu tun hatte, aber er hat sich aus dem Leben seines Sohns herausgehalten, nur um sicherzustellen, dass Jamie tut, wovon er glaubt, dass Jamie es tun muss, um am Leben zu bleiben. Meine Übersetzung? William liebt Jamie. Und William hat Oliver geliebt. So viel ist jetzt offensichtlich.

Tränen sickern aus Jamies Augenwinkeln. Ich will irgendetwas sagen, um ihm zu helfen, um das alles besser zu machen, aber was könnte das schon sein? Nichts hilft beim Verlust eines Bruders, beim Verrat eines Vaters. Daher streichele ich einfach weiter seine Füße, während seine Hand meinen Schenkel knetet.

Jamie blickt auf, seine wässerigen blauen Augen finden meine. »Keine Sorge. Ich gebe nicht auf. Das wollte ich mit diesem ganzen … Geschwafel nicht andeuten.« Er kichert leise. »Du bist mich noch nicht los. Ich sage nur: Wenn die Zeit kommt, lass es mein Oxenford sein.« Er sieht wieder auf seine Füße. »›Abendsonne und auch Abendstern, an mich ergeht ein Ruf von fern! Doch bitte trauert nicht … muss ich doch stechen jetzt in See.‹« Jamie schließt die Augen.

Tennyson. Immer Tennyson.

Jeder hat seine Metapher. Für Tennyson war es die

Abendsonne, für Jamie ist es eine Furt im Fluss. Und für mich?

Ich weiß es noch nicht. Ich kann nicht darüber nachdenken.

Ich bin noch nicht bereit, auch nur darüber nachzudenken, diese Welt zu verlassen. Im Augenblick habe ich genug mit dem Gedanken zu kämpfen, Jamie im Juni zu verlassen, und dafür gibt es keine Metapher.

Jamie hat mich eingeladen, bei ihm einzuziehen, aber bis jetzt habe ich nicht mehr als eine Zahnbürste und einen Pyjama hierhergebracht.

Denn wenn ich im Juni packe, will ich es nicht in diesem Haus hier tun. Es muss im Magdalen geschehen. An dem Ort, für den ich ursprünglich hierhergekommen bin, und dem Ort, den ich zurücklassen werde. Ich bin dort nur flach verwurzelt; hier reichen die Wurzeln tiefer und werden schwerer auszureißen sein, wenn die Zeit kommt.

»Aufgeben«, sagt Jamie, jetzt ruhiger, gefasster. »Wissen, wann man loslassen soll. Sich frei machen. Es gibt nichts Schlimmeres, als von Unentschlossenheit eingeengt, gefangen zu sein.« Diese willkürlichen Gedanken, die kommen und gehen, während er immer wieder für eine Weile wegdriftet, sind wie kleine Knallkörper, die er in mir zündet.

Als mein Vater starb, gab er da auf? Es ist so schnell passiert. Vermutlich hat er seine letzten Momente damit zugebracht, sich dafür zu verfluchen, dass er zu schnell um eine vereiste Ecke gebogen ist. Aber er wusste, dass seine Tochter und seine Frau ihn liebten. Da bin ich mir sicher. War das in diesem Moment genug?

Ich kann mir die entsetzliche Angst nicht vorstellen, mit der Jamies Vater leben muss, die Angst, dass er mitten in der Nacht einen Anruf bekommen könnte und dass ich – ich, die er nicht ausstehen kann – es sein werde, die ihm sagt, dass Jamie von uns gegangen ist. Antonias Worte gehen mir durch den Kopf. *Manchmal muss man sich fragen, warum der Elefant überhaupt im Porzellanladen ist.*

Es gibt kein Richtig oder Falsch. Das Leben wird zwangsläufig kompliziert, wenn Leute einander lieben. Partei zu ergreifen ist eine Übung in Sinnlosigkeit. Wie werden wir die Parteien los?

Wie kann ich guten Gewissens Jamie zurücklassen, seinem Vater ausgeliefert?

Ich werde das hier regeln. Ich werde einen Plan ausarbeiten. Das ist schließlich mein Talent, und es wird mein Abschiedsgeschenk für Jamie und seine Familie sein. Und ehrlich gesagt, auch für mich selbst. Das Geschenk eines Plans, ordnungsgemäß ausgeführt. Das Geschenk eines reinen Gewissens.

In der tödlichen Stille klingelt mein Handy. Mein Kopf sackt auf meine Brust. »Es tut mir so leid«, murmele ich.

Jamie drückt meinen Schenkel, gibt mir zu verstehen, dass es ihm nichts ausmacht. »Die letzte Debatte. Nur die beiden, Wilkes und Hillerson. Sie ist heute Abend?«

»Ja.« Ich stehe auf. »Die Stunde der Entscheidung.« Ich nehme das Handy aus meiner Hosentasche, gehe vom Bad ins Schlafzimmer und nehme ab. »Gavin.«

»Also. Janet ist schwanger.«

Was. »Was?«

»Sie ist schwanger.« Ich habe ihn noch nie in diesem Ton reden hören, nüchtern, nur die Fakten berichtend. Das ist so untypisch für ihn. Was der Grund ist, weshalb ich so lange brauche, um zu begreifen, dass er keinen Witz macht.

»Von mir ist es nicht«, erklärt er.

Mein Gott, vielleicht macht er doch einen Witz. »Gavin, bitte, wenn das deine Vorstellung von einem …«

»Es ist von ihrem Freund. Peter.«

Ich weiß gar nicht, wo ich anfangen soll. »W-wie weit ist sie?«

»Vierter Monat.«

»Vierter Monat!«, kreische ich, während ich weiter durch das Schlafzimmer gehe.

»Offenbar ist sie nicht sehr – wie soll ich das ausdrücken? – ›regelmäßig‹, irgendwas Prämenopausales, daher hat es ein paar Monate gedauert, bis sie es herausgefunden hat. Die gottverdammte Arztpraxis hat es durchsickern lassen, genau rechtzeitig für die Debatte heute Abend. Nicht dass sie es noch ewig hätte verbergen können.« Er seufzt. Ein gewisses Maß an Gavin kehrt in seine Stimme zurück, als er sagt: »Die Sache ist gelaufen, Kleine. Wir haben ja schon viel überstanden, aber …« Er seufzt wieder. »Das hier ist einfach eine Nummer zu groß.« Ich schweige. »Ich muss ein paar Anrufe tätigen.«

»O-okay«, antworte ich schließlich, aber er hat bereits aufgelegt. Ich nehme das Telefon von meinem Ohr und blicke einfach nur auf das schwarze Display.

Es ist vorbei.

Ich sollte verblüfft sein, und ich bin es.

Ich sollte schockiert sein, und ich bin es.

Ich sollte wütend sein. Ich bin es.

Ich sollte Angst davor haben, was als Nächstes kommt; und ja, auch das.

Aber trotzdem ist mein einziger Gedanke, während ich auf das schwarze Display starre: Jetzt kann ich in Oxford bleiben.

Alles ist klein neben diesem Gedanken.

Und das macht mir eine Höllenangst.

Ich gehe zurück zum Badezimmer und sehe Jamie. Er ist eingenickt, mit dem Rücken gegen die Wand gelehnt, Kinn auf der Brust. So wie ein Kleinkind einschlafen kann. Ich starre ihn einen Moment an. Einen langen Moment.

Dann gehe ich noch einmal ins Schlafzimmer und rufe Gavin zurück.

»Ja?«, antwortet er.

»Warum?«, frage ich.

»Warum was?«

»Warum ist es vorbei? Warum steigt sie aus?« Es ist so still, dass ich glaube, dass die Verbindung abgerissen ist. »Hallo?«

»Ach, ich weiß nicht, Ella, es ist nur so eine Idee von mir, aber vielleicht, weil wir keine unverheiratete, alleinerziehende Mutter als Präsidentin haben können?«

Zum Schluss brüllt er. Ich brülle nicht zurück. »Warum, Gavin? Warum können wir keine unverheiratete, alleinerziehende Mutter als Präsidentin haben?«

Er seufzt, hört mir gar nicht zu. »Hillerson wird sie heute

Abend zerfleischen, wenn sie nicht aussteigt. Ich werde sie nicht in diese Position bringen …«

»Bitte entschuldige, aber diese Entscheidung liegt nicht bei dir. Oder bei Hillerson. Oder der Partei. Oder irgendjemand anderem als dem amerikanischen Volk. Gib den Leuten die Chance zu entscheiden. Wir werden nie wissen, was sie wollen, wenn wir sie nicht vor die Wahl stellen.«

Eine Pause tritt ein. »Ella, verzeih mir, aber bist du völlig übergeschn…«

»Ist sie da?« Ich schlucke. »Gavin, bitte, ich weiß, das übersteigt meine Kompetenzen. Ich weiß, du hast mich nicht um meine Meinung gebeten, aber ich habe trotzdem eine.«

Nach einer Ewigkeit atmet er aus. »Augenblick.«

Im Hintergrund höre ich Geraschel und dann, über die Freisprecheinrichtung, Janets resignierte Stimme. »Ella?«

»Steigen Sie nicht aus.«

»Süße«, haucht sie, »ich will dieses Baby, mit Peter. Ich dachte, in meinem Alter sei das unmöglich. Das hier ist eine Einmal-im-Leben…«

»Bekommen Sie Ihr Baby. Und steigen Sie nicht aus.« Ich bin mir nicht sicher, wie ich ihr Schweigen deuten soll, aber ich dränge trotzdem weiter. »Gehen Sie in die Debatte.«

»Ich weiß Ihre Begeisterung zu schätzen, aber ich kann nicht erkennen, wie wir das hier überstehen sollen.«

Wut durchzuckt mich. »Ach was, es gibt nichts zu überstehen! Es gibt nur etwas zu werden!« Ich beginne auf und ab zu laufen. »Die Frau zu werden, die diesem

Schwachsinn die Stirn bietet. Die Frau zu werden, die das patriarchalische Lehrbuch infrage stellt.«

»Ella …«

»Wir müssen aufhören, so zu tun, als ob es Regeln gäbe, als ob irgendjemand irgendetwas wüsste. Niemand weiß einen Scheiß!«

Ein leises Kichern folgt, und sie sagt: »Da gebe ich Ihnen recht, glauben Sie mir, aber …«

»Gehen Sie in die Debatte. Und fragen Sie, warum. Zwingen Sie Hillerson, es auszusprechen, zwingen Sie ihn, zu sagen: ›Sie sind unfähig‹, nicht nur *Ihnen* ins Gesicht, sondern jeder Frau in diesem Land ins Gesicht. All seine Argumente sind fadenscheinig: ›Wir können keine schwangere Kandidatin haben, wir können keine Mama als Präsidentin der Vereinigten Staaten von Amerika haben.‹ Warum? Weil wir noch nie zuvor eine hatten? Und dann fragen Sie ihn, ob er ein Problem damit hätte, wenn ein frischgebackener Vater das Amt antreten würde. Und dann, sobald ihn seine eigene Frauenfeindlichkeit in die Ecke gedrängt hat, fragen Sie ihn, ob er andeuten will, dass Sie nur dann fähig wären, Präsidentin zu sein, wenn Sie eine Abtreibung vornehmen lassen würden. Machen Sie ihn mit der sokratischen Methode fertig.«

Nach einem langen Moment des Schweigens höre ich das Lächeln in ihrer Stimme, als sie sagt: »Sokratische Methode. Oxford färbt allmählich auf Sie ab.« Sie seufzt. »Ich werde darüber nachdenken.«

Das lässt mich abrupt innehalten. Wirklich?

Oh Gott, was habe ich da eben getan? Ich bin mir ziemlich sicher, ich habe eben eine wundervolle Frau gebeten, auf die Bühne zu gehen und sich im staatlichen Fernsehen an den feministischen Mast zu binden.

Ich schlucke. »Das ist ein Plan.«

Wir legen auf.

Ich stehe da, mit einem Mal auf zitternden Beinen. Als ich zurück ins Badezimmer gehe, wundere ich mich zu sehen, dass Jamie mich durch schläfrige Augen ansieht, mit einem leisen Lächeln im Gesicht. »Sehen wir uns heute Abend die Debatte an?«, fragt er.

»Falls es eine gibt«, antworte ich ausweichend.

Er weist mit einem Nicken auf mein Handy. »Ich brenne darauf zu erfahren, worum es da eben ging.«

Ich lasse mich wieder zu seinen Füßen auf den Boden sinken, nehme unsere Haltung von vorhin wieder ein. »Ich würde es dir ja sagen, aber dann müsste ich dich danach umbringen.«

Er sieht mich mit einer hochgezogenen Augenbraue an. »Was meinst du, warum ich gefragt habe?«

Ich schnaube. Es ist traurig, es ist witzig, und auf einmal bin ich erschöpft. Ich lasse den Kopf sinken. Dann spüre ich Jamies Finger in meinen Haaren, seine Hand an meiner Wange. Ich lehne mich dagegen, tanke für einen Moment Kraft in der Geste. »Also«, schnurrt Jamie. »Dein Geburtstag.«

Ich sehe auf, verblüfft von dem plötzlichen Themenwechsel. Seine Augen funkeln, so wie früher. Er fühlt sich ein bisschen besser.

Ich lächele, versuche, mich zu sammeln. »Jetzt reden wir Klartext.«

»Er ist nächste Woche.«

»Ja, das stimmt.«

»Ich will dich irgendwohin einladen. Wollen wir irgendwohin fahren?«

Macht er Witze?

Obwohl wir uns versprochen haben, unsere Dezemberreise auf die Osterferien zu verschieben, wurde vor ungefähr zwei Wochen klar, dass Jamie nicht verreisen können wird. Sein Onkologe hat es schlichtweg verboten. Jamie fällt es noch immer schwer, das zu akzeptieren. Verständlicherweise.

Nach meinem Geburtstag nächste Woche habe ich ein paar Wochen frei, bevor das Sommersemester beginnt, und Charlie, Maggie und Tom haben mich eingeladen mitzukommen, wenn sie am Ende der Ferien nach Marokko fliegen. Ich nehme an, das könnte ich tun, aber ich will jede Minute mit Jamie verbringen. Ich will zusehen, wie es ihm besser geht. Das haben wir uns verdient.

Ich schüttele den Kopf über Jamies Vorschlag. »Wir machen Urlaub auf Balkonien, schon vergessen? Gesund werden, deine Kraft zurückerlangen, Sex haben, schreiben, Sex haben, Nachsorge-Bluttest, noch mehr Sex haben.«

Er grinst. »Wir werden vernünftig sein, versprochen. Nur ein paar Tage. Ich werde mich untersuchen lassen, bevor wir fahren. Wir werden in der Nähe bleiben. Wir könnten in den Lake District fahren oder nach Cornwall. Oder Bath! Wie wär's mit Bath? Oder ich könnte dir Cambridge zeigen? Such dir irgendetwas aus, egal was.« Ich schweige.

»Wohin du willst. Wohin du willst, solange es kein Schiff oder Flugzeug beinhaltet. Es ist dein Geburtstag.«

Eine Idee nimmt allmählich Gestalt an. »Wohin ich will?«

Er nickt einmal kurz, entschieden, glücklich. Überzeugt, dass er gewonnen hat.

Ich strecke eine Hand aus, damit er einschlägt. Das ist die Art, wie wir Deals besiegeln, und ich will, dass er sich dadurch gebunden fühlt. »Wohin ich will?«, frage ich noch einmal nach.

Jamie schüttelt lächelnd meine Hand. »Du kannst mir keine Angst machen«, prahlt er. »Wohin du willst.«

Bevor ich es ihm sagen kann, piepst mein Handy. Ich sehe auf das Display. Eine Ein-Wort-SMS von Gavin:

Läuft.

Grünes Gras sei mir bedacht,
Tropfen, Taues Leichtgewicht.
Und wenn du willst, gedenke mein,
und willst du nicht, so nicht.

Christina Rossetti,
»Lied«, 1848

Kapitel 25

Italien, Griechenland, Kroatien, Neuseeland ... das sind die Orte, von denen man hört, dass sie schön sein sollen. Warum hat mir nie jemand gesagt, dass Schottland hinreißend ist? Es ist atemberaubend, überwältigend, einfach traumhaft schön.

Wir fahren seit zehn Minuten den Berg hoch, als Jamie schließlich zu sprechen geruht. Eine willkommene Abwechslung von dem Knurren und Seufzen, das ich die ganze letzte Woche von ihm zu hören bekommen habe. »Meine Mutter wird dir eine Tour durchs Haus geben. Alles, was sie dir erzählt, wird falsch sein.«

Ein übereifriges Lachen entfährt mir, wie wenn man eine Tüte Doritos so gierig aufreißt, dass die Chips in alle Richtungen fliegen. Jamie fährt unbeirrt fort: »Und sie erfindet Clan-Namen. Die MacGrubberlochs hatten die schönste Viehherde im ganzen Land, solches Zeug.«

Ich wage es, seine Hand zu nehmen. Er zuckt nicht zurück. Ein Sieg. »Sie ist eben aufgeregt«, sage ich schmeichlerisch.

»Das sollte sie auch sein. Es ist das erste Mal, dass ich

ein Mädchen mit nach Hause bringe. Vermutlich hat sie eine Parade arrangiert.«

Na klar, ich verstehe seinen Ärger. Ich habe ihn ausgetrickst. Ich habe ihn so richtig über den Tisch gezogen. Aber manchmal muss man die Medizin in der Erdnussbutter verstecken, damit der Hund sie hinunterschluckt. (Und wenn das nicht klappt, na ja, dann muss man ihn bei der Schnauze packen, seinen Kiefer aufsperren und ihm die Pille ganz hinten in seinen sturen Rachen schieben.) Aber ich muss Jamie zugutehalten, dass er Wort gehalten hat. Er hat nicht ein einziges Mal versucht, sich aus seinem Versprechen herauszureden, mit mir hinzufahren, wohin ich will.

An jenem Abend, nachdem ich ihm gesagt hatte, dass ich nach Schottland fahren wollte, haben wir uns im Badezimmer auf meinem Laptop die Debatte angesehen. Der Vizepräsident hatte sich das Thema von Janets Schwangerschaft bis ganz zum Schluss aufgehoben, denn er ist ein Showman und eine Medienhure. Das heißt, nachdem er sich, wie ich vorausgesagt hatte, sein eigenes Loch geschaufelt hatte, war es ihm unmöglich, vor dem Ende der Debatte wieder herauszukriechen. Die Debatte endete damit, dass Janet völlig unbeirrt aussah und Hillerson sich weigerte, ihr die Hand zu geben, als er die Bühne verließ. Als ich die SMS von Gavin bekam, in der *Das ist Dein Werk, Kleine, Hut ab* stand, gestattete ich mir endlich einen Moment tiefen persönlichen Stolzes. Obwohl er wegen Schottland noch immer ein bisschen sauer auf mich war, öffnete Jamie eine seiner erlesenen Flaschen Wein (den er nicht trinken durfte) und stieß mit einem Glas Wasser mit mir an.

Jetzt führe ich seine Hand an meinen Mund und küsse sie, bemerke die Flecken um die Nagelhaut. Er fühlt sich viel besser, fast wieder völlig normal, und hat darauf bestanden, in den letzten paar Tagen die Böden im ersten Stock des Hauses abzuschleifen und zu beizen. Ein Psychologe hätte vermutlich seine helle Freude an dem Symbolismus, aber Jamie wollte die Zeit, in der wir nicht da waren, nutzen, damit die Böden aushärten können und der Geruch sich verflüchtigt.

Ich blicke zu ihm hoch, schlage einen Piepston an, bei dem er jedes Mal unweigerlich die Augen verdreht. »Hasst du mich?«

Wie aufs Stichwort verdreht Jamie die Augen. »Ich habe schon Schlimmeres als ein Wochenende mit meiner Familie überlebt.«

Ich werfe einen Blick aus dem Fenster. »Bist du allen Ernstes hier aufgewachsen?«

»Zum Teil. Im Sommer, in den Ferien.«

»Heilige Scheiße!«, kreische ich, als Jamie um eine Kurve biegt und zerklüftete graue Klippen in Sicht kommen, die sich hinunter zu frühlingsgrünem Weideland erstrecken, das von niedrigen Steinmauern unterteilt und mit zotteligen Highlandrindern gesprenkelt ist. Zu unserer Linken bemerke ich ein offenes Tor samt altem, verlassenem Pförtnerhaus. Bevor ich eine Bemerkung zu dieser Idylle machen kann, biegt Jamie mit dem Aston ab, und wir fahren hindurch.

Oh, mein Gott.

Die Straße erstreckt sich vor uns, gesäumt von hoch

aufragenden Eichen, deren Äste sich über uns wölben, in einer würdevollen Willkommensgeste ihre belaubten Hüte lüften. Jamie gibt Gas, schießt die schmale Straße hinunter.

Ich starre mit offenem Mund auf das Haus, das eben zwischen der kleinen Baumgruppe zum Vorschein gekommen ist. Entschuldigung, habe ich Haus gesagt? Ich meine, Landsitz. Schloss. Anwesen. Ökosystem.

Jamie gibt Gas, und wir schießen mit quietschenden Reifen zum Haus hoch, als würden wir beim Indy 500 einen Boxenstopp einlegen. Kies spritzt auf, als wir schlitternd zum Stehen kommen. Jamie sieht mich an und holt tief Luft, um sich Mut zu machen. Er öffnet die Tür und steigt aus. Ich kann nicht. Noch nicht. Ich kann nur ehrfurchtsvoll auf die Fassade des Hauses starren. Dieser Teil sieht so aus wie das Blenheim (und stammt vermutlich aus derselben Epoche), aber der Flügel auf der rechten Seite sieht älter und burgartiger aus, mit kleinen Türmen und Zinnen.

Als ich aus dem Wagen steige, geht die hohe Tür auf, und Jamies Mutter tritt heraus und klatscht in die Hände. Eine andere Frau, ungefähr ebenso breit wie groß, mit kurz geschnittenen, buschigen weißen Haaren, watschelt entschlossen hinter ihr die Stufen herunter. In einer Schürze, ein Geschirrtuch über die Schulter geworfen, marschiert sie schnurstracks auf Jamie zu, prallt gegen ihn wie eine Backsteinwand und drückt ihn zu einer stürmischen Umarmung an ihren Busen. Sie lehnt sich zurück, mit strenger Miene.

»Lass dich ansehen!«, befiehlt sie. Jamie stellt sich aufrecht hin und streckt die Arme aus wie bei der Musterung. »Wie ich's mir gedacht habe. Zu dünn«, erklärt sie kopfschüttelnd. Sie zeigt mit dem Daumen hinter sich. »Meine Brühe steht da drin. Eigens für dich gemacht.«

Jamie sieht mich mit einem warmen, aufrichtigen Lächeln an, das ich seit einer Woche nicht mehr gesehen habe. »Ella, das hier ist Smithy, die Liebe meines Lebens. Smithys Brühe besitzt heilende Eigenschaften.«

Smithy knurrt zustimmend. Sie beäugt mich genauer, streckt die Hand aus. Ich ergreife sie. »Du musst das Geburtstagskind sein, um das alle einen solchen Wirbel machen.«

Antonia tritt hinzu, um mich zu umarmen, und erklärt: »Nun, hast du dich endlich von diesem grässlichen aufgeblasenen Professor befreit? Wie hieß er gleich wieder? Egal, du hast dir selbst einen Gefallen getan. Du hast einen hinreißenden Jungen mitgebracht.«

»Ich könnte ganz leicht wieder in diesen Wagen steigen und wegfahren«, wirft Jamie ein, nur halb im Scherz.

Seine Mutter schnaubt. »Nun ja, wenn du unbedingt herumzicken willst.« Sie geht zu ihrem Sohn und dreht ihn einmal im Kreis. Jamie küsst sie auf den Kopf. Egal was passiert, ich bin schon jetzt froh. Allein die beiden hier zusammen zu sehen, Smithy kennenzulernen, das ist die ganze letzte Woche wert.

Jamie legt einen Arm um Antonia und den anderen um Smithy und wendet sich zum Haus um. »Nun, Mutter, ich habe Ella die große Tour versprochen, und sie kann es kaum erwarten. Du weißt ja, wie sehr sie Geschichte liebt, und du bist genau die Richtige, um …« Unvermittelt bleibt er stehen. Ich folge seinem Blick zur Tür.

William ragt über uns auf. »Hallo.« Er sieht mich an. »Willkommen, Eleanor.«

»Danke«, erwidere ich. »Ich freue mich sehr, hier zu sein.«

Er wendet sich wieder an Jamie, mustert ihn, schätzt ihn ab. »Jamie.«

»Vater.«

»Gut siehst du aus. Gewissermaßen.«

»Du auch. Gewissermaßen.«

In der Stille, die folgt, starren sie sich an. Zwei Bullen auf gegenüberliegenden Seiten einer Weide.

»Meine Jungen, bitte«, flüstert Antonia deutlich hörbar, während sie mit einem Nicken auf Smithy zeigt. »Müsst ihr vor dem Personal so überschwänglich sein?« Smithy gackert. Ich muss mir auf die Lippe beißen, um nicht mit einzufallen.

William errötet. »Ja, nun gut. Ich werde Colin sagen, dass er sich ums Gepäck und alles andere kümmern soll.« Und mit diesen Worten verschwindet er wieder ins Haus. Jamie holt einmal tief Luft, und wir alle folgen ihm.

Antonia äugt in ein Badezimmer unter der Treppe und sagt mit einem verschmitzten Grinsen: »Das Holz an diesen Wänden wurde während der Reformation von Warwick Castle stibitzt.« Jamie flüstert mir zu: »Kenilworth.« Antonia fährt fort: »Das war kurz bevor mein Urururgroßvater das Haus und das Land von James dem Sechsten bekam.« (Jamie flüstert: »Dem Fünften.«) In einer fünfzehn Meter langen Galerie mit Blick auf den Teich weist Antonia auf ein Porträt und erklärt: »Das hier ist Jamies Vorfahr, ein MacTartanish, der sich während der Unruhen vor den Engländern versteckte, indem er sich als Frau verkleidete und bei den Bediensteten in der Küche lebte.« (Jamie flüstert: »MacTavish, Pferdeställe.«) In einem Turm erklärt Antonia: »Elizabeth hat Mary, die Königin von Schottland, 1437 in diesen Räumen gefangen gehalten.«

Jamie: »Absurd.«

Antonia: »Sie ist entkommen, indem sie sich an einem Laken abgeseilt hat, das an der Heizung festgebunden war.«

Jamie: »Einer mittelalterlichen Heizung, weißt du.«

Oben betreten wir einen langen breiten Flur mit Reihen hoher weißer Türen zu beiden Seiten. Zwei einander gegenüberliegende stehen offen. »Das hier wird dein Zimmer sein«, erklärt Antonia, während sie in das Zimmer auf der rechten Seite rauscht. Ich folge ihr, und mir fällt auf, dass mein Gepäck bereits auf einer Sitzbank abgestellt wurde, am Fuß eines massiven Himmelbetts, das mit schwerem Brokat verhängt ist. Vier riesige Fenster gewähren einen Blick auf das weitläufige Grundstück, bis hin zu den Klippen ganz am anderen Ende. Jedes Möbelstück gehört in ein Museum.

»Das ist wirklich atemberaubend.«

Ich hole eben aus, um noch mehr zu schwärmen, aber Jamie, der sich weiter ins Zimmer vorgewagt hat, offenbar auf der Suche nach irgendetwas, ergreift zuerst das Wort: »Mutter, wo ist mein Koffer?«

»Im Rosenzimmer, mein Lieber.«

Jamie stemmt die Hände in die Hüften. Er sieht Antonia streng an. »Ist das so?«

»Dein Vater und ich hielten es für das Beste. Es gibt Traditionen in diesem Haus, althergebrachte Traditionen.«

»Bis zurück zur Eskimo-Invasion im Jahr 45 v. Chr.«, murmelt Jamie.

Antonia beugt sich zu mir vor. »Ich habe dir Pantoffeln neben das Bett gestellt. Der Boden draußen im Flur wird nachts recht kühl. Wir wollen schließlich nicht, dass du kalte Füße bekommst.« Sie geht hinaus in den Flur, lässt Jamie und mich allein.

»Was hat sie gesagt?«, fragt er schroff. Du liebe Güte. Lass ihn in die Nähe von William kommen, und er verhält sich wie sein Vater.

Ich drücke seinen Arm. »Wir schaffen das schon.«

Jamie seufzt. Ich weiß, warum es ihn so aufregt, dass wir in getrennten Zimmern schlafen sollen. Wir hatten noch keine Gelegenheit, zusammen zu sein – erst musste er sich erholen, dann hat er die Böden gemacht, und ich habe ihn, Sie wissen schon, so richtig über den Tisch gezogen.

Jamie scheint sich zu entspannen. »Okay. Na schön.« Er sieht sich in dem Zimmer um. Die Fleur-de-Lis-Tapete, der vergoldete Frisiertisch und Spiegel, die Fülle von Zierkissen. Er scheint nachdenklich. Es ist offensichtlich eine Weile her, seit er zuletzt durch diese Räume gegangen ist. Wenn ich zurück zu dem Haus komme, in dem ich aufgewachsen bin, bin ich jedes Mal schockiert, wie klein es ist. Das ist eindeutig nicht seine Erfahrung hier, aber ich kann dennoch nachempfinden, wie es ist, etwas so Vertrautes mit neuen Augen zu sehen. »Es ist ziemlich … betulich«, murmelt Jamie. »Und kalt.«

»Ich liebe es. Alles daran. Jeden Winkel.« Ich sehe zu ihm hoch. »Und ich liebe sie.«

Er sieht zu mir herunter, fängt meinen Blick endlich auf. Hitze funkelt dort, eine Hitze, die ich seit Monaten nicht mehr bei ihm gesehen habe. Eine Hitze, die nicht eingedämmt oder beherrscht ist. Eine Hitze wie in *Dover Beach* von Matthew Arnold. Wie im Wirtschaftsraum. Wie in seinem Esszimmer. Eine Hitze mit Potenzial. »Ich liebe sie auch«, murmelt er.

Ich weiß nicht, warum wir beide das so offen über seine Mutter sagen können, es aber noch nicht zueinander, voneinander gesagt haben. Vielleicht fühlt er es nicht. Vielleicht ist er einfach englisch. Vielleicht schützt er sich.

Ich weiß, was mein Grund ist.

Ich stelle mich auf die Zehenspitzen. Ich küsse ihn sanft. Er erwidert den Kuss. Nicht so sanft.

»Kommt ihr zwei?«, ruft Antonia vom Flur.

Ein Stöhnen steigt aus Jamies Kehle auf.

Antonia führt uns wieder hinunter, beschreibt auf dem Weg die Fresken und die Schlacht, die sie darstellen (die, wie sogar ich erkennen kann, tatsächlich eine Jagd ist). Vor einer mächtigen Eichentür bleiben wir stehen.

»Letzter Zwischenstopp.« Antonia lächelt. »Die Bibliothek. Wo Jamie seinen Bruder einmal in einer Ritterrüstung eingeschlossen hat.«

»Er hatte mich darum gebeten!«

»Über Nacht?«

Ich lache. Antonia weist mit einem Nicken auf die Tür. »Die Ehre gebührt dir.«

Ich greife fröhlich nach den beiden runden Knäufen und drücke die Flügeltür entschlossen auf, als würde ich Mutter und Sohn in den Raum führen …

Warum sind da Luftballons?

Warum sind da Papierschlangen?

Warum lächelt William?

Was tun sie hier?!

»Überraschung!«, rufen alle.

Charlie, Maggie und Tom (in einer Art Jagdkostüm und Watstiefeln) stürzen auf mich zu und drücken mich in einer Gruppenumarmung an sich. Tränen treten mir in die Augen. Über Charlies Schulter sehe ich, wie sich Jamies Lächeln zu einem Lachen verbreitert, während er und Antonia sich in die Arme fallen. Ich höre ihn zu seiner Mutter sagen: »Überraschung gelungen.«

»Hätte nicht besser klappen können«, bestätigt sie.

Ich befreie einen meiner Arme und strecke ihn nach den beiden aus. Jamie verhakt seine Finger in meinen. Er beugt sich vor und küsst meine Wange, erwärmt mich bis ins Innerste, wie ein knisterndes Feuer an einem Winterabend. Er hat das hier geplant. Obwohl er sauer auf mich war, obwohl er nicht hierherkommen wollte, hat er das hier für mich getan.

Ich liebe diesen Mann. Ich liebe alles an ihm.

Ich gebe mir das Versprechen, ihm das zu sagen.

Nach einem Geburtstagstee in der Bibliothek packe ich Geschenke aus. Ich bekomme eine Sammlung (gebrauchter) Philosophiebücher von Tom, ein ledergebundenes

Tagebuch von Maggie und von Charlie eine Flasche Scotch, die es schafft, William ein anerkennendes Nicken zu entlocken. Obwohl er immer wieder den Raum verlässt, um einen Anruf entgegenzunehmen, kommt er danach jedes Mal zurück. Wir haben zwar noch nichts zueinander gesagt, aber wir haben immer wieder ein knappes Lächeln oder ein Nicken getauscht. Ist das ein Fortschritt? Ist er mir nicht mehr böse?

Jamie überreicht mir eine letzte Karte. »Von Ce.« Ich sehe auf den Umschlag, auf dem mein Name in Kursivschrift geschrieben steht. Während ich einen Finger unter die Lasche schiebe, fährt Jamie fort: »Sie wollte unbedingt kommen, aber sie hatte eine Verpflichtung, von der sie sich nicht frei machen konnte.«

Maggie, die mir gegenüber neben Tom auf einem Zweisitzer sitzt, knufft ihn in die Rippen. »Wie bedauerlich für dich.«

Tom scheint abgelenkt, gedankenverloren. Er ist noch immer außerstande, Maggie in die Augen zu sehen. »Cecelia Knowles? Das ist Schnee von gestern.«

Sie zieht einen Schmollmund. »Oh, ist das so?«

Tom nickt angespannt. »Ich blicke jetzt nach vorn. Zu fruchtbarerem Boden.«

Charlie, der die Erstausgaben rings im Raum inspiziert hat, ist nicht einmal imstande, sich zu Tom umzuwenden, als er stöhnt: »Oh, großer Gott, wer jetzt? Gemüse, Mineralien oder Vieh?«

»Das zu sagen. Steht mir. Im Moment. Nicht zu.«

Maggie richtet den Blick wieder nach vorn, legt die

Hände artig auf ihre Knie, weiß nicht, was sie sagen soll. Während ich einen Gutschein für ein Spa in Oxford aus dem Umschlag ziehe (und Cecelia im Stillen dafür danke, dass sie genau weiß, was ich brauche), sehe ich unwillkürlich hinüber zu Maggie und Tom, die jetzt nebeneinandersitzen wie zwei Eulen, die sich einen stummeligen Ast teilen, und stur vor sich hin starren. Maggie fängt meinen Blick auf, die Stirn gefurcht.

Aber dann beugt sich Jamie vor und flüstert mir ins Ohr: »Mein Geschenk wird später kommen.«

Ich wende mich zu ihm um, eine Augenbraue hochgezogen, und flüstere zurück: »Das sollte es auch.«

»Nicht das.« Er senkt den Blick zu meinem Mund. »Na ja, das vielleicht auch.« Er sieht wieder auf. »Ich habe ein Geschenk, gewissermaßen. Ziemlich albern und sentimental. Nicht für die Öffentlichkeit bestimmt.«

Bevor ich etwas erwidern kann, klingelt mein Handy. Ich krame es aus meiner Tasche, während sich Stille über den Raum senkt. »Achtet gar nicht auf mich!«, fordere ich die anderen auf, und alle setzen ihre Gespräche fort. Alle bis auf William, der mich noch immer beobachtet. Es ist wieder genau wie auf dem Blenheim-Ball. Ich stehe auf und verziehe mich in eine Ecke der Bibliothek, während ich abnehme. »Gavin.«

Eine blecherne Lautsprecher-Wiedergabe von »Happy Birthday« begrüßt mich. Janet singt grauenhaft falsch, und Gavins tiefer Bass übertönt sie, aber es ist trotzdem süß von ihnen. Als sie fertig sind, applaudieren sie. Sich selbst. Warum tun Leute das?

Ich lache. »Sehr nett! Vielen Dank! Euch beiden!«

»Wie alt bist du jetzt?«, fragt Janet, ein Kichern in der Stimme.

»Fünfundzwanzig.«

Gavin stöhnt auf. »Ich habe Socken, die älter sind als du.«

»Also wirklich, Gavin«, weist sie ihn zurecht. »Das ist doch eine gute Neuigkeit. Dass sie fünfundzwanzig ist und so.«

»Na ja, Janet, da haben Sie allerdings recht. Eine sehr gute Neuigkeit.«

Mein Ohr kribbelt, als würde ich eine andere Frequenz hören. Sie klingen einstudiert. Neckend und zwinker-zwinker-knuff-knuff. »Wieso das denn?«, frage ich.

»Na ja …« Gavin seufzt theatralisch auf. »Du weißt doch, was für Probleme wir damit haben, den Posten des stellvertretenden Politikchefs zu besetzen.« Gott, und ob ich das weiß. Es ist praktisch das Einzige, worüber wir die letzten Monate geredet haben. Janet mag keinen von denen, die Gavin und ich und alle anderen in ihre Richtung geschubst haben, und allmählich gehen uns die Vorschläge aus. »Uns ist klar geworden, dass es ein kleines Detail gibt, eine Eigenschaft, die keiner von ihnen besitzt.«

Mein Mund ist auf einmal wie ausgedörrt. »Ach ja?«

»Keiner von ihnen war fünfundzwanzig.«

»Nicht ein Einziger!«, trällert Janet.

»Und wir haben uns darauf verständigt, dass das der Knackpunkt ist. Wir können einfach niemanden nehmen, der nicht fünfundzwanzig ist.«

Ich fühle mich, als ob das Lächeln, das sich auf meinem Gesicht ausbreitet, gleich an mir hinunterlaufen würde. »Da gebe ich euch völlig recht«, bringe ich schließlich zustande.

»Gut«, sagt Gavin. »Das dachten wir uns schon.« Jetzt lachen sie beide. »Also, bist du dabei?«

Es ist seltsam, diesen Moment, in dem sich das Leben für immer verändert, zu registrieren, während er passiert. Im Allgemeinen wird einem die Bedeutung eines bestimmten Moments erst im Nachhinein bewusst. Die Ausfahrt, die man hätte nehmen sollen, im Rückspiegel zu sehen, solche Dinge. Aber nicht diesmal. Ich nehme an, es ist so, wie wenn dein Freund vor dir auf ein Knie sinkt oder du zusiehst, wie langsam ein Pluszeichen auf einem Schwangerschaftstest erscheint. Oder, am anderen Ende des Lebens, wenn du die Haustür öffnest und ein Cop mit traurigen Augen, die Mütze in der Hand, dasteht.

Was mich prompt an einen anderen Geburtstag, vor zwölf Jahren, erinnert. Ich verdränge den Gedanken.

»Ich bin dabei! Danke! Euch beiden!«

»Vergiss nicht«, sagt Gavin, jetzt in einem Strenger-Vater-Ton, »den Rest deiner Zeit dort drüben zu genießen. Aber am elften Juni verwandelt sich die Kutsche in einen Kürbis und die Bediensteten in Mäuse. Du kommst nach Hause und hilfst uns, die Welt zu verändern. Wir zählen auf dich.«

»Das ist ein Plan«, antworte ich.

Wir legen auf, und ich schwebe benommen zurück zu meinen Freunden. Ich setze mich wieder neben Jamie, und er nimmt meine Hand.

»Alles in Ordnung, Eleanor?«, fragt Antonia.

»Ja!«, trällere ich. »Entschuldigen Sie.«

»Schon gut, Liebes. Aber wenn wir vielleicht … Wir haben etwas für dich. William und ich.«

William stellt sich hinter ihren Sessel. Sie sehen aus, als ob sie posierten. Tatsächlich fühle ich mich an das Foto in Jamies Esszimmer erinnert, und auf einmal wird mir klar, dass es in dieser Bibliothek aufgenommen wurde. William legt Antonia eine Hand auf die Schulter, während sie in ihre Tasche greift und eine kleine blaue Samtschatulle hervorholt. Ihre Ränder sind abgewetzt, verraten ihr Alter. Als Antonia einen Arm ausstreckt und mir die Schatulle in der flachen Hand hinhält, rutscht mir das Herz in die Hose.

»Es sieht aus, als ob die beiden ihr einen Antrag machen würden«, sagt Jamie gedehnt.

Als ich zögere, schüttelt Antonia die Schatulle. »Nun nimm sie schon.«

Ich nehme sie. Ich versuche, das Zittern meiner Hand zu unterdrücken. Ich versuche zu atmen. Ich öffne den Deckel. Es ist genau das, was ich nicht sehen wollte. Es ist ein Ring. Ein Diamantring. Ich halte ihn ihr wieder hin. »Antonia, bitte, das ist …«

»Der Diamant ist fehlerhaft«, platzt Antonia heraus. »Er besitzt eigentlich keinen Geldwert. Kein Grund, ihn abzulehnen. Jamie hat uns gesagt, dass du kein Schmuckmensch bist«, sagt sie lächelnd. »Er ist für deine Liebe zur Geschichte, ein Andenken, in dem du vielleicht einen Wert sehen wirst.«

Ich starre sie an.

Sie holt tief Luft. »Vor dem Krieg – dem ersten – hat eine wohlhabende Amerikanerin in diese Familie eingeheiratet. Durchaus gegen ihren Willen. Sie war mehr als glücklich mit dem jungen Büroangestellten, für den sie sich entschieden hatte, aber ihr Vater lehnte die Verbindung ab und verschiffte sie in die Wildnis Schottlands. Das hier war der Ring, den der Büroangestellte ihr geschenkt hatte.«

Ich sehe wieder hinunter auf den Ring. Smaragde umgeben den Diamanten, der klein, aber schön gefasst ist. Der Ring sieht brandneu aus. Ungetragen.

»Sie hat diesen Ring ganz hinten in ihrer Nachttischschublade aufbewahrt. Nun, du würdest sie vielleicht bemitleiden, aber das solltest du nicht. Sie hat hier eine erstaunlich glückliche Ehe geführt. Hat vier Kinder bekommen. Mein Vater war das älteste. Meine Großmutter und ich standen uns sehr nahe.«

William wirft verlegen ein: »Sie war meine Schwiegergroßmutter, weißt du.«

Der ganze Raum ist in Schweigen verfallen. Antonia sieht lächelnd zu William hoch, tätschelt ihm liebevoll die Hand. »Ja, mein Lieber, wie wahr.« Sie wendet sich wieder zu mir um und fährt fort: »Sie hat nie wieder von dem Büroangestellten gehört. Sie tat, was von ihr verlangt wurde, und sie hatte dennoch ein gutes Leben. Nun, wir können nicht immer frei entscheiden, was im Leben passiert, wie wir alle wissen. Wir können jedoch entscheiden, wie wir das gestalten, was uns zugeteilt wird.« Antonia hält inne. »Und daher ist dieser Ring für dich. Ein Dankeschön von Eltern, die durchaus beeindruckt von den Entscheidungen sind, die du in dieser Situation, in der du dich wiedergefunden hast, getroffen hast.« Sie sieht rasch hinüber zu Jamie und dann lächelnd zu mir zurück.

Ich verliere mich in ihrem Blick, der voller Trauer ist. Und doch entscheidet sie sich, mich anzulächeln. Um mir zu danken. Um mir ein Familienerbstück zu geben, als wäre ich ihre Tochter.

Ich weiß, dass mir der Mund offen steht. Ich wende mich zu Jamie um. Er zuckt die Schultern, sagt nur: »Diese Geschichte ist zutreffend.«

Ich sehe, wie Maggie, Charlie und Tom verwirrte, neugierige Blicke tauschen.

Dann, als wäre nichts von alledem je passiert, schaut Antonia auf ihre Uhr und steht auf. »Ich muss mit Smithy über den Braten sprechen. Alles Gute zum Geburtstag, Liebes.« Sie tritt zu mir und küsst mich auf die Wange, dann wendet sie sich zur Tür.

Jamie ruft ihr nach. »Wirst du ihr den Namen deiner Großmutter nicht sagen?«

»Oh, ach ja, natürlich.« Sie seufzt, wendet sich für einen Moment noch einmal zu mir um. »Carolina Vanderbilt.«

Ich brauche jetzt ganz dringend einen Moment für mich allein. »Jamie, wo ist die Toilette?«

»Ich bringe dich hin.«

»Nein, sag mir einfach, wo.« Es klingt schärfer als beabsichtigt.

Jamie zeigt mir, wo es ist, und ich gehe durch die Eingangshalle und einen langen Flur hinunter. Ich will am liebsten zur Haustür hinausstürmen, wie ein Pferd von seiner Koppel. Stattdessen werde ich mich für eine Minute auf einer der siebenundzwanzig Toiletten einschließen. Nur für eine Minute.

Schließlich finde ich sie und schließe die Tür, lehne mich dagegen und atme. Ein und aus. Ein und aus.

Ich sehe mich selbst in dem kunstvollen Spiegel über dem Waschbecken. Es ist, als ob ich Gedanken in meinem Kopf ein und aus gehen sähe wie nach Büroschluss am Bahnhof Menschen.

Ich will mir diesen Ring noch einmal ansehen, mich für einen Moment darauf konzentrieren. Ich nehme die Schatulle aus meiner Hosentasche und öffne sie. Der Ring ist wirklich wunderschön, egal, ob wertvoll oder nicht. Ich nehme ihn sanft heraus, und – *verdammt!* – er rutscht mir aus der Hand und fällt in das Kupferwaschbecken. Meine Hände schnellen hinterher, versuchen, ihn festzuhalten, bevor er im Ausguss verschwindet. Er entwischt einer Hand, und ich schlage mit der anderen zu, halte ihn darunter gefangen. Langsam hebe ich die Hand, versuche, ihn mit Daumen und Zeigefinger zu fassen zu kriegen, aber dabei rutscht er letztendlich nur noch näher an den Ausguss heran. *Großer Gott!* Ich schlage mit beiden Händen zu, ein letzter, verzweifelter Versuch, bevor er in das Höllenloch des Ausgusses verschwinden kann. Erwischt!

Ich beruhige meine Hände, bevor ich den Ring ganz vorsichtig aus dem Waschbecken hebe und behutsam zurück in die Schatulle lege.

Ich werde ihn nie wieder herausnehmen. Es ist, als ob der Ring wüsste, dass ich unwürdig bin, ihn zu tragen.

Ich sehe in den Spiegel. Eine neu ernannte stellvertretende Politikchefin starrt zu mir zurück.

Es geht doch nichts über den Duft von gutem Essen, das von Leuten zubereitet wird, die wissen, was sie tun. Smithy ist so jemand. »Bevor wir fahren, werden Sie mir zeigen, wie man Coq au vin macht?«, frage ich sie.

Ihre Miene hellt sich auf. »Das schmeckt dir, ja?«

»Es ist das Beste, was ich je gegessen habe.« Ich schmiere ihr keinen Honig ums Maul. Ich bin süchtig nach Smithys Coq au vin.

Charlie, Maggie und Tom erkunden die Umgebung, und Jamie hält ein Nickerchen, erschöpft von der Fahrt. Ich sehe zu, wie Jamies Mutter und Smithy dem Dinner den letzten Schliff geben. Sie haben mir eine Hilfsaufgabe zugewiesen, Servietten falten. Was sie mir erst einmal beibringen mussten. Ich hatte keine Ahnung, dass das eine Wissenschaft ist.

Auf einmal kommt Jamies Vater in die Küche gestürmt, als er mich bemerkt, zögert er, als wäre er in einem Restaurant versehentlich auf die Damentoilette gestolpert. »Hallo«, murmelt er. »Ich habe für heute Schluss gemacht. Ich wollte sehen, ob ich mich hier irgendwie nützlich machen kann.«

Ich senke den Blick. »Wollen Sie mir beim Serviettenfalten helfen?«

»Dafür ist eine Person doch sicher mehr als genug.« Er

sieht Antonia an. Dann, als ob er seine eigene Antwort mit Verzögerung hörte: »Aber danke.«

Antonia wischt sich die nassen Hände an der Schürze ab. Sie nimmt ihn beim Ellenbogen und lotst ihn zu einer wunderschönen alten Tür mit einer kunstvollen Schmiedearbeit. Ich hatte sie schon beäugt und mich gefragt, wohin sie wohl führt. »Geh in den Keller und such ein paar Flaschen aus. Champagner für den Anfang.«

»Colin kann ihn auswählen. Du weißt, ich verstehe nicht viel davon …«

»Ich habe volles Vertrauen in dich!«, sagt sie gedehnt. »Und jetzt geh schon!«

William seufzt, blickt wie ein gescholtenes Kind und verschwindet dann durch die Tür und eine Wendeltreppe hinunter. Es ist entzückend zu sehen, wie dieser anmaßende, hitzköpfige Mann sich seiner Frau fügt.

Antonia kehrt zurück an die Kücheninsel, wo sie Zwiebeln gehackt hat. Nach einem Augenblick sagt sie: »William freut sich wirklich sehr, dich zu sehen. Er weiß, dass er es nur dir zu verdanken hat, dass Jamie jetzt hier ist. Er ist begeistert. Er redet seit Tagen davon.«

»Haben die beiden schon irgendetwas zueinander gesagt?«

Smithy sieht zwischen uns hin und her, während sie Teig knetet, verfolgt mit zusammengekniffenen Lippen jedes unserer Worte. »Wenn die beiden kein Wort miteinander wechseln, sagen sie am meisten, hab ich das Gefühl.«

Ich beuge mich vor. »Sie müssen irgendwo in einem Zimmer zusammen eingesperrt werden, bis einer von ihnen blutbesudelt und siegreich herausgekrochen kommt und das Herz des anderen isst.«

Antonia schnaubt. »Zuzutrauen wäre es ihnen …« Sie blickt auf, und ihre Miene erhellt sich mit diesem ganz besonderen Lächeln, das Jamie vorbehalten ist. »Mein Junge! Du bist wach. Fühlst du dich besser?«

Jamie verharrt im Türrahmen. Er sieht hinreißend aus, die Haare noch zerzaust von seinem Nickerchen, das Hemd falsch zugeknöpft. Seine Stimme ist kehlig, als er sagt: »Ja, danke. Ich habe geschlafen wie ein Stein.« Er kommt zu mir herüber und küsst mich auf die Schläfe. Ich lehne mich an ihn, liebe den Geruch des verschlafenen Jamie. »Kann ich irgendwas helfen?«, fragt er.

»Servietten falten?« *Er* wird es mir nicht abschlagen.

Er nickt und zieht sich den Stuhl neben mir heran. Das entspannte Schweigen, das die Küche ausfüllt, gibt mir ein Gefühl von Frieden, das ich seit einer Ewigkeit nicht mehr verspürt habe; Familienmitglieder, die zusammen eine Mahlzeit zubereiten. Es ist alles so … richtig. Bis auf William. Er gehört hierher, und doch würde seine Anwesenheit irgendwie stören. Wenn diese beiden Männer nur sehen könnten, was ich in ihnen sehe, eine Jungenhaftigkeit, eine Zärtlichkeit. Sie haben den Blick verloren für …

»Jamie, können wir Champagner haben? Jetzt?«, frage ich. »Mir ist nach Feiern zumute.«

»Natürlich.« Er steht auf, gibt mir einen Kuss. »Ich laufe nur rasch hoch und hole mir einen Pullover. Ist ein bisschen kühl im Keller.«

Er geht, und in der Küche wird es wieder still.

Antonia und Smithy sehen sich an und wenden sich gleichzeitig zu mir um. Antonia, die Augen weit aufgerissen, flüstert: »Du kluges, kluges Mädchen.«

Panik bricht in mir aus. Das war nicht der Plan. Der Plan war eine Zusammenkunft im Beisein eines Schlichters, ein Gipfeltreffen im Stil von Camp David. »Meinen Sie? Es war ganz spontan. Ich habe es nicht wirklich durchdacht …«

»Es war brillant.«

»Sollen wir den Whiskey und die Verbände bereitstellen?«, witzelt Smithy, während sie ihren Teig auf den Tisch klatscht.

Antonia keucht; ihr lässiges Draufgängertum hat sie verlassen. »Was jetzt?«

»Wir warten ab, würde ich sagen.«

»Na schön, warten wir ab.« Wir wenden uns alle wieder unseren Aufgaben zu. Smithy knetet weiter ihren Teig. Antonia hackt alles klein, was in ihrer Nähe ist.

»Was, wenn sie einen Schiedsrichter brauchen?« Meine Stimme überschlägt sich.

Antonia hält mit dem Hacken inne und beäugt mich. »Wir sollten ihnen etwas Zeit lassen.«

»Ja. Absolut. Natürlich.«

»Wir werden ihnen zwanzig Minuten geben. Wenn sie dann noch nicht wiederaufgetaucht sind, nehmen wir die Hintertreppe hinunter.«

»Es gibt eine Hintertreppe?«

Antonia nickt.

Ich falte. Antonia hackt. Falten. Hacken. Teig klatschen. Falten. Hacken. Teig klatschen.

»Zwanzig Minuten sind ganz schön lange«, entfährt es mir.

»Dann eben zehn. Wir werden ihnen zehn Minuten geben.«

Falten. Hacken. Teig klatschen.

Smithy sieht zwischen uns beiden hin und her, ihre Augen bewegen sich wie ein Metronom.

Falten. Hacken. Teig klatschen.

Antonia und ich halten inne. Wir sehen uns an.

Wortlos verlassen wir beide die Küche.

Und wir waren
in jener seltenen Stimmung,
Wenn Seele sich mit Seele einig ist,
Verschmilzt, wie Flut mit gleicher Flut,
In beschwingter Leichtigkeit.

Coventry Patmore,
»Die rosengebetteten Stunden«, 1876

Kapitel 26

Die »Hintertreppe« ist in einen der Türme eingebaut. Im Laufe vieler Jahre ausgetretene Steinstufen führen spiralförmig hinunter zu einem Ort, der früher einmal ein Verlies gewesen sein könnte. Ich werde auf jeden Fall später noch einmal hierherkommen, um alles zu erkunden. Das heißt, falls beide Männer überleben.

Antonia geht voran, und auf der letzten Stufe, kurz bevor wir durch einen Türbogen treten, hält sie inne. Ich höre Schritte. Wir ziehen uns zurück auf die Treppe, verborgen von der Biegung der unverputzten Wand. Ich höre ein leises Hüsteln, das ich prompt als Jamies erkenne. »Oh! Entschuldigung.«

»Keine Ursache«, höre ich William sagen, und mir wird bewusst, dass der Keller auf der anderen Seite der Wand sein muss, an die wir uns lehnen. »Kann ich dir behilflich sein?« Im Echo des Kellers klingt Williams Stimme noch unheilvoller.

»Ella hat mich gebeten, Champagner zu holen.« Jamie hält einen Moment inne. »Aber ich beginne zu glauben …«

Antonia und ich grinsen uns schuldbewusst an.

»Na schön«, murmelt William. »Wo du einmal hier bist, könntest du vielleicht …«

»Ich bin sicher, du hast alles gut im Griff.« Es klingt, als ob Jamie sich zum Gehen wendete.

»Jamie.« Williams Stimme ist angespannt. »Kann ich dich kurz sprechen?«

Ich halte den Atem an. Antonia und ich starren uns an, die Nerven zum Zerreißen gespannt. Jamie seufzt. »Muss das sein?«

Antonia schließt die Augen, blickt so enttäuscht, wie ich mich fühle. *Verdammt, Jamie.*

»Natürlich nicht«, schnaubt William. »Ich dachte, du könntest eine Meinung zu dem Wein haben, aber ich bin durchaus imstande …«

»Ich glaube, es war Champagner, was sie …« Aber selbst über Wein zu reden, scheint zu viel verlangt. »Egal.« Jamies Schritte entfernen sich den alten steinernen Tunnel hinunter und verhallen.

Antonia und ich sehen uns an. Sollen wir gehen? Sollen wir bleiben? Auf der anderen Seite der Wand hören wir, wie William Weinflaschen durchgeht. Das Geräusch von Glas, das gegen Holz schlägt, von Flaschen, die aus einem Regal gezogen und zurückgeschoben werden. Dann, auf einmal, eine unnatürliche Stille.

Dann, eine Explosion von zerspringendem Glas.

Antonia und ich zucken beide zusammen. Es ist nicht das Geräusch von etwas, das versehentlich fallen gelassen wurde; es ist das Geräusch von etwas, das zertrümmert wird. Williams Atem ist so laut, dass wir ihn durch unsere

Mauer hören können, kehlig und erstickt. Der Elefant hat den Porzellanladen betreten.

Dann schluchzt er. Wilde, furchtbare Schluchzer. Ein gequältes Stöhnen entfährt Antonia, und sie wendet sich ab, um zu ihm zu gehen. Ich halte sie an der Hand fest. Sie sieht mich verwirrt an. Ich zeige zu dem Tunnel und dann auf meine Ohren.

Jamies Schritte.

William muss sie auch hören, denn die Schluchzer verebben. Jamies Schritte biegen um die Ecke, dann herrscht Stille. »Keiner von den Château Lafite, hoffe ich.« Dann: »Ich dachte, ich hätte etwas gehört, als ich die Treppe hochstieg.« William gibt keine Antwort. »Alles in Ordnung?«, fragt Jamie.

»Alles fantastisch«, stößt William hervor.

»Natürlich.«

»Sie ist mir aus der Hand gerutscht. Kein Grund, einen Aufstand zu machen.«

»Ich hole den Besen.« Jamies Stimme verhallt, während er tiefer in den Keller geht.

»Lass es liegen, ich werde Colin oder einen der …«

Aber ich höre das Quietschen eines alten Scharniers, und Jamie sagt: »Ich mache das schon.«

»Nicht doch. Lass gut sein. Das Letzte, was ich brauche, ist, dass du dich schneidest.« Das Geräusch von Glas, das über den Boden kratzt. »Lass es liegen, habe ich gesagt!«, explodiert William. »Darf ich vielleicht in meinem eigenen verdammten Haus das Sagen haben?«

»Mein Gott, ich will doch nur …« Ein schwereres Paar

Schritte marschiert in Richtung des Tunnelgangs. »Na klar, natürlich! Weggehen. Gott, ich hasse …« Jamies Stimme bricht. Ich stelle mir vor, wie er den Kiefer anspannt, die Fäuste ballt, jeden Teil von sich anspannt.

»Nur zu«, fordert William ihn heraus. »Du hasst … Du hast offensichtlich etwas zu sagen, dann sag es schon, du undankbarer …«

»Aufhören!« Stille. Dann sagt Jamie: »Olivers letztes Wort, erinnerst du dich?«

»Was zerrst du jetzt auf einmal hervor?«

Antonias Hand findet meine.

Nach einem Moment fährt Jamie fort: »Wir standen zu beiden Seiten seines Betts, haben uns über ihn gestritten, und er hat gesagt: ›Aufhören.‹ Du hast so getan, als hättest du ihn nicht gehört. ›Aufhören‹, und dann hat er das Bewusstsein verloren. Und er hat es nie wiedererlangt. Vier Stunden später musste er künstlich beatmet werden, und ich musste die Entscheidung treffen. Und du hast mich dafür gehasst. ›Aufhören.‹ Das ist sein Wort, nicht meines.«

Antonia drückt meine Hand, und ich sehe zu, wie ihr die Tränen in die Augen treten.

»Das war mir nicht bewusst«, tobt William. »Ich konnte nicht hören …«

»›Aufhören.‹«

Nach einem Moment setzt das Schaben des Glases wieder ein. »Reich mir den Eimer.« Jamie seufzt. Ein Metalleimer kratzt über den Boden, gefolgt von dem blechernen Scheppern von Scherben, die hineingeworfen werden.

»Du hast mich übergangen«, sagt William noch heftiger.

»Und du hast mir den Rest gegeben«, feuert Jamie zurück.

»Wie denn das?«, brüllt William. »Wenn du mich vielleicht um Rat gefragt hättest, anstatt dich wie ein bockiges Kind zu benehmen …«

Der Eimer kracht auf den Boden. *Oh Gott, sie werden doch nicht etwa handgreiflich werden?*

»Du«, brüllt Jamie, »hast gesagt, während sein Körper noch warm vor uns lag: ›Warum Oliver? Warum musste es Oliver sein?‹«

Ich reiße die Augen auf. Antonia ebenfalls. Sie wusste auch nichts davon?

Selbst William klingt entsetzt. »So etwas habe ich nie gesagt!«

»Doch, das hast du.«

»Das würde ich niemals tun!«

»Erst hast du mich beschuldigt, ihn getötet zu haben, und dann hast du dir auch noch gewünscht, ich wäre an seiner Stelle gestorben.«

»Nein! Das ist nicht wahr! Ein Vater bevorzugt keines seiner …«

»Oh, ich bitte dich, du hättest ihn doch nur zu gern im Tausch gegen …«

»Ich habe von mir selbst gesprochen!«, donnert William. »Ich wollte derjenige sein, der dort lag! Ich! Nicht du! Gott behüte, nicht du.« Ein keuchender Atemzug, und dann: »Ich habe gesagt, was ich gesagt habe, Jamie. Das habe ich. Ich habe dir die Schuld gegeben, ja. Aber mir zu wünschen, du wärst tot? Niemals! Ich liebe dich doch! Es war nur … Der Schmerz hatte keinen Ausweg, weißt du, nichts, wohin er …« Ein Schluchzer erschüttert den Keller, prallt von der steinernen Wand ab. Ich sehe Antonia an, aber sie hat die Augen geschlossen. Jamie ringt um Atem, um Beherrschung. »Ich bitte um Entschuldigung«, stößt er hervor. »Was du gesagt hast. Es war einfach so … unerwartet.«

Als er wieder spricht, klingt William völlig verwirrt. »Was habe ich nur getan, ehrlich, Jamie, was habe ich nur getan, dass du glaubst, ich würde mir je wünschen …«

»Das meine ich nicht.« Jamie räuspert sich. »Es war das Wort ›Liebe‹, das mich so verblüfft hat.«

»Oh, bitte«, schnaubt William. »Tu doch nicht so, als ob du das nicht wüsstest.«

Schließlich geht das Klirren wieder weiter. Jamie sagt ruhig: »Ich habe alles andere gehört. Deine Enttäuschung. Deine Wut. Aber Liebe? Nein. Die bleibt in dir verschlossen, genau wie all diese Weine, die einfach nur hier herumliegen, aber zu wertvoll sind, um geöffnet und in Gesellschaft genossen zu werden. Du hast so viel Angst davor, dass es, wenn sie getrunken sind, keinen Wein mehr geben wird, dass es nichts mehr geben wird. Na ja, eines Tages wird es sowieso nichts mehr geben, egal, ob du den Wein trinkst oder nicht.«

»Du bist durchaus ein Dichter, das will ich dir zugestehen«, entgegnet William gedehnt. Jamie seufzt, murmelt irgendetwas, das William veranlasst, ihm entgegenzuschleudern: »Oh, ich bitte dich, das war ein Witz. Ich … ich verstehe das. Was du sagst, ich verstehe das wirklich. Aber mein Vater …«

»Verdammt!«, zischt Jamie. Antonia und ich sehen beide panisch auf.

»Gott, hast du dich geschnitten?«

»Schon gut.«

»Zeig mal her.«

»Es ist alles gut.«

»Ich habe ein Taschentuch. Ich werde es darumwickeln.«

»Das gibt nur Flecken.«

»Das kümmert mich einen feuchten Dreck, gib mir deine Hand.«

Schweigen.

Ein langes Schweigen.

William ergreift als Erster das Wort. »Ich glaube, mir ist hier vielleicht ein kleines Malheur passiert.«

»Es war sowieso ein beschissener Jahrgang.«

William prustet spöttisch.

Jamie seufzt, alle Hitze scheint aus ihm entwichen zu sein. Als ob dadurch, dass er und William sich gegenseitig diese hässlichen Worte an den Kopf geworfen haben, letztendlich beide gereinigt, matt, träge geworden wären. »Sterben ist eine entsetzliche Angelegenheit.«

»Sag das nicht.«

»Stimmt es denn nicht?«

»Du wirst nicht sterben.«

Jamie schnaubt. »Wir werden alle sterben.«

Schweigen.

»Ich kann euch nicht beide verlieren, Jamie. Das werde ich nicht zulassen.« Williams Stimme bricht. »Söhne sterben nicht vor ihren Vätern«, flüstert er. »Das ist nicht die Ordnung der Dinge. Es will mir nicht in den Kopf, dass ich das nicht richten kann. Ich kann den Krebs nicht aus dir herauskaufen. Ich kann ihn nicht dafür bezahlen, dass er verschwindet, ich kann ihn nicht verscheuchen. Was habe ich in diesem Leben nur getan, dass ich gezwungen werde, mit anzusehen, wie meine beiden Söhne vor mir sterben?«

Als Jamie schließlich antwortet, klingt seine Stimme erstickt. »Es tut mir leid. Wirklich. Aber es gibt keine Ordnung der Dinge. Ich kann nicht zulassen, dass du mir dasselbe antust wie Oliver, nur damit du das Gefühl hast, alles getan zu haben, was du tun konntest. Ich werde nicht zulassen, dass ›aufhören‹ mein letztes Wort ist.«

»Leben und leben lassen, ist es das?«

»Leben und sterben lassen, genauer gesagt.«

Antonia lehnt sich mit dem Gesicht an die Wand.

William schluckt. »Das erscheint mir alles so sinnlos. Wir richten und reparieren, richten und reparieren, nur damit es wieder zu Bruch geht. Ich weiß nicht, was ich tun soll, Jamie. Sag mir, was ich tun soll.«

»Mach die Flasche auf. Mach jede verdammte Flasche auf, die du aufmachen kannst, solange du es kannst. Und dann lass mich gehen. In Liebe. Das ist alles, was du tun kannst.«

Ungebeten denke ich an *Dover Beach* und wie Jamie mich fragt, was Matthew Arnold sagt, und wie ich antworte: *Im Tod ist Liebe alles, was es gibt.* Er hat mich gefragt, wie ich mich dabei fühlte, und ich habe, dumm und naiv, wie ich war, gesagt: *Einsam.* Aber nicht Jamie. Nein, Jamie hat geantwortet: *Hoffnungsvoll.*

Weil Jamie all das hier schon damals wusste.

Nach einer Weile höre ich, wie sie sich voneinander lösen,

und mir wird bewusst, dass sie sich umarmt hatten. Das Geräusch einer Hand, die auf einen Rücken klopft, während William heiser sagt: »Scheiß auf Haltung. Ewig kann man das eh nicht durchziehen.«

»Versuch's mal damit, mit einer Amerikanerin zusammen zu sein«, witzelt Jamie. Sie kichern beide.

William räuspert sich. »Wie geht's deiner Hand?«

»Ich werd's überleben.« Beide prusten los. »Ich fühle mich jetzt deutlich besser, das muss ich schon sagen.«

»Wenn es das nur leichter machen würde.«

»Na ja«, wendet Jamie ein, »zumindest macht es das nicht schwerer.«

William stöhnt leise auf. »Optimistisch wie immer.«

»Sprach der Pessimist.«

Sie kichern. William seufzt. »Wir sollten besser wieder hochgehen. Deine Mutter hat vermutlich schon den Gerichtsmediziner gerufen. Hier, wir werden den fürs Abendessen mit nach oben nehmen.«

»Den trinken wir nicht.«

»Was ist denn falsch an dem?«

»Es wäre zweckmäßiger zu fragen, was richtig daran ist.«

»Weißt du«, knurrt William, »wo ich herkomme, da trinken wir Ale. Dieses ganze Getue mit Wein, dem Alter und dem Jahrgang …«

»Das ist dasselbe, alter Mann.«

Antonia und ich sehen uns an, außerstande, unser Lächeln zu unterdrücken, während sie sich kabbeln. Ich weise mit einem Nicken zur Treppe, um anzudeuten, dass wir die beiden allein lassen sollten. Aber Antonia zerrt an meiner Hand. Ich sehe sie an. Sie zerrt fester und zieht mich an sich, unsere Hände lösen sich voneinander, und ihre Arme legen sich um mich. Sie küsst die Haare über meinem Ohr und krächzt: »Danke.«

Ich schlucke. Von einer Mutter umarmt zu werden und nichts als ihre Dankbarkeit und Freude zu spüren, das ist ein berauschendes Gefühl. Ich drücke sie, und dann, aus irgendeinem Grund, den ich nicht ganz verstehe, schiebe ich sie ein Stück zurück. Wir sehen uns an, und sie lächelt wieder. »Wollen wir zu ihnen gehen?«, flüstert sie.

Ich will mich ihr schon anschließen, aber irgendetwas in mir flüstert zurück: »Gehen Sie nur.«

Sie blickt enttäuscht, aber sie wischt sich die Augen, holt tief Luft und wendet sich ab, geht durch den Türbogen und nach links, in den Weinkeller. »Ah, wundervoll!«, ruft sie fröhlich. »Ihr habt euch nicht gegenseitig umgebracht.«

Sie lachen. Sie reden locker miteinander. Sie stoßen sich an, knuffen sich in die Seite.

Ich stelle fest, dass ich keinen Schritt vorwärts tun kann. Ich stelle fest, dass ich mich einen Moment gegen die Wand lehnen muss. Nur einen Moment, und dann werde ich gehen. Versprochen. Ich will das hier nur genießen.

Die drei, auf der anderen Seite der Wand, sind jetzt eine Einheit. Unsichtbar, unerkennbar für mich. Ich habe bekommen, was ich wollte. Jetzt bin ich frei zu gehen.

Warum will ich es dann nicht tun?

Ich hole tief Luft. Ich zwinge mich, einen Fuß auf die nächste Stufe zu setzen, und dann die nächste und wieder die nächste. Ich lasse sie zurück.

»Nun, Professor Davenport«, sagt Charlie, die Champagnerflöte neben seinem Gesicht erhoben, während er sich über den Tisch zu Jamie vorbeugt. »Ich würde sehr gern Ihre Absichten erfahren.«

»Charlie, bitte«, antwortet Jamie. »Meine Eltern wissen das mit uns noch nicht.«

Alle kichern, einschließlich Charlie, der schnaubt: »Sie müssten blind sein, um nicht zu sehen, wie Sie mich ansehen.« Wir sitzen im großen Esszimmer, wir sieben um einen Tisch, der für zwanzig vorgesehen ist, Antonia und William an je einem Ende, Jamie und ich auf einer Längsseite, Charlie, Maggie und Tom uns gegenüber. Wir haben bereits zwei Flaschen Schampus und drei Flaschen Wein geleert seit dem Beginn des Dinners, Smithys köstlichem urenglischem Braten, von dem sie nur einen prüfenden Bissen von Jamies Teller nahm, bevor sie ihn für essbar erklärte, mir einen schönen Geburtstag wünschte, in ihre Jacke schlüpfte und sich verabschiedete.

Charlie hat die Ellenbogen auf den Tisch gestützt, etwas, das er im nüchternen Zustand niemals tun würde. Die Gier in seinen Augen macht mich nervös. Das und die Tatsache, dass er sich noch mehr Champagner einschenkt.

»Im Ernst jetzt«, fährt Charlie fort. »Erzähl uns von deinen Plänen.«

Jamie fühlt sich etwas weniger wohl mit dieser Frage. »Habe eigentlich keine.« Er hebt sein leeres Glas vor seinem Vater, der ihm wortlos nachschenkt.

»Entschuldige, aber wirst du unterrichten?«, erkundigt sich Maggie.

»Na ja, das bleibt abzuwarten ...«

»Hör endlich auf, Ausflüchte zu machen!« Charlie schlägt theatralisch mit der Faust auf den Tisch. »Was soll denn aus Ella aus Ohio, unserem lieben Yankee-Waisenkind, werden? Wirst du nach Washington ziehen? In Amerika müssen doch sicher auch Schulmädchenfantasien von hautengen Jeans befriedigt werden?«

»Ehrlich gesagt«, schalte ich mich ein, »werde ich vermutlich mit der Wahlkampagne auf Reisen sein, daher hat es gar keinen Sinn, dass Jamie nach ...«

»Ihr trennt euch doch nicht etwa!?«, brüllt Charlie, dem diese Möglichkeit eben durch den Kopf schießt. Jamie trinkt einfach nur seinen Wein. Mein Blick huscht hinüber zu seinen Eltern, vor denen ich das hier eigentlich nicht diskutieren will und die so tun, als ob sie eben taub geworden wären. »Nimm ihn mit! Er kann seine alberne Dissertation überall überarbeiten!«

Maggie tätschelt ihm beschwichtigend den Unterarm. »Ist gut jetzt, Charlie ...«

Er bleibt unbeirrt. »Was sind denn ein, zwei Jahre in Amerika?« Er richtet seine glasigen Augen auf Jamie. »Geh und erkunde die Kolonien, und dann komm nach Hause und nimm deinen rechtmäßigen Platz als Lord und Erbe von ...« – außerstande, sich an den Namen des Hauses zu erinnern, in dem er sitzt, fuchtelt er mit einer Hand durch die Luft – »... dem hier ein, und dann heirate Fanny Brice hier drüben ...« – er meint Fanny Price – »... und verkünde ...« – er meint »vermehre« – »... die Linie, wie es sich für einen Mann deiner erhabenen Geburt geziemt!«

»Charlie ist ein kleiner Monarchist«, murmelt Maggie.

»Ich sage nur …«

»Das ist nicht nur ein Job, Charlie«, sage ich. »Das ist mein Leben. Ich kann mich nicht versetzen lassen. Die amerikanische Politik unterhält kein Büro in London.« Warum bin ich so defensiv? Warum rechtfertige ich mich? Warum klinge ich so verbittert, als ich sage: »Jahrzehnt für Jahrzehnt für Jahrzehnt dafür sorgen, dass sich mein Land in die richtige Richtung entwickelt, das ist mein Leben.«

Charlie, immun gegenüber Fakten, blickt einfach nur verwirrt drein. »Aber das kann doch sicher irgendjemand anders tun!« Ich mache den Mund auf, aber er redet einfach weiter. »Meinst du etwa, du stehst ganz allein auf diesem mythischen Hügel, dein magisches Bildungsschwert erhoben gegen die heranrückenden unwissenden Horden? Dass die Frage der Bildung in Amerika nur von dir und deiner fröhlichen Truppe von Lehrern geisteswissenschaftlicher Fächer gelöst werden kann …«

»Ich sorge mich, Charlie, ich sorge mich darum, was aus meinem Land wird …«

Er verdreht die Augen. »Für eine, die ihr Land so sehr liebt, scheinst du aber ziemlich erpicht darauf, es zu verändern. Jetzt hör mir einmal gut zu, du dummes Huhn. Ich liebe dich, wirklich, aber du bist eine Riesenidiotin, wenn du glaubst, dass das das Leben ist. Das hier …« – er zeigt zwischen Jamie und mir hin und her –, »… was ihr zwei habt, das ist das Leben.«

Ich mache den Mund auf, um noch einmal zu versuchen, meine Absichten zu erklären, aber Charlie steht einfach auf.

Er zwinkert Jamie zu und sieht zu mir zurück. »Denk eine stille Minute darüber nach.« Dann fügt er inspiriert hinzu: »Während ich eine stille Minute pinkeln gehe!« Er taumelt hinaus und lacht vor sich hin.

Ich mache den Mund auf, aber Tom – der gute alte, verlässliche Tom – schaltet sich prompt in die Diskussion ein. »Könntest du vielleicht einen geeigneten Reiseplan erstellen? Bei dem in Schlüsselintervallen gleich viel Zeit mit Reisen verbracht wird, um einander zu sehen? Ich könnte dir helfen, den Algorithmus zu erstellen …«

»Ich bin nicht in der Verfassung zu reisen, fürchte ich«, meldet sich Jamie schließlich zu Wort, während er sein Glas abstellt. Er starrt Tom seelenruhig an. »Ich bin krank.«

Tom sieht auf seinen Teller hinunter, begutachtet sein Essen. »Ich fühle mich gut.«

Ich beuge mich zu Jamie vor. »Du musst das nicht tun.«

Er sieht Tom nur weiter an. »Ich habe unheilbaren Blutkrebs.«

Maggie lässt scheppernd ihre Gabel auf ihren Teller fallen und fährt sich mit einer Hand an den Mund. Tom legt den Kopf schräg. »Ist es ernst?«

»Er hat ›unheilbar‹ gesagt«, flüstert Maggie, während sie mich Bestätigung suchend ansieht. Ich versuche zu nicken, aber ich kann ihr nicht in die Augen sehen.

»Ich bin seit einer Weile in Behandlung …«, beginnt Jamie zu erklären, aber Maggies Schluchzer unterbricht ihn. Ihr lauter, keuchender, verzweifelter Ausbruch von einem Schluchzer.

Wir alle starren sie an.

Sie weint jetzt heftiger, schnappt keuchend nach Luft. Tom, der kleine, verlorene Junge, lässt den Kopf auf die Brust sinken. Jamie sieht mich an und hebt sardonisch sein Glas.

Charlie kommt natürlich in genau diesem Augenblick wieder, taumelt zurück zu seinem Platz, wirft nur einen Blick auf Maggie und Tom und murmelt: »Mein Gott, ist jemand gestorben?«

Jamies Vater steht abrupt auf. »Einen Toast!«, brüllt er. Er wendet sich zu mir um und erhebt sein Glas. Alle tun es ihm gleich, sogar Maggie, die sich mit einer Hand an den Mund fährt, während sie mit der anderen zitternd ihr Glas in die Luft hält. William grinst sie an. »Kein Grund, deswegen zu weinen, meine Liebe, ich werde mich kurz fassen.« Das entlockt allen ein erleichtertes Kichern. Allen bis auf Maggie, die schnieft. Und Charlie, der Maggie perplex beäugt.

»Was zum Teufel ist denn ...«

»Eleanor ...« Williams Ton bringt sogar Charlie zum Schweigen. Er betrachtet mich, und sein Blick wird sanfter. »Ella«, berichtigt er sich. »Ich möchte mich bei dir bedanken. Dafür, dass du ...« Er hält inne, scheint es sich anders zu überlegen. »Alles Gute zum Geburtstag. Auf dass wir alle noch viele weitere Geburtstage an diesem Tisch feiern mögen.«

Meine Augen werden feucht.

Maggie stößt einen neuen Schluchzer aus.

William erhebt wieder sein Glas. »Auf Ella aus Iowa.«

»Ohio«, flüstert Jamie.

»Oh, verdammt, na dann, auf Ella aus Ohio!«

Lachend wiederholen alle im Chor: »Auf Ella aus Ohio!«, und dann stoßen sie an.

Ich nicke William zu. Er nickt zurück. Es ist ein Anfang.

Kaum sitzen alle wieder, springt Maggie auf wie ein Springteufel. »Entschuldigung«, platzt sie heraus, »kann ich nur sagen …« Sie holt einmal zitternd Luft. Sie wendet sich um und sieht zu Tom hinunter. »Du bist ein Idiot.«

Tom sieht noch immer mich an.

»Tom!«

Er zuckt zusammen. »Hier!« Jetzt sieht er zu ihr hoch.

»Ich halte es einfach nicht mehr aus, ständig darauf zu warten, dass du wieder eine deiner Schwärmereien durchmachst. Ich bin fertig mit dir.«

»Aber … aber du bist …«, stammelt Tom.

»Ich weiß, ja, ich bin …«, unterbricht sie ihn. »Nie gut genug, nie hübsch genug, nie eine deiner Kandidatinnen …« Tom macht den Mund auf, aber sie fährt einfach fort. »Nein, lass mich ausreden, denn ich bin fertig, ich bin fertig damit, immer geduldig zu sein, immer da zu sein! Siehst du denn nicht, wir könnten morgen sterben, und dann haben wir nie …« Arme Maggie. Ihr wird bewusst, was sie soeben gesagt hat, und sie schnellt herum zu Jamie und mir. »Entschuldigung! Ich meinte nur …«

»Red weiter!«, rufe ich.

Sie wendet sich wieder zu Tom um, aber bevor sie fortfahren kann, sagt Tom: »Ja.«

»Ja, was?«

»Was?«

»Warum sagst du ›was‹?«

»Weil ich ›ja‹ gesagt habe und du dann ›was‹ gesagt hast.«

»Warum?!«

Toms Stimme überschlägt sich. »Warum? Also gut, hier ist es: Maggie?«

»Was!«

Toms Hand schießt vor. »Das war nicht Maggie Fragezeichen. Na ja, das war es, aber es sollte Maggie Punkt sein.«

»Okay, ja?«

Tom kneift die Augen zusammen, als würde er im Kopf komplizierte Berechnungen anstellen. »Schscht! Nicht reden! Ich muss mich wirklich konzentrieren.«

»Tom, das ist doch …«

Er ist völlig neben der Spur. »Nein! Stopp!« Er atmet schwer. »Lass mich … meinen ganzen Verstand … es ist nur, weißt du … Okay, kehren wir zurück … zu dem, was du eben gesagt hast, das mit dem nie hübsch genug und nie was immer genug und nie – was war es? Eine meiner Kandidatinnen! Siehst du denn nicht, Mags? Von Anfang an warst … warst du es, oder? Du warst es immer, aber ich konnte nicht, ich hätte nicht, ich meine, ich hätte, wenn du gewollt hättest, natürlich hätte ich, aber wenn du nicht gewollt hättest, mit mir, dann hätte ich … na ja, ich hätte es nicht ertragen. Ich könnte nicht, ich würde nicht … ach, Scheiße noch mal!« Tom steht auf. Er nimmt ihr Gesicht in seine Hände, beugt sich hinunter und küsst sie. Maggies Arme hängen an ihren Seiten herunter, und sie schmilzt dahin. Dann erwacht sie auf einmal zum Leben, umfasst seine Schultern, springt auf und schlingt ihm ein Bein um die Taille.

Wir starren die beiden an.

Jamies Mutter steht auf, streicht ihr Kleid glatt, faltet ihre Serviette. »Kuchen in der Bibliothek?«

Nach einer weiteren Stunde mit Feierlichkeiten, Kuchen und Kaffee und nachdem Charlie mein Geschenk, den Scotch, für einen Toast geöffnet hat, stolpern wir (ein paar von uns mehr als andere) für die Nacht die Treppe hoch. Ich küsse Antonia und William auf die Wange und bedanke mich bei ihnen, ohne Vorbehalt, für den schönsten Geburtstag, den ich je hatte. Wir gehen den Flur hinunter und biegen in unsere traditionellen, getrennten Zimmer ab. Ich nutze die Gelegenheit, um rasch zu duschen und mir die Zähne zu putzen. Im Bad hängt ein Morgenmantel, und ich schlüpfe hinein, und dann gleite ich in die Pantoffeln, die Antonia bereitgestellt hat.

Ich bin machtlos gegen das Lächeln, das in mein Gesicht eingraviert zu sein scheint.

Ich öffne die Tür einen Spaltbreit. Die Luft ist rein. Ich schlüpfe in den Flur hinaus, schließe die Tür hinter mir, so leise ich kann. Als ich mich umwende, sehe ich, dass die Tür neben Jamies Zimmer offen steht. Maggie tritt heraus. Ich lächele. Sie dreht sich um, sieht mich, zuckt zusammen und lächelt schuldbewusst zurück.

Wir treffen uns in der Mitte des Flurs, sehen uns an wie Komplizinnen. Dann furcht sich ihre Stirn, ihr Lächeln wird traurig, und sie zieht mich zu einer Umarmung an sich. »Es tut mir so leid«, flüstert sie.

Ich schaffe es, zurückzuflüstern: »Nicht heute Abend.

Heute Abend muss uns nichts leidtun. Okay?« Ich nehme ihre Hände in meine, lehne mich zurück und sehe in ihre verschwommenen Augen. »Ich könnte nicht glücklicher sein. Für uns beide.«

Ich kann sehen, dass sie aufgeregt ist. Vielleicht sogar besorgt. Was sie vermutlich sein sollte. Zeit für ein bisschen schwesterlichen Rat. »Vergiss nicht«, flüstere ich. »Das hier ist Tom. Sei klar und deutlich. Und geduldig. Und mach keine plötzlichen Bewegungen.« Sie kichert und holt tief Luft, lässt meine Hände sinken. Als sie an mir vorbeigeht, gebe ich ihr einen Klaps auf den Hintern. Sie unterdrückt ein Lachen und schlüpft in das Zimmer.

Jetzt bin ich an der Reihe. Ich öffne leise Jamies Tür und schließe sie hinter mir.

Es ist dunkel. Das Licht vom Flur fällt unter dem Türspalt hindurch, erhellt nur etwa einen Meter vor mir. Ich habe keine Ahnung, wo das Bett ist.

»Jamie?«, flüstere ich, während ich kleine Schritte vorwärts tue.

»Wer da?«, knurrt er. Seine Stimme kommt von links.

Ich gehe weiter, die Hände vor mir ausgestreckt, während ich antworte: »Keine andere als ich, Sir.«

»Ella.« Er hasst es, wenn ich meinen Dickensianisches-Waisenkind-Akzent anschlage. Was mich nur dazu bringt, es erst recht zu tun.

»Wie, Sir? Missfalle ich Ihnen etwa? Oh, das bedauere ich zutiefst, mein Herr.«

Er stöhnt auf, während sich meine Augen allmählich an das Mondlicht gewöhnen, das durch die Vorhänge dringt.

Ich kann ihn im Bett liegen sehen, zu mir umgewandt, auf einen Ellenbogen aufgestützt. Wartend. Die anziehendste Silhouette in der Geschichte von Licht und Dunkel.

Ich bleibe stehen, als ich sein Bett erreiche. Ich sehe an mir hinunter. Ich löse den Frotteegürtel um meine Taille und lasse den Morgenmantel fallen.

Es ist ein Echo unseres ersten Morgens danach, als ich die Bettdecke fallen ließ, um ein wenig schockierend zu sein. Ich bin mir nicht einmal sicher, ob er sich daran erinnert, bis er kehlig sagt: »Als du das das letzte Mal getan hast, hast du mir gesagt, wie sehr du keine Beziehung wolltest.«

»Hoppla.«

Er beugt sich vor und legt eine Hand um mein Handgelenk, zieht mich auf sein hohes, weiches, einladendes Bett. Ich kichere. »He, Sir! Von Zeit zu Zeit falle ich ja gern ein bisschen unsanft, aber …« Jamie legt mir einen Finger an die Lippen, und ich werde still. Ich fühle die Hitze, die von ihm ausströmt, während seine andere Hand über meine Schulter gleitet, meinen Nacken seitlich umfasst. Sein Daumen gleitet an meinem Hals hoch, streichelt die Unterseite meines Kiefers.

Ich schmelze dahin.

»Halt den Mund, Mädchen«, murmelt Jamie in dem absolut sexiesten schottischen Akzent, den ich je gehört habe. Sein Atem wärmt meinen Hals, und seine Lippen finden die Vertiefung meiner Kehle. »Du weißt schon, dass du jetzt in Schottland bist, oder?« Seine Zunge schnellt vor, jagt einen Schauder des Verlangens durch mich. »Hier gibt es keinerlei englische Zurückhaltung.«

Ich halte es nicht mehr aus. Ich ziehe sein Gesicht hoch und küsse ihn, presse mich an die Hitze seiner nackten Brust. Er ist so warm, dass ich mich am liebsten dort vergraben und überwintern würde.

Aber später. Im Moment habe ich andere Pläne.

Jamies Atem geht jetzt schneller und flacher, und er keucht leicht. Obwohl seine Hände begierig meine Hüften kneten, wende ich mich ab und frage: »Bist du in Stimmung dafür?« Wortlos führt er unsere Münder wieder zusammen, schwingt ein langes Bein über meine Hüfte und zieht mich an sich, lässt unsere unteren Körperhälften miteinander verschmelzen und beantwortet meine Frage.

Jamie verschwendet keine Zeit, rollt mich auf den Rücken und spreizt mit einem Knie meine Beine. Er stützt sich auf einen Ellenbogen auf, vergräbt die Finger einer Hand in meinen Haaren, während die andere meinen Bauch findet. Ich strecke eine Hand aus und fahre ihm mit den Fingern durchs Haar. Seine Hand zittert leicht auf meinem Bauch, und sein Atem ist noch immer rau.

Ich fühle mich enthoben. Geben Sie dem Haus die Schuld, den Ereignissen des Tages, dem Ring, den Antonia mir geschenkt hat, aber auf einmal fühle ich mich, als wäre ich in eine andere Ära geglitten. In diesem zeitlosen Zimmer finden wir beide wieder zueinander. Es liegt ein Gefühl von Ehrfurcht in der Art, wie Jamie den Kopf neigt, in der Aufmerksamkeit, die er meinem Körper widmet. Es fühlt sich geheiligt, ehrfürchtig, sogar ehelich an. Das Bewusstsein für Jahrhunderte von Hochzeitsnächten, die in diesem Zimmer vielleicht stattgefunden haben, überwältigt mich, und ich schaudere. Was Jamie veranlasst, mir ins Gesicht zu sehen. Seine Augen schimmern im Halbdunkel. »Ich danke dir«, murmelt er.

Ich muss nicht fragen, wofür. Es plätschert durch mich wie ein Stein, der in einen See geworfen wurde, zwingt mich, dasselbe zu ihm zu sagen: »Ich danke *dir.*«

»Ich liebe dich.«

»Ich liebe *dich.*«

Meine nahtlose Antwort scheint ihn zu überrumpeln. Er ist nicht die Art Mann, der klarstellt, der nachfragt: »Wirklich?« Aber ich kann es in seinen Augen sehen. Wie kann er nur daran zweifeln? Zur Antwort vergrabe ich die Finger fester in seinen Haaren. *Ja, wirklich.*

Er lässt den Kopf sinken und küsst meinen Bauch. Dann gleitet er mit den Lippen nach oben. Er legt sich auf mich, macht es sich zwischen meinen Beinen bequem. Er stützt sich auf die Handflächen auf, erhebt sich über mich. Ich ziehe die Knie an, schlinge die Beine um seine Hüften, so absolut bereit. Aber er hält inne. Mir fällt auf, dass seine Arme zittern. Er ist noch immer schwach. Er neigt den Kopf, lässt ihn zwischen uns hängen. Ich recke den Hals und küsse seine Stirn. Sie ist so warm. Er überanstrengt sich.

Bevor er irgendetwas Lächerliches tun kann, wie zum Beispiel, sich zu entschuldigen, umfasse ich seine Schultern, schiebe ihn von mir und werfe ihn auf den Rücken. Allein schon seine Verblüffung zu sehen ist es wert. Er lacht. Ohne eine Sekunde zu zögern, setze ich mich rittlings auf ihn, nehme ihn mit einer einzigen Bewegung in mich auf. Er atmet scharf ein und reißt den Kopf nach hinten.

Ich muss unwillkürlich grinsen. Wir sind vielleicht zeitlos, aber irgendetwas sagt mir, dass in diesem Zimmer noch nicht viele Frauen oben waren.

Ich öffne die Augen. Frühmorgendliches Licht findet den Weg durch den Spalt in den schweren Samtvorhängen. Jamie liegt von mir abgewandt da. Beglückt von den Erinnerungen an gestern Nacht rolle ich mich zu ihm, lege mein Gesicht zwischen seine Schulterblätter.

Ich zucke zurück. Er ist schweißbedeckt. Er zittert. »Jamie, geht es dir gut?«, flüstere ich. Er reagiert nicht. Ich umklammere seine Schultern und drehe ihn auf den Rücken. Sein Atem klingt, als ob eine Babyrassel in seiner Brust steckte. »Jamie!«, zische ich. Keine Reaktion. Ich rüttele ihn an den Schultern. »Jamie, wach auf!« Ich lege die Hände an sein Gesicht.

Seine Haut glüht.

Ich richte mich mit einem Ruck auf. »Jamie!« Er schlägt die Augen nicht auf. Ich krieche über ihn, setze mich rittlings auf ihn, eine absurde Wiederholung der vergangenen Nacht, und öffne seine Augenlider.

Seine Augen sind im Kopf nach hinten gedreht.

Ich schreie.

Eine Sichel dem Freund,
dem erschöpften,
Eine Sichel, schnell und wahrhaftig,
Eine Sichel, von Gottes Gnaden im Himmel,
Eine Sichel wartet auf dich.

Unbekannt, »Fragment«

Kapitel 27

Es ist das Warten, das mich so zermürbt. Das Warten darauf, dass William und Antonia zur Tür hereinplatzen. Das Warten darauf, dass jemand den Notruf wählt. Das Warten darauf, dass der Rettungshubschrauber kommt. Das Warten darauf, dass Jamie auf die Tragbahre geschnallt wird. Das Warten darauf, dass William mir sagt, was ich bereits weiß, dass ich bei Jamie mitfliegen soll und sie uns nachfahren werden. Das Warten, während die Rettungskräfte Sauerstoff in meinen Freund pumpen und der Hubschrauber endlich in Glasgow landet. Das Warten auf einem unbequemen Stuhl, nachdem ich gesehen habe, wie Jamie hinter Türen gerollt wurde, die sich mit beängstigender Endgültigkeit schlossen.

Ich denke viel nach, während ich warte, aber es ist kein konstruktives Nachdenken. Es ist bruchstückhaft. Es ist angespannt, panisch, oft ohne Kontext. *Wie konnte das so schnell passieren? Gott sei Dank habe ich den Morgenmantel übergeworfen, bevor seine Eltern hereinkamen. Ich habe vergessen, den Rettungskräften von der Anämie zu berichten.* Zwischen diesen Gedanken kreist mir noch ein anderer immer wieder durch den Kopf, unverbunden mit den anderen, und holt von Zeit zu Zeit zu einem Schlag aus: *Wenn er das hier übersteht …*

Der Satz taucht auf und verschwindet und taucht wieder auf. *Wenn er das hier übersteht.* Wie ein Schwur, wie ein Pakt, der geschlossen wird. Mit wem oder was oder zu welchem Zweck, das weiß ich nicht. *Wenn er das hier übersteht …*

Was dann?

Verhandle ich gerade? Ist das, was ich hier durchlebe, schon eine der fünf Phasen der Trauer?

Schließlich treffen Antonia und William ein. Sie wollen alles wissen, und ich weiß nichts. Alles, was ich sagen kann, ist, dass er bewusstlos war, aber geatmet hat, als wir ankamen. Sie sinken erleichtert auf die Stühle, und ich denke: *Ist das jetzt der Goldstandard? Bewusstlos, aber atmend?* Wir kauern uns aneinander, eine Triade der Hoffnung.

Jetzt beginnt das eigentliche Warten.

Wenn er das hier übersteht …

Eine Ewigkeit später taucht eine Ärztin auf, eine Maske um ihren Hals, eine Papierhaube auf ihrer platinblonden Igelfrisur. Ihre Stimme ist wie schottischer Stahl. »Ich bin Dr. Corrigan, ich habe mich um James gekümmert. Mr. und Mrs. Davenport?« Sie sieht Antonia und William an. Sie nicken. Sie wendet sich zu mir um. »Und Sie sind …« Sie sieht auf das Krankenblatt, das sie in der Hand hält. »Eleanor? Es tut mir leid, Ihnen sagen zu müssen, dass ich im Moment nicht viele Informationen habe. Ich warte darauf, seine Unterlagen aus Oxford zu bekommen. Der

Arzt hat gesagt, dass er eben erst eine Medikamentenstudie beendet hat?« Ich nicke. Sie sieht wieder besorgt auf das Krankenblatt. »Und Sie sagen, gestern Abend ging es ihm gut?«

Ich antworte. »Ja. Ich meine, ihm war warm, und sein Atem ging ein bisschen angestrengt, aber ...«

»Hat er sich verausgabt? Irgendetwas Anstrengendes getan?«

Ich schweige. Ich bin mir nicht sicher, ob ich das jetzt aussprechen will.

»Doktor«, wirft William ein. »Haben Sie eine Ahnung, was er hat?«

Sie blickt von dem Krankenblatt auf. »Lungenentzündung.«

Wir alle seufzen erleichtert auf. »Gott sei Dank«, haucht Antonia.

Die Ärztin hebt eine Hand, mahnt zur Zurückhaltung. »Sie ist akut.«

»Es ist nicht der Krebs«, stellt William fest. »Eine Lungenentzündung ist heilbar.«

»Unter normalen Umständen, ja.«

William nimmt mir die Worte aus dem Mund. »Was soll das heißen?«

Dr. Corrigan holt einmal tief Luft. »Erstens einmal habe ich noch nie gesehen, dass sie so schnell kommt, so aggressiv. Zweitens ist das Immunsystem Ihres Sohns stark angegriffen. Er hat kaum noch Kraftreserven, um das hier zu bekämpfen. Wir haben ihn in ein künstliches Koma versetzt.«

»Was?« Zum ersten Mal, seit ich sie kenne, wirkt Antonia entsetzt. Was wiederum mich entsetzt.

»Nur um zu verhindern, dass er kämpfen muss«, versichert ihr die Ärztin. »Es gibt ihm, und uns, die beste Chance, das hier zu besiegen.« Ihr Ton verändert sich, wird teilnahmsvoller. Sie muss unsere Angst sehen können. »Bitte verstehen Sie, es ist nicht ungewöhnlich, dass sich jemand nach einer Runde Chemotherapie eine Lungenentzündung zuzieht. Es ist das Ausmaß, das beunruhigend ist.« Sie sieht mich an und fährt fort: »Trinkt er?«

Ich sehe Antonia und William an. »Nicht viel. Aber gestern Abend hat er mehr Alkohol getrunken als in den letzten Monaten.«

Die Ärztin denkt darüber nach, dann fragt sie: »War er in letzter Zeit irgendwelchen Chemikalien ausgesetzt? Einem Reinigungsmittel? Farbverdünner, Klebstoff …«

»Oh Gott. Die Böden.« Alle sehen mich an. »Er hat vor ein paar Tagen eine ganze Etage seines Hauses abgeschliffen und gebeizt.«

Jetzt nickt die Ärztin. »Hat er eine Maske getragen?«

»N-nein, aber wir hatten alle Fenster offen, wir haben gelüftet …« Meine Stimme wird krächzend, verliert an Kraft. Ich fühle mich fürchterlich. Aber warum ist das die Art Information, die man erst im Nachhinein bekommt?

»Das ist sehr hilfreich«, sagt die Ärztin, als hätte sie das fehlende Teil eines Puzzles gefunden. »In den nächsten vierundzwanzig Stunden dürften wir mehr erfahren. Ich werde ein paar Bluttests durchführen, ein MRT, einen Leberscan, und auf seine Unterlagen warten. Fahren Sie ruhig nach Hause, und wir rufen Sie an, sobald wir mehr wissen.«

William und ich sagen beide: »Wir fahren nirgends hin.«

Dr. Corrigan nickt einmal kurz. »Dann bleiben Sie einfach hier sitzen, und ich komme wieder, sobald ich irgendetwas weiß.«

»Egal was, Doktor. Bitte«, fühlt sich Antonia gezwungen zu sagen. Ich hasse es, sie so hilflos zu sehen.

Die Ärztin nickt und geht.

Wir bleiben sitzen und warten.

Wir warten, und schließlich müssen wir etwas tun. Nichts Wichtiges oder Entscheidendes, nur irgendetwas. Auf die Toilette gehen. Kaugummi kaufen gehen. Uns die Beine vertreten. Wir sind eine ständig wechselnde Konstellation. William steht auf und geht für eine Stunde, kommt mit geröteten Wangen, Zigarettendunst und einer Zeitung wieder. Antonia rollt sich in einer Ecke auf dem Boden zusammen und stellt sich schlafend. Ich gehe auf und ab. Von Zeit zu Zeit, wenn wir zusammensitzen, wechseln wir ein paar Worte, auch wenn ich beim besten Willen nicht weiß, was wir zueinander sagen.

Irgendwann am späten Abend, nach vielleicht einer Stunde Schweigen, sagt Antonia leise: »Ella? Ich bin nur neugierig, aber was machen eigentlich deine Eltern?« Mein Blick huscht hinüber zu William. Er sieht mich ausdruckslos an. Offensichtlich hat er ihr nicht erzählt, was er über mich herausgefunden hat. Vermutlich weil er dann zugeben müsste, dass er es überhaupt »herausgefunden« hat.

»Meine Mutter ist Sprechstundenhilfe.« Ich muss meine

erschöpfte, eingerostete Stimme räuspern, um fortzufahren. »In einer Arztpraxis. Mein Vater ist tot.«

Antonias Blick wird sanft. »Das tut mir so leid. Ich hatte keine Ahnung.«

»Danke.« Ihre Aufrichtigkeit veranlasst mich, fortzufahren. »Es ging schnell. Autounfall.«

»Wie schrecklich für dich.«

Ich bin im Begriff zu sagen: *Nein, nein, gar nicht. Es ist besser so.* Das ist meine Standardantwort, wenn irgendjemand vom Tod meines Vaters erfährt. Aber diesmal ist es anders. Ihr Ton sorgt dafür, dass es sich anders anfühlt. Warum? Bevor ich mir eine Antwort zurechtlegen kann, fährt Antonia fort.

»Ich kann mir nicht vorstellen, den Schmerz des Todes zu ertragen, ohne dass ich den Menschen lieben konnte, während er im Sterben lag.«

Ich bin nicht darauf vorbereitet, diese Diskussion zu führen. »Na ja, da konnte man nichts machen. Es ist ja nicht so, dass man die Wahl hat.« Antonia nickt nur. »Zu seinen Lebzeiten hat er eine Bar geführt.«

Sie lächelt. »Eine Bar. Das ist ja witzig. Williams Vater hat auch eine Bar geführt.«

Ich tue so, als ob diese Information neu für mich wäre, aber William wirft ein: »Und er hatte auch viel Sinn fürs Gemeinwohl, dein Vater, richtig? War eine Art Politiker. Ein Kämpfer für das Gute?«

Antonia und ich sehen ihn verblüfft an. »Ja. Das stimmt«, sage ich.

Antonia wendet sich grinsend wieder zu mir um. »Daher

hast du also dieses Feuer. Der Apfel und der Stamm und das alles. Liebst du deine Arbeit?«

Ich will antworten, aber dann zögere ich. Meine Vorstellung von Liebe hat sich in diesen letzten Monaten verändert. Ich bin mir nicht sicher, ob die Antwort noch dieselbe ist, die sie früher einmal war. Es ist kompliziert. Lieben, egal was, ist kompliziert. Ich wähle meine nächsten Worte vorsichtig, als würde ich in einem Vorstellungsgespräch sitzen. »Ich liebe es, an etwas zu glauben und dafür zu kämpfen.«

Antonia nickt. »Und du bist glücklich?«

»Ja«, antworte ich, und erst nachdem ich es gesagt habe, wird mir bewusst, dass es eine Routineantwort ist.

Antonia nickt wieder. »Sehr schön. Ich bin sicher, dein Vater wäre stolz. Alle Eltern wollen nur, dass ihr Kind glücklich ist. Und gesund«, ergänzt sie. »Außerdem erhältst du deinen Vater am Leben. In dir. Das ist wunderbar.«

Antonia beginnt wieder, an der Fernbedienung für den Fernseher herumzufummeln, der in der Ecke an der Wand hängt, ohne zu ahnen, was ihre Worte ausgelöst haben. Ist das der Grund, weshalb ich tue, was ich tue? Erhalte ich meinen Vater auf die einzige Art, auf die ich es kann, am Leben?

Was, wenn er den Autounfall überlebt hätte, wenn auch nur für ein oder zwei Tage? Was, wenn wir miteinander geredet hätten, uns gehalten hätten, uns geliebt hätten, und er *dann* gestorben wäre? Hätte das irgendeinen Unterschied gemacht? Wäre ich eine andere als die, die zu sein ich entschieden habe …

Mein Blick fängt Williams auf. Er betrachtet mich, als ob meine Gedanken offen zu sehen wären.

»Entschuldigung?« Wir alle wenden uns zu der Stimme hinter uns um, die vom Türbogen der Schwesternstation kommt. Eine junge, zierliche Frau in einem Krankenhauskittel sieht mich an. »Ein Sebastian Melmoth fragt nach Ihnen, Miss?«

Maggie, Charlie und Tom sind auf dem Weg zurück nach Oxford beim Krankenhaus vorbeigekommen. Wir stehen in der warmen Eingangshalle zwischen der Doppelschiebetür des Eingangs. Sie geben mir meinen und Jamies Koffer, und ich bedanke mich bei ihnen. Maggie, die nicht aufgehört hat, Toms Hand zu halten (selbst während sie immer wieder die Arme ausstreckt, um mich zu umarmen), sagt in einem Ton, der vermuten lässt, dass diese Frage sie belastet hat: »Du fährst doch nicht etwa nach Hause, oder?«

»Nein, ich werde hierbleiben.« Ihre Miene hellt sich auf. Sie zieht mich wieder zu einer Umarmung an sich, und ich tätschele ihr den Rücken. »Ich muss nicht in Oxford sein, bevor das Semester beginnt.«

Sie lehnt sich zurück und sieht mich an, und ihr ständiges Stirnrunzeln vertieft sich vor Verwirrung noch mehr. Charlie schaltet sich ein. »Sie hat nicht Oxford gemeint, Darling. Sie hat dein richtiges Zuhause gemeint. Amerika.«

»Oh, doch«, stelle ich klar. »Natürlich. Im Juni. Ich muss.« Sie tauschen einen Blick, aber ich bin zu ängstlich und erschöpft, um zu versuchen, ihn zu analysieren. »Das will ich tun. Jamie will, dass ich es tue.« Ich ziehe sie alle zu einer Umarmung an mich, verspreche, dass ich sie auf dem Laufenden halten werde, und sehe dann zu, wie sie zurück zu Maggies Wagen gehen. »Charlie!«, rufe ich. Er dreht sich noch einmal um. »Gibst du bitte Cecelia Bescheid?«

Er zückt sein Handy und kommt noch einmal zurück in die Eingangshalle. Er nimmt seine Sonnenbrille ab, sieht auf sein Display und sagt: »Ja, ich habe ihre Nummer.« Er sieht zu mir hoch. Er dreht sich nicht wieder zu dem Wagen um. Er legt den Kopf schräg, und der Blick in seinen Augen ist zu viel für mich.

»Nicht«, warne ich ihn, während Tränen in meinen Augen brennen.

»Wegen gestern Abend. Was ich gesagt habe.«

»Ich weiß, du warst betrunken. Entschuldigung angenommen.«

»Oh, ich entschuldige mich nicht. Mit den Worten der unsterblichen Piaf: *Je ne regrette rien.* Nein.« Charlie wägt seine Worte sorgfältig ab. »Es macht dich nicht schwach«, sagt er dann.

»Was?«

»Liebe.«

Ich kann nicht umhin, ein klein wenig die Augen zu verdrehen. »Und das sagst ausgerechnet du?«

Er zuckt die Schultern. »Du hast, was jeder will. Was sogar ich will.« Er fuchtelt mit seiner Sonnenbrille durch die Luft. »Ich meine, nicht im Moment, aber, du weißt schon, letztendlich.«

Ich grinse. »Und du hast zur Überbrückung Ridley?«

»Wen?«

Ich sehe ihn streng an. Er lächelt, setzt seine Sonnenbrille wieder auf. »Na klar. Warum auch nicht?«

Es scheint nur ein paar Stunden zu dauern, bis Cecelia auftaucht. Sie platzt in die frühmorgendliche Eintönigkeit des Warteraums, mit rosigen Wangen und geröteten Augen, während ihr Schal hinter ihr herflattert. Ich sehe von dem Buch mit Matthew Arnolds Gedichten auf, das ich in meiner Tasche gefunden habe und das ich lese wie eine Bibel. Ich stehe auf, während sie schnurstracks auf mich zustürzt und mir die Arme um den Hals schlingt, ihre Wange an meiner noch kalt von draußen. Ich klammere mich an sie. »Ich habe den ersten Zug genommen, sobald Charlie mich angerufen hatte«, haucht sie.

»Ich dachte, du müsstest in Oxford sein?«

»Das hier ist wichtiger.« Sie lehnt sich zurück. »Geht es ihm gut? Wie geht es ihm?«

»Wir wissen es nicht.«

Sie bemerkt Antonia und William, die mir gegenüber auf ihren Plätzen ein Nickerchen halten. Antonias Kopf ruht an Williams breiter Schulter, und er hat den Arm um sie gelegt. Er tut das oft, legt den Arm um sie, küsst ihre Wange, hält ihre Hand. Ich dachte immer, es sei Antonia, die auf William aufpasst. Die ihm durch emotionale Momente hindurchhilft, ihn erinnert zu atmen, ihn zusammenstaucht, wenn er die Leute vor den Kopf stößt. Aber ich habe nur eine Seite der Medaille gesehen. Wie töricht von mir. Keine Medaille hat nur eine Seite. Cecelias Stimme durchdringt meine Grübelei. »Wie geht es ihnen?«, fragt sie.

Wie geht es ihnen? Sie blicken einem allzu vertrauten Urteil ins Auge. Tränen laufen mir die Wangen herab. Als Cecelia es sieht, nimmt sie wortlos meine Hand und führt mich aus dem Warteraum.

Zehn Minuten später sitzen wir in der Cafeteria, Styroporbecher mit schwachem Tee in den Händen, und tun so, als ob er uns wärmte, obwohl wir beide wissen, dass er das nicht tut. Wir plaudern. Wir kichern sogar. Ich lasse mich von Cecelias Ruhe verankern. Ich lasse mir von ihr sagen, dass alles gut werden wird. Auch wenn es das nicht wird, auch wenn alles schiefgehen wird, versichert sie mir – allein durch ihre Gegenwart –, dass letztendlich alles gut sein wird. Sie ist schließlich noch immer hier, oder?

Antonia kommt in die Cafeteria geschlendert. Ihre Miene erhellt sich beim Anblick von Cecelia, aber ihre übliche Begeisterung ist gedämpft. Sie winkt leicht, während sie auf uns zukommt, und beugt sich hinunter, um Cecelia einen Kuss zu geben. »Es ist so lieb von dir, dass du gekommen bist.«

»Ich würde nirgendwo anders sein wollen.«

Antonia lässt sich auf einen Stuhl fallen. »Hätte nie gedacht, dass wir so bald wieder hier sein würden.« Sie seufzt.

Cecelia presst die Lippen zusammen. In ihrem leisen, gefassten Trällern ist ihr Pioniergeist deutlich zu erkennen. »Nein. Aber wir haben Oliver geliebt. Und wir lieben Jamie. Und, wie du gern zu sagen pflegst, wir ziehen das durch.«

Durchziehen. Ich sehe Antonia an. Dann ist das für

Jamie also ein persönlicheres, familiäreres Motto, als ich vermutet hatte.

Das geteilte Schweigen fühlt sich fast wie ein Gebet an. Schließlich sagt Antonia leise: »Ich kann nicht umhin, an deine Worte bei Ollies Beerdigung zu denken. ›Liebt von Herzen jene, die im Sterben liegen, auf dass sie in Liebe sterben mögen.‹ In all meiner Trauer und meinem Schmerz hat mir das Trost gespendet. Wie glücklich konnte ich mich schätzen, diese Zeit mit Oliver gehabt zu haben.« Antonia richtet den Blick auf mich. Ich weiß, dass sie an meinen Vater denkt.

Ich habe den Leichnam meines Vaters nie gesehen. Ich habe nicht einmal gesehen, was von dem Wagen übrig war. Bis zum heutigen Tag habe ich keinen wirklichen Beweis dafür, dass er gestorben ist. Wer weiß? Es könnte alles ein raffinierter Scherz gewesen sein. Und genau so hat es sich lange Zeit angefühlt. Meine letzte Erinnerung an ihn ist, wie er an der Haustür in seine Jacke schlüpft, das Klimpern seiner Schlüssel, seine Stimme (die in meiner Erinnerung von Jahr zu Jahr ein wenig schwächer wird), die mir verspricht, dass er bald zurück sein wird. Daher habe ich all die Anfängerfehler gemacht. Ich habe etwas gelesen und gedacht: *Dad wird das hier lieben.* Ich habe seine Handynummer gewählt, bevor ich mich wieder erinnerte. Und dann waren da die Träume. Er war einfach nicht mehr da. Von einer Sekunde zur nächsten.

Ich fühle mich gezwungen, etwas zu sagen. »Ich hatte nie diese … Zeit. Davor. Ich … ich weiß nicht … wie …« Ich bin mir nicht sicher, ob das Kratzen in meiner Kehle verhindert, dass ich spreche oder dass ich mich übergebe. Ich will mich eben entschuldigen, bevor eines von beidem passiert, als Cecelia meine Hand nimmt. In demselben Augenblick, in dem Antonia meine andere nimmt.

Um diesen Tisch zu sitzen und uns bei den Händen zu halten fühlt sich wie ein Stammesritual an. Ein feierlicher Ring der Einheit. Antonia beugt sich vor und wiederholt Cecelias Worte. »Wir ziehen das durch.«

»Wir ziehen das durch«, wiederhole ich. Nur dass ich, als ich es sage, zu weinen beginne. Die beiden Frauen lösen ihre Hände von meinen und legen sie mir auf die Schultern.

Ich kann nicht aufhören zu weinen. Und ich will auch nicht aufhören zu weinen.

Zum ersten Mal fühlt es sich gut an zu weinen.

Als wir zurück in den Warteraum kommen, sehen wir, dass William auf und ab geht. Cecelia tritt auf ihn zu. Er umarmt sie (etwas, das ich mir noch nicht verdient habe), und sie küsst ihm die Wange. Dann wendet er sich zu mir um.

»Ella, kann ich dich kurz sprechen?«, sagt er, und der Magen rutscht mir in die Kniekehlen.

Ich bin des Weinens müd,
Der Zeit, die kommt und endet,
Der Frucht, die keimt und blüht,
Der Tage müd, der Taten,
Der Sehnsucht und der Saaten,
Und nur des Schlafes Atem
Befliegt noch mein Gebiet.

Algernon Charles Swinburne,
»Der Garten der Proserpina«, 1866

Kapitel 28

Wir finden einen leeren Raum und setzen uns einander gegenüber auf zwei Krankenhausbetten. William umklammert die Kante seiner Matratze, lässt den Kopf hängen, blickt zu Boden. Ich atme die schale, sterile Luft ein, während ich mich auf seine Worte gefasst mache. »Ich habe entschieden«, beginnt er, und mein Handy klingelt.

Ich hole es aus meiner Hosentasche.

Gavin.

Ich drücke ihn weg. Ich stecke es wieder ein. »Entschuldigung«, sage ich. »Bitte.«

William starrt mich an, registriert die Tatsache, dass ich das Gespräch nicht angenommen habe. Ich sehe es in seinen Augen. Er holt einmal tief Luft. Er sieht mich an. Er beginnt seinen Satz anders. »Wenn man uns sagt, dass das hier das Ende des Weges ist, dass er von dem hier nicht mehr zurückkommen kann ... so wie wir ihn kennen, wie du ihn kennst ... lassen wir ihn gehen?«

Nein! Natürlich nicht! Er kann dagegen ankämpfen! Wie könnten Sie das tun? Wir müssen alles tun, was wir können!

Ich habe mich noch nicht verabschiedet.

»Ja«, sage ich. Fünfundzwanzig Jahre lang war ich ein Kind. Jetzt bin ich eine Erwachsene.

»Also gut.« William steht auf, räuspert sich. Er wendet sich zur Tür.

»William«, krächze ich.

Er wendet sich noch einmal halb zu mir um, sieht mir aber nicht in die Augen.

»Danke. Dass Sie mich gefragt haben.«

Den Blick auf den Boden geheftet, sagt er: »Danke.«

»Wofür?«

Jetzt sieht er mich an. »Er hätte an der Studie nicht teilgenommen, wenn du nicht gewesen wärst. Wenn du nicht gewesen wärst, Ella.« Er sieht wieder zu Boden. »Danke ... dass du ihm einen Grund zu kämpfen gegeben hast.«

Ich stehe auf und gehe langsam auf ihn zu. Ich schlinge ihm die Arme um den Hals und lasse mein Kinn auf seiner Schulter ruhen. Schließlich findet eine seiner Hände die Mitte meines Rückgrats. Die andere findet meinen Hinterkopf, tätschelt ihn väterlich.

Wir schluchzen beide.

Später, viel später, zerre ich meinen Koffer in eine Toilette und ziehe mich in einer freien Kabine um, versuche auf eine bescheidene Weise, mich wieder frisch und sauber zu fühlen. Ich habe auch Jamies Koffer hier hereingeschleppt, denn ich will irgendetwas von seinen Sachen finden, das ich tragen kann, irgendetwas mit seinem Geruch. Ich finde einen marineblauen Pullover mit V-Ausschnitt, der mir bestimmt steht, und streife ihn über mein Shirt. Als ich den

Reißverschluss seines Koffers eben zuziehen will, bemerke ich cine braune Papiertüte zwischen den Kleidungsschichten. Meine Neugier siegt, und ich ziehe sie heraus.

Die Tüte ist in Wirklichkeit Packpapier, um ein rechteckiges Päckchen gewickelt, das etwa einen Zentimeter dick ist. Auf der Vorderseite steht in Jamies lehrerhaftem Gekrakel: *Für Ella aus Ohio anlässlich ihres fünfundzwanzigsten Geburtstags.*

Es ist das Geschenk, das er mir geben wollte. Das, das er mir nicht vor allen anderen Leuten geben wollte. Das, das er mir, wie er sagte, später geben wollte, unter vier Augen.

Ich zögere nur einen Moment, bevor ich an einem Ende einen Finger unter das Klebeband schiebe und den Gegenstand aus der Verpackung ziehe.

Es ist ein Tagebuch.

Ich klappe es auf. Eine Widmung begrüßt mich:

Du hast gesagt, ich könnte das.
Ich musste es versuchen.
In Schwachköpfiger-Schnösel-Dankbarkeit,
auf ewig
Dein
JD

Ich blättere die Seite um.

Das Tagebuch ist mit Gedichten gefüllt. In Jamies Handschrift.

Das erste Gedicht steht in der Mitte der Seite, kurz und süß, schlicht »E. D.« betitelt.

Deine Zigeunerseele hat
Mein sieches Herz berührt
Und eine beängstigende Feuersbrunst
Der gehässigsten Art gezähmt.

Die nächste Seite: »Thanksgiving.«

Kein anderer Mann
Kann einen Mann
Auf diese Weise kennen.
Denn eine Frau kennt einen Mann
Auf Arten, von denen ein Mann
Nicht einmal ahnt.
Ja, sie kennt ihren Mann,
So wie er ist.

Meine Nackenhaare stellen sich auf. Meine Hand beginnt zu zittern. Der Titel des nächsten Gedichts entringt mir einen Schluchzer, und ich muss mich zusammenreißen, um meine Tränen aufzuhalten, bevor sie auf die Seite fallen.

Oxenford

Eine Sichel dem Freund, dem erschöpften,
Eine Sichel, schnell und wahrhaftig,
Eine Sichel, von Gottes Gnaden im Himmel,
Eine Sichel wartet auf dich.

Ich gehe noch mindestens ein Dutzend weiterer Gedichte durch: »Slainte«, »Wirtschaftsraum«, »Nicht denken, fühlen«, »Coq au vin«.

Ich wische mir die Augen und schlage die letzte Seite auf, lese mit tränenblinden Augen.

Heiße Schokolade

Wirst du dich von deinen Bindungen
Binden lassen?
Für die Ewigkeit?
Oder wirst du die verrotteten Bande
Durchschneiden,
Bevor sie für dich durchschnitten werden?

Ich zittere, als ich die letzte, frische Seite umblättere. Während ich es tue, schließe ich für einen Moment die Augen, nehme seine Worte, sein Leben in mich auf. Unser Leben. Dieses Buch sind wir. Jamie hat uns unsterblich gemacht; eine allzu kurze Begegnung unsterblich gemacht. Ich schlage die Augen auf und sehe etwas, das wie eine Widmung aussieht, am Ende des Buchs, in die Härte des Rückdeckels eingraviert. Ein einziges schlichtes Wort:

Durchziehen

Ich klappe den Deckel zu und lege das Buch, unser Buch, wieder in den Koffer. Als ob ich damit nicht schon genug zu verarbeiten hätte, springt mir noch ein anderer Gegenstand ins Auge, ein Briefumschlag, seitlich in seinen Koffer gesteckt. Ausgeschlossen, dass ich ihn dort lassen werde. Ich bin bereit, seinen ganzen verdammten Koffer auseinanderzunehmen. Ich öffne den Umschlag und finde einen Dreißig-Tage-Bahnpass darin, mit meinem Namen darauf, aber ohne Ziel. Und natürlich ist eine Notiz dabei. Sie ist nicht unterzeichnet oder poetisch, sie lautet nur:

Abreise morgen: irgendwohin, überallhin.
Alles Gute zum Geburtstag.

Das war sein Geschenk. Ich stelle mir vor, wie Jamie vor mir steht, mir seinen Band mit Gedichten überreicht, ein schüchternes Grinsen im Gesicht, wie er irgendetwas Selbstironisches sagt. Dann, nachdem ich mich überschwänglich bei ihm bedankt und ihn geküsst habe, drängt er mich, den Umschlag zu öffnen. *Oh. Was haben wir denn da?*

Es ist das Süßeste, Aufmerksamste, was je irgendjemand für mich getan hat. Aber es macht mich auch wütend. Warum wollte er das tun? Warum wollte er mich während der Ferien wegschicken, während seiner Genesung, während unserer Zeit, in der wir wieder zusammenfinden, in der wir genießen sollten, was uns noch bleibt?

Weil ich im Juni weggehe. Weil er weiß, dass das hier meine letzte Chance ist, so zu reisen, wie ich es immer wollte. Weil er weiß, dass er nicht mitkommen kann, und nicht schuld daran sein will, dass er mich abgehalten hat. Weil er mich mehr liebt, als er den Rest unserer Zeit mit mir verbringen will.

Was fängt man mit einer solchen Art Liebe an?

Stell dir mich vor,
zurückgezogen in die Schatten,
Noch immer der Deine und du die Meine;
Entsinne dich der schönsten
Unserer Augenblicke und vergiss den Rest;
Und dann komm sanft dorthin,
wo ich schon warte.

William Allingham,
»Unbetitelt«, 1890

Kapitel 29

Schließlich mache ich mich frisch. Ich gehe wieder hinaus in den Warteraum. Cecelia hat sich auf einem Stuhl zusammengerollt wie eine Katze. Antonia schläft an Williams Schulter, während er zu Boden starrt.

Bevor ich die drei erreichen kann, kommt Dr. Corrigan um die Ecke. William weckt Antonia, und Cecelia wacht auf, als sie die Unruhe spürt. Wir alle gehen auf die Ärztin zu. Sie blickt grimmig, sodass mein Herz wild zu hämmern beginnt, wie ein Kind auf dem Küchenboden, das auf Töpfe und Pfannen einschlägt.

»Noch keine Anzeichen einer Verbesserung«, erklärt sie, und mein Herz steht still. »Er liegt noch immer im künstlichen Koma und wird künstlich beatmet. Er spricht noch nicht auf die Antibiotika an. Aber …« Sie blickt verwirrt. »Ich habe sein Blutbild bekommen. Und auch wenn seine Anzahl weißer Blutkörperchen noch immer sehr gering ist, scheint es, dass die Studie vielleicht eine gewisse Wirkung gezeigt hat.«

»Was meinen Sie damit?«, frage ich.

»Verglichen mit den Unterlagen, die mir geschickt wurden, sehe ich relativ wenig Befall durch das Myelom. Er ist erstaunlich sauber.«

Ein leises Stöhnen entfährt Antonias Kehle. Ich kann mich nicht bewegen. »Er ist in Remission«, stößt William hervor.

Die Ärztin schüttelt den Kopf. »Ich bin nicht seine Onkologin. Ich habe hier nur einen ganz einfachen Test vorliegen. Aber ich kann sagen, dass ich eindeutig eine Veränderung sehe. Die nächsten zwölf Stunden werden entscheidend sein. Wenn er die Lungenentzündung übersteht …«

»Ich will ihn sehen.« Meine Stimme ist ruhig, aber scharf, als könnte ich bei der geringsten Provokation in Hysterie ausbrechen.

»Er ist in Isolation …«

»Jetzt! Ich will ihn jetzt sehen!«

»Er ist stark sediert, er wird nicht wissen, dass Sie …«

»Das ist mir egal!«, sage ich.

Antonia versucht, mir eine Hand auf die Schulter zu legen, aber ich schüttele sie ab. Cecelias Hand gleitet in meine, bietet Kraft, Unterstützung. Ich höre ihre Stimme, leise und ruhig. »Geben Sie ihr eine Maske, Doktor. Was immer Sie tun müssen. Sie kann doch sicher zu ihm gelassen werden.«

Dr. Corrigan schätzt uns ab. Sie nickt. Sie kneift die Lippen zusammen, aber sie sagt: »Folgen Sie mir.«

Nachdem ich einen Krankenhauskittel angezogen habe, eine Schwester mir geholfen hat, mir die Hände zu waschen und abzutrocknen, und ich eine OP-Maske bekommen habe, werde ich zu Jamies Zimmer geführt. Dr. Corrigan zeigt auf das Fenster in der Tür. »Sie sollten vorbereitet sein.« Ich äuge in das Zimmer.

Jamie sieht aus wie der Tod. Er ist so blass wie das Bettlaken, das Gesicht von einem Beatmungsgerät bedeckt, einen Infusionsschlauch in der Hand. Er ist von Apparaten umgeben. Dr. Corrigan tritt an die Tür und öffnet sie leise. »Ich komme in zehn Minuten wieder, um Sie herauszuholen. Sie dürfen ihn nicht berühren. Das Risiko einer weiteren Infektion ist zu groß.«

Ich verharre an der Türschwelle. »Kann ich Sie fragen ... Wie lange hat er noch?«

Sie ist verblüfft. »Was meinen Sie ...«

»Ich meine ...« Ich halte einen Moment inne, werfe einen Blick auf Jamie. »Sagen wir, er übersteht die Lungenentzündung, und wir haben es nur noch mit dem Ausmaß an Krebs zu tun, das Sie gesehen haben. Wie lange noch?«

Die Ärztin schüttelt den Kopf. »So läuft das nicht.«

»Bitte. Wie lange?«

»Ich weiß es nicht.«

»Ungefähr.«

Die Ärztin schnaubt, als würde ich sie amüsieren. »Eleanor.« Sie schlägt einen ernsteren Ton an. »Was Sie fragen, kann niemand wissen. Sein Onkologe hat ihm vermutlich Zeitpläne genannt, richtig? Er hat noch so und so lange, wenn er behandelt wird, so und so lange, wenn nicht? Na ja, der Onkologe hat jetzt nicht mit einer Lungenentzündung gerechnet, oder? Mich zu fragen, wie lange Jamie noch zu leben hat, ist, als würden Sie mich fragen, wie lange Sie noch haben. Wissen Sie, wie lange Sie noch haben?«

Ich kann nur den Kopf schütteln.

»Eben. Und ich auch nicht. Was ich Ihnen sagen kann, ist, dass Sie jetzt, in diesem Moment, zehn Minuten haben.« Sie wendet sich ab und verschwindet den Flur hinunter.

Taumelnd betrete ich das Zimmer.

Hier drin gibt es nicht einmal einen Stuhl. Ich sehe auf Jamie hinunter und nähere mich zögernd seinem Bett. Meine Hand schnellt vor, bevor mir wieder einfällt, dass ich ihn nicht berühren darf. Ich ergreife die Hand mit meiner anderen, halte sie vor mir umklammert.

Alles, was ich zu ihm sagen wollte, löst sich in Luft auf. Was tue ich hier eigentlich? Was ist der Plan? Ihn mit Vorwürfen und Beschimpfungen dazu zwingen, gesund zu werden? Weinen und flehen, bis er aufwacht, nur um mir den Mund zu verbieten? Mir an die Brust schlagen? Mir die Haare raufen?

Während ich ihn ansehe, die Augen geschlossen, den Kopf nach hinten gelegt, mit dem Schlauch in seinem Hals, der ihn künstlich beatmet, kann ich nicht glauben, dass es erst sechs Monate her ist, seit ich ihn kennengelernt habe. Seit er mich in einem Imbiss mit Würzsoßen übergossen hat. Seit ich ihn auf den ersten Blick gehasst habe. Seit jenem ersten Kurs, unserem Tutorium, Whiskey und Ale, betrunkenen ersten Fummeleien. Küssen im Wirtschaftsraum und heimlichen Rendezvous in der Kapelle.

Trockener englischer Humor in einer Minute, Galgenhumor in der nächsten. Seine Augen. Diese Seen jeder Schattierung und Tiefe.

Augen, geht es mir auf einmal durch den Kopf, die ich vielleicht niemals wiedersehen werde.

Vorsichtig setze ich mich am Fußende auf die Bettkante und sehe ihn an.

»Jamie?« Allein schon seinen Namen zu sagen löst eine Tränenflut aus. »Jamie, ich hoffe, du kannst mich hören. Bitte. Das hier ist nicht dein Oxenford. Okay? Das hier ist nicht der Ort, an dem du auf die andere Seite gehst.«

Ich weiß nicht, wann es ist oder wo es ist, aber es ist nicht hier. Es kann nicht hier sein.

»Bitte lass es nicht hier sein. Bleib, Jamie. Wenn du kannst, wenn du willst, bitte wähle einen anderen Zeitpunkt. Entscheide dich zu bleiben. Entscheide dich, bei mir zu bleiben. Bleib bei mir, und ich werde bei dir bleiben.«

Das lässt mich innehalten.

Es ist mir so mühelos herausgerutscht, aber ist es die Wahrheit? Denn das darf ich nicht sagen – das darf ich nicht einmal denken –, wenn es nicht die Wahrheit ist. Es ist nicht fair, gegenüber keinem von uns. Schließlich war das unsere eine Regel: aufrichtig sein.

Vielleicht heißt das zuallererst, aufrichtig zu mir selbst zu sein.

Und ganz ehrlich? Bei dem Gedanken, dass ich am elften Juni weggehen werde, fühle ich mich, als würde ich mich darauf vorbereiten, einen entscheidenden Teil von mir zu amputieren. Es fühlt sich wie ein Opfer an. Wie der Tod.

Ein plötzlicher Tod. Wie ein Autounfall. Das Knacken eines Dorns, der so schnell und wahrhaftig in dein Herz eindringt, dass du ihn nicht zu entfernen wagst, vor Angst, wie sehr es wehtun wird. Du belässt ihn einfach dort. Du läufst damit herum. Und wenn die Leute ihn mitleidvoll anstarren, siehst du hinunter auf deine Brust und zuckst mit den Schultern. *Nein, wirklich, es ist besser so.*

Das ist es, was Antonia gesagt hat.

Jemanden zu verlieren ist schon schwer genug. Aber ein Tod ohne den Prozess des Sterbens ist absolut entsetzlich. Es dauert neun Monate, bis Leben entsteht; es fühlt sich unnatürlich an, wie eine Sünde gegen die Natur, dass das Gegenteil nicht auch seine Zeit haben sollte. Zeit, das Bekannte loszulassen, während wir das Unbekannte ergreifen.

Vielleicht kann man sich dabei ein Oxenford teilen. Vielleicht ist es nicht nur für den gedacht, der den Fluss durchquert, sondern auch für jene, die an seinem Ufer zurückbleiben. Einem geliebten Menschen in die Augen zu sehen, dort das Wissen zu sehen, die Unvermeidlichkeit, und ihm zu sagen: Ich liebe dich. Meine Liebe ist bis zu deinem Ende bei dir; und deine wird bis zu meinem bei mir sein.

Denn die Liebe stirbt nie, oder?

Wie Cecelia bei Olivers Beerdigung sagte: *Liebt von Herzen jene, die im Sterben liegen, auf dass sie in Liebe sterben mögen.*

In Liebe.

Gott, Jamie, bitte wach auf.

Ich sehe auf ihn hinunter, seine knochigen Schultern, sein

schwer gezeichnetes Gesicht, seine Brust, die sich künstlich hebt und senkt, und mir wird bewusst, dass es zwei mögliche Erzählungen gibt: Er kann ein Junge sein, den ich in meinem Oxford-Jahr kannte, der erste Junge, den ich je geliebt habe, der, von dem ich irgendwann später hörte, dass er starb.

Oder er kann der Junge sein, mit dem ich die Reise bis zum Schluss unternommen habe.

Als ich erfuhr, dass Jamie krank ist, glaubte ich, dass seine Krankheit meine Verpflichtungen zu Hause in Amerika widerspiegelte. Wir waren beide anderweitig engagiert. Wir hatten beide Aufgaben, denen wir uns nicht entziehen konnten.

Der Unterschied ist, Jamie hat keine Wahl. Mein Vater hatte keine Wahl.

Ich schon.

Und wenn man eine Wahl hat, dann wäre man ein Dummkopf, sie nicht zu treffen.

Ich hatte vor, im Juni nach Hause zu fahren. Antonia zu umarmen, William zu umarmen (jetzt, wo ich das kann), Cecelia zu küssen, mich von meinen drei Gefährten zu verabschieden und zu gehen. Dreimal die Hacken zusammenschlagen und nach Hause fahren.

Aber was, wenn ich in Oz bleiben will?

Was, wenn Oz jetzt mein Zuhause ist?

Hier, mit diesem Mann vor mir und allem, was mit ihm verbunden ist. Eltern. Eine Schwester. Freunde. Oxford.

Das ist nicht der Plan.

Mein Vater hat mir beigebracht, mich leidenschaftlich

um Dinge zu kümmern, für sie zu kämpfen. *Ich liebe es, an etwas zu glauben und dafür zu kämpfen.* Das habe ich zu Antonia gesagt, und es ist die Wahrheit. Das habe ich Janet empfohlen zu tun, auf einer nationalen Bühne. Nichts Geringeres: an etwas glauben und dafür kämpfen.

Na ja. Ich habe meinen nächsten Kampf gefunden.

Liebe.

Das ist meine Wahl.

»Eleanor?« Die leise Stimme der Ärztin durchdringt meine Gedanken.

»Gleich«, sage ich. Ich schlucke. Ich flüstere: »Jamie. Bitte höre mich. Das hier ist nicht dein Oxenford, unser Oxenford. Aber ich verspreche dir, wir werden es finden. Zusammen. Denn ich liebe dich, und ich werde dich nicht verlassen. Du wirst mich zuerst verlassen müssen. Entscheide dich, bei mir zu bleiben, und ich werde mich entscheiden, bei dir zu bleiben.«

Ich wundere mich, wie geheiligt diese Worte für mich klingen, wie ein Ehegelübde.

Und wenn man vom Leben nicht überrascht wird, was hat es dann für einen verdammten Sinn? Ich blicke hinunter auf seine Hand, die neben ihm auf dem Laken liegt. Dieselbe Hand, die auf einem Buch in der Bodleian lag, die mir *Dover Beach* von Matthew Arnold hinhielt, um es laut zu lesen, die mir in einen Kahn geholfen hat, die gestern Nacht auf meinem Bauch lag, als er mir zum ersten Mal sagte, dass er mich liebt.

Ich strecke eine Hand nach seiner aus, aber ich bremse mich, kurz bevor ich sie berühre.

Ich sehe wieder hoch in sein Gesicht. Eingefallene Wangen, überschattete Augen, der Bartschatten eines Tages.

Noch immer am Leben.

Ich beuge mich hinunter, wenige Zentimeter über sein Ohr. »Ich will lernen, was alles kostet.«

Das ist die Geschichte des gelehrten,
doch armen Manns,
Von schöpferischem Geist und klug,
Der es leid war, an Türen zu klopfen für ein Amt,
Und eines Sommermorgens hatte er genug.
Das Wissen der Zigeuner zu erlernen, reiste er
Und durchstreifte mit ihnen die Welt.
Nach Meinung der Leute wenig erreichte er,
Aber zurück nach Oxford wollt er nie und für kein Geld.

Matthew Arnold,
»Der Zigeuner-Gelehrte«, 1853

Kapitel 30

Stunden später, während ich mich in dem Geschenkeladen damit ablenke, die wirklich grauenhaften Genesungskarten durchzusehen, summt mein Handy. Es ist eine SMS.

Von Connor.

Als ich sie lese, verscheucht die Verwirrung prompt meine Verblüffung.

Herzlichen Glückwunsch! Heilige Scheiße!

Wovon redet er denn? Einen verrückten Moment lang denke ich, dass er von Jamie und mir, von meiner Entscheidung zu bleiben, wissen muss. Offensichtlich bin ich ein Idiot unter Schlafentzug. Ich schreibe zurück:

Hi! Aber …?

Er antwortet mit einem Link zu einer CNN-Website. Ich klicke ihn an. Ich lese nur die Schlagzeile, bevor ich durch die Doppelschiebetür hinaus und auf den Parkplatz gehe und auf die Anruftaste drücke.

Gavin nimmt beim ersten Klingeln ab. »Da bist du ja!«, sagt er. Als wäre ich ein Kind, das in einem Kaufhaus von ihm weggelaufen ist, nicht eine Frau, die einmal – ein Mal! – nicht ans Telefon gegangen ist, weil sie überlegte, ob sie ihren Freund umbringen sollte oder nicht.

»Hillerson ist raus!«

»Ja, habe ich gesehen«, antworte ich.

Er hört mir kaum zu. »Es war die Debatte, seine Zahlen sind im Keller! Wir haben alle fünf Vorwahlen gewonnen!« Ich hatte die Vorwahlen komplett vergessen. Ist heute Dienstag? Ich sehe zu dem bewölkten Himmel hoch, als könnte er mir die Uhrzeit sagen. »Gott, ich wünschte, ich könnte in diesem Augenblick sein dämliches Gesicht sehen. Jedenfalls sind wir jetzt offiziell im vollen Wahlkampfmodus für die Präsidentschaftswahlen. Es geht alles rasant schnell, Kleine, und wir werden dich zu Hause brauchen. Ich weiß, es ist noch früh, aber du hattest doch eine schöne Zeit. Und ich kann mich erinnern, dass ich mein Sommersemester damals nur mit Trinken verbracht habe.« Er lacht. Ich nicht. »Hör zu, ich weiß, das ist streng genommen nicht der Plan, aber Pläne sind nun mal Veränderungen unterworfen.« Ich kann sehen, dass er mit meinem Schweigen nicht vertraut ist, und zum ersten Mal spüre ich ein Unbehagen in seiner Stimme. »Okay?«

Ich hatte nicht vor, das hier jetzt zu tun. Ich wollte warten, bis ich ein bisschen geschlafen hätte, bis ich wortgewandt und diplomatisch sein könnte, denn offen gestanden bin ich im Moment ein verbal inkontinentes Häuflein Elend.

Aber jetzt wurde ich, genau wie Hillerson, in Zugzwang gebracht.

Und los geht's.

»Nein.«

Gavin schweigt. Er hat dieses Wort noch nie zuvor aus meinem Mund gehört. »Ich verstehe nicht.«

»Ich komme nicht nach Hause.«

»Mach kein Drama daraus, Ella. Du willst doch nicht, dass ich einen kommissarischen stellvertretenden Politikchef finde, denn ehrlich gesagt glaube ich nicht, dass das gut für dich wäre …«

»Nein, ich meine, ich komme nicht nach Hause. Punkt. Weder jetzt noch im Juni.«

Mehr Schweigen. Dann sagt er: »Was passiert hier gerade, Ella? Es kann kein anderer Job sein. Es gibt keine bessere Gelegenheit …«

»Nein, das würde ich dir nicht antun. Oder Janet. Ich bin euch beiden so dankbar …« Ich kann den Satz nicht zu Ende führen. Meine Kehle schnürt sich zu. Wenn man eine Wahl trifft, wenn man sich für einen Weg entscheidet, ist es keineswegs so, dass der andere Weg verschwindet. Der andere Weg wird für immer parallel zu dem verlaufen, auf dem man sich befindet. Man muss mit dem Wissen um das leben, was man aufgegeben hat. Das klingt furchtbar, aber tatsächlich bestärkt es mich erst recht in meinem Entschluss.

Ich hätte diesen Job mit Bravour gemeistert. Ich wäre ein Superstar gewesen. Ich weiß es. Gavin weiß es auch, denn nach einer ausgedehnten Pause versucht er, mich vor mir selbst zu retten. »Ella, ich sage dir, was ich tun werde. Ich werde dir einen Tag Zeit geben, um darüber nachzudenken, bevor ich anfangen werde, mich nach jemand anderem umzusehen.«

»Ich brauche keinen Tag.«

»Gestern haben wir dich befördert. Heute schmeißt du alles hin. Hast du kalte Füße bekommen? Bedeutet dir diese Gelegenheit denn gar nichts?«

Ich nehme es ihm verdammt übel, dass er mir auf diese Schuldgefühle-Tour kommt, aber das tritt in den Hintergrund angesichts der Erkenntnis, dass mir diese Gelegenheit ... ehrlich gesagt ... nein ... nichts bedeutet. Mir geht der Gedanke durch den Kopf, dass ich nie irgendjemandem von meiner Beförderung erzählt habe. Nachdem Gavin und Janet mir die Neuigkeit verkündet hatten, ging ich zurück zu meinen Freunden, meinem Freund und dessen Eltern, die mir einen Ring schenkten, und ich hatte nie, nicht ein einziges Mal, an keinem Punkt des Abends, das Bedürfnis, es irgendjemandem zu erzählen. Es war irrelevant, schon bevor ich entschied, dass es irrelevant war.

»Du bist zu schlau für das hier!«, sagt Gavin leidenschaftlich. »Du bist keines dieser Mädchen.«

Die Nackenhaare stellen sich mir auf. »Von was für Mädchen redest du?«

Er schweigt. »Geht es hier um einen Jungen?«, fragt er dann.

Wut wallt heiß in mir auf. Wie abscheulich, diese Sache darauf zu reduzieren. »Nein. Hier geht es um eine Frau. Hier geht es um eine Frau, die sich für ihr Leben entscheidet.«

»Ach ja, wirklich? Die sich für ihr Leben entscheidet, anstatt Geschichte zu schreiben? Anstatt einer anderen Frau zu helfen, Präsidentin zu werden? Das sind deine Prioritäten?«

Er hätte mir genauso gut mit der Faust in den Magen schlagen können. »Gavin …«

Auf einmal kommt eine andere Stimme in die Leitung. »Ella?« Dann flüstert sie, vom Hörer abgewandt: »Geh ein bisschen spazieren.«

Während ich noch immer unter dem Schock von Gavins Attacke stehe, sorgt ihre Stimme dafür, dass meine Augen feucht werden. »Es tut mir so leid …«, beginne ich.

»Entschuldige dich nicht«, sagt sie entschieden. »Hörst du?«

Ich glaube, ich halte es nicht mehr aus. Ich lasse mich auf dem Asphalt auf die Knie fallen, während eisige Luft in meinen Lungen sägt und Wolken vor meinem Gesicht bildet. »Es ist nur … die Dinge haben sich geändert. Ich habe mich geändert«, keuche ich.

»Ella, Ella, hör auf. Unterm Strich sind es deine Entscheidungen, die dich zu der Person machen, die du bist. Sei diese Person. Ich bewundere das.«

Ich schnappe mühsam nach Luft. »Ich muss Schluss machen. Danke.«

»Meine Tür steht immer offen. Okay? Das ist ein Versprechen.«

»Das ist ein Plan«, sage ich, und dann hat sie aufgelegt.

Ich lasse die Kälte eine Minute lang in meine Knochen eindringen. Ich achte auf meinen Atem, warte darauf, dass er sich beruhigt. Ich blicke auf die kahlen Zweige über mir, den grauen Nebel von einem Himmel, die Autos, die Dacias und Minis und Vauxhalls, die mir, wie mir auf einmal bewusst wird, inzwischen vertrauter erscheinen als ihre amerikanischen Entsprechungen.

Ich halte das Telefon hoch, starre einen Moment auf das Display.

Und dann schalte ich es aus.

In diesem Augenblick, auf diesem klirrend kalten Krankenhausparkplatz am Rande von Glasgow, Schottland, geht mir der Gedanke durch den Kopf, dass der Ruf, etwas zu tun, weil man gut darin ist, nicht dasselbe ist wie eine Berufung. Meine Berufung ist Bildung, nicht Politik. Politik war die Berufung meines Vaters.

Ich habe das Gefühl, aus einem dieser Träume aufzuwachen, einem dieser erhellenden Träume, aus denen du beim Aufwachen das Gefühl mitnimmst, dass alle Geheimnisse aufgedeckt und alle Rätsel gelöst wurden und sich alles anders *anfühlt* … aber worum zum Teufel ging es dabei eigentlich? Du versuchst angestrengt, dich an den Kontext zu erinnern, du jagst den Hinweisen nach, die zurückgeblieben sind, du klammerst dich an die Fäden der Enthüllung, in der Hoffnung, dass sie dich zum Ursprung zurückführen werden, und als du schließlich aufgibst und loslässt … begreifst du.

Vielleicht ging es bei meinem Streben nach Oxford, der Planung, dem Karriereaufbau, dem Stipendium im Grunde genau darum: einfach dorthin zu kommen. Vielleicht war die Stadt der träumenden Türme – die Lebensader der Bildung in der westlichen Welt – nicht mein Ziel, sondern das Tor zu etwas, das ich mir bis jetzt nie vorstellen konnte, nie sehen konnte: Liebe. Familie. Verbundenheit.

Ein Leben.

Und die Freiheit zu entscheiden, zu meinen eigenen Bedingungen, was ich tun will, was ich mit meiner Berufung anfangen werde.

Zum ersten Mal seit einem Jahrzehnt habe ich keinen unmittelbaren Plan.

Na ja. Bis auf einen.

Ich gehe zurück ins Krankenhaus, halte beim Getränkestand, um eine Runde Kaffee für meine Gefährten im Fegefeuer zu kaufen. Als ich zurück ins Wartezimmer komme, sehe ich Cecelia und Antonia nebeneinandersitzen und reden. William sitzt neben seiner Frau und liest zum Schein, aber hauptsächlich quält er sich mit sinnloser Sorge.

Ich verteile den Kaffee, und dann lasse ich mich ihnen gegenüber auf einen Stuhl fallen. »William«, sage ich. Er sieht von seiner Zeitschrift auf. »Wir haben ein paar Dinge zu besprechen.« Er nickt kurz, während Cecelia und Antonia mich misstrauisch beäugen. »Wenn Jamie das hier übersteht, wenn er sich besser fühlt, dann ist es mir egal, ob es mitten im Semester ist, dann nehme ich ihn mit auf eine Reise. Wir werden reisen, bis uns danach ist, aufzuhören. Sie werden ihm deswegen kein schlechtes Gewissen machen. Und ich verspreche im Gegenzug, dafür zu sorgen, dass er es nicht übertreibt.«

Antonia horcht auf, ihr Gesicht strahlend vor Hoffnung. »Mein liebes Mädchen! Du bleibst?«

»Entschuldigung, ja. Ich bleibe.« Hätte damit anfangen sollen.

Antonia stöhnt auf, springt von ihrem Stuhl hoch und schlingt mir die Arme um den Hals. Über ihre Schulter starre ich William noch immer an, warte auf eine Reaktion. Schließlich, nach einer Ewigkeit, sagt er: »Deine Bedingungen sind akzeptabel«, und wendet sich dann wieder seiner Zeitschrift zu.

»Wirklich?« Ich kann das Staunen nicht aus meiner Stimme heraushalten, während ich mich von Antonia löse. »Denn ich meine es ernst. Wir werden fahren und dann immer weiter fahren. Jamie hat gezeigt, dass er auf seine Gesundheit achtet, und wir werden alles tun, was getan werden muss, aber …«

»Erste Geschäftsregel«, murmelt William, während er eine Seite umblättert. »Wenn sie Ja gesagt haben, hör auf zu reden.«

Der Anflug eines Lächelns huscht über sein Gesicht, aber bevor ich es erwidern kann, kommt Dr. Corrigan ins Zimmer, und wir alle scharen uns um sie wie Entenküken.

Ich kann ihre Miene nicht deuten.

Ich habe ein entsetzliches, flaues Hochseegefühl im Magen. Was, wenn er uns verlassen hat? Was, wenn ich all diese Lebenspläne für uns geschmiedet habe und es kein Uns mehr gibt?

Ganz ehrlich? Ich würde nicht eine Sache ändern. Ich

sehe mich um, und mir wird bewusst, dass es so viel mehr Uns gibt, als mir je bewusst war.

Frieden senkt sich über mich, sodass ich den Blick der Ärztin entschlossen erwidere.

Zum Glück lächelt sie. »Es ist Zeit, Jamie aufzuwecken.«

Es dauert ein paar Stunden, ihn aus dem Koma zu holen. Das heißt, während Jamies Anästhesie allmählich beendet wird, tun wir vier unser Bestes, um uns selbst ins Koma zu trinken, mit meiner halb geleerten Flasche Geburtstags-Scotch, den wir in der Eingangshalle des Krankenhauses fröhlich aus Pappbechern trinken.

Als wir Jamies Zimmer endlich betreten dürfen, gehe ich voran, biege um die Ecke – und bleibe bei dem wundervollen Anblick, der sich mir bietet, abrupt stehen. Jamie sitzt aufrecht im Bett, das Kopfteil erhöht. Er sieht völlig erledigt aus. »Hart geritten und nass weggeführt«, wie mein Vater gesagt hätte. Aber als er mich sieht, werde ich mit einem breiten, liebevollen, lebendigen Lächeln belohnt. Er streckt die Hand aus. Nur ein paar Zentimeter vom Bett, aber es ist genug. Mehr als genug.

Zögernd nähere ich mich.

Seine Augen zu sehen, offen, wach, blau, funkelnd und voller Verlangen, überwältigt mich. Meine Brust reißt auf, und ein Schwall von Liebe strömt heraus.

Ich dachte, das Schwerste, was ich tun müsste, wäre es, ihn im Juni zu verlassen. Aber das Schwerste ist, zu bleiben. Das Schwerste ist, mit dem Sterben zu leben. Mit dem Sterben zu lieben. Das Schwerste ist die Liebe, ohne

Bedingungen, ohne Sicherheitsnetz. Liebe, die eine Akzeptanz all der Dinge erfordert, die ich nicht ändern kann. Liebe, die keinem Plan folgt.

Sanft nehme ich seine Hand und küsse sie. Er versucht zu sprechen, aber seine Stimme ist heiser von der künstlichen Beatmung und dem Schlaf. Nichts kommt heraus bis auf ein leises, liebenswertes Piepsen. Ich widerstehe dem Drang, mich auf ihn zu stürzen. Vermutlich wäre das medizinisch nicht ratsam. Daher flüstere ich nur: »Ich liebe dich.«

Ich sehe ihn lächeln. Dann, unter Aufbietung all seiner Kraft, zieht er mich langsam nah an sich, führt mein Ohr an seinen Mund. Er holt zitternd Luft, und ich schließe die Augen, bereit, dieselben Worte an mich gerichtet zu hören.

Stattdessen flüstert er: »Ein Glück, dass ich dich nicht liebe, Ella aus Ohio.«

Sie deckt' rasch England zu
mit einem Kuss,
Und auf Europa fiel ihr goldenes Haar.

Charles (Tennyson) Turner,
»Lettys Globus«, 1860

Epilog

Ich werde Jamie immer so in Erinnerung behalten: in einem tosenden Wasserfall. Wir sind einen Canyon hochgestiegen, nicht weit von der Amalfiküste. Nach einem erfrischenden Bad in juwelenfarbenen Tümpeln ging ich, um mich auf den sonnenbeschienenen Felsen aufzuwärmen. Jamie weigerte sich, aus dem Wasser zu kommen. Er tauchte immer auf und ab wie ein Delfin, machte irgendwann sogar das entsprechende Geräusch dazu. Er war wieder ein kleiner Junge, der erkundete, spielte, einen Riesenspaß hatte. Er war gesünder, nicht annähernd so dünn wie unmittelbar nach der Lungenentzündung (was auch schwer wäre, wenn man von Pasta, Wein und Gelato lebt). Ich sah ihm ungefähr eine Stunde zu, während er mir immer wieder zurief: »Sieh mal her, Ella!«, und dann irgendeine körperliche Heldentat vollbrachte, die Monate zuvor unmöglich gewesen wäre.

Der Wasserfall war ein Stück weit entfernt, aber davon ließ sich Jamie nicht aufhalten. Er stieg das felsige untere Ende hoch und stellte sich genau unter den tosenden Strahl. Er schrie auf, urwüchsige Laute, so lebendig. Er ließ sich von dem Wasserfall nicht besiegen. Wurde er niedergedrückt, kämpfte er sich wieder hoch. Manchmal stand er aufrecht da, als hätte er einen Punkt der Balance in dem Tosen gefunden. Ich konnte mich nicht von seinem Anblick losreißen. Sein Gesicht wurde immer wieder für eine Weile verschwommen, verschwand hinter dem Vorhang aus Wasser, und jedes Mal setzte mein Herz einen Takt aus.

Dieser Tag, dieses Bild, der Wasserfall als Vorhang zwischen dem Leben und dem Danach, wurde zu meiner Metapher.

Als Jamie in jenem Krankenhaus in Glasgow aufwachte, hatte sich das Leben, wie er es kannte, verändert. Er nahm die Neuigkeit freudig auf, dass die Studie ihm wohl etwas Zeit verschafft hatte. Aber als ich ihm sagte, ich hätte mich entschieden zu bleiben?

Er sperrte sich dagegen.

Wir stritten uns.

Er verbannte mich für einen ganzen Tag aus seinem Zimmer. Ich hörte, wie er zu Antonia sagte, er fühle sich schuldig, weil ich meinen Traum ihm zuliebe aufgeben würde. Was, wenn ich es bereuen würde? Was, wenn ich es ihm eines Tages übel nehmen würde? Was, wenn … Bis Antonia schließlich gedehnt sagte: »Sie ist schlau, sie kann mit ihrem Leben anfangen, was sie will, deshalb: So unmöglich dir das auch vorkommt, mein hinreißender Junge, besitze den Anstand, in Betracht zu ziehen, dass es bei ihrer Entscheidung vielleicht nicht ausschließlich um dich ging.«

Dafür liebe ich sie.

Sechs Wochen später, nach unserer Rückkehr nach

Oxford und einer Physiotherapie und unzähligen Tests und literweise tiefgefrorener Brühe von Smithy, ergriffen wir unseren Moment, den Moment der Gesundheit, und schlüpften, wie Diebe in der Nacht, in die Welt hinaus. In ihre Städte und Dörfer, ihre Berge und Täler, ihre Wasserfälle.

Heute, während ich meinen Kaffee schlürfe, landet ein Kuss hauchzart auf meiner Schulter.

Oh, gut.

Jamie ist wach.

Seine Küsse wandern meinen Nacken hoch, und ich biete ihm meine Tasse an, ohne den Blick von dem Morgenlicht auf den sanft geschwungenen Weinbergen abzuwenden. Er nimmt den Kaffee und setzt sich neben mir auf die Veranda. Während ich geistesabwesend den Ring um meinen Finger drehe, berechne ich im Kopf Entfernungen. Wir haben eine ganztägige Fahrt vor uns. Wir wollen vor Einbruch der Nacht die Schweiz erreichen. Natürlich werden wir unterwegs anhalten und an ein paar Weinverkostungen teilnehmen. Außerdem gibt es in Annecy ein Haus, in dem Tennyson einmal gewohnt hat, das Jamie unbedingt sehen will. Vielleicht werden wir dort etwas zu Mittag essen. Ich bin inzwischen süchtig nach Saucissons aux pommes und muss sicherstellen, dass ich noch mindestens eine Portion bekomme, bevor wir das Rhônetal verlassen.

Jamie reckt das Gesicht in die Morgensonne.

Ich kam nach Oxford auf der Suche nach einer Einmal-im-Leben-Erfahrung. Ich entschied mich, ein Leben zu erfahren.

Ich weiß, dass Jamie eines Tages gegen den Wasserfall verlieren wird, dass er für immer hinter dessen wogenden Vorhang schlüpfen wird, für mich verloren, wie der Held eines Märchens. Aber in unserer Geschichte gibt es keinen Schurken, keine Hexe, keine böse Stiefmutter, keinen belehrenden Schluss. Kein Happy End.

Es ist einfach, was es ist. Es ist das Leben.

Das Wasser fließt weiter, während wir kommen und gehen.

Wir waren nie für immer, Jamie und ich. Nichts in diesem Leben ist für immer. Aber wenn man jemanden liebt und von jemandem geliebt wird, kann man sein Märchenland finden.

Was immer und wo immer das ist.

Danksagung

An erster Stelle möchte ich Allison Burnett danken, auf dessen ursprünglichem Drehbuch dieses Buch beruht.

Außerdem danke ich Clint Culpepper, der mich unter anderem wegen meines Hintergrunds und meiner Liebe zu Oxford engagiert hat, dieses Drehbuch weiter auszuarbeiten. Ich danke von Herzen dem Team bei Temple Hill. Tracey Nyberg für diesen Anruf, der alles verändert hat: »Was hältst du von Oxford: Der Roman?« Annalie Gernert und Alli Dyer dafür, dass sie diesem Projekt mit ihren Anmerkungen und Einsichten den letzten Schliff gegeben haben. Jaclyn Huntling für all ihre Arbeit, um den Film zum Leben zu erwecken. Petersen Harris: Wir sind beide auf einen fahrenden Zug aufgesprungen, und ich hätte mir keinen besseren zweiten Lokführer wünschen können. Marty Bowen und Wyck Godfrey, zwei wundervollen Typen, die stets die Vision für dieses Projekt hatten – und das Vertrauen in mich, es auszuführen. Marty, ich liebe, wie sehr du Romantik liebst.

Es wäre nachlässig von mir, nicht die Rolle zu würdigen, die die Oxford University Society of Los Angeles und vor allem die einzigartige Bea Hopkinson gespielt haben. Es war Bea, die Clint Culpeppers Anfrage nach Drehbuchautoren, die in Oxford gewesen waren, ursprünglich weitergeleitet hat, und es war die OUSLA, durch die ich die Autorin/Regisseurin Medeni Griffiths kennenlernte – Freundin, Waliserin, Liebhaberin aller Dinge mit Fransen und Oxford-Kommilitonin, die bei dem Drehbuch mit mir zusammengearbeitet hat.

Ich danke allen Leuten beim und vom Lincoln College, Oxford, die mir immer das Gefühl gegeben haben, zu Hause zu sein. Dr. Daniel Starza Smith, der sich die Zeit genommen hat, mir ein Tutorium über die esoterischen Sprossen der akademischen Leiter von Oxford zu geben. Und vor allem Dr. Jem Bloomfield für seine zahlreichen Anmerkungen und seine Aufmerksamkeit fürs Detail, die ich in den zehn Jahren unserer Freundschaft inzwischen erwarte, die mich aber dennoch immer wieder überraschen und entzücken.

Ich danke Dr. Breda Carroll für all die Hilfe, die sie mir im Laufe meiner Arbeit gewährte, wenn es um medizinische Recherchen und Ratschläge ging. Und meinem Freund, dem begabten jungen Schauspieler Jimmy Brighton, der bedauerlicherweise zu einem Experten für Krebs und seine unzähligen Behandlungsmethoden wurde, während ich an diesem Buch schrieb. Ich danke dir aufrichtig für deine Ehrlichkeit, deinen Mut und dein Herz.

Ich danke den Geschäftsleuten, ohne die wir Kreativen niemanden hätten, für den wir überhaupt Hosen anziehen müssten. Rechtsanwalt Paul Miloknay und allen bei Writers House, insbesondere Simon Lipskar.

Ich danke dem Team bei HarperCollins/William Morrow. Liate Stehlik dafür, dass sie von Anfang an an dieses Projekt geglaubt hat, und Kate Nintzel dafür, dass sie sich dafür eingesetzt hat. Julie Paulauski, Katherine Turro, Molly Waxman und allen anderen, die mich durch diesen Prozess begleitet haben. Und natürlich Lektorin Elle Keck – ich schätze mich glücklich, dass ich mit ihr zusammenarbeiten durfte.

Ich danke den Autoren, mit denen ich in meinen Jahren als Hörbuchsprecherin Bekanntschaft und Freundschaft geschlossen habe. Eure Großzügigkeit ist wirklich demütigend. Ich lerne jeden Tag von euch.

Ich danke meinen Freunden, Familienangehörigen und Hörbuchkollegen, die mich während dieses sehr hektischen Schreibprozesses ertragen haben. Ich danke insbesondere Mom und Ken, die zugesehen haben, wie ich dabei hinüber auf die dunkle Seite des Mondes gegangen bin. Ich liebe euch, und ich bin wieder da.

Und schließlich danke ich Geof, meinem Partner bei allem. Du bist die Überraschung meines Lebens. Aus vielen Gründen würde es dieses Buch ohne dich nicht geben, und es ist ebenso deines wie meines. Eine weise Person sagte einmal: »Schreib nicht über das, was du weißt; schreib über das, was du wissen willst.« Na ja, ich habe an Ellas Seite viel über Entscheidungen gelernt, und, Geof: Ich entscheide mich für dich.

Die Übersetzer der im Roman zitierten Werke

Robert Browning, »Heimat-Gedanken, aus der Fremde«, 1845, Übersetzung: Raimund Borgmeier

Edward Lear, »Wie nett, Herrn Lear zu kennen«, 1871, Übersetzung: Grete Fischer

Alfred Lord Tennyson, »Die Dame von Shalott«, 1831–1832, Übersetzung: Wilhelm Hertzberg

Edna St. Vincent Millay, »Erste Feige«, 1920, Übersetzung: Rudolf Borchardt

Matthew Arnold, »Der Strand von Dover«, Übersetzung: Walter A. Aue

Thomas Hardy, »Die dunkelnde Drossel«, 1900, Übersetzung: Walter A. Aue

Christina Rossetti, »Versprechungen«, 1861, Übersetzung: Raimund Borgmeier

Charles Lutwidge Dodgson (Lewis Carroll), »Unbetitelt«, 1855, Übersetzung: Antonie Zimmermann

Dante Gabriel Rossetti, »Plötzlich Licht«, 1863, Übersetzung: Alexander von Bernus

George Eliot, »Middlemarch«, 1871/72, Übersetzung: Irmgard Nickel

William Butler Yeats, »Wenn du alt bist«, 1891, Übersetzung: Werner Vordtriede

Arthur Hugh Clough, »Sag nicht, der Kampf nütze nichts«, 1862, Übersetzung: Gordon Collier

Alfred Lord Tennyson, »In Memoriam«, L., 1850, Übersetzung: Agnes von Bohlen

Christina Rossetti, »Lied«, 1848, Übersetzung: Dr. Detlev Wilhelm Klee

Algernon Charles Swinburne, »Der Garten der Proserpina«, 1866, Übersetzung: Rolf Schilling

Charles (Tennyson) Turner, »Lettys Globus«, 1860, Übersetzung: Josef Riga

»Ein Debüt voller Nostalgie und Herz. So wie wir uns an unvergessliche Sommer erinnern, bleibt auch diese Liebesgeschichte weit über die Lektüre hinaus im Herzen.« USA Today

Nostalgie und Romantik pur: Der unwiderstehliche New-York-Times-Bestseller

Unendlich viele Erinnerungen verbindet Percy mit Barry's Bay, dem idyllischen Ort in Kanada, an dem sie die Sommer ihrer Jugend verbracht hat. Fünf unvergessliche Sommer, in denen sie und der Nachbarsjunge Sam unzertrennlich waren: Eisessen am Steg, Wettschwimmen und Sternezählen am See. Doch die Sache mit den Erinnerungen ist – sie gehören der Vergangenheit an. Aber als Percy erfährt, dass Sams Mutter gestorben ist, kann sie nicht anders, als sofort nach Barry's Bay zu fahren. Und als sie Sam nach all der Zeit wiederbegegnet, ist plötzlich alles wieder da: das ganze Glück und der ganze Schmerz – über den einen Moment, der eine gemeinsame Zukunft unmöglich machte …

PENGUIN VERLAG